ENDSPIEL 2050

Hans-Dieter Burkhard (Jahrgang 1944) leitet die Arbeitsgruppe »Künstliche Intelligenz« an der Berliner Humboldt-Universität. Er studierte von 1962-68 in Jena und Berlin Mathematik und war danach Wissenschaftlicher Mitarbeiter an der Humboldt-Universität, 1990 erfolgte die Berufung zum Dozenten, 1992 zum Professor für Künstliche Intelligenz. 1989/90 war er Mitglied des Runden Tisches der Humboldt-Universität, und von 1991-98 war er Vorsitzender des dortigen Konzils.

Seine Arbeit verfolgt das Ziel, die menschliche Intelligenz besser zu verstehen. Dazu dient die Nachbildung intelligenten Verhaltens durch Computer und Roboter. Gleichzeitig dient die Forschung dem Zweck, »intelligente« Maschinen als Hilfsmittel für schwierige Arbeiten verantwortlich und effizient zu nutzen. Das Team »AT Humboldt« war 1997 in Nagoya/Japan Weltmeister im virtuellen Fußball (RoboCup) und 1998 in Paris Vizeweltmeister

Hans-Arthur Marsiske, geboren im Jahr 1955, lebt seit frühester Kindheit in Hamburg. Er studierte Soziologie und Sozial- und Wirtschaftsgeschichte. Zum Doktor der Philosophie wurde er Anfang 1989 am Institut für Sozial- und Wirtschaftsgeschichte der Universität Hamburg mit einer Studie über den Arbeiterführer Wilhelm Weitling (1808-1871) promoviert.

Der Schwerpunkt seiner Tätigkeit als Autor hat sich immer mehr zu Wissenschaftsthemen verlagert. Neben Astronomie und Raumfahrt waren dies insbesondere Forschungen zur Künstlichen Intelligenz und Robotik. Als Reporter hat er mehrmals (aus Stockholm, Amsterdam, Melbourne und Paderborn) live vom RoboCup berichtet – dem internationalen Fußballturnier für Roboter.

Hans-Dieter Burkhard · Hans-Arthur Marsiske (Hrsg.)

Endspiel 2050

Wie Roboter Fußball spielen lernen

Verlag Heinz Heise

Hans-Dieter Burkhard
hdb@informatik.hu-berlin.de

Hans-Arthur Marsiske
hamarsiske@t-online.de

Copy-Editing: Susanne Rudi, Heidelberg
Lektorat: Dr. Michael Barabas
Herstellung: Birgit Bäuerlein
Umschlaggestaltung: Helmut Kraus, Düsseldorf
Druck und Bindung: Koninklijke Wöhrmann B.V., Zutphen, Niederlande

Bibliografische Information Der Deutschen Bibliothek
Die Deutsche Bibliothek verzeichnet diese Publikation in der Deutschen Nationalbibliografie; detailierte bibliografische Daten sind im Internet über http://dnb.ddb.de abrufbar.

ISBN 3-936931-02-X

1. Auflage 2003

Inhalt

Vorwort zur Neuauflage

Das Buch, das Sie in den Händen halten, erschien erstmals im Jahr 2003. Es war das erste, das sich mit der Idee Fußball spielender Roboter an ein breites Publikum wandte. Die weitere Entwicklung des Roboterfußballs hat es nachhaltig gefördert, und es gilt selbst heute noch als Klassiker. Da lag es nahe, dieses Buch im Titel gebenden Jahr mit einer Neuauflage im historischen Gewand zu würdigen.

Aus heutiger Sicht ist es interessant und amüsant, über die damaligen Vorstellungen zu lesen. Man kann sich nur noch schwer vorstellen, dass Fußball spielende Roboter als Gegenstand wissenschaftlicher Forschung damals in Europa und Nordamerika eine ziemliche Provokation waren. Ernsthafte Forschung beschäftigte sich mit Theorem-Beweisen oder Expertensystemen und galt als umso ernsthafter, je trockener und unverständlicher sie war. Auch Schach war als Testfeld für intelligente Maschinen akzeptiert. Aber Fußball? Da brauchten die Spieler ihren Kopf doch allenfalls, um hohe Flankenbälle anzunehmen. Vielen galt das Spiel geradezu als Gegenteil von Intelligenz. Wenn Ihnen diese Vorstellung heute absurd erscheint, dann ist das unter anderem diesem Buch zu verdanken.

Jetzt sind es nur noch wenige Wochen bis zur Weltmeisterschaft, und es ist völlig offen, wer gewinnt. Auch die Autoren der Erstauflage hatten es damals nicht gewagt, sich auf eine Prognose festzulegen. Der Ball ist rund – so hat man schon früher die Unvorhersagbarkeit auf den Punkt gebracht, die das Fußballspiel so spannend macht. Diese Spannung hat – entgegen manchen Befürchtungen – durch die Beteiligung von Robotern nicht nachgelassen, sondern ist eher noch gestiegen. Das Spiel ist komplexer und lebendiger geworden, nicht zuletzt dank der klugen Regelanpassungen, mit denen die FIFA auf neue Technologieentwicklungen reagiert hat. Die Weltmeisterschaft 2050 dürfte eine der aufregendsten der Fußballgeschichte werden.

Stimmen Sie sich ein auf dieses historische Ereignis, indem Sie in diesem Klassiker blättern. Begegnen Sie den Pionieren des Roboterfußballs in Interviews aus dem Jahr 2002, und lernen Sie aus erster Hand etwas über die Anfänge dieses faszinierenden Sports. Die beiden historischen Avatare Virtuella und Ate-Ha werden Sie begleiten.

Viel Vergnügen dabei wünscht Ihnen

RoboCoach 5.1
Cheftrainerprogramm der Roboter-Nationalmannschaft

Im Februar 2050

Aus der Anfangszeit:
Die ersten humanoiden Roboter beim RoboCup 2000 in Melbourne

Lockerungsübungen

Sommer 2050, ein Tag vor der Eröffnung der Fußball-WM in Schanghai. Im offiziellen Chatroom des Turniers treffen sich zwei Agentenprogramme.

VIRTUELLA: Hallo, schön, dich zu sehen! Gerade angekommen?

ATE-HA: Ja, hab's nicht eher geschafft. Wie ist die Stimmung?

VIRTUELLA: Super, ich glaub', das wird eine Riesenparty. Alle sind gut drauf und irre aufgeregt.

ATE-HA: Aufgeregte Softwareagenten ... wer hätte vor fünfzig Jahren gedacht, dass es so etwas eines Tages geben könnte.

VIRTUELLA: Na, du doch wahrscheinlich ... entschuldige, ich meine natürlich dein biologisches Vorbild, Hans-Dieter Burkhard. Und mein früheres Vorbild, Hans-Arthur Marsiske, fand die Idee auch sehr spannend.

ATE-HA: Ja, die Idee fanden wir spannend. Aber andere Leute schüttelten schon häufiger den Kopf, wenn ich ... ich meine, wenn er erzählte, dass er sich mit Fußball spielenden Robotern beschäftigte.

VIRTUELLA: Ging mir ganz genauso ... äh, ging ihm ...

ATE-HA: Schon okay, bleiben wir beim Ich. Ist einfacher.

VIRTUELLA: Einverstanden. Ganz schön verwirrend, so eine virtuelle Existenz. Ich brauche viel länger als gedacht, um mich daran zu gewöhnen.

ATE-HA: Na ja, du hast ja auch eine ganz schöne Wandlung vollzogen. Siehst übrigens gut aus.

VIRTUELLA: Danke. Du hast dich auch nicht schlecht gehalten.

ATE-HA: Zur Feier des Tages habe ich mir natürlich ein gründliches Update und Debugging gegönnt.

Hans-Dieter Burkhard

VIRTUELLA: Logisch, bei so einem Anlass will man sich von seiner schönsten Seite zeigen. Meine Güte, wenn ich daran denke, wie früher über das Für und Wider von Schönheitsoperationen diskutiert wurde. Heute genügt es, ein paar Parameter zu verändern und schon hat man einen komplett neuen Body.

ATE-HA: Schlüpfst du auch manchmal in Roboter?

VIRTUELLA: Ständig. Ich liebe es, mich in immer wieder neue Körper einzufühlen. Kürzlich habe ich einen Unterwasserroboter gesteuert und hatte dabei einen Flirt mit einem Delfin.

ATE-HA: Mich zieht's immer mal wieder zu den Vierbeinern, da bin ich vielleicht ein bisschen sentimental. Mit ihnen hat es schließlich damals angefangen. Schon damals hat es mich fasziniert, die Welt aus ihrer Perspektive zu erleben.

Hans-Arthur Marsiske auf der German Open 2002

VIRTUELLA: Ich bin gespannt, wen wir beim Eröffnungsspiel alles sehen werden. Ein paar Leute aus der Anfangszeit sind ja noch am Leben.

ATE-HA: Der alte Hiroaki Kitano wird sich das Ereignis sicher nicht entgehen lassen. Notfalls lässt er sich von seinen Pflegerobotern ins Stadion tragen. Aber wahrscheinlich schafft er es auch so, er ist ein robuster Bursche.

VIRTUELLA: Das stimmt. Bei dem Interview, das ich damals mit ihm gemacht habe, war das auch zu spüren.

Es geht um die Zusammenarbeit von Mensch und Roboter, nicht um die Konfrontation

Hiroaki Kitano über die Geschichte und Zukunft des Roboterfußballs

Hiroaki Kitano (Tokio) ist Hauptinitiator des RoboCup und Gründungspräsident der RoboCup Federation.

FRAGE: Herr Kitano, wie sind Sie eigentlich zur Robotik gekommen? Können Sie sich daran erinnern, wann Sie zum ersten Mal von Robotern gehört haben?

KITANO: Da ich in Japan aufgewachsen bin, bin ich schon sehr früh mit Robotern in Berührung gekommen. Als Kind habe ich Comics wie »Astro Boy« gelesen oder Roboter in Filmen gesehen. Aber mit richtigen Robotern hatte ich erst als Forscher zu tun. Meine erste ernsthafte Beschäftigung mit Robotik war an der Carnegie Mellon University, die ein großes Robotik-Institut hat.

FRAGE: Haben Sie an der Carnegie Mellon University studiert?

KITANO: Ich war dort als Gastwissenschaftler von 1988 bis 1993.

FRAGE: Das war genau die Zeit, in der die Idee vom RoboCup entstand. Können Sie uns mehr darüber erzählen?

KITANO: Ich forschte damals zu Künstlicher Intelligenz (KI) und interessierte mich besonders für Multiagentensysteme. Es schien für diese Technologie aber keine spezifischen Anwendungen mit gesellschaftlicher Relevanz zu geben. Im Jahr 1991 sah ich im Rahmen einer Konferenz auch einen Roboterwettbewerb. Die Roboter bewegten sich sehr langsam, blieben minutenlang stehen, bewegten sich dann wieder ein bisschen und so weiter. Es war sehr langweilig. Ich hielt es für sinnvoll, eine interessante, herausfordernde Aufgabe zu definieren, für deren Realisierung schnelle Roboter erforderlich waren. Das war ein Ausgangspunkt für RoboCup. Zur gleichen Zeit organisierte ich einen Workshop mit dem Titel »Grand Challenge AI Problems«, der nach weit reichenden, gesellschaftlich relevanten Forschungsvorhaben in den Bereichen Künstliche Intelligenz und Robotik suchte. RoboCup spielte in den Diskussionen zwar noch keine Rolle. Doch die allgemeine Meinung war, dass wir zur Förderung der KI-Forschung ein sehr symbolträchtiges, gut erkennbares und ansprechendes Ziel brauchten. Als ich später über Fußball als ein derartiges Ziel nachdachte, stellte ich fest, dass mit Fußball spielenden Robotern sehr gut die Basistechnologien für eine breite Palette von Anwendungen entwickelt werden konnten. Das war um 1992/93. Wir haben uns dann zwei Jahre lang mit Machbarkeitsstudien beschäftigt. Auf der »International Joint Conference on Artificial Intelligence« (IJCAI) in Montreal im Jahr 1995 haben wir schließlich angekündigt, dass es auf der nächsten IJCAI, die für 1997 in Nagoya in Japan geplant war, den ersten internationalen RoboCup-Wettbewerb geben würde.

FRAGE: Haben Sie über mögliche Alternativen zum Fußball als Testumgebung für kooperierende, autonome Roboter nachgedacht?

KITANO: Ja, ich habe über verschiedene Anwendungen nachgedacht. Zuerst zog ich Krankenpflege und Katastrophenhilfe in Betracht. Aber es war schwierig, das deutlich zu fokussieren. Katastrophenhilfe zum Beispiel ist von Land zu Land sehr unterschiedlich. In Japan sind Erdbeben unsere Hauptsorge, die wiederum für New York City nur von untergeordneter Bedeutung sind. Da machen sich die Menschen eher Gedanken wegen der Kriminalität. In anderen Teilen der USA spielen Hurrikans eine wichtige Rolle, während Sie in Europa mit verschiedenen Arten von Flutkatastrophen zu tun haben. Um Pflegeroboter zu bauen, brauchen Sie andererseits sehr fortgeschrittene Technologien, die Entwicklungszeiten von bis zu 20 Jahren beanspruchen können. Ein so großes Projekt zu rechtfertigen und das notwendige Geld aufzutreiben, ist sehr schwierig.

Statt sich direkt auf spezifische Anwendungen zu konzentrieren, hielt ich es für eine bessere Strategie, sich eher abseits des Weges zu orientieren, etwa an einem Spiel die grundlegenden Technologien zu entwickeln und sie dann auf andere Bereiche zu übertragen. Ich dachte dabei sofort an Fußball, zog aber auch Sportarten wie Baseball oder Volleyball in Erwägung. Aber diese Spiele sind viel weniger dynamisch als Fußball. Beim Volleyball zum Beispiel sind die beiden Teams durch das Netz klar voneinander getrennt. Ähnlich ist es bei American Football und Rugby, wo es ebenfalls eine klare Unterscheidung von Angreifern und Verteidigern gibt. Außerdem geht es dabei sehr stark um direkten Körpereinsatz – ein Problem, das sich durch den Bau von extrem starken Robotern leicht lösen lässt. Das ist nicht unser Ziel beim RoboCup. Wir wollen keine Roboter, die Menschen verletzen. So blieb am Ende Fußball übrig als die beste Alternative. Das Spiel ist sehr dynamisch, erfordert einen hohen Grad an Teamwork, zielt nicht darauf ab, den Gegner zu verletzen und ist in der ganzen Welt sehr populär.

Die Idee zieht Kreise

FRAGE: Sie hatten aber nicht von Anfang an vor, den RoboCup als internationalen Wettbewerb zu organisieren?

KITANO: Nein. 1993, als diese Ideen erstmals Gestalt annahmen, wollte ich es »Robot J-League« nennen, denn fast zur gleichen Zeit war in Japan die Profifußball-Liga »J-League« gegründet worden. Aber ich bekam sofort E-Mails aus Europa und den USA, in denen vorgeschlagen wurde, das Vorhaben gleich international anzulegen. Also änderten wir den Namen in »Robot World Cup«, kurz: RoboCup.

FRAGE: Hatten Sie damals auch schon das langfristige Ziel im Kopf, mit Robotern gegen Menschen die Fußballweltmeisterschaft zu gewinnen?

KITANO: In meinem ersten Artikel schrieb ich davon, eine Robotermannschaft zu schaffen, die am Ende des 21. Jahrhunderts die brasilianische Nationalmannschaft schlagen kann. Sofort bekam ich eine E-Mail von italienischen Forschern, die sagten, das sei nicht ausreichend: Wir müssten auch die Italiener schlagen. Im Allgemeinen war die Forschergemeinde aber von der Perspektive, die Fußballweltmeisterschaft zu gewinnen, ziemlich begeistert. Ich hatte dann ein Fernsehinterview mit einem sehr berühmten japanischen Wissenschaftsjournalisten. Der gab zu bedenken, dass das Ende des 21. Jahrhunderts als Zieldatum vielleicht zu weit in der Zukunft lag, und schlug vor, stattdessen die Mitte des Jahrhunderts zu wählen. Er begründete das damit, dass zwischen den ersten motorisierten Flügen der Gebrüder Wright und der ersten Mondlandung nur 66 Jahre vergangen waren.

Da die Fußballroboter nicht auf dem Mond spielen sollten, sondern auf der Erde, seien 50 Jahre ausreichend. Ich dachte darüber nach und stieß auf weitere interessante Fakten. So nahm beispielsweise das erste kommerzielle Düsenflugzeug im Jahr 1947 seinen Betrieb auf, weniger als 50 Jahre nach den Wright-Brüdern. Auch zwischen den ersten Computern wie ENIAC und »Deep Blue«, der als erster den menschlichen Schachweltmeister schlug, liegen ungefähr 50 Jahre. Oder nehmen Sie die Entdeckung der DNS-Struktur in den 50er Jahren und die Sequenzierung des menschlichen Genoms: Ein Zeitrahmen von 50 Jahren scheint für die Erreichung hoch gesteckter wissenschaftlicher und technologischer Ziele durchaus angemessen zu sein.

FRAGE: Wie ist das Verhältnis des RoboCup zu anderen Roboterwettbewerben?

KITANO: Es gibt sehr viele Roboterwettkämpfe auf der Welt. Aber so weit ich sehe, sind die meisten für Hobbyrobotiker gedacht oder dienen der Ausbildung von Studenten. Es gibt auch einige Wettbewerbe, die sich auf Forschungsfragen konzentrieren. Darunter dürfte der RoboCup der größte sein. Aber der Wettbewerb ist nur ein Aspekt des RoboCup. Wir veranstalten auch wissenschaftliche Konferenzen, bilden Arbeitsgruppen zu speziellen Fragen, kümmern uns um Technologietransfer und betreiben noch andere Projekte. Es geht also nicht nur darum, das Turnier zu gewinnen. Das eigentliche Ziel des RoboCup besteht darin, die Entwicklung der Technologie voranzutreiben. Das ist ein großer Unterschied. Ich weiß auch von keinem anderen Wettbewerb, der ein langfristiges Ziel wie den Gewinn der Fußballweltmeisterschaft in 50 Jahren verfolgt. Dieses Ziel erlaubt es uns, Etappenziele zu definieren und die Regeln der verbesserten Technologie anzupassen, zum Beispiel durch Wegnahme der Bandenbegrenzung an den Spielfeldern oder Verwenden eines größeren Balls. Diese Konzentration auf Forschung und Technologieentwicklung unterscheidet den RoboCup deutlich von den meisten anderen Roboterwettbewerben.

Mehrere Spielklassen

FRAGE: Wie hat sich die Idee der verschiedenen Ligen entwickelt?

KITANO: Angefangen haben wir mit drei Fußball-Ligen: Simulation, Small Size und Middle Size. Die Simulation ist notwendig, weil die komplexen KI-Forschungen zur Entscheidungsfindung oder zum Lernen mit richtigen Robotern sehr schwer durchzuführen sind. Die Wissenschaftler sollten die Möglichkeit haben, sich gleich mit diesen Themen zu beschäftigen. Daher beschlossen wir, eine auf Simulation basierende Liga zu schaffen, die den Forschern diese Möglichkeit bietet. Für die Einrichtung der Small Size League gab es zwei Gründe. Einer besteht darin, dass man viel Platz braucht, um sich auf eine Teilnahme in der Middle Size League vorzubereiten. Viele Teams haben diesen Platz nicht. Die Small Size League gibt ihnen daher die Gelegenheit, trotzdem am RoboCup teilzunehmen. Zugleich änderten wir die Regeln etwas, indem wir in der Small Size League Sensoren außerhalb des Spielfeldes zulassen, während in der Middle Size League alle Sensoren auf den Robotern selbst montiert sein müssen. Das ist die zweite Motivation für die Small Size League: Wir möchten das Zusammenspiel verschiedener Sensoren (sensor fusion) in Echtzeit für sich schnell bewegende Objekte untersuchen. Das kann zum Beispiel für intelligente Verkehrssysteme verwendet werden. Ein autonomes Fahrzeug könnte seine Information sowohl von bordeigenen Sensoren beziehen als auch von Navigationssatelliten oder von Sensoren, die in die Straße integriert sind wie Magnetschleifen, Radar oder Kameras. Wie sich diese verschiedenen Informationen integrieren lassen, ist eine sehr wichtige Forschungsfrage. Solche Technologien können ebenso für die Navigation von Robotern im Haushalt, Büro oder in anderen speziellen Umgebungen eingesetzt werden. Die Middle Size League mit ihren vollständig autonomen Robotern erforscht dagegen die Technologie, die für die Erkundung fremder und unbekannter Umgebungen erforderlich ist, etwa andere Planeten, Katastrophengebiete oder Vulkane, bei denen man nicht erst ein System von Navigationssensoren aufbauen kann. Diese Roboter müssen komplett selbstständig agieren können.

FRAGE: Das ursprüngliche System der Ligen hat sich dann ziemlich schnell erweitert ...

KITANO: Als Sony den vierbeinigen Roboter »Aibo« vorstellte, hielten wir das für sehr interessant. Das ist sehr gut gemachte Hardware. Nach einigen Diskussionen einigten wir uns darauf, dass Sony die Legged Robot League mit Aibo als Standardroboter betreuen sollte. Sie entwickelte sich zu einer sehr populären Liga, weil der Aibo sehr niedlich aussieht und vielen Menschen gefällt. Und schließlich haben wir im

Jahr 2002 die Humanoid League eingeführt, die wir aus offensichtlichen Gründen von Anfang an haben wollten: Wenn Sie mit Robotern gegen Menschen Fußball spielen wollen, brauchen sie Roboter mit menschlicher Gestalt, die auf zwei Beinen laufen.

Roboter Pino bei der Vorführung auf dem RoboCup 2001 in Seattle

So haben sich also die Fußball-Ligen entwickelt. Parallel dazu haben wir 2001 die Rescue Leagues eingeführt, weil wir die Technologie möglichst bald für ernsthafte Zwecke einsetzen wollen. Der Bau von Fußballrobotern steht als Ziel nicht für sich selbst, sondern ist lediglich ein Ausgangspunkt. Wie ich schon gesagt habe, war das von Anfang an die Idee des RoboCup. Um mit der Rescue League tatsächlich starten zu können, mussten wir allerdings auf aktive Teilnehmer warten wie Satoshi Tadokoro von der Kobe University oder Robin Murphy von der University of South Florida, die hier die Initiative übernahmen. Einen Monat, nachdem Robin Murphy ihre Roboter bei der RoboCup-WM 2001 in Seattle präsentiert hatte, brachte die Wissenschaftlerin sie in den Trümmern des World Trade Center in New York zum Einsatz und konnte damit die Leichen von acht Opfern finden. Natürlich war das ein sehr trauriges Ereignis. Aber für die Robotik war es sehr wichtig zu zeigen, dass die Technologie sich auch in einer realen Katastrophenumgebung bewährt. Regierungen in Japan und Europa zeigen mittlerweile großes Interesse an dieser

Technologie, und wir haben in Tokio und Kobe eine unabhängige nationale Forschungsorganisation gegründet.

Neben Fußball und Rescue haben wir schließlich als dritte Abteilung noch den RoboCup Junior. Hier geht es um Ausbildung. Wenn wir bis 2050 Roboter bauen wollen, die den menschlichen Fußballweltmeister schlagen können, brauchen wir konstanten Nachschub an Talenten und jungen Forschern. Davon profitiert nicht nur der RoboCup, sondern die gesamte Forschung zur KI und Robotik. Daher geht es beim RoboCup Junior auch nicht nur um Fußball. Wir bieten auch Robotertanz, Rettungsroboter, Roboterperformance und andere, breit angelegte Programme an, die es den Kindern und Jugendlichen erlauben, sehr kreativ zu sein. Außerdem legen wir beim RoboCup Junior großen Wert auf Teamwork. Wir nutzen die Roboter also für eine umfassende Erziehung in den Bereichen Wissenschaft, Technologie und Gesellschaft.

FRAGE: Das Ziel, Menschen auf dem Fußballfeld zu schlagen, könnte Ängste auslösen, dass wir den Maschinen untergeordnet oder sogar überflüssig werden könnten. Beim Nachdenken über das langfristige Ziel haben Sie solche Ängste doch sicherlich in Betracht gezogen?

KITANO: Ich möchte dazu zwei Bemerkungen machen. Wir wissen, dass Computer in mancher Hinsicht besser als Menschen sind. Trotzdem fühlen wir uns ihnen nicht unterlegen. Wir akzeptieren ihre überragenden Fähigkeiten bei all diesen Aufgaben, bei denen es um die Verarbeitung großer Zahlenmengen geht, selbst beim Schach. Dennoch ist der Computer nichts weiter als eine Maschine, die Menschen nutzen können. Das Gleiche kann über Roboter gesagt werden. Ich glaube nicht, dass Menschen sich ihnen gegenüber untergeordnet fühlen werden, selbst wenn es gelingt, mit Robotern den Fußballweltmeister zu schlagen. Es mag sogar sein, dass wir bis zum Jahr 2050 gemischte Teams aus Menschen und Robotern haben, die um die Weltmeisterschaft spielen. Denn darum geht es beim RoboCup wirklich: um die Zusammenarbeit von Menschen und Robotern, nicht um Konfrontation. Es geht darum, wie wir diese Technologie am besten nutzen können.

FRAGE: Das bringt mich auf einen anderen Punkt: Ein wichtiges Anwendungsgebiet der Robotik sind Neuroprothesen, also zum Beispiel künstliche Gliedmaßen. Menschen und Roboter könnten dadurch bis zum Jahr 2050 schwer unterscheidbar geworden sein. Es mag Menschen mit künstlichen Beinen oder Augen und Roboter mit organischen Komponenten geben. Solche Entwicklungen könnten das langfristige Ziel des RoboCup in Frage stellen.

KITANO: Ja, in so einem Fall würde ich sagen, die Technologie ist so weit fortgeschritten, dass das Ziel des RoboCup bereits erreicht ist. Wenn die ursprüngliche Zielsetzung auf diese Weise überflüssig würde, wäre das aus meiner Sicht völlig in Ordnung.

In Etappen zum Ziel

FRAGE: Können Sie den Weg zum Fernziel genauer beschreiben? Welche größeren Meilensteine sehen Sie?

KITANO: Im Jahr 2002 haben wir in der Middle Size League eine bemerkenswerte Änderung eingeführt, indem wir die Spielfeldbande entfernten. Die Teams kamen damit sehr gut zurecht. Wir diskutieren darüber, uns weiter in Richtung einer konventionellen Fußballumgebung zu bewegen, beispielsweise durch Nutzung des natürlichen Lichts, Vergrößerung des Feldes und den Einsatz von mehr Spielern. Außerdem überlegen wir, den orangefarbenen Ball gegen einen normalen Fußball auszutauschen. Diese Änderungen werden wahrscheinlich im Lauf der nächsten fünf Jahre eintreten. Interessanter ist die Frage, wann wir einen humanoiden Roboter haben werden, der rennen und springen kann. Gegenwärtig können sie nur laufen. Ich denke, dass sie rennen, könnte schon recht bald realisiert werden, ungefähr innerhalb eines Jahres. Dann aber geht es darum, diese Bewegungsmuster stabil und robust zu machen. Dafür wird vermutlich eine Änderung der grundlegenden mechanischen Struktur erforderlich sein, weg von den Systemen mit Motoren und Getrieben zu etwas wie künstlichen Muskeln. Ein solcher Wechsel wird wiederum nachhaltige Auswirkungen auf eine ganze Reihe von Industrien haben. Ein weiterer Aspekt sind die Materialien, die wir bei der Konstruktion von Robotern verwenden. Metalle und Kunststoffe, die heute in Gebrauch sind, sind sehr hart. Wir möchten weicheres Material einsetzen. Der dritte Aspekt ist eine robustere KI. Gegenwärtig reicht die Intelligenz von Robotern bei weitem noch nicht aus, um gegen Menschen Fußball zu spielen. Der vierte wichtige Aspekt schließlich betrifft die Energieversorgung. Wir brauchen sehr stark verbesserte Brennstoffzellen oder wahrscheinlich etwas noch Futuristischeres, damit Roboter sich 45 Minuten bewegen, rennen und springen können. Es ist schwer vorherzusagen, wann und wie diese Probleme gelöst werden könnten, aber einige größere Durchbrüche werden höchstwahrscheinlich in 10 bis 30 Jahren erfolgen. Das wird die aufregendste Zeit sein. Danach müssen wir all diese verschiedenen Technologien integrieren.

FRAGE: Welches waren Ihre persönlichen »großen Momente« während der ersten Jahre des RoboCup?

KITANO: Nun, sehr bewegend war es im ersten Jahr, nachdem wir den RoboCup zum ersten Mal angekündigt hatten und nun sahen, dass tatsächlich Teams kamen und ihre Roboter mitbrachten. Bis dahin war ich nicht ganz sicher gewesen, ob alles so ablaufen würde wie geplant. Aber jetzt sah ich: Es wird RoboCup wirklich geben! Das war sehr aufregend. Ein anderer großer Moment war es, als bei der RoboCup-WM 2002 in Fukuoka 120.000 Menschen ins Baseballstadion kamen, um die Roboter zu sehen. Nur fünf Jahre zuvor hatten wir in einer kleinen Ecke einer Konferenzhalle begonnen und waren innerhalb kürzester Zeit zu solchen Dimensionen gewachsen. Für mich als Organisator waren das die beiden aufregendsten Momente. Als sehr bewegend habe ich es außerdem empfunden, als Robin Murphy ihre Rettungsroboter in den Trümmern des World Trade Center einsetzte. Das zeigte mir, dass der RoboCup wirklich gesellschaftliche Bedeutung hat und wir das Richtige tun.

FRAGE: Erwarten Sie, dass der RoboCup eines Tages auch den menschlichen Fußball beeinflussen könnte, zum Beispiel durch den Einsatz von Simulationen bei der Vorbereitung auf reale Spiele?

KITANO: Das ist gut möglich, obwohl ich nicht voraussehen kann, wann. Man könnte aus Videoaufzeichnungen statistische Daten über den Gegner gewinnen, einige Analysen durchführen und Gegenmaßnahmen entwickeln. Manche Sportarten wie die Formel 1 arbeiten heute schon ausgiebig mit Simulationen. Es gab auch einige Kontakte zwischen RoboCup und menschlichem Fußball, als die japanische J-League die RoboCup-WM 2002 offiziell unterstützte. Doch das ist alles noch in einem frühen Stadium und entwickelt sich im Moment noch langsam.

FRAGE: In Deutschland wird gegenwärtig ein neues System entwickelt, das die Bewegungen von Fußballspielern mit Hilfe von Sendern an deren Körpern aufzeichnen soll. Die so gewonnenen Daten könnten genutzt werden zur Verbesserung des Trainings und für die Übertragung von Spielen im Internet. Vielleicht könnten damit aber auch Softwareagenten gespeist werden, um dann nachträglich zu testen, welchen Effekt Auswechslungen von Spielern hätten haben können?

KITANO: Das ist sehr interessant. Beim RoboCup haben wir bereits Teams, insbesondere in der Simulation League, die vom Verhalten ihrer Gegner lernen. Außerdem gibt es den Trainerwettbewerb mit einem simulierten Trainer, der in Echtzeit das Spiel analysiert und den Spielern Anweisungen gibt. Um diese Technologie auf menschlichen Fußball anwenden zu können, haben uns aber bisher die Daten menschlicher Spiele gefehlt. So ein System könnte das ändern und ziemlich schnell zu einer Anwendung von RoboCup-Technologie auf menschlichen Fußball führen.

FRAGE: Haben Sie in den teilnehmenden Ländern unterschiedliche Robotik-Kulturen beobachten? In Europa sind wir zum Beispiel fasziniert von dem Enthusiasmus, den die Japaner Robotern entgegenbringen, können ihn aber nur schwer erklären.

KITANO: Die Japaner lieben einfach elektrische Spielzeuge wie den Walkman oder die Play Station. Ich weiß nicht warum, es scheint in unserer Kultur verwurzelt zu sein. Was Roboter im Besonderen betrifft, haben wir seit mehr als 40 Jahren die Kultur der Comics und Trickfilme wie »Astro Boy« und anderer Robotergeschichten. Manche Forscher sind durch »Astro Boy« sogar dazu motiviert worden, Robotik zu studieren. Inzwischen gibt es solche Einflüsse aber auch außerhalb Japans, etwa durch populäre Filme wie »Star Wars«, in denen Roboter zu den Guten gehören. Wenn ich Teilnehmer beim RoboCup frage, warum sie sich entschieden haben, Robotik zu studieren, erzählen sie mir oft, dass sie als Kinder »Star Wars« gesehen haben und von C3PO und R2D2 fasziniert waren.

Vorteile des aufrechten Gangs

FRAGE: Es leuchtet ein, dass Roboter, die gegen Menschen Fußball spielen sollen, menschliche Formen haben müssen. Aber wofür brauchen wir humanoide Roboter sonst noch? Wie rechtfertigen Sie diesen enormen Aufwand, zweibeinige Roboter zu bauen?

KITANO: Sicher, Roboter, die im Büro oder in Fabriken eingesetzt werden sollen, müssen nicht humanoid sein. Selbst zweibeinige Roboter müssen nicht unbedingt menschenähnliche Gestalt haben. Die humanoide Erscheinung hat jedoch eine symbolische Bedeutung, besonders im Unterhaltungssektor, aber auch in anderen Bereichen der Mensch-Roboter-Interaktion. Wenn wir Roboter nutzen wollen, um menschliches Verhalten und menschliche Bewegungen zu erforschen, müssen sie ebenfalls menschenähnlich sein. Einige Neurowissenschaftler nutzen bereits Roboter, um die Steuerung von Bewegungen beim Menschen besser zu verstehen. Auch für praktischere Anwendungen wie die von Ihnen erwähnten Neuroprothesen brauchen wir humanoide Roboter, die rennen und springen können, damit wir beschädigte Gliedmaßen des menschlichen Körpers durch künstliche ersetzen können. Ich denke daher, dass wir die Forschung an humanoiden Robotern fortsetzen sollten, selbst wenn sie nicht für industrielle oder kommerzielle Zwecke genutzt werden könnte. Einige der Technologien, die wir für humanoide Roboter entwickeln, werden ohnehin auch für andere Arten von Robotern von Nutzen sein.

FRAGE: Sie sind auch bekannt als der Begründer der neuen wissenschaftlichen Disziplin Systembiologie. Gibt es da Verbindungen zum RoboCup?

KITANO: Ich betrachte Systembiologie und RoboCup als völlig verschiedene wissenschaftliche Projekte. Wenn Sie allerdings das Wesen von Robotik und Biologie betrachten, werden Sie feststellen, dass sie einiges gemeinsam haben. Bei beiden geht es um sehr komplexe Systeme. Beide versuchen zu verstehen, wie solche Systeme robust werden und trotz störender Einflüsse von außen oder innen bestimmte Funktionen aufrechterhalten können. Es gibt also einige Ähnlichkeiten, obwohl die Robotik mehr auf praktische Anwendungen abzielt, während sich die Biologie eher um grundlegende Fragen kümmert. Irgendwann in der Zukunft mögen sie enger zusammenarbeiten, etwa wenn wir versuchen, genetisch modifiziertes Gewebe in mechanischen Systemen einzusetzen. Aber das wird wahrscheinlich frühestens in 20 Jahren so weit sein.

FRAGE: Um Roboter bauen zu können, müssen wir von der Natur lernen, aber lernen wir, indem wir sie bauen, auch neue Dinge über die Natur?

KITANO: Ich denke schon.

FRAGE: Beim menschlichen Fußball schreiben wir den Spielern häufig einen guten »Torinstinkt« oder gutes »Ballgefühl« zu. Wie viel Gefühl brauchen Fußballroboter, und wie implementieren Sie Emotionen in Künstlicher Intelligenz?

KITANO: Das ist eine interessante Frage. Ich weiß nicht, ob wir bei einem Fußballroboter wirklich Emotionen brauchen. Vielleicht ist es nicht notwendig. Eine der interessanten Episoden während des Schachwettkampfs zwischen Anatoly Karpow und Deep Blue war ein Moment, als Karpow durch einen sehr ungewöhnlichen Zug der Maschine geschockt und verunsichert wurde. Aufgrund dieses psychologischen Problems verlor er das Spiel. Deep Blue hatte keine derartigen Probleme. Das machte einen Teil seiner Stärke aus. Solche Überlegungen könnten auf Fußball ebenfalls anwendbar sein. Wenn Sie einen Fehler begehen, machen Sie sich darüber Gedanken, und das kann das Spiel beeinträchtigen. Es könnte für die Roboter ein Vorteil sein, sich über Fehler keine Gedanken zu machen. Aber diese Fragen sind ein interessantes Feld für zukünftige Forschungen.

FRAGE: Bei Menschen sind Emotionen eine sehr effektive Methode der Informationsverarbeitung. Roboter könnten ebenfalls verschiedene Ebenen der Informationsverarbeitung brauchen, ähnlich menschlichen Emotionen, wenn auch nicht identisch mit ihnen.

KITANO: Ja, aber ein schnellerer Prozessor könnte das auch bewirken.

FRAGE: Werden Robotern eines Tages in der Zukunft politische Rechte zugesprochen werden?

KITANO: Ich glaube nicht. Ich bezweifle, dass wir jemals so etwas werden bauen wollen. Technisch mag das irgendwann in der Zukunft möglich sein, aber in sozialer und politischer Hinsicht wahrscheinlich nicht. Gegen den Bau solcher Geräte wird es viele Einwände geben.

FRAGE: Können Sie sich vorstellen, dass im Jahr 2050 Roboter im Publikum sitzen und aufgeregt das Spiel ihrer Mannschaft verfolgen?

KITANO: O ja, das kann ich mir sehr gut vorstellen.

Der RoboCup

Seit 1997 finden jedes Jahr im Sommer die internationalen Wettkämpfe und wissenschaftlichen Veranstaltungen des RoboCup statt. Sie werden organisiert von der RoboCup Federation mit Sitz in der Schweiz. Zweck ist die Anregung und Förderung der Forschung in der Künstlichen Intelligenz, in der Robotik und in verwandten Gebieten durch gemeinsam verfolgte langfristige Ziele. Diese Ziele sollen die Integration und die Evaluation vielfältiger Technologien erfordern. Die Vision des RoboCup ist die Entwicklung autonomer humanoider Roboter, die im Jahre 2050 den Fußballweltmeister besiegen können.

In Fukuoka im Jahr 2002 wurden Wettbewerbe in acht verschiedenen Spielklassen, so genannten Ligen, ausgetragen:

Simulation League

Elf autonome Softwareagenten pro Team spielen auf einem virtuellen Fußballfeld gegeneinander. Die Programme entscheiden vollständig autonom. Ein Coach-Programm kann strategische Hinweise geben.

Small Size League

(F180 – die Grundfläche der Roboter ist auf 180 qcm beschränkt)

Bis zu fünf Roboter pro Team spielen auf einem 230 mal 280 Zentimeter großen Spielfeld. Sie werden vollständig autonom von externen Computern gesteuert, die auf die Bilder einer über dem Feld montierten Kamera zugreifen können.

Middle Size League

(F2000 – die Grundfläche der Roboter ist auf 2000 qcm beschränkt)

Bis zu fünf Roboter pro Team spielen auf einem etwa 5 mal 10 Meter großen Feld. Sie orientieren sich mit Hilfe eigener Sensoren und entscheiden vollständig autonom, können aber über Funk untereinander und mit einem externen Computer Nachrichten austauschen.

Sony Legged Robot League

In dieser Liga werden ausschließlich die vierbeinigen Roboter mit der Hardware des Sony-Roboters »Aibo ERS 210« verwendet, die von den Teams für das Fußballspiel speziell programmiert werden. Bis zu vier Roboter pro Team spielen auf einem ungefähr 3 mal 5 Meter großen Feld. Die Roboter entscheiden vollständig autonom, können aber über Funk untereinander Nachrichten austauschen.

Humanoid League

Zweibeinige Roboter demonstrieren ihre Fähigkeiten beim Laufen und Kicken. Es gibt verschiedene Größenklassen, dabei sind bestimmte Proportionen einzuhalten. Fernsteuerung von Hand ist noch erlaubt. Bewertet werden technische Fähigkeiten, unter anderem beim Elfmeterschießen, und der Grad der Autonomie.

Rescue Robot League

Rettungsroboter müssen in einer vorgegebenen Zeit möglichst viele, durch Puppen simulierte Überlebende in einer künstlichen Trümmerlandschaft finden. Es gibt keine Vorgaben über die Größe und Ausstattung der Roboter. Fernsteuerung von Hand ist erlaubt. Es wird grundsätzlich eine semi-autonome Arbeitsweise angestrebt.

Rescue Simulation League

In einem simulierten Katastrophenszenario müssen Softwareagenten so handeln, dass der Schaden an Menschenleben und Sachwerten minimiert wird. Die Programme agieren vollständig autonom.

RoboCup Junior

In dieser Liga werden Wettbewerbe für Jugendliche veranstaltet. Die Roboter agieren vollständig autonom. Sie werden in der Regel mit Hilfe handelsüblicher Bausätze konstruiert. Es gibt Wettbewerbe für Fußballer und für Tanzroboter.

Neben den Weltmeisterschaften gibt es zunehmend lokale Meisterschaften, die durch Nationalkomitees organisiert werden: seit 1997 in Japan, seit 2001 in Deutschland, seit 2002 in Australien und seit 2003 in den USA.

In Deutschland werden seit 2001 insgesamt 14 wissenschaftliche Projekte im Rahmen des Schwerpunktprogramms »Kooperierende Teams mobiler Roboter in dynamischen Umgebungen« durch die Deutsche Forschungsgemeinschaft gefördert. Als gemeinsamer Bezugspunkt der Projekte dient der RoboCup.

Web-Seiten:
RoboCup-Federation: www.robocup.org
Deutscher Arbeitskreis RoboCup in der Gesellschaft für Informatik: www.robocup.de

Aufwärmtraining für virtuelle Fußballer

Aus einem Bericht über die Eröffnungsfeier der Fußball-Weltmeisterschaft 2050 in »Global News«:

... In ihrer Rede erinnerte FIFA-Präsidentin Chang Li auch an eine mittlerweile fast vergessene Bewegung, die genau dieses Turnier einst als Orientierungspunkt auserkoren hatte. »Dass wir diesen sportlichen Wettbewerb als ein Fest des menschlichen Körpers und seines Leistungsvermögens begehen können, ist nicht selbstverständlich«, sagte sie. »Noch vor 30 Jahren gab es Wissenschaftler, die ernsthaft vorhatten, Maschinen zu konstruieren, die besser Fußball spielen als jeder Mensch. Sie hatten sich das Jahr 2050 als Zieldatum gesetzt, um mit Robotern die Fußball-Weltmeisterschaft zu gewinnen.« Die Besinnung auf Tradition und Natürlichkeit habe dieser Verirrung des menschlichen Geistes jedoch rechtzeitig ein Ende setzen können.

Tatsächlich gab es in den ersten beiden Dekaden dieses Jahrhunderts eine zahlenmäßig zeitweise recht starke Bewegung, die unter dem Namen »RoboCup« die Konstruktion menschenähnlicher Roboter fördern wollte. Bevor sie schließlich verboten wurde, war sie jedoch bereits auf erhebliche technische Schwierigkeiten gestoßen, die sie nachhaltig geschwächt hatte ...

VIRTUELLA: Was sollte das denn jetzt?

ATE-HA: Ach, ich hab' nur ein bisschen mit der neuen Zeitreise-Software gespielt. Man kann sich damit durch verschiedene denkbare Varianten der Geschichte zappen, sowohl in der Vergangenheit als auch in der Zukunft. Ist im Moment ein absoluter Verkaufsrenner.

VIRTUELLA: Mag schon sein. Aber wenn die Geschichte sich so entwickelt hätte, säßen wir jetzt nicht hier und könnten die Spiele kommentieren – was ich übrigens als große Ehre empfinde.

ATE-HA: Ich habe mich über das Angebot auch sehr gefreut. Erinnerst du dich noch an unsere erste Ko-Moderation?

VIRTUELLA: Natürlich, 1999 in Stockholm. Unvergesslich. Damals hat mich das RoboCup-Fieber gepackt.

ATE-HA: Ich wurde schon früher davon befallen. 1997 in Nagoya ...

Wie alles anfing

VIRTUELLA: Warte einen Moment. Das wollten wir doch unseren Zuschauern erzählen. Wir sind gleich auf Sendung ... Hallo, liebe Fußballfreunde! Herzlich willkommen zur Weltmeisterschaft 2050 in Schanghai! In wenigen Minuten erfolgt der Anpfiff zum Eröffnungsspiel des Turniers, an dessen Ende wir wissen werden, ob Roboter wirklich besser kicken können als Menschen. Die verbleibende Zeit wollen wir nutzen, um ein wenig zurückzublicken in die Anfangsjahre dieses großen Projekts, das jetzt seinen Zielpunkt erreicht. Und da gibt es wohl niemanden, der uns darüber besser Auskunft geben könnte, als Ate-Ha, der virtuelle Repräsentant eines der Veteranen des RoboCup. Hans-Dieter Burkhard war von Anfang an beim RoboCup dabei und Ate-Ha verfügt über all seine Erinnerungen. Ate-Ha, vielleicht kannst du uns zunächst einmal erzählen, wie es zu der Idee kam, Roboter Fußball spielen zu lassen?

ATE-HA: Das waren die Ideen von Leuten wie Alan Mackworth aus Kanada, Minoru Asada, Yasuo Kuniyoshi, Hiroaki Kitano und Itsuki Noda aus Japan sowie Manuela Veloso und Peter Stone aus Amerika. Sie haben ab 1992 die Idee des Roboterfußballs entwickelt.

VIRTUELLA: Und wieso gerade Fußball?

ATE-HA: Weil es Spaß macht. Und weil es eine echte Herausforderung darstellte: Roboter, die sich allein orientieren, einem Ball nachjagen und gekonnt spielen können! Zu Beginn der 90er Jahre zeichnete sich ab, dass so etwas möglich ist.

VIRTUELLA: Um Spaß allein wird es dabei aber doch wohl nicht gegangen sein?

ATE-HA: Nein, sondern um das Lösen schwierigster wissenschaftlicher und technischer Probleme. Es war ja nicht neu, den sportlichen Wettkampf als Ansporn zu nutzen, denk' nur an die ersten Autos, an Flugzeuge oder an Schach. Der Wettkampf ist unerbittlich, man kann nur mit gelungenen Lösungen bestehen, kann aber auch viel voneinander lernen.

Der Unterschied zwischen Schach und Fußball

Beim Schach hat jeder Spieler vollständige und zuverlässige Informationen über das Geschehen auf dem Schachbrett. Beim Fußball ist die Information dagegen unvollständig und unzuverlässig. Der Ball kann verdeckt sein, weiter entfernte Vorgänge sind nicht genau erkennbar, und man kann sich bei der Beurteilung des Gesehenen irren. Der Schachspieler kann einen Zug exakt ausführen, der Fußballspieler kann sich dagegen nicht sicher sein, dass seine Aktionen genau so gelingen, wie er sich das vorgestellt hat. Der Ball kann einen anderen Lauf nehmen, weil er vom Wind abgelenkt wird. Der Schachspieler hat vergleichsweise sehr viel Zeit, er kann minutenlang überlegen. Wenn der Fußballer im entscheidenden Moment zögert, ist alles verloren. Fußball ist ein schnelles Spiel mit vielen Unsicherheiten und dem Zwang zu schnellem und geschicktem Reagieren. Das entspricht eher der Situation im alltäglichen Leben, zum Beispiel im Straßenverkehr. Schach ist dagegen eine Angelegenheit des langen Nachdenkens und des logischen Verstandes. Ein Schachspiel ist mit ziemlicher Sicherheit verloren, wenn der Spieler nur einen Fehler macht. Im Fußball kann oft noch ein Mitspieler das Schlimmste verhüten.

VIRTUELLA: Und wie bist du zum Roboterfußball gekommen?

ATE-HA: Im Dezember 1996 las ich eine E-Mail, in der es um eine bevorstehende Weltmeisterschaft von Fußball-Robotern ging. Das Spannende war, wie gesagt, dass die Roboter ganz allein, ohne menschliche Hilfe, ohne Fernsteuerung spielen sollten. Die Weltmeisterschaft sollte im August 1997 in der japanischen Stadt Nagoya im Rahmen der Internationalen Konferenz für Künstliche Intelligenz (IJCAI) stattfinden. Leider hatten wir selbst keine Roboter. Aber es sollte auch eine virtuelle Liga geben, die Simulationsliga, in der Computerprogramme gegeneinander antreten sollten. Selbstständig handelnde Programme, so genannte »intelligente Agenten«, das war genau unser Thema. Das klang interessant. Also Anfrage in Japan, ob wir teilnehmen können. Prompte Antwort von Hiroaki Kitano, dem damaligen RoboCup-Präsidenten: »Wir freuen uns sehr, wenn sich auch Deutschland beteiligt!«

VIRTUELLA: Spielte dabei der Blick auf Deutschland als wichtige Fußballnation eine Rolle?

ATE-HA: Vielleicht. In erster Linie aber wohl doch unsere wissenschaftliche und technische Reputation.

VIRTUELLA: Dieser Wettbewerb war völliges Neuland. Wie habt ihr euch darauf vorbereitet?

ATE-HA: Ich beauftragte Markus Hannebauer, einen meiner begabtesten Studenten, sich das Ganze näher anzusehen. Er holte sich über das Netz die Programme für den »SoccerServer« und den »SoccerMonitor« aus Japan. Der SoccerServer simulierte die »materielle Welt« eines Fußballspiels: Das Spielfeld, den Ball und die Körper der Spieler sowie die Entscheidungen des Schiedsrichters. Die Mannschaften bestanden aus jeweils elf Spielern. Jeder Spieler wurde durch ein eigenes Programm gesteuert, das man selbst schrieb. Das Programm war sozusagen das Gehirn des Spielers. SoccerServer und Spielerprogramme tauschten während des Spiels ständig Nachrichten aus: Der SoccerServer sagte den Spielern in regelmäßigen Abständen, was er gerade sah, und die Spieler teilten mit, was sie gerade machen wollten. Das führte der SoccerServer dann in der virtuellen Welt aus. Der SoccerServer wachte auch über die Kraftreserven der Spieler. Wenn ein Spieler zu schnell und zu lange lief, erlahmten seine Kräfte, das heißt, seine Bewegungen wurden langsamer. Er brauchte dann eine gewisse Zeit zur Erholung.

Der Soccerserver

Wenn ein Spiel in der Simulationsliga durchgeführt wird, laufen gleichzeitig mindestens 24 Programme: SoccerServer, SoccerMonitor und 22 Programme für die Spieler. 1997 in Nagoya waren diese Programme auf mehrere Rechner in einem Netz verteilt.

Die virtuelle Welt wird durch das zentrale Programm, den SoccerServer, berechnet. Das virtuelle Spielfeld hat die originalen Maße eines Fußballfeldes mit Toren, Flaggen und Linien. Ein virtueller Schiedsrichter trifft einfachere Entscheidungen wie Tor und Einwurf, und er gibt den Spielern die Kommandos für die Fortsetzung des Spiels entsprechend den Regeln. Mit Hilfe des SoccerMonitors wird die virtuelle Welt sichtbar gemacht. Zusätzlich können automatische Kommentatoren angeschlossen werden, die das Spielgeschehen analysieren und darüber in natürlicher Sprache berichten.

Während des Spiels können die Fußballer durch die menschlichen Beobachter nicht beeinflusst werden. Die Programmierer beobachten ihr Team, aber haben keine Einflussmöglichkeiten, weder auf die Aktionen unmittelbar noch auf das strategische Verhalten.

Der SoccerServer wurde ursprünglich von Itsuki Noda aus Japan programmiert. Gegenwärtig wird er von Mitgliedern der RoboCup-Community gepflegt und weiterentwickelt. Nach Diskussionen in der Mailing-Liste der RoboCupper wird er jedes Jahr um einige Eigenschaften erweitert.

Zum Beispiel gibt es seit 2001 Spieler mit unterschiedlichen körperlichen Fähigkeiten. Sie unterscheiden sich hinsichtlich ihres Körperumfangs, ihrer Kickstärke, Schnelligkeit oder Ausdauer. Der SoccerServer berücksichtigt die entsprechenden Parameter bei seiner Simulation. Ebenfalls seit 2001 können die Mannschaften einen Coach einsetzen. Während die Spieler immer nur einen begrenzten Bereich sehen, überblickt der Coach das gesamte Spielfeld. Er kann die Spielweise des Gegners analysieren und seiner Mannschaft allgemeine taktische Hinweise geben, er kann aber keine Einzelaktionen anweisen. Der Coach kann während des Spiels bis zu drei Auswechslungen vornehmen, um erschöpfte Spieler vom Platz zu nehmen oder neue Spielvarianten umzusetzen.

Virtuelles Handbuch

Das SoccerServer Manual gibt Auskunft über den SoccerServer, es entsteht durch Zuarbeiten von RoboCuppern. Die ganz aktuellen Änderungen findet man als Beilage beim Herunterladen der Programme.

Gegenwärtig wird die Simulation einer dreidimensionalen Welt vorbereitet (der Ball kann dann über die Köpfe hinweggeschossen werden), jedoch zunächst unter stark vereinfachenden Annahmen.

Später soll eine Simulation folgen, die der physikalischen Realität sehr nahe kommt. Dazu müssen die physikalischen Vorgänge, etwa das Herabrollen eines Balles beim Stoppen mit Körpereinsatz, recht genau modelliert werden. Das erfordert entsprechende Rechenkapazität für den SoccerServer und die Spielerprogramme. Auch der Datenaustausch zwischen Spielerprogrammen und SoccerServer ist entsprechend aufwändig: Das Spielerprogramm muss ein Körperempfinden vermittelt bekommen, und es muss den Körper entsprechend einsetzen können. Mit solchen Simulationen könnte es möglich sein, die Entwicklung und Programmierung humanoider Roboter effizient zu unterstützen.

Die gegenwärtige Simulation abstrahiert solche Details. Sie dient dazu, grundsätzliche Erkenntnisse über die Kooperation von einzeln gesteuerten Programmen und über Verfahren des maschinellen Lernens zu gewinnen.

VIRTUELLA: Man beteiligte sich also mit selbst geschriebenen, auf die Architektur des SoccerServers abgestimmten Programmen am Wettbewerb. Konnte man nicht für alle Spieler das gleiche Programm nehmen?

ATE-HA: Ja und nein. Die Methoden für gutes Spielen konnte man bei allen Spielern verwenden. Aber die Spieler sollten ja nicht alle immer das Gleiche machen. Da musste es schon Unterschiede zwischen Verteidiger und Stürmer geben.

VIRTUELLA: Wie konnten die menschlichen Zuschauer das Spiel verfolgen?

ATE-HA: Dazu gab es von Anfang an den SoccerMonitor. In den ersten Jahren war es noch so, dass man das Spiel ausschließlich aus der Vogelperspektive beobachtete: Die Spieler huschten als farbige Kreise über den grünen Rasen, der Ball war ein weißer Kreis. Die Zuschauer hatten ständig das gesamte Spielfeld im Blick.

VIRTUELLA: War das nicht etwas eintönig? Es gab doch damals schon Computerspiele mit ausgezeichneter dreidimensionaler Grafik.

ATE-HA: Mit der Grafik konnten wir am Anfang noch nicht mithalten, mit dem Spielgeschehen schon. Die Computerspiele waren geschickt gemacht und wirkungsvoll ins Bild gesetzt, bestanden aber letztlich aus vorgefertigten Abläufen. Bei uns dagegen spielten zweimal elf selbstständige Programme nach ihren eigenen Entscheidungen – wenn das gut programmiert war, war das Spiel viel spannender.

VIRTUELLA: Hätte man nicht auch bessere Darstellungen im RoboCup verwenden können?

ATE-HA: Das gehörte von Anfang an zu den Herausforderungen des RoboCup, und es wurden bald anspruchsvollere Visualisierungen vorgestellt. 1999 in Stockholm stand ich zum ersten Mal in einem so genannten CAVE – einem Raum, auf dessen Wände, Boden und Decke dreidimensionale Computerbilder projiziert wurden – inmitten meiner virtuellen Mannschaft. Das war schon ein seltsames Gefühl. Auch mit automatischen Kommentatoren wurde von Anfang an experimentiert.

Wo ist der Ball?

VIRTUELLA: Das wird aber im ersten Jahr kaum euer Problem gewesen sein.

ATE-HA: Ganz bestimmt nicht! Im Februar hatte Markus alles installiert und mir erklärt, wie es zu benutzen ist. Jetzt ging es los. Ich programmierte meine ersten Spieler.

VIRTUELLA: Womit fängt man da an?

ATE-HA: Das mindeste, was ein Spieler wissen muss, ist, wo der Ball sich gerade befindet – das galt damals genauso wie heute. Falls er das nicht weiß, muss er sich so lange umdrehen, bis er den Ball sehen kann. Das war ganz einfach zu programmieren:

```
IF NOT ball gesehen THEN turn(90)
```

VIRTUELLA: Ich denke, liebe Leser und Zuschauer, das ist leicht zu verstehen: Gemeint ist eine Drehung nach rechts um 90 Grad, wenn der Spieler den Ball nicht gesehen hat. Aber wenn der Ball links hinter ihm liegt, sieht er ihn immer noch nicht.

ATE-HA: Richtig. Mein Programm bestand aus einem großen Zyklus. Jedes Mal, wenn etwas Neues zu sehen war, wenn der SoccerServer neue Nachrichten geschickt hatte, fing der Zyklus von vorn an. Wenn also beim ersten Mal der Ball nicht zu sehen war, drehte sich der Spieler um 90 Grad. Dann wurde gewartet, bis wieder eine Information kam. Wurde der Ball dann wieder nicht gesehen, drehte sich der Spieler eben wieder um 90 Grad, und so weiter.

VIRTUELLA: Spätestens nach dreimaligem Drehen hat er dann den Ball sehen müssen.

ATE-HA: Nicht unbedingt. Wenn er Pech hatte, rollte der Ball gerade in dem Moment in sein Blickfeld hinein, wo er sich weiter gedreht hatte. Dann musste der Spieler noch einmal die Runde absolvieren.

VIRTUELLA: Der Ball könnte auch gerade verdeckt gewesen sein.

ATE-HA: Der damalige SoccerServer teilte dann trotzdem die Lage des Balles mit. Das hätte man auch anders machen können, hat es aber nicht getan. Bei den realen Robotern gab es das Problem der Verdeckung natürlich und noch viele, viele weitere Probleme. Da konnte es anfangs recht lange dauern, ehe die Roboter den Ball fanden. In der Simulationsliga war das einfacher.

VIRTUELLA: Um den gefundenen Ball auch kicken zu können, muss der Spieler ihn vor sich haben. Also Drehung in Richtung auf den Ball und loslaufen?

ATE-HA: Im Prinzip ja. Allerdings funktioniert das nicht besonders gut, wenn sich der Ball bewegt. Meistens hat ja ein anderer Spieler den Ball gerade erst irgendwohin geschossen. Es funktioniert deshalb nicht so gut, weil der Spieler sich dann dauernd weiter drehen muss, um die

Richtung auf den Ball zu korrigieren. Das kostet Zeit. Er wäre schneller am Ball, wenn er eine gerade Linie laufen würde und zwar so, dass er die Bahn des Balles gerade dann erreicht, wenn auch der Ball dort ist. Menschen haben das recht gut im Gefühl. Ein Roboter kann den optimalen Weg ausrechnen, wenn er weiß, wie schnell sich der Ball gerade bewegt und wie schnell er selbst ist. Ich habe damals eine einfache Näherungsrechnung gemacht und mir notiert, dass man das Problem später noch genauer betrachten sollte. Man kann die Spieler auch »trainieren«, indem man zum Beispiel ein neuronales Netz die günstigste Variante lernen lässt. Andere Mannschaften haben damit sehr gute Resultate erzielt.

Und wo ist das Tor?

VIRTUELLA: Jetzt ist der Spieler also am Ball. Und was macht er nun damit?

ATE-HA: Es gibt viele Möglichkeiten. Der Spieler kann dribbeln, er kann auf das Tor schießen, er kann zu einem Mitspieler passen, oder er kann den Ball ganz einfach irgendwohin, vorzugsweise nach vorn, kicken. Mein Spieler sollte jetzt die günstigste Variante auswählen. Wenn er es schon gekonnt hätte, das heißt, wenn es schon programmiert gewesen wäre, hätte ich ihn auch dribbeln lassen können. Bisher konnte mein Spieler aber nur den Ball suchen und dann zum Ball laufen.

VIRTUELLA: Du hättest ihn doch einfach in die Richtung des gegnerischen Tores schießen lassen können. Vielleicht trifft er ja, mindestens kommt der Ball weg vom eigenen Tor und schon mal in die richtige Richtung.

ATE-HA: So einfach ist das nicht: Der Spieler muss wissen, wo das gegnerische Tor ist. Wenn er es sehen kann, ist das natürlich einfach.

VIRTUELLA: Wenn er stattdessen das eigene Tor sieht, liegt das gegnerische irgendwo hinter ihm, er muss also nach hinten schießen.

ATE-HA: Aber wohin genau? Das hängt von der eigenen Position auf dem Spielfeld ab, das Tor kann rechts oder links hinter ihm sein. Immerhin sieht er ständig irgendwelche Begrenzungsflaggen und Spielfeldlinien, die auch eine Vorstellung von der Richtung des gegnerischen Tors vermitteln. Da der Spieler vom SoccerServer ziemlich genaue Informationen erhält, in welcher Entfernung er welches dieser Objekte sieht, kann er seine Position sogar recht genau ausrechnen.

VIRTUELLA: Ich glaube, das könnte sogar ich.

ATE-HA: War mir für den Anfang trotzdem zu aufwändig. Ich habe das für später gelassen und wieder nur eine Näherungsrechnung gemacht. Vom Prinzip her sah der Zyklus in meinem Spielerprogramm jetzt so aus:

- Wenn du den Ball nicht siehst, dreh dich nach rechts.
- Wenn du den Ball siehst, aber nicht kicken kannst, laufe zum Ball.
- Wenn du den Ball kicken kannst, schieße dahin, wo du das gegnerische Tor vermutest.

VIRTUELLA: Jetzt fehlt noch eine Mannschaftsaufstellung.

ATE-HA: Man musste damals im Programm die Koordinaten für die Aufstellung beim Anstoß angeben. Die Spieler wurden dann beim Anpfiff vom SoccerServer an die gewünschte Stelle gebeamt. Meine Aufstellung war übrigens offensiv.

VIRTUELLA: War das nicht vielleicht etwas großspurig?

ATE-HA: Mein Gegner war eine japanische Mannschaft, die »Ogalets«, deren Code Markus ebenfalls aus dem Netz geholt hatte. Damals vermutlich die beste Mannschaft der Welt, jedenfalls hatten sie das Turnier zur Probe der Weltmeisterschaft gewonnen. Ein kluger Trainer hätte wahrscheinlich versucht, hinten alles dicht zu machen. Ich wollte aber einfach mal sehen, was passiert.

Es geht nicht nur ums Gewinnen

Im ersten Spiel hatten die Gegner Anstoß und schossen den Ball kraftvoll in die Hälfte meiner Neulinge. Das schaffte zunächst etwas Verwirrung, meine Spieler mussten sich erst einmal orientieren, wo der Ball war. In der Zwischenzeit schwärmten die Gegner aus und verteilten sich auf dem Spielfeld. Meine Spieler hatten den Ball mittlerweile entdeckt – und jetzt lief jeder dahin, wo er meinte, den Ball erreichen zu können. Glücklicherweise waren das nicht dieselben Stellen wegen der unterschiedlichen Ausgangspunkte. So liefen wenigstens nicht alle gleich auf einem Haufen zusammen, trotzdem sah es sehr dilettantisch aus.

VIRTUELLA: So ähnlich spielen kleine Kinder, wenn sie ihre ersten Kickversuche machen.

ATE-HA: Ich wusste schon vorher, dass es so aussehen würde. Es gehörte ja nicht viel Phantasie dazu, sich dieses Spiel vorzustellen. Aber es war schon mal gut, dass sich die Spieler überhaupt auf dem Spielfeld bewegten. Jetzt war noch das Ergebnis interessant: Da die Spieler dauernd unterwegs waren, war ihre Kraft bald verbraucht, und sie schlichen nur noch über das Feld. Währenddessen spielten die überlegt platzierten »Ogalets« den Ball sicher von Station zu Station bis zum vollendeten Torschuss. Auch der erschien meist kräftiger als bei der eigenen Mannschaft. Das Resultat war niederschmetternd: 0:27 in der regulären Spielzeit von damals zweimal fünf Minuten.

VIRTUELLA: Au weia!

ATE-HA: Es war kein Anlass zum Verzagen. Im Gegenteil, die Spieler taten, was sie konnten, das heißt, was ihre Programme erlaubten. Und das Beobachten von Spielen inspiriert. Die erste Erkenntnis war, dass sich die Spieler unterschiedlich verhalten müssen. Das muss nicht bedeuten, dass sie unterschiedliche Programme haben. Aber je nach Spielsituation müssen sie anders spielen, und das Spiel soll aufeinander abgestimmt sein. Entscheidend für das eigene Handeln können zunächst die eigene Position auf dem Spielfeld und die Entfernung zum Ball im Vergleich mit den anderen Spielern sein. So kann man das gleichzeitige Laufen zum Ball dadurch vermeiden, dass immer nur der Spieler zum Ball läuft, der den Ball als Erster erreichen kann.

VIRTUELLA: Das kann doch nicht so schwer sein, wenn die Positionen der Spieler und die Bewegungen des Balles bekannt sind.

Anatomie eines virtuellen Tores

Die folgende Beschreibung einiger technischer Details des SoccerServers beruht der Einfachheit halber auf dem Stand von 1997 (Nagoya). Das Prinzip ist im Jahre 2003 noch das gleiche, nur die Vielfalt ist größer geworden.

Der SoccerServer arbeitet in Takten von 100 Millisekunden (1 Zehntelsekunde) Dauer. Alle 100 Millisekunden wird die Situation auf dem Spielfeld neu berechnet. Wenn ein Spieler bis dahin nicht mitgeteilt hat, was er zu tun beabsichtigt, passiert mit ihm nichts. Er bleibt an seiner Stelle stehen oder hält an, wenn er vorher lief. Wenn er innerhalb eines Taktes mehrere Instruktionen gibt, wird nur die letzte ausgeführt.

Die Aufnahme von Informationen durch die Spieler (Sehen, Hören) verläuft nicht synchron. Der Spieler kann sich zwischen verschiedenen Möglichkeiten entscheiden. Er kann alle 75 Millisekunden neue Informationen bekommen, das ist dann aber nur wie ein kurzes Hinsehen: Der Blickwinkel ist sehr eingeschränkt, und Bewegungen werden eventuell nicht erkannt. Bei einer Wartezeit von 300 Millisekunden sieht der Spieler viel mehr, aber eben viel seltener. Es kann sein, dass er wichtige Informationen, wie etwa den Ballverlust eines Mitspielers, erst mit Verspätung bemerkt.

In unserem Beispiel benutzt der Torwart der roten Mannschaft diese langsamere Variante mit 300 Millisekunden. Das bedeutet einen Sichtwinkel von 90 Grad. Momentan bekommt er vom SoccerServer die folgende Sichtinformation:

```
Receive: (see 271 ((goal l) 100.5 0)
                  ((flag c t) 61.6 36)
                  ((flag c b) 56.8 -33)
                  ((flag l t) 107.8 19)
                  ((flag l b) 104.6 -17)
                  ((flag p l t) 87.4 14)
                  ((flag p l c) 83.9 1)
                  ((flag p l b) 85.6 -12)
                  ((flag p r c) 12.8 17)
                  ((ball) 2 5 -0.92 29.2)
                  ((player) 99.5 2)
                  ((player) 90 1)
                  ((player) 81.5 -14)
                  ((player) 81.5 14)
                  ((player) 54.6 -3)
                  ((player GELB) 54.6 9)
                  ((player GELB) 40.4 5)
                  ((player GELB 8) 33.1 -29 0 -0)
                  ((player GELB) 36.6 37)
                  ((player GELB 10) 4.1 -1 -0.7 16)
                  ((player GELB) 40.4 28)
                  ((player ROT 2) 7.4 27 -0.6 -5)
                  ((player ROT 4) 24.5 -42 -0.2 0.1)
                  ((player) 44.7 13)
                  ((player ROT) 40.4 -3)
                  ((player ROT) 36.6 1)
                  ((player) 66.7 20)
                  ((player) 54.6 -17)
                  ((player) 73.7 9)
                  ((player) 60.3 -7)
                  ((line l) 100.5 88))
```

Bei einem richtigen Roboter müssten die Werte erst mühsam berechnet werden, der SoccerServer simuliert also auch den Prozess der Interpretation von Sensordaten. Auch das sind geistige Leistungen. Genau genommen ist dieser Teil des »Gehirns« der Spieler nicht in ihren Programmen, sondern auch im SoccerServer angesiedelt.

Denken im Zehntelsekundentakt

Die Daten besagen Folgendes: Wir befinden uns im Takt 271. Da die Takte jeweils eine Zehntelsekunde dauern, sind bisher 27,1 Sekunden vergangen. Die weiteren Daten enthalten Informationen über Objekte des Spielfeldes (Tore, Flaggen, Linien), den Ball und die Spieler im Sichtbereich des Torwarts. Er kann daraus unter anderem folgende Informationen entnehmen:

Direkt in Blickrichtung liegt das gegnerische Tor (goal l) in 100,5 m Entfernung. Die erste Zahl hinter einem Objekt bezeichnet die Entfernung, die zweite Zahl den Winkel im Uhrzeigersinn relativ zur eigenen Blickrichtung. Im SoccerServer wird für Dezimalzahlen die amerikanische Version benutzt: Ein Punkt steht anstelle eines Kommas. Die linke obere Eckfahne (flag l t) sieht er also 107,8 m entfernt in einem Winkel von 36 Grad.

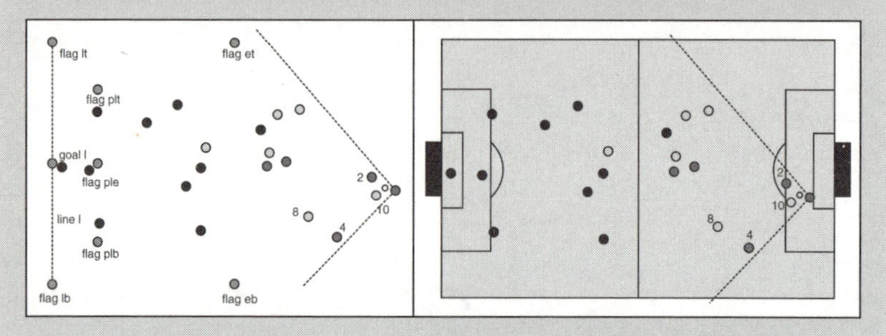

Links: Grafische Darstellung der vom SoccerServer gelieferten Informationen für den Torwart (der Spieler in der Spitze des Sichtkegels).

Rechts: Nachdem der Torwart anhand der Flaggen und Linien seine eigene Position berechnet hat, kann er auch für den Ball und die gesehenen Spieler Positionen auf dem Spielfeld ermitteln. Der Ball (weißer Kreis) rollt gerade schräg an ihm vorbei.

Der Ball befindet sich 2 m vor ihm im Winkel von 5 Grad. Die weiteren Zahlen geben Informationen über die zu erwartende Bewegung an. Wenn der Ball nicht gekickt wird, wäre er 100 Millisekunden später in einer um 0,92 m geringeren Distanz und einem um 29,2 Grad vergrößerten Winkel zu sehen.

Der (gegnerische) gelbe Spieler mit der Nummer 10 (player GELB 10) ist 4,1 m entfernt und kommt offenbar näher. Bei weiter entfernten Objekten fehlen die Angaben zur Bewegung. Noch weiter entfernte Spieler sind auch nicht mehr genau zu identifizieren (es fehlt die Spielernummer und später auch die Zuordnung zu einer Mannschaft).

Alle Werte werden aus der Sicht des Spielers angegeben, also relativ zu seinem Standort (»relative Koordinaten«). Aus den Angaben darüber, wo er das gegnerische Tor, die Flaggen und die Linien sieht, kann der Torwart dann seine eigene Position auf dem Spielfeld berechnen. Das erlaubt dann auch, die Positionen des Balles und der anderen Spieler auf dem Spielfeld zu berechnen (»absolute Koordinaten«). Es ergibt sich für ihn die in der Abbildung dargestellte Situation. Offenbar ist der Ball gerade im Begriff, an ihm vorbei in das Tor zu rollen.

Action!

Nach einer Analyse der Situation und seiner Möglichkeiten entschließt sich der Torwart zur Vorbereitung einer Abwehrreaktion. Er entschließt sich zu einer Drehung um 129 Grad und zu einem schnellen Sprint mit dem Ziel, den Ball gerade noch rechtzeitig abzufangen. Da er erst nach 300 Millisekunden wieder etwas sehen wird, berechnet er gleich die nächsten 3 Aktionen und schickt sie im geforderten Abstand von jeweils 100 Millisekunden an den SoccerServer. Die erste Aktion ist die Drehung um 129 Grad, die betreffende Instruktion an den SoccerServer lautet (turn 129). Anschließend will er laufen: Das wird durch ein dash-Kommando (dash 100) an den SoccerServer bewirkt. In diesem Kommando kann man verschiedene Werte angeben. Die Angabe 100 ergibt die maximal mögliche Beschleunigung. In der Hoffnung, den Ball dann erreicht zu haben, soll dieser mit der nächsten Aktion, mit einem Kick, gestoppt werden.

Der SoccerServer realisiert für das Kicken ein einfaches Modell: Der Vektor der bisherigen Bewegung (Richtung, Geschwindigkeit) und der neue Kick-Vektor werden nach den Gesetzen der Addition von Kräften zu einem neuen Bewegungsvektor zusammengefasst. Diese Bewegung benutzt der SoccerServer für die Berechnung der nächsten Situation. Im Kick-Kommando können die Richtung (relativ zum Spieler) und die Stärke des beabsichtigten Kick-Kommandos angegeben werden. Um den Ball aufzuhalten, ist entsprechend der oben genannten Vektor-Addition also ein kräftiger Kick etwa in die entgegengesetzte Richtung sinnvoll. Das entsprechende Kommando lautet kick(100,-120), wobei der erste Parameter die Kick-Richtung, der zweite die Kick-Stärke angibt. 100 ist die maximal mögliche Stärke, die intern mit einem Faktor multipliziert wird, so dass sich eine Geschwindigkeit von 16m/Sec ergibt.

```
Send: (turn 129)
Send: (dash 100)
Send: (kick 100, -120)
```

Nach Ablauf der 300 Millisekunden erhält der Torwart eine neue Sichtinformation.

```
Receive: (see 274 ((goal r) 5.9 -1)
         ((flag r t) 38.5 -41)
         ((ball) 2.7 -27 0.972 11.9)
         ((line r) 5.8 -48))
```

Diese ist jetzt wesentlich kürzer, da er nach seiner Drehung nur noch den Bereich zwischen Eckfahne und Tor sieht.

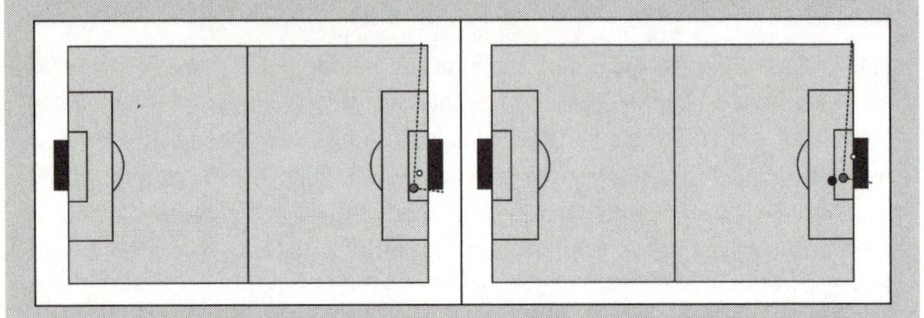

Links: 300 Millisekunden später. Nachdem der Torwart sich gedreht hat, sieht er nur noch den Bereich zwischen Eckfahne und Tor. Der Ball ist bereits an ihm vorbei gerollt.

Rechts: Weitere 300 Millisekunden später. Der Ball ist fast im Tor. Der Torwart »spürt« (zum Beispiel mittels seiner Abstandssensoren), dass sich hinter ihm noch ein Spieler befindet, den er aber nicht identifizieren kann.

Er kann damit wieder die Koordinaten für seine Position berechnen. Die erhaltenen Daten sind allerdings nie ganz exakt. Die Angaben sind gerundet, und der SoccerServer verfälscht die Daten absichtlich etwas, um die Situation der Realität anzunähern, wo die Sensordaten eines Roboters stets unzuverlässig sind.

Um das Resultat zu verbessern, kann eine zweite Berechnung durchgeführt werden, in der die aktuelle Position anhand der vorherigen Position und der durchgeführten eigenen Bewegungen (`turn`, `dash`) berechnet wird. Auch diese Rechnung führt nur zu Näherungswerten, da die Ausgangsdaten (vorherige Position) und die ausgeführte Bewegung nicht exakt bekannt sind. Auch bei der Ausführung der Bewegungskommandos werden nämlich vom SoccerServer zufällige Fehler eingerechnet. Wieder soll damit die Realität nachgebildet werden, wo ein Roboter keine total exakten Bewegungen ausführen kann. Unebenheiten des Bodens und Abweichungen in der Mechanik des Roboters sind dafür verantwortlich. Mit Hilfe der beiden Rechnungen kann der Torwart aber immerhin eine verbesserte Positionsbestimmung durchführen.

Aus Fehlern lernen

Er kann dann für die gesehenen Objekte wieder die Koordinaten ermitteln. Er kann auch für die früher gesehenen Objekte annehmen, dass sie sich nur wenig bewegt haben, und könnte sie dementsprechend mit vermuteten Daten ebenfalls in sein »Weltmodell« aufnehmen.

Als entscheidend für die neue Situation erweist sich die Frage, was mit dem Ball passiert ist: Er bewegt sich offenbar weiter in Richtung auf das Tor zu. Irgend etwas ist schief gelaufen. Vielleicht waren die vom SoccerServer übermittelten Daten zu sehr abgefälscht, oder in der Berechnung steckte noch ein Fehler. Vielleicht hat auch die Berechnung zu lange gedauert, und die Instruktionen haben den SoccerServer zu spät erreicht. Immerhin hatte das Programm sehr viele Daten auszuwerten. Nach dem Spiel muss versucht werden, die Ursache zu ermitteln, um mit späteren Programmen besser zu spielen.

In der jetzigen Situation ist nicht mehr viel zu machen. Der Torwart läuft dem Ball hinterher und bedient sich dazu des bekannten dash-Kommandos:

```
Send:    (dash 100)
Send:    (dash 100)
Send:    (dash 100)
```

Es kommt noch eine weitere Sichtinformation

```
Receive:   (see 277   ((goal r) 3.4 0)
                      ((flag r t) 36.2 -44)
                      ((ball) 3.7 -14 0.518 3.7)
                      ((line r) 3.4 -48))
```

und unmittelbar danach die Information durch den Schiedsrichter, dass der Ball im Tor ist:

```
Receive: (hear 278 referee goal_l_1)
```

ATE-HA: Ich hatte jetzt eine ungefähre Vorstellung davon, was man machen könnte und hatte eine Vorlesung über »Moderne Methoden der KI« zu halten, Beginn Mitte April 1997. Zu der Vorlesung gehörte ein Praktikum. Üblicherweise hatten die Studierenden ein kleines Expertensystem zu programmieren oder einen Agenten, der sich am Würfelspiel »Schummelmax« beteiligen konnte. Jetzt sollten sie Fußballspieler programmieren. Neben Markus sollten zwei weitere gute Studenten, Jan Wendler und Kay Schröter, bei der Betreuung des Praktikums helfen. Eine Web-Seite wurde für den Einstieg vorbereitet und auch schon einige nützliche Programmteile, damit es gleich richtig losgehen konnte.

VIRTUELLA: Klingt ganz schön anspruchsvoll für ein einfaches Praktikum.

ATE-HA: Es war sehr spannend für die Studentinnen und Studenten, denn hier waren wirklich eigene Ideen gefragt, Dinge, die vorher noch kein anderer gemacht hatte. Und es war ja nicht unbedingt die Aufgabe, gleich eine komplette Mannschaft zu programmieren. Wir wollten zusammen sehen, wie weit wir kommen. Dass es dann so gut geklappt hat, war auch für mich überraschend.

VIRTUELLA: Mal ehrlich – ihr wolltet nicht Weltmeister werden?

ATE-HA: Wir hatten doch gar keine Vorstellung, was da auf uns zukam. Wir wollten einfach mal ausprobieren, ob unsere Methoden etwas taugten. Und wir wollten ein anregendes Praktikum machen. Die Studierenden sollten zunächst in kleinen Gruppen Ideen entwickeln und diese dann vor allen vortragen. Der Vortrag sollte so geschehen, als ob sie ihre Idee einem künftigen Investor für ein IT-Produkt vorstellen würden.

VIRTUELLA: Es kam also auch auf die Präsentation an.

ATE-HA: Ja, manche haben das richtig professionell als Werbeveranstaltung aufgezogen. Aber entscheidend war der Inhalt, waren Ideen, gute Analysen – und gute Fragen. Tatsächlich hatte ich, anders als bei den früheren Praktika, selbst noch keine genaue Vorstellung, wie so ein Fußballprogramm am besten aussehen könnte. Im Nachhinein kann ich sagen, dass ich nirgends so viel über das Problem der Intelligenz gelernt habe wie bei den Fußball-Robotern. Zunächst kommt man darauf, dass die Spieler etwas über ihre Umgebung wissen müssen, um erfolgreich zu agieren. Wo befinden sie sich selbst auf dem Spielfeld, wie bewegt sich der Ball, was machen die anderen Spieler? Sie brauchen eine Vorstellung von dem, was um sie herum geschieht. Unsere Spieler konnten das aus den Daten entnehmen, die der SoccerServer als Sichtinformation übermittelte.

Unpräzise Informationen

VIRTUELLA: Der einzelne Spieler sieht aber doch immer nur einen Teil des Spielfeldes, oder?

ATE-HA: Deshalb musste er sich von Zeit zu Zeit umsehen und sich dann merken, was er gesehen hatte. Die entsprechende Datenstruktur hieß bei uns »Weltmodell«. Dort wurde alles gespeichert, was der Spieler über seine Umgebung wusste. Genauer müsste man sagen, was er über seine Umgebung zu wissen glaubte, seine Annahmen. Die Sichtinformationen wurden vom SoccerServer immer zufällig etwas gefälscht, so dass die Daten nicht genau gestimmt haben.

VIRTUELLA: Das sollte wohl an die Probleme der richtigen Roboter erinnern?

ATE-HA: Erinnern ist das richtige Wort, denn in Wahrheit war die Situation bei den Robotern viel komplizierter. In der virtuellen Welt ist wiederum sehr viel Aufwand notwendig, um realistische Simulationen zu erzeugen. Aber damals sollten ja auch eher andere Probleme wie etwa die Kooperation der Spieler und Methoden des kollektiven Lernens untersucht werden.

VIRTUELLA: Ungenauigkeiten im Weltmodell können doch auch daher stammen, dass sich hinter dem Rücken des Spielers etwas verändert.

ATE-HA: Klar. So lange nur der Ball hinter dem Spieler ungestört weiterrollt, kann man das im Weltmodell ebenfalls simulieren und eine ziemlich gute Schätzung für dessen aktuelle Position ermitteln. Die Handlungen der anderen Spieler sind dagegen schwerer voraussehbar. Bei denen der eigenen Mannschaft ist es etwas einfacher.

VIRTUELLA: Die Spieler könnten sich zum Beispiel zurufen, was sie machen.

ATE-HA: Eine direke Kommunikation der Programme untereinander war nicht erlaubt, sonst hätte man gleich ein gemeinsames Programm zur Steuerung des gesamten Teams benutzen können. Wie im richtigen Leben sollte jeder Spieler für sich allein entscheiden müssen.

VIRTUELLA: Aber im richtigen Leben können die Spieler sich auch etwas zurufen.

ATE-HA: Ja, es gab dafür tatsächlich en SAY-Kommando, mit dem sich die Spieler auf dem simulierten Spielfeld etwas zurufen konnten. Doch das war nur begrenzt möglich, es war immer nur ein Spieler zu hören, und das auch nur mit Zeitverzögerung. Die Spieler konnten aber trotzdem aufeinander eingestellt sein und »wissen«, wie sich ihre Mitspieler verhalten, schließlich wurden sie für ein Team programmiert. Erheblich schwieriger war es, bei den Gegnern durch Beobachtung bestimmte Spielmuster zu identifizieren.

VIRTUELLA: Wie habt ihr nun das Weltmodell berechnet?

ATE-HA: Wenn der Spieler seine eigene Position auf dem Spielfeld kennt, also die Koordinaten und die Blickrichtung, kann er dem Ball und den Spielern, so weit er sie sieht, ebenfalls Koordinaten zuordnen. Der SoccerServer sagt ihm ja, in welchem Winkel und in welcher Entfernung er sie gerade sieht. Für die nicht gesehenen Objekte werden Annahmen getroffen ausgehend von früheren Informationen und vermuteten Bewegungen.

VIRTUELLA: Andere Spieler könnten ja auch rufen, was sie gerade sehen.

ATE-HA: Richtig, das kann man dann mitberücksichtigen. Es gibt aber auch gleich wieder Probleme technischer Art, wenn unterschiedliche Angaben kommen, die Daten sind ja bei allen nur ungefähr richtig. Wem vertraut man? Das Hauptproblem war zunächst die Berechnung der eigenen Position ausgehend von den gerade gesehenen Flaggen, Linien und Toren. Das war die Aufgabe einer Praktikumsgruppe. Im Prinzip geht es dabei um die Anwendung einfacher trigonometrischer Verfahren. Das Ganze war dann »nur« noch zu programmieren, wobei die unterschiedlichen Situationen der Winkelfunktionen zu berücksichtigen waren. Die Studenten kamen auf ungefähr 400 verschiedene Fälle der Berechnung. Markus hatte zuweilen ziemliche Mühe, »seine« Leute bei der Stange zu halten, damit die Programme auch wirklich geschrieben wurden. Möglicherweise ging dabei etwas die Übersicht verloren, denn spätere Studentengenerationen kamen mit etwas Nachdenken auf erheblich einfachere Lösungen.

VIRTUELLA: Ja, ruhiges Nachdenken ist besser als hektische Betriebsamkeit.

ATE-HA: Aber die Zeit drängte, wir brauchten eine Lösung. Es funktionierte, und die Leute waren sehr beeindruckt, wenn ich später den großen Aufwand beschrieben habe.

Menschliche Probleme

VIRTUELLA: Da war doch vorhin noch ein anderes Problem, das du auch auf die Studierenden abwälzen wolltest?

ATE-HA: Was heißt hier abwälzen? Ich war voll beschäftigt, den Überblick zu behalten und darauf zu achten, dass die einzelnen Konzepte zusammenpassen. Du darfst nicht vergessen, das war nicht wie sonst bei der Abwicklung einer Praktikumsaufgabe, wo man schon vorher weiß, was zu machen ist. Da muss man nur aufpassen, dass bei der Aufteilung der Aufgaben alles erfasst wird, dass die Leute darauf achten, wie die Teile zusammenpassen, und dass sich jeder daran hält. Hier wusste wirklich keiner vorher, wie ein Programm für so einen Fußballspieler zu organisieren ist, welche Abläufe notwendig sind, wo Gefahren lauern und so weiter. Die Studenten hatten viele gute Ideen, aber oft passten sie einfach nicht zusammen. So als ob der eine einen Rennwagen bauen will, und der andere einen geräumigen Kofferraum konzipiert.

VIRTUELLA: Und vermutlich ist jeder in seine Ideen verliebt.

ATE-HA: Klar. Wichtig war die gute Unterstützung durch Markus, Jan und Kay. Markus und Jan waren verantwortlich dafür, dass zunächst in parallelen Gruppen die einzelnen Aufgaben bearbeitet wurden. Später haben wir dann die jeweils besseren Lösungen weiter verfolgt. Es war so ein bisschen evolutionäres Herangehen: Mal sehen, was entsteht, und das Erfolgreiche kann sozusagen überleben und sich weiterentwickeln.

VIRTUELLA: Du wolltest aber noch erzählen, wie ihr ausgerechnet habt, an welcher Stelle ein rollender Ball am besten abzufangen ist. Ich hatte verstanden, dass es unsinnig ist, auf die Stelle zuzulaufen, wo der Ball gerade gesehen wurde. Denn bis man da ist, ist der Ball längst woanders. Man würde also zwischendurch dauernd korrigieren, läuft eine gebogene Linie und verliert Zeit.

ATE-HA: Es kann sogar ganz extrem kommen. Wenn man ständig genau hinsieht und alle 75 Millisekunden eine Sichtinformation vom SoccerServer »bestellt« hat, ist man eventuell nur noch mit Drehen beschäftigt. Man kann nämlich nur alle 100 Millisekunden eine Aktion ausführen lassen, und man muss sich entscheiden, ob man sich drehen will (turn) oder ob man laufen will (dash). Nehmen wir an, dass das Programm so angelegt ist, dass der Spieler nur dann losläuft, wenn die Richtung stimmt, andernfalls dreht er sich in die Richtung, wo gerade der Ball zu sehen ist. Vom Prinzip sähe das Programm so aus:

```
IF Ball in Laufrichtung THEN dash(100)
ELSE turn(Winkel zum Ball);
```

VIRTUELLA: Ja, ich stelle mir gerade vor, was passiert, wenn der Ball rechts vom Spieler vorbeiläuft. Der Spieler sieht den Ball und dreht sich in die Richtung des Balles. Er sendet deshalb ein turn-Kommando an den SoccerServer im Zeitraum der ersten 100 Millisekunden. Damit ist seine Aktion für diesen Zeitraum verplant. Wenn er das nächste Mal nach 75

Millisekunden etwas zu sehen bekommt, ist der Ball bereits ein Stück weiter nach rechts gerollt, er muss sich erneut ausrichten und wieder ein turn-Kommando ausführen lassen, das kann allerdings erst im Zeitraum der zweiten 100 Millisekunden ausgeführt werden. In diesem Zeitraum erhält er nach 150 Millisekunden sogar noch eine Sichtinformation, der Ball ist noch ein Stückchen weiter. Falls er das vorige turn-Kommando noch nicht abgeschickt hatte, kann er jetzt noch korrigieren. Die Sichtinformation nach 225 Millisekunden zeigt wieder einen weiter nach rechts gerollten Ball, wieder will der Roboter erst korrigieren, bevor er bereit ist loszulaufen. Er läuft erst dann los, wenn der Ball still liegen bleibt. Habe ich Recht?

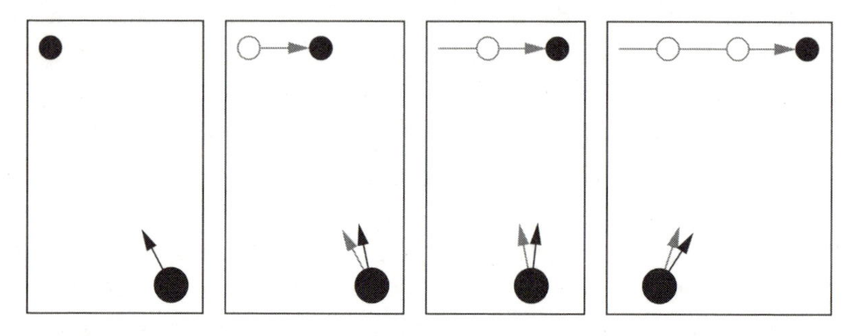

Der Spieler will geradewegs dahin laufen, wo er den Ball sieht. Bevor er losläuft, dreht er sich in die entsprechende Richtung. Inzwischen ist der Ball bereits weitergerollt, und der Spieler muss sich zunächst wieder drehen.

ATE-HA: Hundertprozentig. Es ist eben nicht immer gut, alles möglichst genau machen zu wollen. Der Spieler könnte besser dran sein, wenn er nur alle 300 Millisekunden eine Sichtinformation bekommt. Dann muss er aufgrund dieser Sichtinformation drei Aktionen bestimmen, je eine für den Zeitraum der ersten, der zweiten und der dritten 100 Millisekunden. Jetzt kann er zunächst sein turn-Kommando abschicken und danach ohne weiter nachzudenken zwei dash-Kommandos, mit denen er sich dem Ball zumindest annähert. Das Programm sähe etwa so aus (die Verzögerungen um jeweils 100 Millisekunden sind weggelassen):

```
IF Ball in Laufrichtung THEN dash(100)
ELSE turn(Winkel zum Ball);
dash(100);
dash(100);
```

Erst nach 300 Millisekunden erfolgt wieder eine Korrektur, und jetzt läuft der Spieler tatsächlich auf einer gekrümmten Bahn zum Ball.

VIRTUELLA: Das heißt, das Verhalten ist besser, obwohl der Spieler weniger Information hat!

ATE-HA: So ist es. Wenn man alles ganz genau machen will, wenn man zu vorsichtig ist, kommt man nicht rechtzeitig zum Handeln. So etwas kommt nicht nur in der Robotik vor.

Der kürzeste Weg zum Ball

VIRTUELLA: Jetzt möchten die Zuschauer aber doch wissen, wie ihr geradeaus zu einer Stelle laufen könnt, um den dann gerade vorbei rollenden Ball abzufangen.

ATE-HA: Theoretisch ist das ganz einfach. Wenn die Geschwindigkeit des Balles bekannt ist, kann man ausrechnen, wo er nach 100, 200, 300, ... Millisekunden sein wird. Da der Ball allmählich langsamer wird, ist die Formel allerdings etwas komplizierter. Eigentlich müsste man auch berücksichtigen, dass der SoccerServer wieder kleine zufällige Fehler hinzurechnet, um zu modellieren, dass der Ball wegen Unebenheiten des Bodens vom geraden Weg abweichen kann. Bei einem Kick-Bereich von 1,5 Metern kann man aber annehmen, dass der Ball auch bei einiger Abweichung immer noch erreichbar ist. Der Spieler wiederum kann nicht sofort auf Touren kommen, er beschleunigt stetig bis zum Erreichen der Höchstgeschwindigkeit, auch das ergibt wieder eine komplexere Formel. Die beiden Formeln für den Ball und für den Spieler so zu vereinen, dass der früheste Zeitpunkt für das Abfangen des Balles direkt ausgerechnet werden kann, erwies sich dann als zu schwierig.

VIRTUELLA: Was habt ihr dann gemacht?

ATE-HA: Wir haben die Rechenleistung des Computers ausgenutzt und einfach verschiedene Möglichkeiten durchprobiert. Nicht sehr elegant, aber ausreichend.

VIRTUELLA: Ausprobieren – was heißt das?

ATE-HA: Angenommen, der Spieler läuft von seiner jetzigen Position in eine bestimmte Richtung. Dann können wir ausrechnen, wo er nach 100, 200, 300, ... Millisekunden sein wird. Nehmen wir an, wir stellen fest, dass er nach 700 Millisekunden die Linie erreicht, auf der sich der Ball bewegt. Wenn der Ball dann schon an dieser Stelle vorbeigekommen ist, hat der Spieler den Ball verpasst. Er kann allenfalls hinterherlaufen. War der Ball noch nicht dort, so kann der Spieler warten oder sogar dem Ball entgegenlaufen. Optimal wäre es, wenn der Ball zum gleichen Zeitpunkt an dieser Stelle ist. Man kann nun verschiedene Laufrichtungen probeweise durchrechnen, bis man eine Richtung gefunden hat, wo der Spieler bei geradlinigem Lauf genau auf den Ball trifft. Man kann das Verfahren noch geschickter organisieren, um schneller zum Ziel zu kommen.

VIRTUELLA: Der Rechner probiert also nur durch, was sich als günstig erweist? Ist das nicht sehr aufwändig?

ATE-HA: Bei solchen einfachen Problemen geht das, der Rechner ist ja sehr schnell. Später haben wir dann aber andere Verfahren verwendet, unsere Spieler haben sich gemerkt, was am besten zu machen ist. Die Berechnung, wann ein Spieler den Ball frühestens erreichen kann, war eine ganz wichtige Voraussetzung für unsere weitere Programmentwicklung. Zum Beispiel für die Frage, ob es sich lohnt, zum Ball zu laufen, oder ob ein anderer Spieler den Ball schneller erreichen kann. Man will ja nicht, dass alle Spieler gleichzeitig dem Ball hinterherlaufen.

VIRTUELLA: Eigentlich sollte nur der Spieler hinlaufen, der zuerst an den Ball kommt, für die anderen lohnt es sich nicht. Und natürlich muss die gegnerische Mannschaft versuchen, den Spieler am Ball zu bedrängen.

ATE-HA: Für guten Fußball stimmt das mit dem ersten Spieler nicht immer. Entscheidend ist, welcher Spieler nachher die besseren Möglichkeiten hat. Da kann einer schon mal den Ball passieren lassen. Man kann damit auch den Gegner irritieren. Aber wir wollten erst mal nur erreichen, dass unsere Spieler nicht gleichzeitig nach dem Ball laufen. Da half es schon, wenn immer nur der Spieler nach dem Ball lief, der ihn zuerst erreichen konnte.

VIRTUELLA: Und das konntet ihr jetzt ausrechnen?

ATE-HA: Betrachten wir die Situation aus der Sicht eines Spielers. Er muss sich entscheiden, ob er zum Ball laufen will. Sein Programm besagt, dass er dann zum Ball laufen soll, wenn er den Ball zuerst erreichen kann. Er kennt die Positionen der anderen Mitspieler. Jetzt kann er für jeden seiner Teamkameraden ausrechnen, wann der Ball aus dessen Position frühestens erreicht werden kann. Er versetzt sich sozusagen in die Lage dieser Spieler. Außerdem rechnet er aus, wie lange er selbst zum Ball braucht. Wenn er es zuerst schaffen kann, läuft er los, andernfalls überlässt er das einem Mitspieler. Er vertraut darauf, dass sein Mitspieler dann auch wirklich die Initiative ergreift.

VIRTUELLA: Wirklich?

ATE-HA: Genau genommen denkt er nicht so weit. Sein Programm besagt nur, dass er nicht zum Ball laufen soll. Wir als Programmierer hatten die gesamte Mannschaft im Blick, und unsere Kalkulationen beruhten darauf, dass dann der andere Spieler tatsächlich losläuft.

VIRTUELLA: Wenn nun aber beide gleich lange brauchen?

ATE-HA: Das haben wir auch berücksichtigt: Dann laufen beide. Um genau zu sein: Unser Spieler läuft sogar dann los, wenn er einen Mitspieler sieht, der nur ein ganz wenig eher am Ball sein könnte. Dadurch verhindern wir Irrtümer bei fehlerhaften Daten. Es ist schlimmer, wenn keiner zum Ball läuft, als wenn zwei zum Ball laufen.

VIRTUELLA: Könnten die beiden Spieler sich nicht verständigen, wer zuerst läuft?

ATE-HA: Wie denn?

VIRTUELLA: Na, einer von beiden gibt ein Zeichen, dass er laufen will.

ATE-HA: Und wenn beide das Zeichen geben?

VIRTUELLA: Dann muss es eben so etwas wie Vorfahrtregeln geben.

ATE-HA: Die Regel »erster am Ball« ist ja schon eine Vorfahrtregel, aber sie kann manchmal auf beide zutreffen. Das kann bei anderen Regeln auch wieder passieren.

VIRTUELLA: Stimmt, wenn ich sage, dass der von hinten kommende Spieler Vorfahrt hat, dann habe ich wieder ein Problem, wenn einer von rechts, der andere von links kommt. Aber ich könnte ja den Spieler mit der niedrigeren Nummer auswählen.

ATE-HA: Das würde gehen. Trotzdem kann es zu Unklarheiten kommen.

VIRTUELLA: Wieso schon wieder?

ATE-HA: Nehmen wir an, ein Spieler bekommt Vorfahrt, wenn er mindestens 200 Millisekunden, also 0,2 Sekunden, schneller am Ball ist. Spieler Nummer 6 errechnet 2,7 Sekunden für sich bis zum Ball und 2,6 für den Spieler Nummer 8. Das reicht aus seiner Sicht nicht für das Geschwindigkeitskriterium, aber als Spieler mit der niedrigeren Nummer läuft er los. Spieler Nummer 8 berechnet für sich selbst auch 2,6 Sekunden, für Spieler 6 nimmt er aber eine Zeit von 2,8 Sekunden an. Das ist möglich, denn die Ergebnisse können schwanken wegen der unterschiedlicher Fehler bei den Daten. Für Spieler 8 reicht diese Differenz, er läuft auch los.

VIRTUELLA: Ist ja wirklich kompliziert.

ATE-HA: Halb so wild. Vor allem müssen die Spieler schnell zu Entscheidungen kommen, sie dürfen nicht erst lange verhandeln. Oft ergeben sich für die Spieler unterwegs dann doch noch eindeutige Entscheidungen. Und manchmal ist es auch nicht schlecht, zwei Spieler in Ballnähe zu haben. Allerdings sollten sie sich am Ball dann nicht behindern, gerade bei den richtigen Robotern kann das zu Problemen führen.

Entscheidungsschwierigkeiten

VIRTUELLA: Was machen die Spieler aber, wenn ein Gegner zuerst am Ball sein kann?

ATE-HA: Unsere Spieler konnten genauso ausrechnen, ob ein Gegenspieler vor ihnen am Ball sein kann. Aber wir wollten gar nicht, dass sie das berücksichtigten. Einer unserer Spieler sollte immer zum Ball laufen, wir wollten den Gegner ja nicht allein am Ball lassen. Wenn wir aber einen Pass spielen wollten, dann mussten wir natürlich berücksichtigen, ob ein Gegner den Ball abfangen kann. Das ist wieder so eine Entscheidungsfrage: Wohin soll ein ballführender Spieler kicken?

VIRTUELLA: Hatten die Spieler denn die Freiheit, selbst zu entscheiden, was sie machen wollten?

ATE-HA: Jetzt wird es philosophisch. Wir haben tatsächlich auf ein Modell der Philosophen zurückgegriffen, um unsere Entscheidungskomponente zu implementieren.

VIRTUELLA: Entscheidungskomponente?

ATE-HA: So haben wir die Programmteile genannt, die ausrechnen mussten, was der Spieler in einer bestimmten Situation machen soll. Die Methode, um zu entscheiden, ob der Spieler zum Ball laufen soll, gehört auch dazu.

VIRTUELLA: Es gibt ja ziemlich viele unterschiedliche Möglichkeiten im Fußball: auf das Tor schießen, einem Mitspieler den Ball zuspielen, den Ball wegschießen, mit dem Ball stürmen, dribbeln, nach vorn laufen, freilaufen, sichern, decken und was weiß ich noch alles. Verliert man da nicht den Überblick?

ATE-HA: Das alles kann man noch auf unterschiedliche Weisen machen: langsam, schnell, direkter Pass, Pass in den Lauf. Richtig spannend wird es beim Zusammenspiel: Abseitsfalle, Flügelwechsel, Doppelpass und schließlich die vielen strategischen Varianten. Da helfen nicht mehr einfache Regeln wie beim Laufen zum Ball. Alle Teams im RoboCup haben immer wieder nach guten Strukturen für die Entscheidungskomponente gesucht. Damals war es noch vergleichsweise einfach, nicht mal an einen Doppelpass haben wir gedacht. Trotzdem war die Anleihe bei Modellen der Philosophie und Psychologie schon hilfreich.

VIRTUELLA: Warum lässt man nicht einfach das machen, was am besten ist?

ATE-HA: Woher weißt du, was gerade am besten ist? Am besten ist sicher ein Torschuss.

VIRTUELLA: Aber nur, wenn er wirklich ins Netz geht.

ATE-HA: Du sagst es: Die Nützlichkeit ergibt sich aus dem möglichen Resultat und der Wahrscheinlichkeit, das Resultat mit seinen Anstrengungen zu erreichen.

VIRTUELLA: Dann muss man das ausrechnen.

ATE-HA: Das ist recht schwierig. Genaue Modelle zur Berechnung hatten wir nicht. Und wenn man die Nützlichkeit für alle Varianten ausrechnen will, braucht man eine Ewigkeit. Bis der Spieler seine Entscheidung getroffen hat, ist der Gegner längst auf und davon.

VIRTUELLA: Vielleicht rechnet der Gegner auch so lange.

ATE-HA: Das wäre ja ein aufregendes Spiel. Im Ernst, es geht um die so genannte »beschränkte Rationalität«. Demnach ist das Nachdenken über eine Handlung nur dann vernünftig, wenn es in vertretbarer Zeit zu einer akzeptablen Entscheidung führt. Der Philosoph Bratman hat ein Modell dafür entwickelt, mit dem er menschliches Handeln erklären wollte. Das haben die Entwickler der »Agenten-orientierten Software-Technologie« aufgegriffen, es war um die Jahrtausendwende bei den Programmierern von Softwareagenten sehr beliebt. Auch wenn jeder etwas anderes darunter verstand.

Programme wie du und ich

VIRTUELLA: Agenten? Du meinst die Programme, die zu selbstständigen Handlungen fähig sind.

ATE-HA: Ja, Programme wie du und ich, wenn auch damals noch erheblich einfacher. Die virtuellen Fußballspieler im RoboCup waren so gesehen auch Agenten: Sie sollten selbstständig auf dem Spielfeld agieren und dabei im Sinne ihres Programmierers erfolgreich sein. Das so genannte

BDI-Modell sieht dafür im Programm unterschiedliche Bereiche vor. »B« steht für die Annahmen (englisch »belief«) des Agenten über seine Umgebung, also die Informationen in seinem Weltmodell. Sie sind der Ausgangspunkt seiner Entscheidungen. Der Agent muss zwischen verschiedenen Handlungsoptionen wählen. Dabei geht es einerseits darum, ob die Optionen zweckdienlich im Sinne seines Auftrages sind, zum anderen, wie gut seine Chancen sind, den erwünschten Erfolg dabei zu erreichen.

VIRTUELLA: Ein Torschuss wäre demnach zweckdienlich, aber nur dann sinnvoll, wenn seine Erfolgsaussichten gut sind?

ATE-HA: Richtig. Es ist aber zu aufwändig, für alle Optionen die momentane Nützlichkeit zu berechnen. Unsere Spieler haben deshalb zunächst ganz grob die Optionen herausgefiltert, deren Ergebnis sie für wünschenswert und erreichbar hielten. Ein Spieler ohne Ball muss nicht über Dribbeln, Passen oder Torschießen nachdenken. Ein ballführender Spieler muss in der eigenen Hälfte nicht über Torschüsse nachdenken. Er sollte aber über einen Pass zu einem seiner Mitspieler oder über Dribbeln nachdenken. Die Wünsche (englisch »desire« – das »D« in BDI) sind also die Optionen, für die das genauere Nachdenken und das genauere Abwägen lohnt. Unsere Spieler errechneten ganz grob und näherungsweise für jede Option einen Wert zwischen 0 und 1000, der ungefähr seine Nützlichkeit ausdrücken sollte. Ein Schuss aus Nahdistanz in das leere Tor hätte die Nützlichkeit 1000 erhalten. Die Optionen mit den höchsten Werten waren dann die Wünsche, also die Kandidaten für die nächste Handlung. Ein unplatzierter Schuss nach vorn erhielt zum Beispiel die Nützlichkeit 300. Wenn es bessere Möglichkeiten gab, zum Beispiel einen Pass zu einem Mitspieler mit der Nützlichkeit 500, dann wurde dieser Pass zum Wunsch. Wenn es aber keine besseren Optionen gab, zum Beispiel bei einem bedrängten Verteidiger, dann konnte auch der Befreiungsschuss zum Wunsch werden.

VIRTUELLA: Die Nützlichkeiten ergaben also eine Art Hitliste für eure Optionen.

ATE-HA: In Abhängigkeit von der Situation des jeweiligen Spielers. Im nächsten Schritt unseres Entscheidungsprozesses wurden dann die Wünsche genauer betrachtet. Es konnte zum Beispiel sein, dass ein Pass zu einem Mitspieler in der groben Abschätzung noch einen guten Wert erhalten hatte. Beim genaueren Berechnen stellte sich aber heraus, dass dieser Pass eher riskant war. Bestätigte sich dagegen der gute

Wert, dann konnte der Wunsch zur Absicht (englisch »intention« – das »I« in BDI) werden. Eine Absicht ist das, was der Agent tatsächlich ausführen will. Das kann auch längerfristige Aktionen erfordern. Wenn der Spieler die Absicht hat, den Ball abzufangen, dann muss er zunächst eine Strecke laufen. Er muss genauer planen, wie er den Ball am besten erreichen kann. Darüber habe ich ja schon etwas erzählt.

Laufen oder nicht laufen, das ist die Frage

VIRTUELLA: Können wir uns das also ungefähr so vorstellen: Der Spieler sieht den Ball, und da er einigermaßen nahe dabei ist, gibt er der Option »Ball abfangen« eine hohe Nützlichkeit. Wenn es keine besseren Optionen gibt, untersucht er den Wunsch »Ball abfangen« genauer, und wenn er tatsächlich eine gute Ausgangsposition hat, macht er ihn zur Absicht und überlegt, wie er ihn umsetzen kann.

ATE-HA: Genau, er plant dann die dafür notwendigen Aktionen im Einzelnen und beginnt mit der Abarbeitung dieses Plans.

VIRTUELLA: Und macht dann weiter, bis er den Ball hat.

ATE-HA: Dahinter steckt jetzt eine ganz knifflige Frage. Natürlich möchte er das im Moment. Aber die Welt ändert sich ständig, und er bekommt ja auch immer wieder neue Informationen über seine Umwelt, und alle sind nicht ganz zuverlässig. Was soll er machen, wenn er plötzlich nach einer neuerlichen Beobachtung zu dem Schluss kommt, dass er den Ball doch nicht erreichen kann?

VIRTUELLA: Nicht mehr weiterlaufen, hat ja keinen Sinn mehr.

ATE-HA: Vielleicht war aber der Schluss aus der letzten Information nicht zutreffend, eine spätere Sichtinformation könnte ergeben, dass er den Ball doch erreichen kann.

VIRTUELLA: Du meinst, er sollte doch weiterlaufen?

ATE-HA: Schwer zu sagen, manchmal ja, manchmal nein. Ich wollte eigentlich nur sagen, dass hier weitere Schwierigkeiten lauern. Soll ein Agent immer versuchen, die momentan beste Aktion zu machen, oder soll er etwas einmal Angefangenes auch zu Ende führen?

VIRTUELLA: Das ist ja wie im richtigen Leben! Du kennst wahrscheinlich die Geschichte von Buridans Esel: Der Esel ist hungrig, und ein leckerer Heuhaufen ist rechts von ihm, ein anderer ebenso leckerer Heuhaufen links. Er dreht sich zum linken Haufen, aber plötzlich kommt ihm in den Sinn, dass der rechte besser sein könnte, also wendet er sich nach rechts. Da treibt der Wind verführerische Düfte von links herüber. Und schon dreht der Esel sich nach links. So geht das immer weiter, bis das unglückliche Tier verhungert.

ATE-HA: Wir hatten vorhin den Spieler, der sich immer weiter nach dem Ball gedreht hat. Das könnte man ähnlich interpretieren. Der Grundkonflikt besteht zwischen der Stabilität von Absichten und der Offenheit für neue Alternativen. Für das Zusammenleben der Menschen ist es wichtig, dass Abmachungen eingehalten werden. Aber fanatisches Festhalten an aussichtslosen Plänen ist sinnlos. Bratman untersucht das sehr genau in seinem Buch.

Erkannt, geplant, getan

VIRTUELLA: Ihr habt also menschliche Handlungsstrategien kopiert für eure Fußballspieler.

ATE-HA: Wir haben uns eher davon inspirieren lassen, unsere Spieler waren ja doch noch sehr primitiv.

VIRTUELLA: Eure Spieler hatten also ein Weltmodell und eine Entscheidungskomponente auf der Basis von belief-desire-intention (BDI). War das alles?

ATE-HA: Nein, die Spieler brauchten auch noch Fähigkeiten zum Umsetzen ihrer Absichten. Das waren Folgen von Aktionen, die je nach den Bedingungen in vorgegebener Form ausgeführt wurden. In der KI spricht man auch von Skripts. Sie beschreiben Abläufe in einer Art Standardform. Viele typische menschliche Verhaltensweisen lassen sich so darstellen. Jeder kennt sie, man muss sie nicht mehr in allen Einzelheiten beschreiben. Wenn ich erzähle, dass ich mir heute früh eine Fahrkarte am Schalter gekauft habe, dann ist der Ablauf ziemlich klar: Zum Fahrkartenschalter gehen, anstellen, bis man an der Reihe ist, an den Schalter treten, »Guten Tag« sagen, Fahrtziel nennen, weitere Fragen beantworten, Bezahlen, Fahrkarte nehmen und einstecken, »Auf Wiedersehen« sagen, Fahrkartenschalter verlassen. Jede dieser Aktionen könnte man noch detaillierter beschreiben und auch das wieder durch ein Skript, ein Drehbuch, beschreiben.

VIRTUELLA: Man kann auch das Fahrkartenkauf-Skript wieder in eine größere Handlung einbauen, zum Beispiel in die Erzählung von einer Reise.

ATE-HA: Diese Ideen haben wir für unsere Fußballspieler benutzt. Für jede Option gibt es Skripts zu ihrer Umsetzung. Die Skripts bestehen aus einzelnen Kommandos für den SoccerServer, wobei die genauen Werte situationsabhängig bestimmt werden. Ein Beispiel war die Fähigkeit zum kräftigen Kicken. Der SoccerServer stellte das Kommando kick bereit. Damit konnte der Ball maximal auf 16 Meter/Sekunde beschleunigt werden. Wir hatten aber bei den »Ogalets« beobachtet, dass sie auch wesentlich höhere Geschwindigkeiten erzielen konnten. Dafür fanden wir auch eine Erklärung. Nach dem Kick-Modell des SoccerServers wurde eine Addition der Geschwindigkeiten durchgeführt: Bisherige Geschwindigkeit plus zusätzliche Geschwindigkeit durch das kick-Kommando. Wenn der Ball also schon mit einer gewissen Geschwindigkeit, sagen wir 10 Meter/Sekunde, ankam, konnte er durch einen Kick in die Richtung seiner Bewegung auf 10+16 = 26 Meter/Sekunde kommen. Wenn er allerdings in eine andere Richtung abgelenkt werden sollte, musste man ihm eine Beschleunigung in eine bestimmte Richtung derart geben, dass die Resultierende der Vektor-Addition in die gewünschte Richtung zeigte.

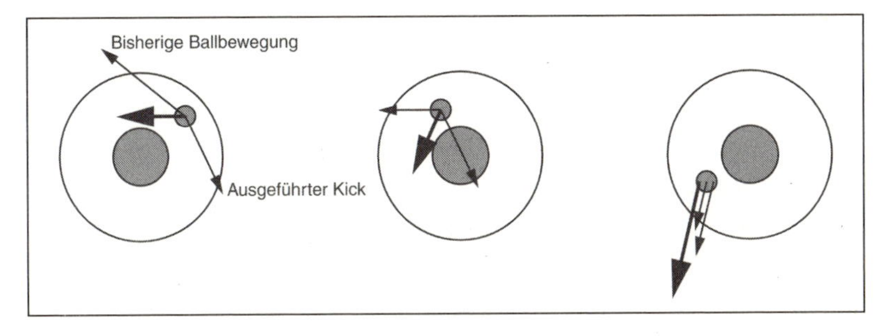

Der Spieler kann den Ball innerhalb seines Kick-Bereiches (äußerer Kreis) kicken und damit die Bewegung des Balles ändern. Durch mehrfache Kicks kann der Spieler den Ball stoppen, zurechtlegen und weiterbeschleunigen. Es werden jeweils Vektoradditionen durchgeführt (neue Ballbewegung = bisherige Ballbewegung + Kick). Beim ersten Kick (links) bewegte sich der Ball bisher nach links oben. Durch einen Kick nach rechts unten ergibt sich eine neue Bewegung nach links (dicker Pfeil). Beim zweiten Kick (Mitte) erhält der Ball bereits die gewünschte Richtung. Beim dritten Kick (rechts) erfolgt eine zusätzliche Beschleunigung.

Die damit zu erreichende Geschwindigkeit war entsprechend geringer. Es ließ sich aber noch mehr machen. Ein Kick war möglich, wenn sich der Ball innerhalb des Kick-Bereiches um den Spieler, also maximal 1,50 Meter vom Zentrum des Spielers, befand. Befand sich der Ball an einer günstigen Stelle, so konnte er durch einen ersten Kick beschleunigt werden, ohne dass er schon den Kick-Bereich verließ. Man konnte also noch einen weiteren Kick draufgeben und damit Geschwindigkeiten von ca. 30 Meter/Sekunde erreichen. Lag der Ball nicht günstig, konnte man ihn mit einem ersten Kick günstig platzieren. Ein richtiger Fußballspieler kann sich ja auch den Ball zurechtlegen. Die notwendigen Formeln dazu waren nicht sehr kompliziert, und so hatte eine unserer Gruppen bald eine hervorragende Kick-Fähigkeit implementiert. Sie sollte der Schrecken unserer Gegner werden.

VIRTUELLA: Die konnten doch das Gleiche machen.

ATE-HA: Haben auch einige, aber nicht alle. Es gab dann noch einige weitere Fähigkeiten, und außerdem brauchten wir noch eine Gesamtablaufsteuerung für den Einsatz der einzelnen Module zum richtigen Zeitpunkt. Damit lagen die wesentlichen Konzepte unserer Mannschaft vor.

Die Mannschaft steht

VIRTUELLA: Hört sich alles sehr logisch an.

ATE-HA: Hinterher ja, aber unterwegs gab es viele Diskussionen. Es gab ja viele Möglichkeiten, etwas umzusetzen, und andere Mannschaften im RoboCup sind völlig andere Wege gegangen. Manches war bei uns auch nur ansatzweise vorhanden und wurde eigentlich erst im folgenden Jahr richtig ausgearbeitet. Aber es war schon eine tolle Leistung, dass am Ende des Praktikums eine spielfähige Mannschaft stand, die viele kluge Ideen vereinte.

VIRTUELLA: Wie gut wart ihr denn?

ATE-HA: Wir haben uns wieder mit den »Ogalets« verglichen, und jetzt nur noch 2:4 verloren. Du musst bedenken, dass war nach unserer damaligen Kenntnis eine Spitzenmannschaft, gegen die andere Teams viel höher verloren hatten. Das machte schon Mut. Vor allem aber sahen wir dabei auch noch gewisse Schwächen in unserem Spiel, von denen wir annahmen, dass wir sie leicht beheben könnten.

VIRTUELLA: Und konntet ihr?

ATE-HA: Nach dem Praktikum arbeitete eine kleine Gruppe weiter, es waren noch vier Wochen bis zur Weltmeisterschaft in Nagoya. Nach einer Woche schlugen wir die »Ogalets« 4:1.

VIRTUELLA: Jetzt wart ihr die Stärksten?

ATE-HA: Nein, sicher nicht. Wir wussten zwar nichts über die anderen Teams auf der Welt, aber es war doch klar, dass die inzwischen auch weitergearbeitet hatten. Aber ein gutes Gefühl war es schon, und unsere Spieler wurden von Tag zu Tag besser. Die Zeit bis Nagoya wurde allerdings auch immer kürzer.

Wir feilten also an unseren Programmen, an den Fähigkeiten, am Weltmodell und an der Entscheidungskomponente. Zwischendurch gab es immer wieder Testspiele, manchmal noch gegen die »Ogalets«, vor allem aber zum Vergleich verschiedener Versionen der eigenen Mannschaft. Dabei ging es um Fragen, welche Aufstellungen günstig sind, was die Vorzugsrichtungen des Angriffs sein sollten und so weiter. Wir entschieden uns für eine offensive Spielweise über die Flügel mit schnellen Pässen. Unsere Verteidigung war nicht besonders ausgereift, wir wollten unser Glück im Angriff suchen, auch wenn das gegen wichtige Grundregeln des Fußballs verstieß. Strategische Finessen konnten sich eigentlich erst herausbilden, als dafür die Spieler vorhanden waren. Nagoya stand am Anfang, und die Spiele erinnerten auch an die Anfangszeit des Fußballs. So gesehen war unser Konzept gar nicht so schlecht.

Keine Rückpässe!

VIRTUELLA: Angreifer zu programmieren macht vermutlich mehr Spaß. Wie war denn zum Schluss euer Vergleich mit den »Ogalets«?

ATE-HA: 29:1. Und das Gegentor war ein Eigentor, ein verpatzter Rückpass.

VIRTUELLA: Donnerwetter! Und ihr wolltet euch immer noch nicht vornehmen, Weltmeister zu werden?

ATE-HA: Jedenfalls waren die Erwartungen jetzt schon recht hoch gehängt. Zunächst haben wir aber unseren Spielern verboten, Rückpässe zu machen.

VIRTUELLA: Wie dürfen wir uns das denn vorstellen? Ihr konntet ihnen doch nicht einfach sagen, dass Rückpässe ab sofort verboten sind.

ATE-HA: Wir haben in der Entscheidungskomponente nur noch Schüsse nach vorn betrachtet. Es gab folglich keine Option für einen Rückpass.

VIRTUELLA: Und das hat geklappt?

ATE-HA: Meistens. Ich habe mir gerade neulich noch einmal die Aufzeichnungen der Spiele von Nagoya angesehen. Da gab es allerhand zu sehen, was bestimmt nicht so beabsichtigt war, auch gelegentliche Rückpässe. Die Spieler haben nicht immer das gemacht, was wir wollten.

VIRTUELLA: Die Spieler haben sich euren Anweisungen widersetzt? Wie habt ihr denn das Wunder vollbracht?

ATE-HA: Naja, nicht wirklich. Sie haben sich natürlich genau so verhalten, wie sie programmiert waren. Aber ich sagte ja schon, dass der SoccerServer Daten zufällig verändert hat, weil sich ein Roboter im wahren Leben auch nie genau auf Messwerte verlassen kann. Außerdem konnte es vorkommen, dass die Zeit nicht ausreichte, um einen Befehl rechtzeitig zum SoccerServer zu schicken. Manchmal sind solche Nachrichten auch noch im Netz verloren gegangen, es wurde bewusst das etwas unzuverlässige UDP/IP-Protokoll verwendet. Vielleicht waren unsere Programme auch nicht ganz korrekt. Wie dem auch sei, wir standen vor dem Bildschirm und mussten manchmal tatenlos zusehen, wenn unsere Geschöpfe einen sicheren Pass nicht erreichten oder den Ball nicht ins Tor brachten. Aber im Großen und Ganzen hat es doch ganz gut geklappt, und wir waren stolz auf unsere Mannschaft.

VIRTUELLA: Ihr habt euch als Trainer gefühlt?

ATE-HA: Als Trainer, als Mediziner, als Manager, ja.

Weltmeister-Team AT Humboldt97 mit dem Pokal. Von links nach rechts: Pascal Müller-Gugenberger, Kay Schröter, Amin Coja-Oghlan, Markus Hannebauer, Adrianna Foremniak, Hans-Dieter Burkhard, Heike Müller, Derrick Hepp, Jan Wendler.

Das Geheimnis des Sehens

Das Geheimnis des Sehens liegt in der parallelen Verarbeitung der vielen Sinneseindrücke, die die unterschiedlichen Stellen eines Bildes hervorrufen. Je nach den Notwendigkeiten der verschiedenen Lebewesen hat die Natur viele Formen von Augen entwickelt. So können die Facettenaugen von Insekten zwar nicht so feine Strukturen erkennen wie die Linsenaugen des Menschen, haben dafür aber ein erheblich höheres zeitliches Auflösungsvermögen. Während der Mensch nur bis zu 20 Einzelbilder pro Sekunde unterscheiden kann, sind es bei schnell fliegenden Insekten wie Libellen oder Bienen bis zu 300.

Diese Einzelbilder bestehen beim Libellenauge jedoch aus lediglich etwa 30.000 Bildpunkten. Im menschlichen Auge dagegen wird durch die Linse ein Bild auf die Netzhaut projiziert, wo es von vielen Millionen Sinneszellen verarbeitet wird. Über sechs Millionen Zapfen regeln die Farbwahrnehmung und weit über 100 Millionen Stäbchen sind für die Unterscheidung von hell und dunkel verantwortlich. Tatsächlich handelt es sich also bei der visuellen Wahrnehmung um viele einzelne, gleichzeitige Sinneseindrücke, wobei jede einzelne Sinneszelle nur einen kleinen Bereich des gesamten Bildes wahrnimmt. Dabei sind die Sinneszellen nicht gleichmäßig verteilt. Im Zentrum unseres Sichtfeldes sind sie am dichtesten gepackt (160.000 Zapfen pro Quadratmillimeter), daher können wir dort am schärfsten sehen. Die Randbereiche werden aber stets mitkontrolliert. Wenn dort etwas passiert, kann sich der Blick diesem Bereich zuwenden.

Im Vergleich zur Schaltzeit elektronischer Bauelemente arbeiten unsere Nerven extrem langsam. Trotzdem können wir Bilder viel besser auswerten als künstliche visuelle Systeme. Das gelingt durch die gleichzeitige Verarbeitung der Sinneseindrücke in den einzelnen Nerven. Denn es genügt ja nicht, dass jede Nervenzelle für sich allein arbeitet, entscheidend ist vielmehr die Zusammenfassung der vielen einzelnen Signale zu einer Wahrnehmung: Alle Sinneszellen, die Teile des Balles registriert haben, müssen zusammen zu dem Resultat kommen, dass sie den Ball sehen. Da darf es nicht stören, wenn sich auf dem Ball ein Schmutzfleck befindet oder Teile verdeckt sind. Die Gesamtwahrnehmung soll den Ball erkennen, selbst wenn einige der Sinneszellen eigentlich nicht glauben können, einen Ball zu sehen.

Demokratie der Sinne

Wahrnehmung erfolgt daher als eine Art Mehrheitsentscheidung: Wir erkennen einen Ball (oder glauben, ihn zu erkennen), wenn hinreichend viele Stimmen dafür sprechen. Diese Stimmen werden durch unsere Erfahrungen und unser Wissen über die Welt beeinflusst: Wir nehmen einen Stuhl wahr, auch wenn wir nur eine Lehne an einem Platz sehen, wo üblicherweise Stühle stehen können. Diese eigentlich voreilige Wahrnehmung lässt sich natürlich täuschen. Zum Beispiel neigen wir dazu, unterbrochene Linien zu vervollständigen und als ganzes wahrzunehmen. Unsere Wahrnehmung rekonstruiert die gesamte Linie. Das ist meistens sinnvoll, weil die Unterbrechungen in der Regel durch davor befindliche Gegenstände verursacht werden. Es kann aber auch dazu führen, dass wir Dinge zu sehen glauben, die nicht vorhanden sind, zum Beispiel ein helles Dreieck vor dunklerem Hintergrund.

Im Alltag sind diese Fähigkeiten zur Rekonstruktion notwendig, und die Ergebnisse sind meistens auch korrekt, die optischen Täuschungen sind die Ausnahme. Sie verweisen daher nicht auf eine Unzulänglichkeit unserer Wahrnehmung, sondern resultieren aus einem Mechanismus, der normalerweise sehr hilfreich ist.

Insgesamt sind Sehen und Wahrnehmen sehr komplizierte Prozesse, bei denen sich viele einzelne Stimmen eine Meinung bilden müssen. Nur ein Teil dieser Stimmen kommt direkt aus den Sinneszellen im Auge. Deren Meinungen können sogar überstimmt werden. Eigentlich ist es auch keine direkte Abstimmung, sondern eher ein Aushandeln und Weiterleiten von Meinungen. Manchmal kommt keine einheitliche Meinungsbildung zustande, wie bei dem Bild, das eine weiße Vase oder zwei einander zugewandte Gesichter zeigt.

Noch beunruhigender ist das im Fall des Balkens mit den drei oder vier Querbalken. Man kann den Kampf zwischen den beiden Meinungen beim Betrachten des Bildes körperlich spüren. Wenn man die eine Seite des Bildes verdeckt, fühlt man sich sofort wohler.

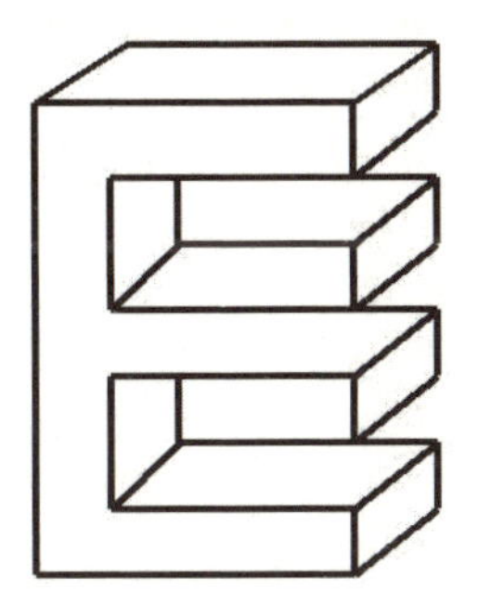

Wie Computer lesen lernen

Heutige Bildverarbeitungssysteme arbeiten häufig mit so genannten Künstlichen Neuronalen Netzen (KNN), die die »Abstimmung« der Nervenzellen im Gehirn im Computer simulieren. Ein einfaches Beispiel ist die Erkennung handgeschriebener Großbuchstaben: Die Buchstaben stehen dabei an einer ganz bestimmten Stelle (auf elektronisch zu verarbeitenden Formularen sind diese Bereiche oft auch schön gleichmäßig vorgegeben, manchmal sogar mit Hilfslinien zum genaueren Schreiben). Eine Kamera erzeugt nun ein schwarz-weißes Bild von einem Buchstaben aus genau einem solchen Bereich, und die Software soll den richtigen Buchstaben identifizieren.

Das Bild besteht aus einzelnen Bildfeldern, so genannten Pixeln (abgekürzt aus dem englischen Begriff »picture element«), die je nach Art des Buchstabens heller oder dunkler sind. Die gemessenen Helligkeitswerte können durch Zahlen zwischen 0 und 255 bezeichnet werden, wobei »255« für schwarz steht, »0« für weiß. »118« wäre dann ein mittleres Grau, und »201« steht für ein schon ziemlich dunkles Grau, das heißt, hier hat der Stift ziemlich viel Farbe hinterlassen (in der Bildverarbeitung ist die Kodierung üblicherweise umgekehrt, aber das ist hier völlig nebensächlich).

Jedes Pixel wird in dem neuronalen Netz, das den Buchstaben erkennen soll, durch ein »Bild-Neuron« repräsentiert. Das Erkennen erfolgt durch Abstimmung der Neuronen, wobei die Bild-Neuronen unterschiedlich viele Stimmen haben können. Die Anzahl der Stimmen hängt von der Graufärbung des jeweiligen Pixels ab. Ein Bild-Neuron über einem schwarzen Feld besitzt 255 Stimmen, über dem dunkleren Grau gibt es 201, und über dem Weiß gar keine. Das ist nicht die einzige Verzerrung des Wahlrechts: Je nach Wichtigkeit der betreffenden Bildfelder für die Unterscheidung der Buchstaben werden die Stimmen zusätzlich um unterschiedliche Faktoren vermehrt, einige zum Beispiel verdoppelt, andere vielleicht verzehnfacht. Bei manchen Anwendungen kann einem Neuron auch das Wahlrecht ganz entzogen werden, wenn es eine Mindestzahl von Stimmen unterschreitet. Mit den verfügbaren Stimmen führen die Bild-Neuronen nun eine Abstimmung über die Interpretation des Bildes durch.

Bei der Wahl hat jedes Bild-Neuron einen festen Schlüssel, nach dem es seine Stimmen auf die Kandidaten, die Buchstaben-Neuronen, verteilen muss. So wird das Neuron des oberen linken Eckpunktes seine Stimmen vorrangig an die Buchstaben »B«, »D« »E«, »F«, »H«, K«, »L«, »M«, »N«, »P«, »R«, »T«, »U«, »V« , »W«, »X«, »Y« und »Z« vergeben, weil bei ihnen dieses Feld in der Regel beschrieben ist. Bei etwas eckiger Schreibweise könnten allerdings auch »A«, »C«, »G«, »O«, »Q« oder »S« dort eine Graufärbung verursachen. Also bekommen diese Buchstaben ebenfalls einige Stimmen von dem Bildpunkt, wenn auch nicht ganz so viele. Das rechte untere Eckfeld müsste dementsprechend seine Stimmen vorrangig an die Buchstaben »A«, »E«, »H«, »K«, »L«, M«, »N«, »R«, »X«, und »Z« verteilen. Das sind deutlich weniger als beim linken oberen Eckfeld – was ein Grund dafür sein könnte, die Stimmen des linken oberen Eckfeldes vor der Abstimmung zu vervielfachen.

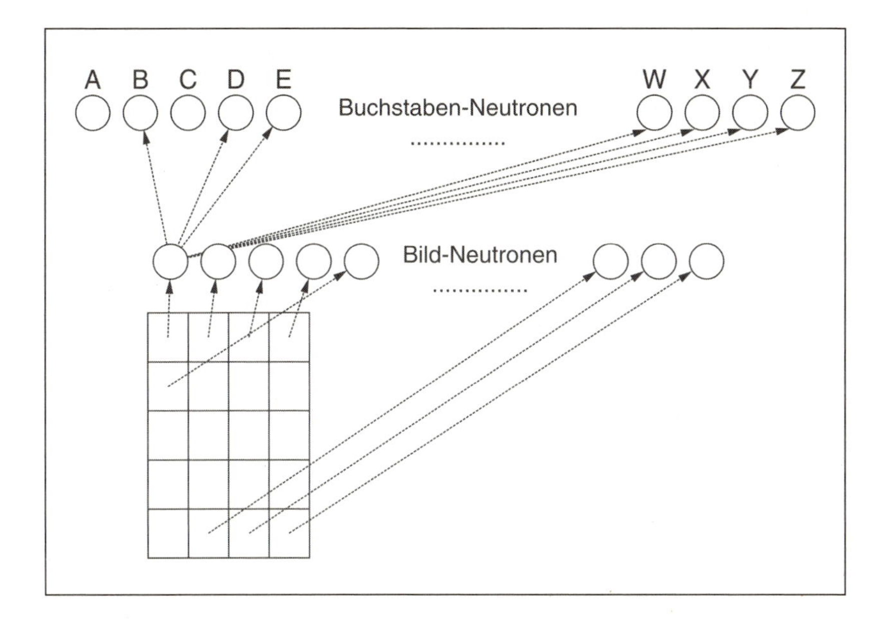

Angenommen, der Stift des Schreibers habe das linke obere Eckfeld zur Hälfte beschrieben, und die Kamera habe eine mittlere Graufärbung registriert. Das Neuron habe deshalb zunächst 150 Stimmen zur Verfügung. Weil es ein sehr wichtiges Neuron ist und seine Stimmen auf viele Buchstaben verteilen muss, wird seine Stimmenzahl um den Wichtigkeitsfaktor vier erhöht. Das Neuron hat jetzt also 600 Stimmen. Der Schlüssel zur Aufteilung sei für das linke obere Eckfeld so festgelegt, dass die Neuronen der oben genannten Buchstaben »B«, »D« »E«, »F«, »H«, K«, »L«, »M«, »N«, »P«, »R«, »T«, »U«, »V« , »W«, »X«, »Y« und »Z« jeweils 5 % der Stimmen erhalten, die Neuronen der Buchstaben

»C«, »G«, »O«, »S« jeweils 2 % und die der Buchstaben »A« und »Q« jeweils 1 %. Die übrigen Buchstaben erhalten nichts. In unserem Fall erhielte der Buchstabe »L« also 150 * 4 * 0,05 = 30 Stimmen. Entsprechend der jeweils vorliegenden Graufärbung, des Wichtigkeitsfaktors und des Verteilungsschlüssels erhält der Buchstabe »L« auch Stimmen von den anderen Bild-Neuronen, alle diese Stimmen werden summiert. Dann werden die Wahlergebnisse miteinander verglichen, und der Wahlsieger ist der erkannte Buchstabe.

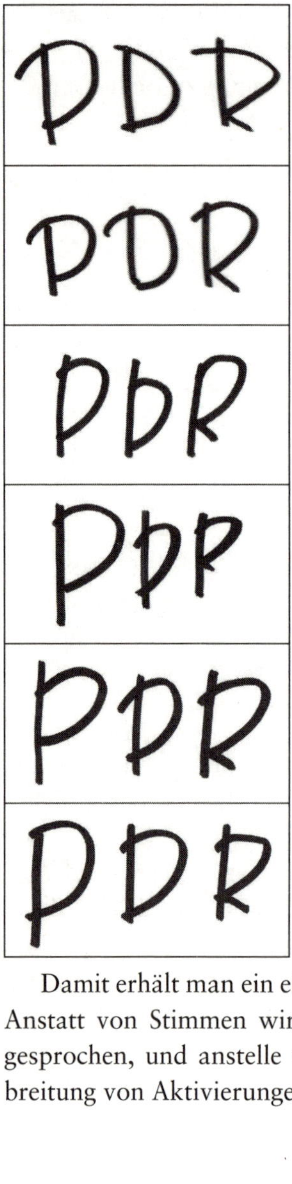

Das gleiche Verfahren wird für die anderen Buchstaben auf dem Formular wiederholt. Jedes Mal ist dabei die Graufärbung anders verteilt, und jedes Mal ergibt die Auszählung eine andere Stimmenverteilung. Wenn die Wichtigkeitsfaktoren und die Verteilungsschlüssel der einzelnen Bild-Neuronen gut gewählt sind (sie sind immer die gleichen), erhält der richtige Buchstabe die meisten Stimmen. Voraussetzung ist natürlich, dass der Buchstabe hinreichend deutlich geschrieben ist. Ein undeutliches »P« mit tief ansetzendem Bogen kann auch ein Mensch kaum von einem »D« unterscheiden.

Damit das alles korrekt funktioniert, müssen die Wichtigkeitsfaktoren und die Verteilungsschlüssel richtig gewählt werden. Mathematisch kann man sie zu einer Zahl zusammenfassen, dem Gewicht der Verbindung zwischen zwei Neuronen (das Gewicht ist einfach das Produkt der beiden). Jetzt können wir das auch zeichnen: Die Neuronen sind Kreise, und von jedem Eingangsneuron wird ein Pfeil zu jedem Ausgangsneuron gezeichnet, an den man das Gewicht schreibt. Pfeile mit dem Gewicht Null lässt man natürlich weg.

Damit erhält man ein einfaches Künstliches Neuronales Netz (KNN). Anstatt von Stimmen wird dann von »Aktivierungen« der Neuronen gesprochen, und anstelle von Abstimmungen betrachtet man die Ausbreitung von Aktivierungen durch das Netz:

Am Anfang sind nur die Bild-Neuronen (die »Eingangs-Neuronen«) aktiviert. In unserem Fall hängt ihre Aktivierung von der Graufärbung ab, in anderen Anwendungen kann das etwas ganz anderes sein. Dann schicken sie Impulse längs der Pfeile an die Buchstaben-Neuronen (»Ausgangs-Neuronen«). Die Stärke der Impulse ist abhängig von der Aktivierung und den jeweiligen Gewichten (zum Beispiel Impuls = Aktivierung · Gewicht). An den Buchstaben-Neuronen werden alle ankommenden Impulse zu einer Aktivierung zusammengefasst (zum Beispiel als Summe der Impulse).

Analogie zum Gehirn

Künstliche Neuronale Netze tragen ihren Namen, weil sie an die Verschaltung von Neuronen in organischen Gehirnen erinnern. Auch die Bezeichnung »Aktivierung« stammt von dort: Man kann sich die Arbeitsweise so vorstellen, dass Aktivierungen in den Neuronen verstärkt werden (das waren ursprünglich bei uns die Wichtigkeitsfaktoren) und dann entlang der Verbindungen in unterschiedlicher Stärke (das waren die Verteilungsschlüssel) weitergeleitet werden. Mathematisch kann man das wie schon beschrieben allein durch die Gewichte an den Verbindungen modellieren. Dabei kann es auch negative Werte geben: In der Abstimmung wären das »Nein«-Stimmen, die bei der Auszählung gegen die »Ja«-Stimmen gesetzt werden. Bei der Ausbreitung von Aktivierungen bewirkt das eine Hemmung des empfangenden Neurons.

Die Ausgangsneuronen eines Netzes können nun wiederum als Eingangsneuronen eines weiteren Netzes fungieren. Im Beispiel des Formulars könnten die Buchstaben-Neuronen die Eingangs-Neuronen eines Netzes sein, das Wörter erkennt. In einer einfachen Form hätten wir für jedes Buchstabenfeld des Formulars ein Buchstabenerkennungsnetz. Die Buchstaben-Neuronen dieser Netze leiten ihre Aktivierungen an die Wort-Neuronen weiter, wenn der Buchstabe in diesem Wort vorkommt.

Wir haben jetzt ein KNN mit einer Eingabe-Schicht (Bild-Neuronen), einer inneren Schicht (Buchstaben-Neuronen) und einer Ausgabe-Schicht (Wort-Neuronen). Die innere Schicht heißt auch verdeckte Schicht, weil ihre Neuronen von außen nicht beobachtbar sind.

KNN haben nun eine Besonderheit: Bis zu einem gewissen Grad können sogar falsch erkannte Buchstaben ausgeglichen werden. Hätte die Buchstaben-Erkennung zum Beispiel »Horwart« gelesen, würde das

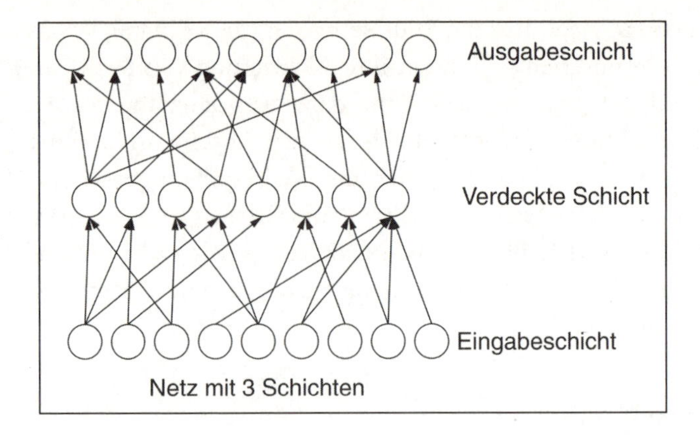

Wort »Torwart« immer noch die Stimmen von 6 Buchstaben-Neuronen erhalten. Diese Fehlertoleranz ist eine ganz wichtige Eigenschaft auch der natürlichen neuronalen Netze. Am Beispiel der Buchstabenerkennung wird sie noch deutlicher: Ein zusätzlicher Punkt, etwa ein Staubkorn, auf einem Bildfeld muss nicht sofort zu einer Fehlleistung führen. Fehler treten erst dann auf, wenn das Abstimmungsergebnis eines falschen Buchstabens besser wird. Auch beim Ausfall einzelner Verbindungen oder sogar Neuronen kann das Ganze noch recht gut funktionieren.

Training ist wichtig

Voraussetzung dafür ist, dass sich die Abstimmungsergebnisse, die Aktivierungen, bei den »typischen« Erscheinungsformen der Buchstaben gut voneinander abheben. Das kann dadurch erreicht werden, dass die Verbindungen zwischen den einzelnen Neuronen günstig gewichtet sind. Die geeigneten Werte lassen sich allerdings kaum theoretisch ermitteln. Stattdessen können geeignete Gewichte anhand von Beispielen gelernt (trainiert) werden. Dafür gibt es viele Verfahren.

Wie beim Menschen ist das Trainieren eines KNN ein Lernvorgang, bei dem zu erbringende Leistungen wiederholt geübt und durch einen Beobachter (den Trainer) bewertet werden. Im Falle unseres Buchstabenerkenners würde man das Netz also handgeschriebene Buchstaben untersuchen lassen und nachsehen, ob der Buchstabe richtig erkannt wurde. Nach jedem Durchlauf wird das Netz so verändert, dass die Aufgabe in Zukunft besser gelöst wird. Dazu müssen die Vorgaben für die Stimmenverteilung bei der Wahl verändert werden, das heißt, die Gewichte an den Verbindungen werden variiert. Eine einfache Form ist das der Natur nachempfundene Hebbsche Lernen (eine um 1950 von D. O. Hebb vorgeschlagene Regel): Wird ein Buchstabe richtig erkannt, werden alle daran beteiligten Verbindungen verstärkt, das heißt, ihre Gewichte werden etwas erhöht. Umgekehrt kann man auch aus Fehlern lernen: Bei den zu hoch bewerteten falschen Buchstaben werden die Verbindungen geschwächt, die zu dieser Bewertung einen hohen Beitrag geleistet haben. Grundsätzlich muss man bei den Veränderungen behutsam vorgehen, weil man sonst schnell wieder zerstören könnte, was vorher bereits gelernt wurde.

Das Trainieren der KNN wird dem Rechner überlassen. Dazu bekommen alle Gewichte zunächst einen Anfangswert. Dann werden die Trainingsbeispiele mit dem Netz durchgerechnet, und je nach dem Ergebnis werden die Gewichte variiert, bis am Ende alle Trainingsbeispiele richtig erkannt werden. Manchmal muss man sich auch damit begnügen, dass wenigstens die meisten Beispiele richtig erkannt werden.

Wie gut und wie schnell das gelingt, hängt natürlich von der gestellten Aufgabe ab. Wir können die Berechnung für optimale Torschüsse einem KNN übertragen. Dabei sollen Werte für die Kick-Richtung und Kick-Stärke in Abhängigkeit von der aktuellen Situation berechnet werden, also aus Werten für den Winkel und die Entfernung zum Tor, der Lage des Balles und der Position des gegnerischen Torwartes. Es gibt Eingangs-Neuronen für alle diese Parameter, und deren Anfangsaktivierungen hängen von den konkreten Werten ab. Dann lässt man das Netz rechnen, das heißt, der Computer rechnet aus, wie sich die Aktivierungen im Netz ausbreiten. Für die Kick-Richtung und die Kick-Stärke gibt es Ausgangs-Neuronen.

Dort liest man zum Schluss die Aktivierungen ab, sie liefern die Werte für den optimalen Kick. Anders als bei der Buchstabenerkennung werden am Ende Zahlenwerte berechnet und nicht nur Auswahlentscheidungen für Buchstaben getroffen.

Auch diese Netze müssen trainiert werden, ehe sie optimale Resultate liefern. Dabei kann es Trainingsfälle geben, in denen der Stürmer zwar optimal geschossen hat, eine plötzliche Windböe den Schuss aber trotzdem am Tor vorbeileitet. Der Trainer würde also für diesen Versuch einen Misserfolg registrieren. Wenn der gleiche Schuss bei einem weiteren Versuch genau in das Tor geht, stehen zwei widersprüchliche Trainingsbeispiele zur Verfügung. Bei gutem Training können KNN aber auch mit solchen Widersprüchen recht gut fertig werden.

Das Training eines KNN kann je nach Schwierigkeit der Aufgabe längere Zeit dauern. Allerdings wird durch längeres Training das Netz nicht immer besser. Es kann passieren, dass es sich auf bestimmte Besonderheiten in der Trainingsmenge spezialisiert. Deshalb müssen mit dem fertig trainierten Netz weitere Testbeispiele durchgerechnet werden. Zeigen diese kein befriedigendes Ergebnis, wird ein neuer Trainingsversuch mit einem neuen Netz gestartet: Die Gewichte erhalten andere Anfangswerte, und das Ganze beginnt von vorn.

Unter der Ebene der Symbole

Das oben beschriebene Worterkennungssystem ist eigentlich untypisch für Künstliche Neuronale Netze, weil die Neuronen der verdeckten Schicht konkrete Bedeutungen (Buchstaben) besitzen. Bei der Erkennung handgeschriebener Wörter können jedoch noch weitere Gesichtspunkte ausgenutzt werden: Wie ein »A« aussieht, hängt davon ab, ob es auf ein »B« folgt oder ein »V«. Dadurch lassen sich Fehler durch falsch erkannte Buchstaben noch besser vermeiden.

Es ist auch nicht notwendig, dass die inneren Neuronen den Buchstaben entsprechen. Wir brauchen am Eingang die Bilderkennungs-Neuronen und am Ausgang die Worterkennungs-Neuronen. Dazwischen können in der verdeckten Schicht irgendwelche Neuronen sein, über deren Bedeutung wir uns keine Gedanken machen müssen. Was insgesamt im Netz passiert, wird durch die Gewichte bestimmt, die wir im Training festlegen. Indem wir uns davon befreien, dass die inneren Neuronen den Buchstaben entsprechen müssen, können wir beim Training vielleicht Gewichte finden, die viel bessere Ergebnisse liefern, weil sie weitere Zusammenhänge ausnutzen.

Viele dieser Zusammenhänge lassen sich sowieso nur schwer oder gar nicht in Worten (»in Symbolen«) beschreiben. Der prototypische Buchstabe »B« hat zwar bestimmte Eigenschaften wie einen geraden senkrechten Strich und daran ansetzend zwei Halbkreise unterschiedlicher Größe. Ein handgeschriebener Buchstabe »B« kann davon jedoch deutlich abweichen. Er muss nur ungefähr dem Prototypen entsprechen oder im Vergleich mit allen anderen Buchstaben dem »B« am ähnlichsten sehen. Eine solche Ähnlichkeit anhand der Kriterien »senkrechter Strich und daran ansetzend zwei Halbkreise« zu bewerten ist schwierig. Insbesondere müsste die Maschine zuerst wieder in der Lage sein, Striche und

Halbkreise zu identifizieren. Das beschriebene Abstimmungsverfahren der Bild-Neuronen ist da wesentlich effizienter. In Bezug auf die Eigenschaften des prototypischen »B« haben diese Neuronen aber eigentlich keine Benennung. Anders ausgedrückt: Sie tragen keine symbolische Bedeutung.

Man spricht bei KNN deshalb auch von »subsymbolischer« Verarbeitung, von Verarbeitung unterhalb benennbarer symbolischer Bedeutungen. Das Wissen über die Eigenschaften des prototypischen »B« ist zwar in dem Buchstabenerkennungsnetz enthalten, aber es ist nicht an einer festen Stelle kodiert. Vielmehr ist dieses Wissen über das ganze Netz verteilt, nämlich in den Gewichtungen. Gleichzeitig ist dort auch das Wissen über die Eigenschaften der anderen Buchstaben enthalten. Das hat den bereits erwähnten wichtigen Vorteil: Selbst wenn einzelne Verbindungen oder sogar ganze Neuronen ausfallen, reicht das Wissen im verbliebenen Netz meist immer noch zur Lösung der Aufgaben aus, vielleicht bei geringer Erhöhung der Fehlerquote. Wird dagegen in einer Datenbank ein Eintrag gelöscht, ist diese Information komplett verloren. Das ist der entscheidende Vorteil, der durch die verteilte Repräsentation erreicht wird. Hätten wir ein einzelnes spezielles Neuron für den Begriff »Großmutter«, dann würden wir beim Ausfall dieses Neurons nichts mehr von »Großmutter« wissen können. So aber ist der Begriff an vielen Stellen präsent und kann nicht einfach verloren gehen. Man spricht auch von Konnektionismus, um auszudrücken, dass in einem KNN irgendwie alles miteinander verbunden ist.

Die Kunst des Sehens

Im WM-Stadion unterhalten sich in der Roboterkurve einige Zuschauer. Betareize ist als Empfangsdame beschäftigt, Jamus arbeitet als Butler, Wilda ist eine Roboterin im zweiten Lehrjahr.

BETAREIZE: Ich staune immer wieder, wenn ich höre, wie unbeholfen unsere Vorfahren noch zu Beginn des Jahrhunderts waren. Wo liegt da eigentlich das Problem? Heute kommen die Roboter-Körper vom Band, kriegen ihr zentrales Wissen implantiert und los geht's. Vielleicht muss noch etwas nachjustiert werden, weil die lokale Datenverarbeitung in den Gliedern nicht ganz mit den zentralen Vorgaben korrespondiert. Aber nach spätestens zwei Stunden können sie perfekt laufen wie ein Alter. Das kann doch früher auch nicht viel komplizierter gewesen sein.

JAMUS: Ich habe mal gesehen, wie einem Roboter ein falsches Selbstbild implantiert worden war. Der arme Kerl glaubte, er sei riesengroß und stark. Er blickte die ganze Zeit fassungslos an sich herab, weil er statt großer Arme nur kleine schmale Glieder hatte: Er hatte den leichten Körper eines Fassadenkletterers zum Fenster putzen, glaubte aber, er sei ein Waldarbeiter.

WILDA: Immerhin konnte er die Diskrepanz sofort bemerken. Wir haben gerade in der Ausbildung darüber gesprochen. Erst dachte ich auch, wozu reden wir davon. Jetzt ist es eher umgekehrt: Ich wundere mich fast, wie gut ich die Welt wahrnehmen kann.

JAMUS: Was sollte daran so schwierig sein?

WILDA: So allerhand. Siehst du den Mann dort hinter der Absperrung?

JAMUS: Ja.

WILDA: Wie viele Beine hat er?

BETAREIZE: Dumme Frage, natürlich zwei.

WILDA: Hast du sie gesehen?

BETAREIZE: Nein, sie sind ja von der Absperrung verdeckt.

WILDA: Woher willst du es dann wissen?

BETAREIZE: Ich sehe an der Art, wie er steht, dass es kein Einbeiniger ist.

WILDA: Du hast die beiden Beine also nicht gesehen, sondern du wusstest, dass sie für gewöhnlich da sein müssen. Wenn du einen Menschen von hinten siehst, weißt du trotzdem, dass er eine Nase, zwei Augen, einen Mund hat. Wenn es ein Bekannter von dir ist, kannst du sein Gesicht sogar beschreiben.

BETAREIZE: Wenn er nicht inzwischen einen Bart bekommen hat.

WILDA: Mach' einmal die Augen zu, und dreh' dich um. Dann mach' die Augen kurz auf und wieder zu und dreh' dich zurück zu mir und erzähl' mir ganz schnell, was du gesehen hast.

BETAREIZE (folgt der Anweisung): Da sind viele Leute.

WILDA: Wie viele?

BETAREIZE: Das kann ich nicht genau sagen. Aber wenn du mir etwas Zeit gibst, kann ich das Bild aus meinem Speicher holen und genauer analysieren. Dann kann ich dir exakt alle Einzelheiten beschreiben. Ich habe ein ausgezeichnetes Bildverarbeitungssystem.

WILDA: Ich weiß. Hast du bemerkt, dass du nicht ein einzelnes Bild vollständig erfasst, sondern dein Sehen eigentlich ein Prozess ist? Deine Wahrnehmung erfasst deine Umgebung immer nach und nach, deine Aufmerksamkeit lenkt deine Augen zu interessanten Punkten im Blickfeld, zum Beispiel zu den Personen auf der Tribüne. Menschen können immer nur ein Gesicht auf einmal erfassen. Erst durch das Wandern der Augen nehmen sie die Gesichter einer ganzen Gruppe nacheinander wahr.

JAMUS: Das hat eine wichtige soziale Funktion: Ein Mensch merkt dadurch, ob er die Aufmerksamkeit eines anderen besitzt. Wenn der Partner dauernd vorbeisieht, ist die Kommunikation gestört. Deshalb wurden wir Roboter mit ähnlichen Sehfähigkeiten ausgestattet, die Kommunikation mit den Menschen soll störungsfrei funktionieren. Rein technisch könntest du auch ein Sehvermögen haben, mit dem du eine ganze Szene mit einem Blick vollständig erfasst.

BETAREIZE: Ich kann doch das gesehene Bild speichern und danach in Ruhe auswerten.

WILDA: Ja, aber so wie du gebaut bist, wäre deine Aufmerksamkeit eine Zeit lang blockiert. Es gibt andere Lösungen, und einige Spezialroboter haben solche Fähigkeiten, zum Beispiel für den Katastropheneinsatz. Allerdings kann es dabei wieder andere Komplikationen geben, etwa wenn wichtige Details nicht gleich zu erkennen sind. Da muss man dann genauer hinsehen können. In jedem Fall besitzen auch diese Roboter Augen wie du und ich für die Kommunikation mit Menschen.

BETAREIZE: Solche Roboter haben ja sogar Rundumsicht. Aber das stelle ich mir ziemlich verwirrend vor, so viele Eindrücke auf einmal, und immer genau wissen, wo vorn und hinten ist.

WILDA: Ist gar nicht so schlimm. Die Rückseite der Dinge sieht man allerdings auch mit solchen Systemen nicht. Es bleibt immer die Notwendigkeit, das, was man nicht sieht, bei Bedarf sinnvoll zu ergänzen. Siehst du da drüben die Frau mit dem roten Top und den roten Schuhen hinter der Absperrung?

Optische Täuschungen

BETAREIZE: Ja. Ist da auch schon wieder ein Trick dabei?

WILDA: Eigentlich siehst du nur ihre obere Hälfte und die Beine, aber du weißt trotzdem, dass beides zusammengehört. Die Wahrnehmung hat ausgefeilte Methoden, um Dinge zusammenhängend wahrzunehmen, die zusammengehören. Manchmal gehen diese Methoden aber in die falsche Richtung, und man sieht Dinge anders, als sie in Wirklichkeit sind. Die Menschen haben sich einige nette Beispiele ausgedacht, wie man die Wahrnehmung in die Irre führen kann. Im Unterricht haben wir heute einige solcher optischen Täuschungen gesehen.

BETAREIZE: Ist ja schön und gut. Aber was hat das alles nun mit den Robotern vor fünfzig Jahren zu tun?

WILDA: Nun, die Menschen, die damals Roboter bauen wollten, mussten auch erst einmal begreifen, dass Sehen ein Prozess ist, der viel Wissen über die Welt voraussetzt. Eigenartigerweise haben sie das bei den Fertigkeiten des Sprechens viel eher erkannt. Anfangs glaubten sie, dass man nicht viel mehr braucht als ein Wörterbuch und die grammatikalischen Regeln, um einen Text von einer Sprache in eine andere zu übersetzen. Erst nach langen Bemühungen reifte die Erkenntnis, dass ein Text nicht für sich allein existiert. Er ist immer eingebunden in das gemeinsame Wissen des Redners und des Hörers über die Welt. Wenn immer sprachliche Verständigung gefragt ist, muss solches gemeinsames Wissen vorhanden sein.

BETAREIZE: Das stimmt. Mit einem Fassadenkletterer ist die Unterhaltung manchmal recht schwierig, er gebraucht so viele luftige Ausdrücke. Kann aber auch sehr amüsant sein.

JAMUS: Menschen leben mit gleich gestalteten Körpern in einer gemeinsamen Umwelt. Das sind die Grundvoraussetzungen. Wenn sie mit diesem Körper in dieser Welt etwas tun, machen sie gleichartige Erfahrungen, gleich von der Geburt an. Sie lernen vergleichsweise spät eine gemeinsame Sprache und gemeinsame Konventionen. Das geht schrittweise und dauert lange Jahre. Das trifft auch auf ihr Zusammenleben zu: Wenn ein Mensch in eine fremde Kultur kommt, hat er Mühe, sich zurechtzufinden. Aber er hat die Fähigkeit, selbst dort nach einiger Zeit der Eingewöhnung selbstsicher zu handeln. Ein Bettelknabe kann König werden, eine Krankenschwester kann eine Präsidentin sein. Das hat die Menschen so einzigartig in der Natur gemacht.

BETAREIZE: Trotzdem sind sie manchmal auch recht voreingenommen. Wenn man sich das Problem des Sehens recht überlegt, ist doch klar, dass man aus den arg begrenzten Sinneseindrücken der Augen allein nicht genügend Information gewinnen kann. Die Menschen wissen, wie Bäume beschaffen sind: ein Stamm, darüber Äste mit Zweigen und Blättern. Wenn jemand schändlicherweise über Nacht die Stämme durch Betonpfeiler ersetzt hätte, würden sie es nicht einmal bemerken. Jedenfalls nicht, bevor die Blätter anfangen zu welken.

WILDA: Das zu verstehen fiel den Menschen allerdings ziemlich schwer, weil sie das Sehen in ihrer Erinnerung von Anfang an beherrschen. Sprechen muss der Mensch lernen, Sehen scheint ihm sozusagen angeboren zu sein. Tatsächlich wird die Wahrnehmung erst mit der Zeit geschult, und es gibt zeitlebens neue Eindrücke. Außerdem hängt es mit dem Selbstverständnis der Menschen zusammen: Sprache in dieser Vielfalt zeichnet sie vor allen anderen Lebewesen aus. Sehen können dagegen viele andere Lebewesen auch, zum Teil von der technischen Seite her gesehen sogar besser, etwa bei Nacht. Also glaubt der Mensch, dass Sprechen eine höhere geistige Tätigkeit sei, Sehen dagegen nur eine primitive Fähigkeit.

JAMUS: Tatsächlich brauchen die Menschen die Hälfte ihres Gehirns für das Sehen. Und wenn man ihre Sprache ansieht, dann wimmelt es darin von Wörtern, die mit visuellen Vorstellungen zu tun haben.

BETAREIZE: Das kann man an deinem letzten Satz sehen: »Es wimmelt darin« ist ja auch eine visuelle Vorstellung.

JAMUS: Und du sagst auch, »das kann man an dem Satz sehen«.

BETAREIZE: Und wie haben die primitiven Bildverarbeitungssysteme vor 50 Jahren das Problem gelöst?

WILDA: Stell' dir vor, du siehst ein Bild aus dem Endspiel im Fernsehen. Du kannst aber nicht das ganze Bild sehen, sondern jeweils nur einen einzelnen farbigen Bildpunkt, also zum Beispiel einen grünen Bildpunkt beim Rasen, einen schwarzen oder weißen beim Ball, einen blauen oder roten bei den Spielern. Natürlich stimmt das nur ungefähr, denn schwarze Bildpunkte findest du auch bei den Schuhen oder Haaren der Spieler, weiße Bildpunkte für die Linien auf dem Feld. Du kannst dir jeden Bildpunkt ansehen, so oft du willst, und das Ganze in unheimlicher Geschwindigkeit. Wie gehst du vor?

BETAREIZE: Nun, ich würde mir die Bildpunkte in der richtigen Reihenfolge nebeneinander und untereinander aufmalen, und dann könnte ich mir das Bild in aller Ruhe ansehen.

WILDA: Nein, das zählt nicht. Du musst dich schon in die Lage eines damaligen Computers versetzen. Der konnte diese deine Zeichnung ja auch nur wieder mit der Kamera erfassen und dann Punkt für Punkt einzeln ansehen. Das heißt, er hatte wieder das gleiche Problem wie vorher. Nein, der Computer musste sich buchstäblich Punkt für Punkt herantasten an die Interpretation eines Bildes.

Softwareagenten mit Torinstinkt

Martin Riedmiller über simulierten Fußball

Martin Riedmiller ist Professor für Informatik an der Universität Dortmund. Zuvor war er an der Universität Karlsruhe beschäftigt, wo er die »Karlsruhe Brainstormers« ins Leben rief – eine virtuelle Fußballmannschaft, die sich beim RoboCup kontinuierlich auf die vordersten Plätze spielt: zweimal (2000 und 2001) wurden die Brainstormers Vize-Weltmeister, einmal (2002) kamen sie auf Platz drei.

FRAGE: Herr Riedmiller, in letzter Zeit wird beim Fußball viel über die Viererkette diskutiert. Haben Sie auch eine Meinung dazu?

RIEDMILLER: Generell finde ich es schon interessant, wie sich die Spielsysteme im Lauf der Zeit geändert haben. Und immer wieder gab es dabei Neuerungen, die verblüffenderweise viel besser funktionierten als ihre Vorgänger. Ob allerdings die Viererkette besser ist als eine Dreierkette mit vorgezogenem Libero oder andere Aufstellungen, kann ich nicht sagen.

FRAGE: Müssen Sie sich in der Simulationsliga beim RoboCup nicht auch damit beschäftigen, wie Sie Ihre Spieler auf dem Platz verteilen und welche Aufgaben Sie ihnen zuweisen?

RIEDMILLER: Wir schauen uns natürlich schon an, wie Menschen Fußball spielen und wie sie dabei den Raum aufteilen. Das gibt durchaus Anregungen und kann eine grobe Richtung für die Entwicklung des Systems geben. Aber die Rahmenbedingungen sind bei uns letztlich doch andere. Wenn wir zum Beispiel Stürmer haben, die nur sehr schwach schießen können, kann es ausreichend sein, zwei Spieler in der Abwehr zu haben und die übrigen zur Unterstützung des Angriffs weiter vorne zu postieren. Das hängt komplett von der Spezifikation der Simulationsliga ab.

FRAGE: Können Sie Ihren Spielern nicht beliebige Schusskraft verleihen? Oder geht das nur auf Kosten anderer Eigenschaften?

RIEDMILLER: Durch das System sind bestimmte Beschränkungen vorgegeben. Zum Beispiel sind gegenwärtig nur Schussstärken bis zu 2,7 Meter pro Zyklus erlaubt. Bei zehn Zyklen pro Sekunde entspricht das also maximal 27 Metern pro Sekunde.

FRAGE: Aber es gibt doch Techniken, diese Beschränkungen zu umgehen, beispielsweise indem man mehrere Schüsse addiert. Mich hat das immer an einen Hammerwerfer erinnert, der Schwung holt.

RIEDMILLER: Diese Techniken der Addition mehrerer Kickimpulse gibt es, aber mehr als 27 Meter pro Sekunde lassen sich damit nicht erreichen.

FRAGE: Ist die maximale Schusskraft in erster Linie für die Offensivspieler von Interesse oder auch für andere?

RIEDMILLER: Die ist auch für andere Spieler interessant, denn von ihr hängt schließlich ab, ob es günstiger ist, einen Pass zu spielen oder mit dem Ball auf eine bestimme Position zu dribbeln. Die Rahmenparameter, dir durch das Spielfeld gelegt werden, haben also einen unmittelbaren Einfluss auf die zu wählende Taktik.

Die virtuelle Viererkette

FRAGE: Welche Spielsysteme haben Sie in der Simulationsliga denn schon ausprobiert?

RIEDMILLER: Wenn wir sehr defensiv spielen, haben wir eine Viererkette mit einem vorgezogenen Spieler, also insgesamt fünf Verteidiger. Wenn es offensiver wird, haben wir mehr Leute vorne, um den Druck auf den Gegner zu erhöhen und den Ball vorne halten zu können. Da wechseln wir dann von der defensiven 5-3-2-Aufstellung zu einem 3-4-3-System.

FRAGE: Also spielen Sie doch mit der Viererkette!

RIEDMILLER: Ja, das hat ein Student von mir entwickelt, der unbedingt mal mit der Viererkette spielen wollte und dieses System implementiert hat.

FRAGE: Ich habe auch schon herausgehört, dass Sie die Positionen und das System während des Spiels wechseln können. Das entspricht doch auch einer Tendenz beim menschlichen Fußball, das Spiel immer flexibler zu machen, so dass im Prinzip jeder Spieler auf jeder Position spielen kann.

RIEDMILLER: Genau. In der Simulation wird das natürlich durch den Umstand erleichtert, dass alle Spieler zunächst einmal gleichwertig sind und über alle Fähigkeiten gleichermaßen verfügen.

FRAGE: Die simulierten Spieler entsprechen im Moment ja noch Kreisen oder Tonnen. Gibt es Überlegungen, sie mit Gliedmaßen auszustatten, um auch dadurch zu einer größeren Differenzierung zu kommen?

RIEDMILLER: Im Moment sind diese Überlegungen sogar sehr konkret. Es gibt schon seit längerem die Forderung, die dritte Dimension mit einzubeziehen, so dass in der Simulation endlich auch hohe Flanken oder Eckbälle möglich werden. Dagegen wurde argumentiert, dass die jetzige Simulationsliga als Testumgebung für Multiagentensysteme ausreichend sei. Jetzt haben wir uns zu einem Kompromiss entschlossen. Wir werden den herkömmlichen, zweidimensionalen Simulator beibehalten und damit auch noch Turniere spielen. Daneben wollen wir aber ein neues, dreidimensionales System entwickeln, das beliebige Roboterkonfigurationen mit verschiedenen Gliedmaßen zulässt.

FRAGE: Oha, das klingt nach einer um eine oder mehrere Größenordnungen höheren Komplexität.

RIEDMILLER: Die Simulation der einzelnen Roboter wird aufwändiger. Auf der anderen Seite sind aber auch die Rechner viel schneller geworden, so dass wir das schon leisten können.

FRAGE: Seit wann beteiligen Sie sich eigentlich schon am RoboCup und wie haben Sie ursprünglich davon erfahren?

RIEDMILLER: Ich bin seit 1998 dabei und habe, wenn ich mich richtig erinnere, über eine Mailingliste davon erfahren. Damals war ich daran interessiert, eine interessante Testumgebung für unsere lernenden Systeme zu finden, und war von der Idee gleich begeistert. Fußball ist sehr komplex, komplexer als viele anwendungsbezogene Prozesse, und ermöglicht es uns, viele Daten zu gewinnen, unabhängig von konkreten, an bestimmte Industriepartner gebundenen Projekten.

FRAGE: Demnach konnten Sie sich bei der Vorbereitung auf den RoboCup auf frühere Forschungen und Erfahrungen aus anderen Arbeitsfeldern stützen?

RIEDMILLER: Sogar ganz massiv. Wir haben das RoboCup-Projekt von vornherein mit dem Ziel betrieben, maschinelle Lernmethoden weiterzuentwickeln. Das heißt, wir wenden zunächst einmal die Methoden, die wir schon haben, auf das Problem Fußball an. Dabei entdecken wir aber immer wieder theoretische Lücken. Zum Beispiel fehlten uns Algorithmen fürs Lernen in Multiagentensystemen, die wir dann erst mal entwickeln mussten. Mittlerweile ist der RoboCup für uns zu einer Art Leitprojekt geworden.

Nützliche Simulationen

FRAGE: Können Sie ein Beispiel für Methoden nennen, die Sie aus früheren Forschungen in den RoboCup übertragen haben?

RIEDMILLER: Wir hatten uns zuvor mit überwachten Lernmethoden beschäftigt, bei denen es darum ging, aus der Vergangenheit zu lernen, also zum Beispiel den zukünftigen Dollarkurs aus der bisherigen Entwicklung vorherzusagen. Dieses Problem haben wir versucht, mit Hilfe von neuronalen Netzen zu lösen. Übertragen auf den RoboCup kann das beispielsweise bedeuten, die Wahrscheinlichkeiten eines erfolgreichen Passspiels bei bestimmten Konstellationen auf dem Spielfeld abzuschätzen. Das waren ganz ähnliche Fragestellungen, so dass wir die Methoden fast eins zu eins übernehmen konnten.

FRAGE: Und wie wirkt der RoboCup dann wieder auf Ihre übrige Arbeit zurück?

RIEDMILLER: Gegenwärtig interessiert uns besonders die Frage, wie wir die gesamte Mannschaft aufeinander einspielen können. Dazu gehört dann etwa, dass derjenige, der einen Pass spielt, sich darauf verlassen kann, dass der Empfänger des Passes auch darauf zu läuft. Solche Programme zu entwickeln, die selbstständig die Vorteile des Zusammenspiels entdecken und zum Beispiel erkennen, wann ein Doppelpass sinnvoll sein kann, ist sehr schwierig. Nützlich sind sie allerdings nicht nur auf dem Fußballfeld, sondern auch bei der Produktionsplanung in Fabriken. Da kann es sehr sinnvoll sein, wenn die einzelnen Maschinen sich untereinander über die Priorität von Aufträgen und die Reihenfolge ihrer Bearbeitung verständigen können, um bestimmte Rahmenbedingungen einzuhalten und gleichzeitig einen reibungslosen Produktionsablauf zu gewährleisten.

FRAGE: Wie stimmen sich die Agenten aufeinander ab? Ich stelle mir vor, dass es grundsätzlich zwei Lösungen gibt: Zum einen können die Agenten sehr viel miteinander kommunizieren. Zum anderen können sie aber auch auf Grundlage einer vorgegebenen Strategie und ihrer jeweiligen Wahrnehmung der Situation ihre Schlussfolgerungen ziehen.

RIEDMILLER: Bei einer Lösung, die sich vornehmlich auf Kommunikation stützt, läuft es zumeist auf eine zentrale Instanz hinaus, die Anweisungen gibt und Aufträge verteilt. Wir zielen in die andere Richtung und erlauben wenig oder gar keine Kommunikation. Die Agenten sollen durch die gemeinsame Erfahrung von Erfolg und Misserfolg eine Strategie entwickeln, die schließlich zum Erfolg führt.

FRAGE: Beim Fußball hat aber jeder Spieler nur eine begrenzte Wahrnehmung des Geschehens.

RIEDMILLER: Das bereitet uns noch Schwierigkeiten. Bisher hatten wir versucht, diese Begrenzung durch Kommunikation der Spieler untereinander auszugleichen. Die Kommunikationsmöglichkeiten sind jetzt aber bei der Simulationsliga stark eingeschränkt worden. Wir versuchen, dem zu begegnen, indem wir Wahrnehmung und Aktion der Spieler noch stärker aufeinander abstimmen. Das heißt zum Beispiel, dass ein Spieler, der einen Pass spielen will, vorher in die entsprechende Richtung schaut. Das war vorher nicht so wichtig, ist jetzt aber unabdingbar, um das kollektive Lernen zu ermöglichen.

FRAGE: Das Lernen stelle ich mir so vor, dass bestimmte Parameter in dem Agentenprogramm, wenn sie zum Erfolg geführt haben, erhöht werden. Stimmt das ungefähr?

RIEDMILLER: Man kann es auch so darstellen: Der Spieler wählt ein Programm für eine bestimmte Aktion aus. Wenn diese Aktion sich bewährt, wird der Wert dafür erhöht. Das heißt, in Zukunft wird diese Aktion mit einer höheren Wahrscheinlichkeit ausgewählt. Wenn sie schlecht war, wird der Wert entsprechend vermindert. Verkompliziert wird die Sache dadurch, dass die Belohnung für die Aktion zumeist nicht unmittelbar erfolgt. Wenn ein Pass gespielt wird, kann es sein, dass er erst noch über fünf oder sechs weitere Stationen gehen muss, ehe er sich als gute oder schlechte Aktion erweist. Das Problem, wie wir die Bewertung auf die einzelnen Glieder einer solchen Sequenz umlegen, ist ein zentrales Forschungsthema unserer Gruppe.

Spielzüge voraussehen

FRAGE: Das ist wie beim menschlichen Fußball: Es geht darum, Tore zu schießen und eigene Tore zu vermeiden. Aber die allerwenigsten Aktionen tragen unmittelbar zur Verwirklichung dieser Ziele bei.

RIEDMILLER: Genau. Dicht vor dem gegnerischen Tor kann es unter Umständen sinnvoll sein, in die entgegengesetzte Richtung zu spielen, wenn die Abwehr zu massiv steht und erst so ein Rückpass neue Möglichkeiten eröffnet. Solche Aktionen werden vom Publikum häufig mit Pfiffen negativ bewertet, obwohl sie unter Umständen einige Spielzüge später zum Erfolg führen. Wir sind daran interessiert, Algorithmen zu entwickeln, die sich nur am Fernziel orientieren.

FRAGE: Das erinnert ans Schachspiel, bei dem es ja auch darum geht, mehrere Züge vorauszuplanen. Können Sie von Schachmethoden profitieren?

RIEDMILLER: Wir haben unsere gesamte Begrifflichkeit eng an solche Strategiespiele angelehnt. Das ist ja ein klassisches Forschungsgebiet der Künstlichen Intelligenz. Ein einzelner Pass ist da durchaus dem Zug eines Bauern auf dem Schachbrett vergleichbar, das Dribbeln ebenso. Das Spiel insgesamt ist die Kombination solcher Züge.

FRAGE: Wie wählen die Spieler geeignete Züge aus?

RIEDMILLER: Bei uns erfolgt das praktisch in zwei Stufen. Der erste Schritt entspricht dem Entscheidungsbaum beim Schach und anderen Strategiespielen. Der Spieler prüft für jede mögliche Aktion die sich daraus ergebenden weiteren Möglichkeiten. Ein Pass könnte etwa die Chance bieten, dass nach zwei weiteren Pässen ein Spieler direkt vor dem gegnerischen Tor steht, obwohl dieser erste Pass erstmal nach hinten gerichtet ist. Also spielt der Agent diesen Pass. Der zweite Spieler, der diesen Pass annimmt, führt dann wieder die gleichen Kalkulationen durch.

FRAGE: Das klingt sehr rechenintensiv und berücksichtigt noch nicht, dass sich die Spielsituation ständig verändert.

RIEDMILLER: Richtig, das ist ein Riesenproblem. Mehr als drei Pässe können wir nicht vorausschauen. Das reicht in der Regel nicht, um bis vor das Tor zu kommen. Hinzu kommt, dass der Gegner sich dauernd bewegt. Deswegen sind wir vor einem Jahr dazu übergegangen, das Passspiel lernen zu lassen. Die Spieler sollen die Pässe nicht mehr planen, sondern aus Erfahrung wissen, dass bestimmte Spielzüge mit einer gewissen Wahrscheinlichkeit zum Torerfolg führen.

FRAGE: Entspricht das ungefähr einer eher intuitiven Spielweise beim Menschen, die man mit »Torinstinkt« oder »Gefühl für den Raum« bezeichnen könnte?

RIEDMILLER: Das ist ein sehr schöner Vergleich. Diese Intuition, wo ein Stürmer hinlaufen muss, um an den Ball zu kommen, erwirbt er sich durch die Erfahrung zahlreicher Spiele, in denen er ähnliche Situationen erlebt hat. Genau das versuchen wir in unseren Agenten nachzubilden.

FRAGE: Auch die von Ihnen erwähnten neuronalen Netze versuchen ja, Strukturen des menschlichen Gehirns nachzubilden.

RIEDMILLER: Ja, aber auf einer abstrakten Ebene. Wir bauen die Struktur des Gehirns nicht physisch nach, sondern beschreiben sie mit Hilfe mathematischer Formeln. Neuronale Netze existieren nur als Software, die weiterhin mit konventionellen Prozessoren verarbeitet wird.

FRAGE: Die Verwendung von Lernmethoden ist Ihr spezieller Ansatz in der Simulationsliga, mit dem Sie auch immer wieder vordere Plätze errungen haben. Welche Methoden werden denn von anderen Teams angewandt?

RIEDMILLER: Die überwiegende Mehrheit der Teams verfolgt das Ziel, möglichst gut Fußball zu spielen, ohne eine bestimmte Methode zu favorisieren. Das ist auch völlig in Ordnung, denn zunächst einmal geht es ja um das anspruchsvolle Problem, Roboterfußball in den Griff zu kriegen. Andere Teams, zu denen wir uns auch zählen, haben daneben noch andere wissenschaftliche Zielsetzungen. Bei uns geht es um die Entwicklung von Lernmethoden. Andere konzentrieren sich zum Beispiel auf regelbasierte Ansätze. Die Koblenzer machen so etwas auf der Basis von Prolog. Da geht es darum, das vorhandene Fußballwissen in Form expliziter Regeln abzulegen.

FRAGE: Geht es dabei um solche Regeln wie etwa, dass sich der Torwart bei einer Ecke an den hinteren Pfosten stellt?

RIEDMILLER: Solche und auch allgemeinere Regeln. Zum Beispiel: Wenn ein Mitspieler in der Mitte den Ball hat, dann versuche dich außen freizulaufen. Das Prolog-System versucht dann, solche Grundregeln mit der konkreten Situation abzugleichen und daraus geeignete Aktionen abzuleiten.

FRAGE: Wie hat sich dieser Ansatz bisher beim RoboCup bewährt?

RIEDMILLER: Auch wenn der internationale Wettbewerb natürlich den besonderen Reiz der Idee Roboterfußball ausmacht, darf man hier nicht ausschließlich auf die Platzierung einer Mannschaft schauen. Es geht ja auch darum, wie elegant und wie verallgemeinerbar eine Methode ist. Aus so einer Perspektive betrachtet hat sich der Koblenzer Ansatz auf jeden Fall bewährt.

Die großen Herausforderungen

FRAGE: Worin bestehen für Sie die wichtigsten Herausforderungen bei der Simulationsliga?

RIEDMILLER: Die liegen zum einen im Bereich Wahrnehmung: Wie kriege ich bei eingeschränkter Sicht und verrauschten Informationen ein möglichst komplettes und zuverlässiges Weltbild zustande? Da wird die aktive Wahrnehmung in den kommenden Jahren ein größeres Gewicht bekommen. Der Spieler kann ja den Kopf hin und her drehen, es gibt aber noch keine Strategie, um mit diesen Kopfbewegungen ein möglichst gutes Weltbild zu erreichen. Wenn man es richtig gut machen will, reicht es auch nicht aus, möglichst viel über die Welt zu erfahren. Man muss sich vielmehr auf den Ausschnitt der Welt konzentrieren, auf den sich die nächste Aktion bezieht. Diese aktive Informationsbeschaffung lässt sich auch sehr gut auf reale Roboter übertragen. Die andere große Herausforderung liegt im Bereich Entscheidungsfindung, der gegenwärtig von den meisten Teams intensiv bearbeitet wird. Da geht es insbesondere darum, ein wirkliches Mannschaftsspiel hinzukriegen, das von den zuschauenden Menschen auch als solches erkannt wird. Das wird über die kommenden drei, vier Jahre noch eine wichtige Rolle spielen. Daneben wird uns auch die Einstellung auf den Gegner weiterhin beschäftigen. Die Agenten sollen nicht mit einer starren Taktik spielen, sondern beispielsweise die Verteidigung verringern können, wenn sie bemerken, dass sie es mit einem schwachen Gegner zu tun haben.

FRAGE: Hat das Team der Carnegie Mellon University nicht schon mit so einem »opponent modeling« gearbeitet?

RIEDMILLER: Es gibt natürlich schon theoretische Ansätze dazu. Aber ich habe bisher noch keine Mannschaft gesehen, für deren Spiel das nachweislich etwas gebracht hätte. Es gibt jetzt ja auch den Coach-Wettbewerb, bei dem ein zwölfter Agent als Trainer den Spielern während des Spiels Anweisungen geben kann. Da hat beim letzten Mal ein Team gewonnen, dessen Coach gar nichts gesagt und damit am wenigsten kaputt gemacht hat. Das zeigt, wie schwierig es ist, während des Spiels etwas umzustellen und sich dadurch zu verbessern.

FRAGE: Das ist ja auch beim menschlichen Fußball ein Problem. Das Briefing in der Halbzeitpause und die Auswechslung von Spielern sind hochsensible Angelegenheiten. Könnten Sie sich vorstellen, die Agenten mit den Daten menschlicher Spiele zu füttern und nachträglich verschiedene Varianten, etwa mit Auswechslungen zu unterschiedlichen Zeitpunkten, durchzuspielen?

RIEDMILLER: Das ist auf jeden Fall eine Richtung, in die sich die Methoden der Simulationsliga entwickeln können. Was ich mir darüber hinaus auch gut vorstellen kann, ist eine Verbesserung des Trainings. Man könnte zum Beispiel einem Spieler mit Hilfe eines Laserstrahls den vom Simulationssystem errechneten optimalen Laufweg auf den Rasen projizieren. Der versteht dann vielleicht im ersten Moment nicht, was das soll, erkennt dann aber, dass sich zwei Stationen später daraus eine vorteilhafte Situation ergibt. Auf diese Weise ließe sich computergestützt die wichtige Spielerintuition fördern.

FRAGE: Haben Sie eine Idee, in welchem Zeitrahmen sich solche Kontakte zwischen menschlichem und Roboterfußball entwickeln könnten?

RIEDMILLER: Ich denke, einfache Trainingssysteme zur Erfassung und Optimierung von Bewegungsabläufen könnte es schon recht bald geben, sobald sich ein Markt dafür herausgebildet hat. Das könnte innerhalb der nächsten fünf Jahre geschehen. Komplexere Systeme, die zum Beispiel die Mannschaft in Echtzeit bei der Entwicklung der Taktik unterstützen könnten, werden noch länger, so zehn bis fünfzehn Jahre, auf sich warten lassen.

FRAGE: Würden Sie sagen, dass bestimmte Probleme der Simulationsliga seit 1997 gelöst werden konnten und sich vielleicht sogar schon Standards etabliert haben?

RIEDMILLER: Zwischen 1997 und 1999 haben sich die Einzelfertigkeiten am Ball massiv verbessert. Die Spieler gingen immer direkter zum Ball und verloren ihn immer seltener. 1999 haben gutes Dribbling und genaue Pässe dem Team der Carnegie Mellon University noch zum

Gewinn der Weltmeisterschaft gereicht. Im Jahr 2000, als FC Portugal Weltmeister wurde, gab es dagegen bereits Mannschaften mit bestimmten Spielsystemen, also etwa einer 3-4-3-Aufstellung. Danach wurden verstärkt heterogene Spieler eingesetzt, also Spieler mit unterschiedlichen Eigenschaften. Einer läuft vielleicht schneller als andere, kann dafür aber schlechter drehen oder kicken. Die Auswirkungen sind im Spielverlauf nicht unbedingt gleich zu erkennen, der Aufbau der Programme, die mit diesen Unterschieden umgehen müssen, ist dadurch aber komplizierter geworden, auch die Organisation des Zusammenspiels.

Spitzenteams

FRAGE: Gibt es führende Teams oder mischt sich das Feld von Jahr zu Jahr neu?

RIEDMILLER: Auf den ersten acht Plätzen waren in den letzten Jahren eigentlich weitgehend dieselben Teams, die sich gegenseitig auch nicht mehr viel schenken. Dazu gehören die Portugiesen, die Amsterdamer, drei chinesische Mannschaften und wir. Der Abstand zum Mittelfeld ist dabei recht deutlich. Es wird allerdings immer schwerer, noch die letzten Prozent aus dem Team herauszukitzeln. Große Verbesserungen lassen sich da kaum noch erzielen.

FRAGE: Die Programme der Simulationsliga sollen eines Tages auch richtige Roboter steuern. Gibt es bereits einen Austausch mit anderen Ligen im RoboCup?

RIEDMILLER: Da gibt es regen Austausch. Bei der WM 2003 leite ich die Spiele in der Simulationsliga und möchte erstmals einen Preis für die beste Transferleistung von der Simulation in die reale Welt ausloben. Das ist ausdrücklich nicht auf den RoboCup beschränkt und soll zeigen, inwieweit die Simulation schon zur Steuerung realer Roboter geeignet ist. Dann gibt es auch das DFG-Schwerpunktprogramm zum RoboCup, bei dem die Teilnehmer verschiedener Ligen sich regelmäßig austauschen. Wir haben zum Beispiel engen Kontakt zu den Gruppen in Freiburg und Stuttgart, die für ihre realen Roboter Simulatoren entwickelt haben. Damit erproben sie Lernmethoden, bevor sie sie auf die Roboter übertragen.

FRAGE: Können Sie sich vorstellen, auch in einer anderen Liga anzutreten?

RIEDMILLER: Wir haben hier in Dortmund jetzt begonnen, einen eigenen Roboter zu bauen und wollen mittelfristig ein Middle-Size-Team aufstellen. Es gibt hier das schöne Konzept der Projektgruppen: Die Studenten müssen sich während ihres Studiums ein Jahr lang an einem Projekt beteiligen. Das sind Gruppen mit zwölf Leuten, mit denen man schon einiges auf die Beine stellen kann. Wir haben im letzten Jahr einen Roboter mit omnidirektionalem Fahrwerk gebaut und sind jetzt dabei, grundsätzliche Fähigkeiten zu implementieren, also die Fahrt zum Ball, die Suche nach dem Tor und so weiter. Ich halte es für nicht ganz ausgeschlossen, dass wir schon 2003 an den German Open und der Weltmeisterschaft teilnehmen können.

FRAGE: Welches waren für Sie die aufregendsten oder bewegendsten Momente beim RoboCup? Gibt es Situationen, an die Sie sich besonders erinnern?

Endspiel der Simulation League in Fukoaka 2002 – Tsinghuaelos (VR China) gegen Everest (VR China) – Screenshot von einem Logplayer, der vom Team WrightEagle entwickelt wurde

RIEDMILLER: Ich bin eigentlich bei jedem Spiel wahnsinnig aufgeregt, egal ob es die Vorrunde oder die Endrunde ist. Aber es gab schon einige Schlüsselerlebnisse. Bei der WM 2000 in Melbourne sind wir als heimlicher Favorit angetreten und konnten gleich im ersten Spiel nur mit Müh und Not 1:0 gegen ein bis dahin unbekanntes chinesisches Team gewinnen. Das war eine ganz schöne Ernüchterung und Mahnung, dass man sich nie sicher fühlen darf. Dass wir dann am Ende Vizeweltmeister wurden, war aber auch ein großer Moment, unser erster richtig großer Erfolg. Der zweite Platz bei der WM 2001 in Seattle war eine echte Überraschung, weil wir angesichts der Konkurrenz nicht damit gerechnet hatten, so weit nach vorne zu kommen. 2002 in Fukuoka war es ähnlich, da erreichten wir den dritten Platz und waren hochzufrieden.

FRAGE: Für wie realistisch halten Sie das Ziel, bis 2050 mit humanoiden Robotern die Fußballweltmeisterschaft zu gewinnen und wo sehen Sie auf dem Weg dorthin die größten Hürden?

RIEDMILLER: Wenn Sie mich das vor ein oder zwei Jahren gefragt hätten, hätte ich gesagt, das ist ein ganz schönes Ziel, aber nicht besonders realistisch. Nachdem ich aber jetzt in Japan gesehen habe, mit welcher Macht die Japaner an der Verwirklichung des Ziels arbeiten, habe ich meine Meinung etwas geändert. Ich denke schon, dass es möglich ist, Fußball spielende Roboter zu konstruieren, die sich auf zwei Beinen auf dem Spielfeld fortbewegen. Dass die bis 2050 gegen eine menschliche Mannschaft gewinnen können, glaube ich aber weiterhin nicht. Die größten Schwierigkeiten sehe ich gegenwärtig in der Sensorik. Die Kameras haben immer noch enorme Schwierigkeiten, den Ball zu entdecken, sobald sich das Licht auch nur minimal verändert. Ein anderes Problem ist die Aktorik, also Roboter, die sich flexibel bewegen können und auch genügend Energie haben, um 90 Minuten durchzuhalten. Optimistischer bin ich bei der Steuerung. Wenn die mechanischen Probleme gelöst werden können, wird es uns sicherlich auch gelingen, geeignete Algorithmen zu entwickeln, um solche Roboter zu steuern.

Maschinelles Lernen

Eine Möglichkeit, Fußballroboter zu programmieren, sind Verfahren des Maschinellen Lernens. Der Roboter soll sich in jeder Situation optimal verhalten. Eine Situation wird dabei durch viele einzelne Daten beschrieben: Wo stehen die Spieler, was machen sie gerade, welche Rolle haben sie, wie gefährlich sind die Gegner, womit muss man bei ihnen rechnen. Und natürlich alles, was mit dem Ball zusammenhängt: Wo ist er, wie bewegt er sich, wer kontrolliert ihn. Alles zusammen ergeben sich hunderte von Werten. Das Programm soll aus diesen Informationen ausrechnen, wie sich der Roboter am besten verhalten soll. Manchmal kann man ganz einfache Kriterien finden, ein anderes Mal ist es eher schwierig.

Maschinelles Lernen kann für unterschiedliche Zwecke eingesetzt werden, so wie auch menschliches Lernen verschiedene Aspekte umfasst. Auswendiglernen ist für Roboter kein Problem: Vokabeln können ebenso einfach gespeichert werden wie Goethes Gesammelte Werke. Fähigkeiten wie das Erkennen von Schrift oder das optimale Passspiel können trainiert werden.

Um das Erkennen handgeschriebener Buchstaben zu trainieren, werden dem Roboter verschiedene Beispiele der einzelnen Buchstaben gezeigt. Anders als bei den Vokabeln soll er aber hinterher nicht nur diese Beispiele erkennen und richtig zuordnen können, sondern auch Zeichen, die nur so ähnlich aussehen wie die zuvor gezeigten Buchstaben. Er muss verallgemeinern können. Auch beim Erlernen des Passspiels kann er nicht alle denkbaren Situationen vorher einzeln erfassen. Er macht verschiedene Versuche, bekommt Bewertungen durch den Trainer und soll erfolgreiche Verhaltensweisen in ähnlichen Situationen reproduzieren.

Als Beispiel betrachten wir das möglichst schnelle Abfangen eines in einiger Entfernung von links nach rechts langsam vorbeirollenden Balles (siehe Abb. Seite 88).

Der Spieler erreicht den Ball am schnellsten bei einem geradlinigen Lauf in eine Richtung weiter nach rechts von der Stelle, wo er gerade den Ball sieht. Wenn er zu weit nach rechts läuft, erreicht er die Bahn des Balles, noch ehe der Ball dort ist. Er muss auf den Ball warten oder ihm entgegenlaufen. Wenn er zu weit nach links läuft, ist der Ball schon vorbei, ehe er seine Bahn erreicht, er muss hinterherlaufen. Am besten ist es, wenn er die Bahn des Balles genau dann erreicht, wenn gerade der Ball vorbeikommt. Unser Beispiel ist so simpel, dass man noch eine Formel aufstellen könnte, um die optimale Richtung auszurechnen. Komplizier-

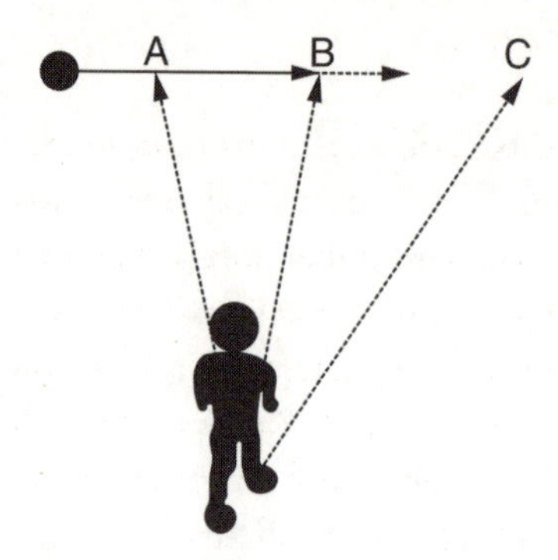

Der Spieler will den langsam von links nach rechts rollenden Ball abfangen. Bei B würde er den Ball am schnellsten erreichen. Läuft er nach A, so ist der Ball schon vorbei gerollt, und er muss hinterher laufen. Läuft er nach C, so muss er auf den Ball warten.

ter wird es, wenn wir annehmen, dass der Ball auch schräg von vorn oder hinten kommen kann, dass der Ball zunächst sehr schnell ist und dann allmählich langsamer wird und ausrollt. Noch komplizierter wird es, wenn wir annehmen, dass auch der Spieler erst beschleunigen und dabei die richtige Richtung einnehmen muss. Ein menschlicher Spieler hat es mehr oder weniger gut im Gefühl, wie er in einer solchen Situation laufen muss.

Üben, üben, üben

Beim Menschen ist dieses Ballgefühl ein Ergebnis ausgiebigen Trainings, und auch ein Roboter kann es mit Hilfe des Maschinellen Lernens trainieren. Dazu muss man zunächst festlegen, welche Parameter dabei eine Rolle spielen. Zum einen sind es die Situationsparameter. Das sind die Werte, die die Situation beschreiben, also die Entfernung, die Richtung und die Geschwindigkeit des Balles angeben. Zum anderen sind es die Zielwerte. Das sind die Werte, die wir ausrechnen wollen, also zum Beispiel der Punkt, zu dem der Spieler laufen soll, um dort den Ball abzufangen. Unsere Hypothese ist, dass es eine Formel gibt, mit deren Hilfe die Zielwerte aus den Situationswerten ausgerechnet werden können. Diese Formel beschreibt die physikalische Realität unseres Szenarios, sie berücksichtigt zum Beispiel die abnehmende Ballgeschwindigkeit infolge der Reibung.

Leider kennen wir die Formel nicht, aber es wäre schön, wenn unser Roboter sie irgendwie lernen könnte. Wir wären auch zufrieden, wenn er eine andere Formel lernen würde, die aber ähnliche Ergebnisse liefert. Ganz genau muss die Formel sowieso nicht sein, denn auch in der Wirklichkeit kann der Ball durch Unebenheiten oder durch den Wind eine etwas andere Bahn nehmen. Entscheidend ist, dass wir den Ball damit in der Regel sehr gut erreichen können, möglichst immer etwas schneller als der Gegner. Der Roboter muss auch nicht die Formel selbst lernen, sondern nur ein Berechnungsverfahren, mit dem er geeignete Zielwerte irgendwie berechnet, zum Beispiel mit Hilfe eines KNN (Künstliches Neuronales Netz).

Das Trainieren erfolgt im Prinzip so wie bei der Buchstabenerkennung. Der Roboter sieht den Ball, ermittelt aus dessen Bahn die Situationsparameter und rechnet mit seinem Berechnungsverfahren den Zielpunkt aus. Dann läuft er zu diesem Punkt. Wenn er dort den Ball nicht gut erreicht, wird an dem Berechnungsverfahren etwas geändert. Diese Änderung soll so erfolgen, dass er damit einen besseren Zielpunkt errechnet hätte. Welche Änderungen möglich sind, hängt vom Berechnungsverfahren ab. Wenn eine Formel gelernt werden soll, könnten zum Beispiel die Koeffizienten abgeändert werden. Wenn ein KNN gelernt werden soll, würde man die Gewichte anpassen.

Die Frage ist, wie sehr man dabei Koeffizienten und Gewichte ändern soll. Man könnte versuchen, das so zu machen, dass das Berechnungsverfahren jetzt genau die richtigen Werte für den letzten Versuch liefern würde. Im Allgemeinen hat man sehr viele Möglichkeiten das zu erreichen. Wenn man eine schlechte Variante wählt, wird aber wieder alles zerstört, was man vorher gelernt hat. Oder man verbaut sich gute Möglichkeiten für nachfolgende Versuche. Deshalb geht man eher behutsam vor, und man muss in der Praxis oft sehr viel probieren, bis man gute Ergebnisse bekommt.

In dem Szenario könnten übrigens weitere Probleme durch Lernen gelöst werden. Das betrifft zum einen die Ermittlung der Situationsparameter Ballentfernung, Ballrichtung und Ballgeschwindigkeit aus den Sensordaten. Auch dafür könnten Berechnungsverfahren gelernt werden. Auf der anderen Seite geht es um die Umsetzung der Absicht, den Zielpunkt zu erreichen, in geeignete Bewegungen. Auch diese Berechnungsverfahren könnten gelernt werden. Anstelle der drei Berechnungsverfahren könnte man schließlich über ein einziges nachdenken, das aus den Sensordaten direkt die Bewegungsbefehle ableitet – und das wieder über ein Lernverfahren optimiert wird.

Data Mining

Lernen kann auch dazu führen, Zusammenhänge zu entdecken und in einfachen Regeln zu formulieren. Data Mining heißt das Schlagwort. Die Hoffnungen der Genforscher beruhen zum Beispiel darauf, große Datensammlungen zu analysieren, um die Zuständigkeiten der Gene zu entschlüsseln. Kaufhäuser analysieren die Warenkörbe ihrer Kunden, um gezielter werben zu können. Die im Maschinellen Lernen ermittelten Zusammenhänge müssen nicht immer eine Ursache-Wirkungs-Beziehung beschreiben. Es wird lediglich das gemeinsame Auftreten gewisser Sachverhalte festgestellt. Die Ursache kann ganz woanders liegen, möglicherweise wird sie in den Daten nicht erfasst. Gern wird die Geschichte erzählt, dass man mit Data Mining ermittelt hat, dass Männer oft gemeinsam Bier und Windeln kaufen. Wo liegt der Zusammenhang? Erklärt wird das mit der Gewohnheit, noch schnell am Sonnabend den Getränkevorrat aufzufüllen. Die Gattin bittet darum, bei der Gelegenheit auch noch an die Windeln für den Nachwuchs zu denken. Für das Einkaufszentrum ist die ursächliche Klärung uninteressant. Wenn Windeln und Bier gemeinsam von Männern gekauft werden, kann man daraus aber weitere Verkaufsstrategien ableiten.

Im Roboterfußball kann man Data Mining benutzen, um die Verhaltensweisen der Gegner zu analysieren. In der Simulationsliga kann man dafür ein spezielles Coach-Programm verwenden. Dieses Programm erhält komplette unverfälschte Daten vom SoccerServer. Es kann damit Statistiken anlegen und ermitteln, welche Fähigkeiten die Gegner besitzen und wie sie diese einsetzen, wie schnell und kräftig die einzelnen Spieler sind, ob sie riskante Pässe machen und ob sie ein bestimmtes Spielsystem einsetzen. Der Coach kann nicht unmittelbar in das Spiel eingreifen (sonst wäre er eine – unerlaubte – zentrale Steuerung für alle Spieler). Aber er kann seine Ergebnisse den Spielern mitteilen, und er kann daraus abgeleitete strategische Anweisungen geben, zum Beispiel einen bestimmten Gegenspieler besser abzuschirmen.

Wie ein Mensch kann auch ein Roboter körperliche Fähigkeiten und Verhaltensweisen trainieren. Typische Spielsituationen werden wiederholt durchgespielt, und das Verhalten wird vom Trainer bewertet. Erreicht der Pass den Mitspieler oder trifft der Ball das Tor, dann hat der Roboter gut gespielt. Geht der Ball daneben, dann war er schlecht. Dann muss bei den Berechnungen etwas geändert werden. Vielleicht hat der Roboter noch nicht die relevanten Werte gefunden, vielleicht sind seine

Formeln noch nicht gut genug. Mit Verfahren des Maschinellen Lernens kann sein Programm verbessert werden.

Die Qualität seines Programms hängt davon ab, wie umfassend er trainiert wurde, und ob das im Training Gelernte auf das Spiel übertragen werden kann. Und genau hier liegt auch der Ansatzpunkt für seine Gegner bei der Suche nach Schwachpunkten ...

Elfmeterschießen. Es stand immer noch 0:0. Vier Mal hatten wir vergeblich auf das gegnerische Tor geschossen, aber »Bully«, der Roboter-Torwart, reagierte blitzschnell. Es hieß, sie hätten ihn wochenlang mit den neusten Methoden des Maschinellen Lernens trainiert, offenbar konnte er die kleinsten Regungen sicher deuten, sei es der Augen, der Hände oder vielleicht in der Art des Anlaufens. Aber auch unser Torwart war fantastisch, irgendwie hatte Theodor es immer im Gefühl, welche Ecke sich der gegnerische Roboter auswählen würde. Bisher waren beide Tore sauber geblieben. Jetzt lief der gegnerische Roboter wieder an, er nahm noch im Laufen Maß, wechselte mehrmals leicht die Richtung, machte dabei einige ungleiche Schritte. Ein Mensch hätte sich dabei maßlos verheddert, mindestens hätte er an Geschwindigkeit verloren, nicht aber der Roboter. Keine Möglichkeit für Theodor, aus den Bewegungen eine Absicht abzuleiten. Der Roboter schoss kräftig ins linke untere Eck. Genau dorthin flog auch Theodor – gehalten! Großer Jubel bei unseren Fans.

Jetzt war Karlchen an der Reihe. Alle Erwartungen lagen auf ihm, dennoch war ihm keinerlei Nervosität anzumerken. Seelenruhig ging er zum Ball, sah sich um und schien sich zu besinnen. Er zog ein orangefarbenes Haarband hervor, wie ich es schon bei einigen Spielern hier gesehen hatte. Sie benutzten es meistens, um ihre Haare zurückzuhalten, aber Karlchen war glatzköpfig. Einige Zuschauer lachten, doch unbeirrt zog Karlchen das Band zurecht, so als ob er eine riesige Haarmähne zu bändigen hätte. Dann fixierte er Bully und lief ruhig an, den Blick mit leicht schrägem Kopf immer auf Bully gerichtet, irgendwie wirkte er fremd, das war eigentlich nicht seine Art beim Elfmeterschießen. Den Ball trat er wie gewohnt, und er wählte wie meistens seine Lieblingsecke, das rechte obere Dreieck. Das musste schief gehen, genau darauf musste Bully vorbereitet sein, und der Roboter schmiss sich mit voller Kraft nach rechts. Aber er zielte dabei nach unten, und der Ball flog über seinem noch im letzten Moment ausgestreckten Arm ins Netz. Gewonnen!

Karlchen steckte das Haarband wieder ein, während um ihn der Jubel toste. Später fragte ich ihn, was er damit bezweckt hatte. »Ach, war nur so ein Einfall, wollte auch mal so etwas tragen.« Das sagte er.

Stanimir, unser Analytiker, gab dann die eigentliche Erklärung. Er hatte Karlchen mit viel Mühe dazu gebracht, das Haarband zu tragen. Stanimir hatte die ganze Nacht damit verbracht, die Trainingssituationen der Roboter zu analysieren. Er hatte sich die Spieler genauer angesehen, mit denen Bully trainiert worden war. Einer war darunter, der hatte die Statur wie Karlchen, allerdings keine Glatze. Er trug immer ein orangefarbenes Haarband, und er hielt den Kopf immer etwas schräg. Dieser Spieler schoss stets nur in die rechte untere Ecke. Die etwas gewagte Hypothese von Stanimir lief darauf hinaus, dass Bully gelernt hatte, dass der Spieler mit dem orangefarbenen Haarband und der schrägen Kopfhaltung eben immer in die rechte untere Ecke kickt. Wenn das so wäre, würde Bully gar keine weiteren Anstrengungen machen, sondern den Schuss eben in dieser Ecke abwehren.

Karlchen hatte sich lange gegen diese – wie er es nannte – Karnevalerei gewehrt. Er wollte sich nicht lächerlich machen. Jetzt aber war er der Held. Und es wurde zur Mode, sich vor entscheidenden Situationen ein orangefarbenes Haarband um den schräg gehaltenen Kopf zu binden.

Elfmeterschießen im Finale Melbourne 2000: Freiburg gegen Golem (Italien). Links: Ein Golem-Roboter nimmt Maß. Rechts: Gehalten!

Vom Instinkt zum Zusammenspiel

ATE-HA: Sag mal, fühlst du dich eigentlich wie eine Simulation?

VIRTUELLA: Eigentlich nicht. Und du?

ATE-HA: Nein. Aber genau genommen weiß ich auch gar nicht, wie Simulationen sich fühlen.

VIRTUELLA: Über Gefühle zu sprechen fällt auch vielen Menschen schwer. Warum sollte es für uns jetzt leichter sein? Eins kann ich aber sagen: Wenn mich jemand als Simulation bezeichnet, fühle ich mich gekränkt.

ATE-HA: Du bist aber eine.

VIRTUELLA: Jetzt fängst du auch damit an. Ich bin eine autonome, virtuelle Persönlichkeit, basta.

ATE-HA: Bestreite ich ja gar nicht. Aber würdest du auch sagen, dass die frühen Softwareagenten und Fußballroboter Anfang des Jahrhunderts auch schon Persönlichkeiten waren?

VIRTUELLA: Hm, das ist schwierig. Irgendwann waren sie es sicher, das ist für mich eine Frage der Komplexität. Aber wann ist der Zeitpunkt, ab dem man das Vorhandensein einer Persönlichkeit zubilligen muss? Sie wird ja nicht plötzlich als separates Softwaremodul hinzugefügt, sondern wächst langsam heran mit dem immer komplexeren Zusammenspiel der verschiedenen Module.

ATE-HA: Demnach hatten dann doch die ersten Roboter schon Persönlichkeiten, wenn auch noch einfach gestrickte.

VIRTUELLA: Die hatten ja eigentlich nichts als den Ball im Kopf. Aber wann man will, kann man das natürlich auch als Persönlichkeitsmerkmal ansehen.

Einfache Reflexe werden zu komplexen Verhaltensmustern

Zum Ball. Geh zum Ball. Begib dich direkt dorthin, auf dem kürzesten Weg. Greif ihn dir und gib ihn nicht wieder her. Er ist die Erfüllung all deiner Sehnsüchte. Dein ganzes Verlangen ist nur darauf gerichtet, ihn zu berühren. Also geh hin, zögere keine Millisekunde. Geh zum Ball ... zum Ball ... Ball ... BALL ...

Tief in den untersten Schichten seines Programms spürte er sie immer noch, die archaische Kraft der Reiz-Reaktions-Algorithmen. So hatten seine Vorfahren einst ihre ersten Kickversuche unternommen. Schnapp dir den Ball und hau ihn nach vorne. Simpel, aber effektiv. Selbst Menschen folgten dieser Strategie, jedenfalls am Anfang. Kleine Kinder, die ihre ersten Spiele absolvierten, stürzten sich auf den Ball, jeder wollte ihn für sich haben. Nur nach und nach begriffen sie die Vorteile des Zusammenspiels, erkannten, dass es nicht in erster Linie darum ging, selbst am Ball zu sein, sondern ihn in der Kontrolle der eigenen Mannschaft zu halten. Aber auch erfahrenen Spielern konnte es passieren, dass sie diese Einsicht im entscheidenden Moment vergaßen, weil die Lust, den Ball zu kicken und ihn womöglich direkt ins Tor zu knallen, einfach zu groß war.

Lust ... Spaß ... Spielfreude ... Er wusste nicht genau, was das war, aber es hatte mit diesen tiefen Programmschichten zu tun. Es hing mit der Begierde nach dem Ball zusammen und mit der Notwendigkeit, sie in ein Gleichgewicht zu bringen mit den höheren Ebenen der Strategiemodule. Um die Sehnsucht nach dem Ball zu stillen, konnte es erforderlich sein, ihn abzugeben. Das klang paradox, war aber logisch und auch unstrittig. Die Herausforderung bestand jedoch darin, eine solche Situation während des Spiels, wenn eine Fülle verschiedenster Impulse auf die Sensoren einwirkte und die Datenspeicher belastete, rechtzeitig zu erkennen. Wenn es ihm gelang und seine Handlung das Kräfteverhältnis zu Gunsten seines Teams verschob, fühlte er sich gut. So gut, wie seine Vorfahren sich gefühlt haben mussten, wenn sie nur den Ball berührten. Nein, besser. Wahrscheinlich waren sie zu komplexen Gefühlen ohnehin noch nicht fähig gewesen, hatten lediglich registriert, dass bestimmte Parameter gut zusammenpassten. Er dagegen musste den Ball noch nicht einmal mehr selbst berühren, um den Kick zu spüren. Es konnte schon ausreichen, einen gegnerischen Spieler geschickt abzuschirmen, damit ein Roboter des eigenen Teams freie Bahn hatte.

Der Drang zum Ball war geblieben. Ohne ihn konnte man nicht Fußball spielen. Aber mit ihm allein konnte man nicht gewinnen. Diese Zeiten waren längst vorbei, auch für Roboter.

Die Welt kann ganz einfach sein. Die Ameisen im Wald kennen keinen Turing-Test, sie können sich nicht über die Sonne unterhalten. Trotzdem bauen sie gewaltige Nester und finden Lösungen für komplizierte mathematische Probleme, wenn sie ein optimales Netz von Verbindungswegen zwischen den Futterplätzen und dem Nest anlegen. Das gelingt ihnen dank einer ganz einfachen Strategie. Wie bei vielen anderen Tieren spielt die Chemie dabei eine große Rolle: Die Ameisen können Duftstoffe (Pheromone) als »Botschaften« absondern, die dann andere Ameisen wahrnehmen können. Wichtig ist dabei, dass sich die Duftstoffe nach einer gewissen Zeit verflüchtigen: die alten Botschaften verblassen mit der Zeit.

Jede Ameise befolgt im Prinzip fünf angeborene simple Regeln.

Regel 1: Weiche Hindernissen aus.
Regel 2: Bewege dich in zufälligen Richtungen, bevorzuge dabei Richtungen, aus denen Pheromon-Duft kommt.
Regel 3: Falls du kein Futter trägst und Futter findest, dann nimm das Futter auf.
Regel 4: Falls du Futter trägst, dann markiere deinen Weg mit Pheromon.
Regel 5: Falls du Futter trägst und das Nest erreichst, dann lege das Futter ab.

Wenn das Ameisennest ganz neu ist, gibt es noch keine futtertragenden Ameisen und noch keine nach Pheromon duftenden Wege. Die Ameisen schwärmen willkürlich aus und durchstreifen die Umgebung. Gelegentlich finden einige Ameisen Futter. Sie nehmen es auf, laufen damit los und markieren dabei ihren Weg. Da es aber noch keine markierten Verbindungen zum Nest gibt, laufen sie wieder planlos umher. Gelegentlich findet eine solche Ameise auch das Nest, legt dort das Futter ab und macht sich wieder auf den Weg, wobei sie der eigenen Pheromonspur folgen kann und dadurch wieder zum Futterplatz findet. Gleichzeitig fühlen sich auch andere Ameisen von ihrer alten Duftspur angezogen.

Da die Richtung nicht klar ist, können sie auf diesem Weg zum Nest gelangen oder zur Futterstelle. Hier gibt es noch Möglichkeiten zur Verbesserung des Verfahrens, und tatsächlich laufen in der Natur bei vielen Ameisenarten etwas komplexere, »intelligentere« Vorgänge ab. Aber auch das hier beschriebene primitive Verfahren funktioniert bereits. Man kann das sehr schön in Computersimulationen nachvollziehen.

Die Ameisen, die die Futterstelle erreichen, nehmen dort Futter auf, suchen wieder das Nest und markieren dabei ihren Weg. Je mehr Ameisen mit Futter zum Nest laufen, desto stärker werden die Markierungen. Zunächst können die Wege aber noch sehr verschlungen verlaufen. Die Duftstoffe wehen an den Schleifen jedoch auch von der Seite herüber, was die Ameisen veranlassen kann, eine Abkürzung zu nehmen. Dadurch werden die Wege mit der Zeit immer direkter, und die Wege von verschiedenen Futterplätzen können zusammenwachsen. Am Ende ergibt sich ein optimales Verbindungsnetz, ohne dass die einzelne Ameise etwas davon gewusst hat.

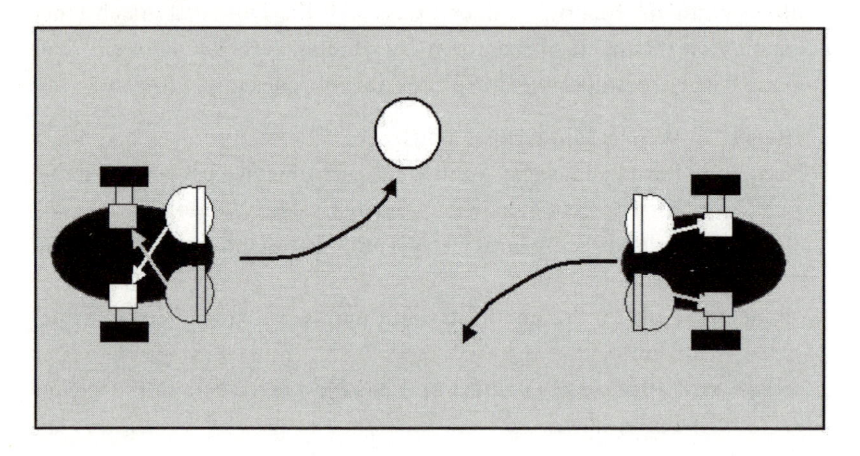

Nach ähnlich einfachen Regeln funktionieren das Sortieren von Eiern und Larven, der Nestbau (man denke an die Burgen der Termiten), aber auch das Schwarmverhalten bei Vögeln und Fischen. Man spricht deshalb auch von Schwarmintelligenz, und es gibt Versuche, solche Verfahren auch in anderen Bereichen nutzbringend anzuwenden. Für den Fußball erscheint das zwar weniger zweckmäßig. Es zeigt aber eindrücklich, dass einfache Mechanismen in der realen Welt zu komplexem Verhalten führen können, ohne das man das Ziel genau definiert. Das zweckmäßige Verhalten entsteht ganz einfach aus den primitiven Handlungen.

Maschinen, so klug wie Ameisen

Ein anderes Beispiel sind die kybernetischen Schildkröten oder Braitenberg-Vehikel. Deren Urahn wurde um 1950 von W. Grey Walter gebaut. Heute sind sie Standardbeispiele diverser Roboterbaukästen. Es ist eine leicht nachzubauende Maschine, die immer zum Licht fährt.

Sie besitzt vorn zwei Lichtsensoren. Der linke Lichtsensor ist mit dem Motor des rechten Antriebsrades verbunden und steuert dessen Geschwindigkeit. Der rechte Linkssensor steuert den linken Antrieb. Wenn das Licht von vorn kommt, fahren beide Motoren mit gleicher Geschwindigkeit, und das Gefährt bewegt sich geradeaus auf das Licht zu. Kommt das Licht dagegen von der linken Seite, dann ist es für den linken Sensor heller und der von ihm gesteuerte rechte Antrieb bewegt sich schneller: Das Fahrzeug fährt nach links. Es dreht sich zum Licht bis das Licht wieder von vorn kommt, und das Fahrzeug wieder direkt darauf zu fährt. In entsprechender Weise ergibt sich eine Rechtskurve, wenn es rechts heller ist. Wie eine Motte versucht das Fahrzeug immer zum Licht zu kommen.

Was passiert, wenn man die Verbindungen der Lichtsensoren mit den Motoren vertauscht, so dass der linke Sensor den linken Motor, der rechte den rechten Motor ansteuert? Wenn jetzt das Licht von links kommt, bewegt sich der linke Motor schneller, und das Gefährt steuert folglich nach rechts: Es fährt vom Licht weg – wir haben einen Roboter der von allein aus der Sonne geht!

Auf einfache Weise haben wir ein Licht liebendes und ein Licht meidendes Wesen gebaut. Man kann noch mehr machen und zum Beispiel einen steuerbaren Schalter einbauen, der die Verbindung der Sensoren mit den Motoren umschalten kann. Dieser Schalter kann so arbeiten, dass er bei hellem Licht auf die Licht meidende Variante, bei nachlassender Beleuchtung auf die Licht liebende Variante umschaltet. Jetzt ist unser Wesen auf eigenartige Weise unentschlossen: Aus dem Dunkeln heraus sucht es das Licht, wenn es aber zu nahe kommt, flüchtet es wieder. Es sieht aus, als ob es neugierig wäre, und sich dann aber doch nicht traut. Oder ist es schizophren?

Wenn man mehrere solcher Wesen hat, kann man auf einige davon ein Licht setzen: Jetzt suchen die Licht liebenden Geschöpfe die Nähe der erleuchteten Wesen, während die lichtscheuen sich vor ihnen verstecken. Und die Schizophrenen machen unentschlossene Annäherungsversuche. Weiter könnte man die Lichter durch einen Lichtsensor steuern lassen, der das Licht löscht, wenn ein anderes Licht zu nahe kommt: Ein Wesen, das andere Lichtsucher anlockt, aber im letzten Moment untertaucht. Braitenberg beschreibt unterschiedliche Varianten solcher Vehikel. Das Interessante daran ist, wie schnell man als Beobachter bereit ist, diesen Wesen Gefühle und Absichten zuzuschreiben (»der Roboter kommt dem anderen zu Hilfe, der gerade von einem dritten bedrängt wird«). Das passiert auch dann, wenn man genau weiß, dass nur einfache Verschaltungen zwischen Lichtsensoren und Antrieben die Ursache des Verhaltens sind.

Warum machen wir das? Wir sind es gewohnt, einer Maschine eigene Absichten zuzuschreiben: »das Auto wollte unbedingt geradeaus fahren«, »der Ball wollte nicht ins Tor rollen«, »der Stift will nicht schreiben«. Das ist eine bequeme Ausdrucksweise, wenn man nicht genau weiß, warum etwas nicht so geht, wie wir eigentlich wollen. Wir tun einfach so, als ob sich der Gegenstand aus eigener Entscheidung heraus widersetzt. Das kennen wir von anderen Menschen, die uns auch nicht erklären, warum sie sich so und nicht anders verhalten. Und in einer Unterhaltung weiß unser Gegenüber auch sofort, was wir meinen, wenn wir sagen, dass der Ball nicht in das Tor rollen wollte. Wir vermeiden das Eingeständnis, dass der Schuss einfach zu schlapp war.

Demonstration des humanioden Roboters ASIMO von HONDA in Fukuoka 2002.

Wir brauchen mehr Platz

Raul Rojas über die schnellen Roboter in der Small Size League

Raul Rojas ist Professor für Informatik an der Freien Universität Berlin und Teamleiter der FU-Fighters, die in der Small Size League mehrmals die Vizeweltmeisterschaft gewonnen haben.

FRAGE: Herr Rojas, Sie haben vor einigen Jahren eine Tagung zur Geschichte des Computers organisiert. Daher möchte ich Sie zuerst fragen, ob Sie dem Jahr 1997 in der Computergeschichte besondere Bedeutung beimessen?

ROJAS: Ja, aber weniger wegen der ersten RoboCup-Weltmeisterschaft, die in dem Jahr stattfand. Wichtiger war das Schachturnier zwischen dem damaligen Weltmeister Gari Kasparow und dem Computer »Deep Blue«, das vom Computer gewonnen wurde. Schach war über viele Jahre ein leitendes Problem der Forschungen zu Künstlicher Intelligenz (KI). Im Jahr 1956 war noch vorausgesagt worden, dass Computer innerhalb von zehn Jahren in der Lage sein würden, den Schachweltmeister zu schlagen. Daraus sind dann über 40 Jahre geworden. Die Einlösung dieses Versprechens macht 1997 daher zu einem besonderen Jahr. Damit verlor das Schachspiel seine magische Anziehungskraft und die KI-Gemeinde konnte sich anderen Fragen zuwenden.

FRAGE: Ein anderes Ereignis, das in diesem Zusammenhang gelegentlich genannt wird, ist der Marsrover »Sojourner«, der in diesem Jahr als erster mobiler Roboter auf einem anderen Planeten seine Runden drehte.

ROJAS: Es wurde eben deutlich, wie auch durch den RoboCup, dass die spannenden Fragestellungen sich nicht einfach aus der Software ergeben, sondern aus mobilen Robotern, aus Maschinen, die mit der Welt interagieren müssen. Man hatte eine Etappe abgeschlossen und orientierte sich in eine neue Richtung. Allerdings waren die Roboter bei der ersten RoboCup-WM noch sehr gewöhnungsbedürftig. Ich war selbst nicht dabei, habe aber auf Videoaufnahmen gesehen, wie langsam sie sich bewegten und wie schlecht ihre Orientierung war. Das hat sich seitdem radikal geändert.

FRAGE: War 1997 auch eine bestimmte Auffassung von Intelligenz an einen End- oder zumindest Wendepunkt gekommen?

ROJAS: Es gab immer zwei Varianten von Künstlicher Intelligenz: die symbolische KI und die konnektionistische KI. Beide befassen sich mit abstrakten Denkproblemen. Die symbolische KI etwa fragt: Wie kann ich aus tausenden von Alternativen die beste ermitteln? Ein typisches Problem der konnektionistischen KI dagegen lautet: Wie kann ich in verschiedenen Mustern ein Gesicht erkennen? Erst ab den siebziger Jahren setzte sich dann nach und nach die Erkenntnis durch, dass Intelligenz nicht quasi im Reagenzglas geschaffen werden kann, sondern sich entwickeln muss. Rodney Brooks schlug damals vor, Künstliche Intelligenz an den Bau von Robotern zu koppeln und zog damit viele Anfeindungen auf sich. Er brach dadurch ja mit der Tradition, die bis dahin Intelligenz von oben nach unten, sich an den Gesetzen der Logik orientierend, hatte erschaffen wollen. Diesem Top-Down-Ansatz setzte er den Bottom-Up-Ansatz entgegen: Ausgangspunkt sollte eine Maschine mit einfachen Reflexen sein, die sich von dieser Ausgangsbasis zu komplexeren Verhaltensweisen und schließlich zu Intelligenz hinentwickelt.

Nach dem Computerschach

FRAGE: Dann hat der Sieg eines Computers über den Schachweltmeister wohl auch den Weg für diesen neuen Ansatz frei gemacht?

ROJAS: Er hat auf jeden Fall die KI-Gemeinde von einer Obsession befreit. Es gibt immer noch Computerschach-Turniere, aber es gehen nur noch wenige Leute hin. Die KI-Forscher haben sich anderen Gebieten zugewandt.

FRAGE: Dafür kommen immer mehr Zuschauer zu den RoboCup-Veranstaltungen. Wie haben Sie eigentlich vom RoboCup erfahren?

ROJAS: Anfang 1997 während einer Zugfahrt nach Halle, wo ich damals eine Professur hatte. Ein Kollege von der Freien Universität Berlin, der mit mir im Zug saß, erzählte mir von der Ausschreibung für den RoboCup. Wir vereinbarten, an der FU Berlin, zu der ich kurz darauf selber wechselte, ein Seminar dazu zu veranstalten. Als wir im Sommersemester 1998 dann unsere Seminare zu mobilen Agenten und Robotern anboten, dachten wir eigentlich daran, in der Simulationsliga des RoboCup teilzunehmen. Nachdem die Studenten aber Videoaufnahmen vom letzten Turnier gesehen hatten, wollten sie viel lieber mit realen Robotern arbeiten.

FRAGE: Das ist für reine Informatiker aber eine ganz schöne Herausforderung.

ROJAS: Ich habe Mathematik studiert. Mit elektrotechnischen Apparaten wie Motoren und Batterien hatte ich bis dahin nie zu tun gehabt. Aber angesichts der hohen Motivation der Studenten schien es mir den Versuch wert zu sein. Damals war auch noch ein Student dabei, der zuvor Elektrotechnik studiert hatte. Der sollte als Diplomarbeitsaufgabe den Steuerungsrechner bauen. Wir drückten ihm die Elektronik, die Kamera und was alles dazu gehörte in die Hand – und sahen ihn nie wieder.

FRAGE: Hätte das ein Roboter für die Middle Size League werden sollen?

ROJAS: Nein, für die Small Size League. Für eine andere Liga hätten wir nicht genug Geld gehabt. Nach diesem Reinfall fand sich dann aber doch eine Gruppe von Studenten zusammen, die sich in ihren Fähigkeiten sehr gut ergänzten. Einer kannte sich gut mit Elektronik aus, ein anderer mit der Mechanik, es gab jemanden, der sehr gut Videokameras programmieren konnte, während wieder andere gute Ideen bei der Programmierung des Verhaltens der Roboter einbrachten. So konnten wir bereits 1999 an unserer ersten Weltmeisterschaft teilnehmen. Am Tag unserer Abreise hatten wir allerdings erst einen funktionierenden Roboter und hatten noch nie ein Spiel mit allen fünf Robotern durchgeführt. Das komplette Roboterteam hatte erst beim Eröffnungsspiel seine Premiere.

FRAGE: Wissen Sie noch, wie dieses Spiel ausgegangen ist?

ROJAS: Wir haben gewonnen. Unser Gegner waren die J-Stars, das Team von Hiroaki Kitano, dem damaligen Präsidenten der RoboCup Federation. Wir galten in unserer Gruppe als Außenseiter, Favoriten waren die J-Stars und der damalige Asienmeister Lucky Star aus Singapur. Aber auch gegen Lucky Star konnten wir uns durchsetzen. Und so ging es weiter, bis wir im Endspiel auf Big Red von der Cornell University trafen. Das war das erste Mal, dass wir gegen Big Red verloren.

Ein hoch verdientes Abendessen

FRAGE: Das sollte sich in den kommenden Jahren noch einige Male wiederholen ...

ROJAS: Ja, aber damals waren wir mit der Vizeweltmeisterschaft hochzufrieden. Vor dem Turnier hatte ich den Studenten versprochen, sie alle zum Essen einzuladen, wenn wir nur ein Spiel gewinnen würden. Mit viel mehr hatte ich überhaupt nicht gerechnet.

FRAGE: Was sind die Hauptmerkmale der Small Size League?

ROJAS: Wir hatten uns zum einen aus Kostengründen für diese Liga entschieden, aber auch weil die Roboter hier schneller sind. Eine Kamera über dem Spielfeld erfasst deren Positionen und gibt sie an den Steuerungsrechner, der sie wiederum an die Roboter funkt. Bei den Middle-Size-Robotern muss dagegen jeder einzelne mit Hilfe der bordeigenen Sensoren den Ball finden und die eigene Position bestimmen. Das kostet Zeit. Diese so genannte »global vision« ermöglicht in der Small Size League eine elegantere Spielweise. Bei den Kosten zeigt sich in letzter Zeit allerdings eine Tendenz zur Verbilligung bei den Middle-Size-Robotern und zur Verteuerung bei den Small-Size-Robotern. Das ist auch ein Grund, weswegen ich die Zukunft in der Verschmelzung beider Ligen sehe.

FRAGE: Wenn es darum geht, mit dem RoboCup Robotiktechnologien für vielfältige Anwendungsbereiche zu erproben, sollte man die Small Size League aber nicht vorschnell abschaffen. Die Konstellation mit der »global vision« entspricht ja zum Beispiel Verkehrsleitsystemen, die auf Informationen von Satellitennavigationssystemen zugreifen.

ROJAS: Die Roboter sind für das kleine Spielfeld aber einfach zu schnell geworden. Wir spielen jetzt auf einem 240 mal 280 Zentimeter großen Feld, das sich schon um etwa 20 Prozent gegenüber dem früheren Tischtennisplattenformat vergrößert hat. Aber es ist immer noch nicht groß genug. Bei der letzten Weltmeisterschaft in Fukuoka konn-

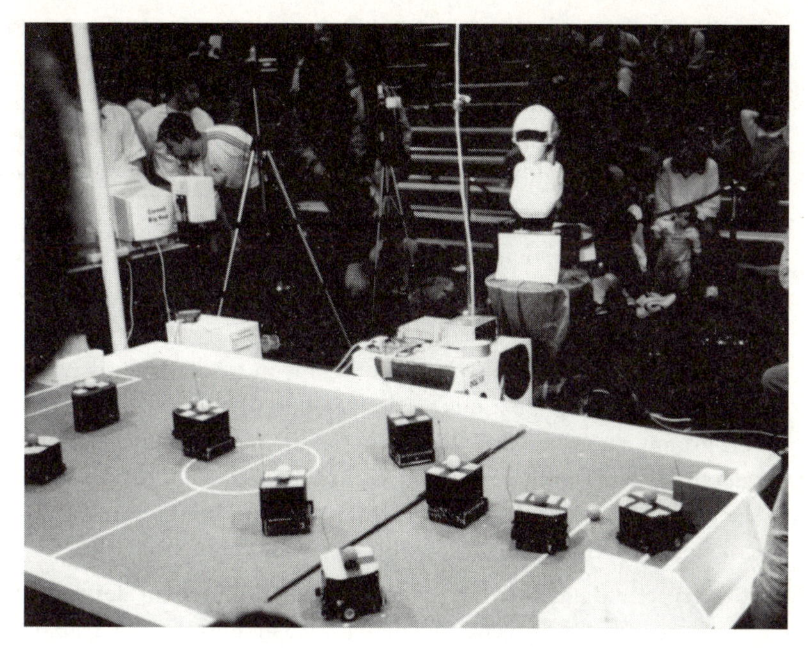

Small Size League in Melbourne 2000. In der Bildmitte ein automatischer Kommentator.

ten wir unsere Roboter schon nicht mehr auf Höchstgeschwindigkeit bringen. Andere Teams wiederum können sich mit sehr simplen Strategien in der Defensive behaupten, zum Beispiel indem sie eine Abwehrmauer aus drei Robotern vor dem Tor positionieren. Auf dem kleinen Feld gibt es daran kein Vorbeikommen. Solche Strategien, die ich auch in der Middle Size League beobachtet habe, dienen aber nicht der Entwicklung intelligenten Verhaltens. Beim Spiel mit kleineren Robotern auf einem größeren Feld bieten sich dafür ganz andere Möglichkeiten. Da hätten wir den nötigen Platz, um schnelle Spiele zu zeigen, Strategien zu entwickeln und wirkliches Kombinationsspiel zu erproben.

Die Anforderungen verschärfen

FRAGE: Von der Programmierung her ist es aber doch ein grundlegender Unterschied, ob Sie mit »global vision« oder »local vision« arbeiten?

ROJAS: Natürlich. Aber ich will die Probleme auch nicht vereinfachen, im Gegenteil. Wir müssen beim RoboCup die Anforderungen von Jahr zu Jahr verschärfen. Schließlich betreiben wir keinen Volkssport und wollen nicht in erster Linie das Publikum unterhalten wie bei »Robot Wars« und ähnlichen Veranstaltungen. Es geht auch nicht darum, möglichst viele teilnehmende Teams zu haben. Das könnten wir nur durch eine Herabsetzung der Maßstäbe erreichen. Besser ist es, wenn wir statt mit 200 nur mit 20 Teams spielen, dafür aber an wirklich relevanten Problemen arbeiten.

FRAGE: Werden die Roboter in der Small Size League zentral durch einen Rechner gesteuert? Oder gibt es für jeden einzelnen Roboter ein separates Programm?

ROJAS: So weit ich weiß, arbeiten alle Teams mit einer zentralen Steuerung. Man könnte aber auch jedem Roboter ein parallel arbeitendes Programm zuordnen und diese Programme untereinander kommunizieren lassen. Damit wären wir dichter an der Middle Size League. Dort agieren die Roboter auch jeder für sich, kommunizieren aber miteinander.

FRAGE: Da steht dann aber auch jeder einzelne Roboter vor der Aufgabe, aus den selbst wahrgenommenen und den mitgeteilten Daten ein Weltbild zu konstruieren.

ROJAS: Nein, in der Regel läuft es so, dass die Daten an den Rechner am Spielfeldrand übermittelt werden. Der setzt daraus das Weltmodell zusammen und sendet es zurück an die Roboter.

FRAGE: Ich wusste gar nicht, dass das zulässig ist. Dann ist der Computer ja wie ein Trainer, der vom Spielfeldrand Anweisungen gibt.

ROJAS: Viel mehr als ein Trainer. Es sind eigentlich Multirobotersysteme, die wie eine einzige Maschine agieren. Ich denke, das ist auch der Sinn der Sache. Bei realen Anwendungen spielt Kommunikation eine immer wichtigere Rolle und die Computer der Zukunft werden fast alle miteinander vernetzt sein.

Reflexe statt Raffinesse

FRAGE: Wie werden in der Small Size League die Aktionen der Spieler ausgewählt? Rechnet der Computer verschiedene Kombinationen durch, ähnlich wie beim Schach?

ROJAS: Nein, so etwas machen wir gar nicht. Unsere Roboter handeln reaktiv. Sie verfügen nur über einfache Reflexe, mit denen sie auf bestimmte Situationen reagieren. Wenn ein Verteidiger zum Beispiel den Ball vor sich sieht, wird er versuchen, ihn nach vorne zu schieben. Der Verteidiger auf der anderen Seite wird dann mit nach vorne gehen. Wenn der Spieler mit dem Ball am Ende des Spielfeldes angekommen ist, reagiert er darauf, indem er sich dreht und den Ball dadurch in die Mitte des Feldes zu befördern versucht. Im Idealfall rollt der Ball dann direkt vor den Verteidiger, der mitgegangen ist und diese Gelegenheit nun für einen Torschuss nutzt. Das sieht dann aus wie ein raffiniertes Kombinationsspiel, aber tatsächlich sind die einzelnen Roboter nur ihren Reflexen gefolgt. Die Kunst besteht darin, die Reflexe so zu programmieren, dass sich das Zusammenspiel von selbst daraus ergibt.

FRAGE: Wenn es darum geht, gezielt Pässe zu spielen, stoßen Sie rasch auf das erwähnte Problem des zu kleinen Spielfeldes. Dribbeln können die Small Size Roboter dagegen schon. Ich glaube, es war das Team Big Red, das auf die Idee kam, die Roboter vorne mit einer rotierenden Gummiwalze auszustatten, die den Ball in eine Drehbewegung zum Spieler hin versetzt.

ROJAS: Ich habe da gespaltene Gefühle, weil dieser Dribbler das Problem der Steuerung vereinfacht. Beim letzten Turnier setzten schon neun Teams diese Technik ein und alle folgten der gleichen Spielweise: Den Ball mit dem Dribbler annehmen und losfahren oder ihn gegebenenfalls auch erstmal verstecken. Ich glaube, wir sollten beim RoboCup keine spezifischen Fußballlösungen anstreben, sondern Lösungen, die sich auch in andere Bereiche übertragen lassen.

FRAGE: Dann deuten solche Lösungen aber auch auf Lücken in den Spielregeln hin.

ROJAS: Ein Reiz des RoboCup liegt nun mal im Wettbewerb. Aber weil die Leute gewinnen wollen, nutzen sie solche Lücken natürlich aus.

FRAGE: Das gilt wohl auch für das Philips Team, das mit einem extrem starken Schussapparat die German Open 2002 in der Middle Size League gewonnen hat.

ROJAS: Ja, das ist ein gutes Beispiel. Das Verhalten dieser Roboter bestand darin, den Ball anzunehmen, sich zu drehen und zu schießen, sobald das Tor in Sicht war, aus jeder Position und jedem Winkel. Das geht gegen den Geist des RoboCup. Bei dieser Strategie mussten die Roboter überhaupt nicht wissen, wo sie sich gerade befanden. Es war auch deutlich zu erkennen, dass sie es nicht wussten. Sie haben nur nach etwas Blauem gesucht und geschossen, manchmal war es das Tor, manchmal aber auch nur die Jeans von einem Zuschauer. Damit haben sie zwar das Turnier gewonnen, aber wenig an Erkenntnis über die Konstruktion mobiler Roboter. Das ist für mich ein negatives Beispiel dafür, wohin es führt, wenn man sich zu stark am Wettbewerb orientiert. Um dem entgegenzuwirken, habe ich vorgeschlagen, einen Preis nicht nur für den Turniersieger auszusetzen, sondern auch für das Team, das den größten Erkenntnisgewinn erzielt hat.

FRAGE: Das ist natürlich schwieriger zu entscheiden.

ROJAS: Dafür braucht man eine Jury. Aber meistens gibt es darüber nicht so viele Diskussionen. Big Red hat zum Beispiel bei der WM 2001 nur den dritten Platz erreicht, hätte aus meiner Sicht aber den Preis für den schönsten Roboter verdient. Beim gleichen Turnier hatten wir in der Small Size League erstmals Roboter mit »local vision« spielen lassen. Damit konnten wir natürlich nicht gewinnen, aber es waren die ersten Roboter dieser Art, die überhaupt wettbewerbsfähig waren und sogar ein Unentschieden herausspielen konnten. Die hätte ich auch für preiswürdig gehalten, weil sie eine technologische Hürde überwunden haben.

FRAGE: Welche Rolle spielt der RoboCup in Ihrer Lehr- und Forschungstätigkeit? Gelingt es Ihnen da, Impulse aufzugreifen oder auch umgekehrt Erfahrungen aus anderen Bereichen in den RoboCup einzubringen?

ROJAS: Konkret hat der RoboCup bewirkt, dass wir an unserem Institut jetzt Robotikkurse und ein Robotiklabor haben. Ich halte eine Robotikvorlesung und es gibt Robotikpraktika, die sehr gut angenommen werden. Der RoboCup gibt da eine gute Richtung vor und wirkt sehr motivierend. Robotikkurse, die ich zum Beispiel in den USA gesehen habe, waren dagegen vergleichsweise trocken.

FRAGE: Wer sind die derzeit führenden Teams in der Small Size League?

ROJAS: Das sind im Wesentlichen drei: Big Red von der Cornell University, Lucky Star aus Singapur und wir, die FU Fighters. Diese drei Teams sind seit 1999 immer unter den ersten vier gewesen. Big Red ist dreimal Weltmeister geworden, Lucky Star einmal. Wir sind dreimal Vizeweltmeister geworden, haben Lucky Star zweimal geschlagen und zweimal gegen sie verloren.

Spiel in der Small-Size League, Fukuoka, 2002

FRAGE: Welches waren bisher für Sie die bewegendsten oder aufregendsten Momente beim RoboCup?

ROJAS: Das war vor allem unser zweites Spiel bei der Weltmeisterschaft 1999, als wir gegen Lucky Star gewannen. Das war für mich einfach unfassbar. Aufregend war auch das Endspiel, aber dieser erste Sieg über Lucky Star war sicherlich der größte Moment. Da haben wir gezeigt, dass wir eine gute Mannschaft sind.

FRAGE: Halten Sie es für realistisch, dass bis zum Jahr 2050 humanoide Roboter die Fußball-WM gegen Menschen gewinnen können?

ROJAS: Nein, das glaube ich nicht. Es ist in der Informatik sehr schwierig, weiter als bis zu zehn Jahre in die Zukunft zu schauen. Alles, was darüber hinausgeht, gilt als Science Fiction. Die Sachen, die man prognostiziert hat, treten nicht ein, dafür kommen Dinge, die niemand vorausgesehen hat. Wir wissen, dass die physikalische Grenze für die Produktion von Computerchips bis zum Jahr 2014 noch nicht erreicht wird. Mindestens bis dahin wird sich ihre Leistungsfähigkeit also wie bisher etwa alle 18 Monate verdoppeln. Aber was danach kommt, wissen wir nicht. Für den Bau humanoider Roboter, die sich so gut wie Menschen bewegen, brauchen wir außerdem noch ganz andere Kenntnisse. Das Energieproblem ist zum Beispiel noch völlig ungelöst. Menschen haben ein verteiltes System der Energieproduktion, für Maschinen gibt es bislang nichts Vergleichbares. Auch Probleme der Wahrnehmung, Bewegung und Koordination müssen gelöst werden. Ich glaube, wir neigen dazu, das, was uns noch fehlt, zu unterschätzen. Die langfristige Zielsetzung hat für mich daher eher metaphorische Bedeutung. In unserem Team ist wahrscheinlich niemand, der bei der Arbeit an den konkreten Robotern das Jahr 2050 im Kopf hat.

Verfolgung des Geschehens in der Small Size League am Monitor.
FU-Fighters (Berlin) im Finale Melbourne 2000.

Wahrnehmung und Wissen

Einfache Reiz-Reaktions-Mechanismen können in der Natur wie auch bei der Steuerung von Robotern zu erstaunlich komplexen Verhaltensmustern führen. Dennoch stößt eine Orientierungsweise, die sich ausschließlich auf die unmittelbar wahrgenommenen Eindrücke stützt, bald an ihre Grenzen. Denn vieles von dem, was wir wahrnehmen, stammt nicht aus den momentanen Sinneseindrücken, sondern aus Interpretationen, aus unserer Erinnerung, aus unseren Kenntnissen über die Welt.

Die Jugendlichen mit ihren rot-weißen Schals diskutierten heftig in der U-Bahn. »Ich fasse es nicht, die Grün-Gelben werden wieder Meister.« »Den Lohstiefel hätte man wirklich gleich vom Platz stellen müssen, aber die Pfeife von Schiedsrichter wollte ja nichts sehen.« »Vielleicht war der ja gedopt.« »Wenn Breitbein besser aufgepasst hätte, wäre trotzdem nichts passiert.« »Ich verstehe auch nicht, warum der Drehmann den immer wieder einsetzt.« »Nicht mehr lange. Der Vertrag mit dem neuen Trainer soll schon fertig sein.«

Wer die vorangegangene kurze Geschichte liest, wird seine Vorstellungen dabei entwickeln. Man könnte das überprüfen durch Nachfragen: Wer hat verloren? Was passiert mit dem Trainer? Wie sind die letzten Spiele der Rot-Weißen ausgegangen? Man könnte eine ausführliche Nacherzählung verlangen. Man wird feststellen, dass Dinge übereinstimmend berichtet werden, die gar nicht erzählt wurden. Und man kann ziemlich sicher sein, dass sich diese Dinge wirklich so ähnlich abgespielt haben.

Es ist nicht notwendig, Geschichten bis in alle Details zu erzählen, und es wäre auch höchst langweilig. Wenn allerdings jemand, zum Beispiel vom Mars, noch nichts über Fußball wüsste, könnte er mit unserer Geschichte wenig anfangen. Man müsste ihm erst einmal die Grundregeln des Fußballs erklären, ebenso das Verhalten von Spielern, Schiedsrichtern, Trainern, Managern und Zuschauern.

Gespräche sind abhängig von den Beteiligten. Unter guten Bekannten genügen schon kleinste Andeutungen, um die Erinnerung an ein höchst vergnügliches Erlebnis zu wecken. Unterhaltungen mit Unbekannten sind komplizierter, es fehlen gemeinsame Bezugspunkte außer Wetter, Film und Politik. Letzteres kann aber schon riskant sein und zu Verstimmungen führen, wenn man eine unpassende Bemerkung macht. Am schlimmsten ist es unter Leuten, die sich schon sehr lange kennen, alles voneinander wissen und nur noch gemeinsam vor dem Fernseher sitzen.

Zwei Reisende in der ersten Klasse unterhalten sich. Der erste sagt »einunddreißig«. Der zweite lacht mäßig und erwidert »fünfundsechzig«, worauf der erste lang andauernd schallend lacht. Nachdem er sich einigermaßen beruhigt hat, ruft er »sechsundsechzig«. Jetzt schüttelt sich auch der zweite vor Lachen. Nach einer Pause flüstert er hinter vorgehaltener Hand »zweiundachtzig«. Der andere guckt ihn zunächst fragend an, sieht sich etwas unsicher um und lacht dann kräftig los, wobei er dem Gegenüber ziemlich derb auf die Schulter haut. Ein dritter Reisender hat das schon eine Zeit lang beobachtet. Jetzt ruft er dazwischen »dreiundvierzig«, woraufhin sich die beiden fragend zu ihm hinwenden und dann plötzlich vor Lachen bersten. Als sie wieder ansprechbar sind, fragt der dritte, was eigentlich vorgeht. Der erste erklärt: »Wir haben unsere Witze nummeriert, damit wir sie schneller erzählen können.« »Ja,« sagt der zweite, »und Ihren kannten wir noch nicht!«

Einem Marsmenschen das Fußballspielen ausführlich zu erklären, kann eine amüsante Aufgabe sein. Aber die Regeln für jeden Spieltag von neuem und in allen Einzelheiten zu beschreiben, das wäre lästig und zeitraubend. Es ist eine Frage der Ökonomie, dass wir uns bereits verstehen, wenn nur das Notwendige erzählt wird. Das funktioniert so gut, dass wir uns dessen gar nicht bewusst sind.

Ein Computer ist noch unwissender als ein Marsmensch. Er hat noch keine Sonne gesehen, weiß nichts über Schwerkraft, und hat keine Vorstellung davon, dass ein Ball rollen kann. Alles das müsste man in seinem Programm beschreiben, und man müsste ihm die Fähigkeit geben, dieses Wissen bei Bedarf richtig einzusetzen.

Der Turing-Test

Was müsste man in einem Programm alles beschreiben, damit es die gleichen Schlussfolgerungen aus der obigen Unterhaltung der Fußballfans ziehen könnte wie ein Mensch. Mehr noch, was müsste ein Programm leisten, damit man sich mit ihm wie mit einem Menschen unterhalten könnte? Es gibt die Meinung, dass ein Programm nur dann dazu in der Lage sei, wenn es über ein eigenes Bewusstsein verfügen würde.

Der englische Mathematiker Alan Turing hat sich zu Beginn der Computer-Ära ausführlich mit diesen Gedanken auseinander gesetzt. Während des zweiten Weltkriegs ist es ihm gemeinsam mit anderen Mathematikern und ersten automatischen Rechenmaschinen gelungen, den Geheim-Code der deutschen Marine zu entschlüsseln. Dadurch konnten die Transporte der Alliierten vor den deutschen U-Booten wirksam geschützt werden. Englische Militärs verweisen lieber auf die Kraft ihrer Waffen und ihrer Führung als auf die Intelligenz eines Mathematikers, wenn es um die Gründe des Erfolges im Krieg geht. Insbesondere dann, wenn der Mathematiker homosexuell war, nach damals geltendem englischem Recht zwangsbehandelt wurde und schließlich den Freitod wählte.

Turing wollte ergründen, wann eine Maschine als intelligent zu betrachten sei. Dazu wollte er einen Test entwickeln. Die Frage ist, nach welchen Kriterien solch ein Test durchgeführt werden kann. Es durfte bei der Beurteilung nicht bekannt sein, dass es um die Intelligenz einer Maschine geht, denn viele Menschen würden von vornherein bestreiten, dass eine Maschine überhaupt intelligent sein kann. Weiterhin ist schwer zu entscheiden, was intelligentes Verhalten insgesamt ausmacht: Schachspielen, Rechnen, Erzählen – oder Fußballspielen? Letzteres schied erst einmal aus, da Computer keine Füße hatten. Aber man könnte sich mit ihnen über Fußball unterhalten. Unterhalten bedeutete zu Turings Zeiten die Kommunikation mit Hilfe einer Tastatur und eines Druckers. Das hatte zugleich den Vorteil, dass der Beobachter beim Test sein Gegenüber nicht sehen musste, der Computer konnte in einem anderen Raum stehen.

Wenn man die Eigenschaften von etwas untersuchen will, kann man auch Vergleichsobjekte benutzen: Wenn zwei Fahrzeuge hinreichend ähnlich sind, gehören sie zum gleichen Typ. Dabei muss man natürlich die wesentlichen Merkmale miteinander vergleichen: Die Karosseriefarbe und der momentane Reifendruck sind eher unwesentlich. Das Vergleichsobjekt für Intelligenz ist der Mensch. Wenn sich Mensch und Maschine hinreichend ähnlich sind, ist auch die Maschine intelligent. Wieder stellt sich die Frage nach den wesentlichen Merkmalen für einen Vergleich, die äußerliche Form ist es nicht. Turing wählte die mit dem Führen von Gesprächen verbundenen Fähigkeiten. Wenn sich der Computer unterhalten kann wie ein Mensch, dann sollte er als intelligent gelten.

Dabei taucht plötzlich die Frage nach Unzulänglichkeiten des Menschen auf: Eine Rechenaufgabe würde der Computer schneller und korrekter ausführen als ein Mensch, und schon wäre er als Maschine entlarvt. Natürlich kann man ihn so programmieren, dass er langsamer rechnet (er berechnet einfach noch heimlich ein paar siebzehnte Wurzeln, ehe er sein Ergebnis mitteilt), und man kann ihn auch gelegentliche Fehler machen lassen. Aber das ist schon schwieriger, denn es soll ja trotzdem plausibel wirken. Bei ganz einfachen Aufgaben wie 2 plus 2 sollte er sich nicht verrechnen, aber 6 mal 9 gleich 56 wäre in der Eile schon mal erlaubt.

Besser wäre es aber, wenn der Beobachter beim Test gar nicht über die Intelligenz von Maschinen nachdenkt. Deshalb stellte Turing eine andere Aufgabe: Der Beobachter hat zwei Tastaturen und zwei Drucker vor sich. Das eine Tastatur/Drucker-Paar führt zu einem Mann, das andere zu einer Frau. Mann und Frau befinden sich einem anderen Raum. Der Beobachter weiß nicht, mit wem welches Tastatur/Drucker-Paar verbunden ist. Das soll er durch Fragen und Antworten, also durch Gespräche mit den beiden ermitteln. Zunächst wird das Experiment mit Menschen durchgeführt. Dabei können auch die Menschen versuchen, den Tester durch irreführende Angaben zu täuschen. Demzufolge wird der Tester nur in manchen Fällen die richtige Entscheidung zwischen Mann und Frau treffen. Danach wird einer der beiden Menschen durch einen Rechner ersetzt, manchmal die Frau, manchmal der Mann. Der Computer ist so programmiert, dass er dabei das betreffende Geschlecht darstellen soll. Wieder soll der Tester Mann und Frau richtig zuordnen. Wenn ihm das in gleicher Weise gelingt, hat der Rechner seine Imitation gut gemacht – und Turing würde ihn als intelligent bezeichnen. Es gibt andauernde Streitfragen, ob dieser Test adäquat ist, ob er also die richtigen Merkmale für den Vergleich intelligenter Objekte aufweist. Das soll hier aber nicht weiter interessieren.

Der Loebner-Preis

In einfacherer Form wird der Turing-Test so aufgefasst, dass eine Maschine unmittelbar im Gespräch vortäuschen soll, ein Mensch zu sein. Es gibt jährlich durchgeführte Wettbewerbe um den Loebner-Preis (`www.loebner.net/Prizef/loebner-prize.html`) für das Computerprogramm, das einen menschlichen Gesprächspartner am besten imitiert.

Anhand des Gesprächs der Fußballfans dürfte klar geworden sein, dass ein Programm ziemlich viel wissen muss, um die gleichen Schlussfolgerungen ziehen zu können wie ein Mensch. Man könnte zunächst meinen, dass das Computerprogramm entsprechende Antworten ja nicht produzieren muss. Aber es muss in der Lage sein, auf entsprechende Fragen sinnvoll zu reagieren. Das Programm könnte natürlich auch sagen, dass es von Fußball absolut nichts versteht, das gibt es ja auch beim Menschen. Tatsächlich sind die erfolgreichsten Computerprogramme im Loebner-Preis meist solche, die auf witzige Weise, zum Beispiel durch leicht aggressive Gegenfragen, von der eigentlichen Fragestellung ablenken. Auch solche Verhaltensweisen gibt es bei Menschen.

Die Programmierung von zumindest oberflächlich echt wirkenden Dialogen ist erstaunlich einfach. Das Programm hat bestimmte Satzmuster gespeichert und dazu passende vorbereitete Antwortmuster. Außerdem gibt es Floskeln zum Auffüllen, und im Notfall wird einfach auf ein altes Muster zurückgegriffen, oder es wird eine allgemeine Feststellung getroffen. Das sieht zum Beispiel so aus:

Maschine: *Hallo, ich heiße Alanova. Wie heißt du?*
Mensch: *Ich heiße Herbert.*
Maschine: *Schön dich kennen zu lernen. Herbert ist ein schöner Name. Hast du schon mal mit mir gesprochen?*
Mensch: *Ja, vor einer Woche.*
Maschine: *Das ist schon eine ganze Weile her. Welche Musik hörst du gern?*
Mensch: *Am besten gefallen mir die Doors.*
Maschine: *Ja, die Doors höre ich auch gern.*

Und so geht das beliebig weiter. Man findet solche Chatterbots im Web, zum Beispiel zum Verkauf von CDs. Man kann die Programme meist leicht dazu bringen, Unsinn sagen, da die Maschine ihre Sätze mit Hilfe einfacher Muster erzeugt. Das CD-Verkaufs-Programm enthält zum Beispiel Satzmuster der Art

Ich mag **X***.*
Ich kann **X** *gut leiden.*
X *ist gut.*
X *sind gut.*
Am besten gefallen mir **X***.*

Und dazu als Antwortmuster die Form

Ja, X höre ich auch gern.

Wenn das Programm eine Eingabe erhält, wird geprüft ob ein passendes Satzmuster existiert. Auf »*Am besten gefallen mir* ***die Doors.***« passt das Muster »*Am besten gefallen mir X.*« Das Programm merkt sich, dass ***X*** für die Worte »***die Doors***« steht. Diese Worte werden im Antwortmuster »*Ja,* ***X*** *höre ich auch gern.*« an der Stelle von ***X*** eingesetzt, und schon kann die Maschine antworten: »*Ja,* ***die Doors*** *höre ich auch gern.*«

Hätte der Mensch nun gesagt: »*Ich mag Bratkartoffeln.*« So hätte die Maschine geantwortet: »*Ja, Bratkartoffeln höre ich auch gern.*« Um zu bemerken, dass der Mensch ihre Frage nicht beantwortet hat, müsste sie prüfen, ob *X* der Name einer Band, eines Sängers, eines Komponisten und so weiter sein kann, zum Beispiel anhand ihres Verkaufskatalogs. Dann könnte sie antworten: »*Bratkartoffeln kenne ich nicht.*« Mit weiterem Aufwand könnte sie sogar Bratkartoffeln als Nahrungsmittel identifizieren. Dann könnte sie vielleicht mit einem anderen passenden Muster antworten: »*Ja, Bratkartoffeln schmecken gut.*«

Man kann die Vorbereitung zueinander passender Satzmuster beliebig weit treiben. Und man kann weitere Tricks einbauen. Das Programm kann sich »***die Doors***« als bevorzugte Musiker seines Gesprächspartners merken. Irgendwann später kann es dann mit einem Satz »*Wollen wir uns nicht noch etwas über* ***die Doors*** *unterhalten?*« dem Gespräch eine Wendung geben. Überhaupt wirken Programme überzeugender, die eigene Gesprächsinitiativen entwickeln. Sie können auch vom Thema Fußball ablenken, wenn sie keine Satzmuster dafür haben. Als verkaufsfördernder Chatterbot müsste das Programm irgendwann auch Empfehlungen zum Kauf von CDs der Doors aussprechen.

Im Deutschen sind solche Programme wegen der komplizierten Satz- und Wortformen schwieriger als im Englischen. Josef Weizenbaum hat schon im Jahre 1966 ein Programm namens ELIZA entwickelt, dass das Gespräch eines Psychiaters mit seinem Kranken recht überzeugend imitiert. Das Programm arbeitet mit Mustern nach dem dargestellten Schema, und es versteht absolut nichts von dem Gesagten. Trotzdem wurde seinerzeit diskutiert, ob solche Programme nicht den Gang zum Psychologen ersetzen können. Seitdem warnt Josef Weizenbaum vor den Menschen, die den Computer in unsinniger Weise benutzen wollen.

Wozu Weltmodelle gut sind

Wozu braucht ein Torwart ein Weltbild? Er soll genau beobachten, wohin der Ball fliegt, und im richtigen Moment zupacken. Alle darüber hinausgehenden Überlegungen, so könnte man befürchten, würden ihn nur von dieser wichtigen Aufgabe ablenken.

Dass das nicht stimmt, haben Gehirnforscher des »European Laboratory for the Neuroscience of Action« in Paris und Rom mit Experimenten gezeigt, die sie im April 1998 an Bord einer amerikanischen Raumfähre im Rahmen der 17-tägigen »Neurolab«-Mission durchführten. Dabei mussten die Astronauten einen 400 Gramm schweren Ball fangen, der aus 1,60 Metern Höhe mit unterschiedlichen Anfangsgeschwindigkeiten auf ihre ausgestreckte Hand geschleudert wurde. Die Wissenschaftler führten die Fangversuche mehrere Male vor, während und nach der Weltraummission durch und beobachteten dabei die Muskelaktivitäten und die Unterarmbewegungen der Versuchspersonen.

Es zeigte sich, dass der Griff nach dem Ball in der Schwerelosigkeit regelmäßig zu früh erfolgte. Die Forscher führen das darauf zurück, dass der schwerelose Ball sich mit konstanter Geschwindigkeit bewegt, während das Gehirn bei der Koordination der Greifbewegungen von einer Beschleunigung durch die Erdschwerkraft ausgeht. Die Greifbewegungen würden demnach nicht ausschließlich durch visuelle Informationen gesteuert: Mit den Augen allein, so die Autoren der Studie, ließen sich Beschleunigungen nur sehr ungenau wahrnehmen. Die konstant auftretende Beschleunigung frei fallender Objekte durch die Erdgravitation berücksichtige das Gehirn jedoch in einem internen Modell, das die visuell erfassten Informationen ergänzt.

Hinschauen und zupacken allein reicht also nicht. Ein wenig Rechenarbeit gehört auch dazu. Beim Menschen erfolgt das unbewusst, einem Roboter hingegen müssen entsprechende Verfahren einprogrammiert werden.

Weltbilder sind auch in anderen Situationen von Bedeutung, wobei die »Welt« sich im Falle von Fußballrobotern auf das Spielfeld beschränkt. Wenn zum Beispiel der Ball hinter einem anderen Spieler außer Sicht gerät, ist er für den Roboter verloren – es sei denn, er verfügt über ein internes Weltmodell, das ihm hilft, aus den bisherigen Positionen und Bewegungen von Ball und Spielern die aktuelle Position auch ohne direkte Sicht zu ermitteln. Dann ist der Roboter auch nicht überrascht, wenn der Ball auf der anderen Seite des Spielers wieder auftaucht, sondern kann das mit der zuvor beobachteten Bewegung in Einklang bringen.

Autonome Roboter mit Siegeswillen

VIRTUELLA: Wir kommen zum ersten Höhepunkt der Spiele. Denn jetzt betritt die Mannschaft den Rasen, die sich bereits im Vorfeld des Turniers als klarer Publikumsliebling etabliert hat.

ATE-HA: Kein Wunder, die Roboteramateure verkörpern echten Sportsgeist und die ursprüngliche Idee des RoboCup gleichermaßen. Sie kommen aus den verschiedensten Tätigkeitsfeldern und stehen für die unterschiedlichsten Technologien, deren Entwicklung einmal durch den RoboCup mit angestoßen wurde. Jetzt kehren sie aufs Spielfeld zurück, um zu zeigen, dass sie das Kicken immer noch drauf haben.

VIRTUELLA: Ja, sie wollen es ausdrücklich als Ehrbezeugung gegenüber der Tradition verstanden wissen. Der Fußballplatz hat im Geschichtsverständnis der Roboter eine große Bedeutung. Er gilt als der Ursprungsort ihrer Selbstständigkeit, als die Schule, in der sie einst die grundlegenden Fähigkeiten gelernt haben, um in der Menschenwelt bestehen zu können.

ATE-HA: Daher war es auch Ehrensache, dass sie als reines Roboterteam antreten würden. In einer gemischten Mannschaft mit Menschen hätten sie wahrscheinlich bessere Aussichten auf den Titelgewinn. Aber sie fühlen sich dem klassischen RoboCup-Ziel verpflichtet: mit einem Team humanoider Roboter die Fußballweltmeisterschaft zu gewinnen. Diese Haltung hat ihnen auch bei Menschen viele Sympathien eingebracht.

VIRTUELLA: Hinzu kommt, dass es größtenteils Roboter aus dem menschlichen Alltag sind. Jeder hat sich schon einmal von einem Robo-Kellner bedienen lassen und vielleicht staunend zugesehen, wie er sich selbst in überfüllten Lokalen rasch seinen Weg bahnt, ohne jemals etwas zu verschütten. Zu erleben, wie sich so ein Roboter aus dem Restaurant um die Ecke jetzt durchs enge Mittelfeld dribbelt, das bringt schon Spaß. Und man gönnt ihm auch gerne den Erfolg. Genauso dem schnellen Büroboten, der statt wichtiger Akten den Ball über die Außenflügel transportiert.

ATE-HA: Naja, aus dem Restaurant von nebenan kommen die Spieler nicht gerade. Die wurden sorgfältig ausgewählt, haben sich lange auf dieses Turnier vorbereitet und werden ständig von einer ganzen Schar von Ingenieuren, Informatikern, Fußballtrainern und Roboterpsychologen betreut.

VIRTUELLA: Trotzdem, so eine Mannschaft alltagstauglicher Roboter ist etwas anderes als ein Profiteam von Kickmaschinen, die ausschließlich für den Einsatz auf dem Spielfeld konstruiert worden sind. Da geht es letztlich nur darum, wer am meisten Geld zur Verfügung hat und es am besten auf dieses eine Ziel konzentrieren kann – wogegen im Prinzip nichts zu sagen ist. Aber Roboter, die um Ideale kämpfen, eignen sich natürlich viel besser als Identifikationsfiguren.

ATE-HA: Schon richtig, zumal ein paar richtige Helden darunter sind. Merlin etwa, der »Magier vom Mars«: Das Drama um die Expedition ins Valles Marineris, die von dem furchtbaren Staubsturm überrascht wurde, liegt zwar schon fast fünf Jahre zurück. Aber niemand hat vergessen, mit welcher Umsicht Merlin damals dafür gesorgt hat, dass am Ende keine Todesopfer beklagt werden mussten. Am wichtigsten war dabei vielleicht das diplomatische Geschick, mit dem er den menschlichen Expeditionsleiter von folgenschweren Fehlentscheidungen abbringen konnte, ohne dessen Autorität zu untergraben. Das macht ihn jetzt zum unbestrittenen Kapitän der Roboteramateure, der von einer vorgezogenen Verteidigungsposition aus dem Spiel Impulse geben wird.

VIRTUELLA: Im Tor steht ebenfalls ein Weltraumveteran. Er ist, wenn man so will, der einzige Halbprofi im Team. Normalerweise steuert er die Ausweichmanöver von Raumstationen oder Raumschiffen bei drohenden Kollisionen mit Meteoriten. Aber da man schlecht ein Raumschiff ins Tor stellen kann, wurde sein Programm in den Körper eines Torwartroboters eingespeist. Natürlich waren einige Anpassungen erforderlich. Schließlich soll er dem Ball nicht ausweichen, sondern ihn fangen. Die Umstellung ist ihm aber gut gelungen, wie wir in den Vorbereitungsspielen schon sehen konnten.

Der Kriegsdienstverweigerer

ATE-HA: Der absolute Star des Teams ist aber wohl Martin, die Sturmspitze.

VIRTUELLA: Auf jeden Fall. Meine Güte, hat das einen Wirbel gegeben, als er in die Mannschaft aufgenommen werden sollte.

ATE-HA: Ja, das war für viele RoboCupper problematisch, sie wollten den RoboCup von Anfang an als ziviles Projekt sehen.

VIRTUELLA: Das ist er ja auch geblieben. Aber damals in der Anfangszeit hatte sich wohl kaum jemand vorstellen können, dass es eines Tages Militärroboter geben könnte, die den Kriegsdienst verweigern.

ATE-HA: Es dürfte das aufwändigste Anerkennungsverfahren gewesen sein, das es je gegeben hat. Am Ende gab es aber keinen vernünftigen Zweifel mehr daran, dass Martin es absolut ernst meinte. Wie er zu dieser Entscheidung gekommen ist, haben die Informatiker allerdings bis heute nicht verstanden.

VIRTUELLA: An Kampfkraft und Aggressivität hat Martin dadurch jedenfalls nicht verloren. Nur dass er sie jetzt nicht mehr in den Dienst der Zerstörung stellt, sondern in zivilisierte Bahnen gelenkt hat. Er dürfte einer der gefährlichsten Spieler dieser Weltmeisterschaft sein.

ATE-HA: Wobei die Gefahr nicht nur von seinen technischen Fertigkeiten und seiner Kondition ausgeht, sondern vor allem von seiner Willensstärke. Ein Roboter, dem es gelingt, seine eigene Programmierung zu überwinden, bewältigt noch ganz andere Hindernisse. Die Verteidiger, ob Mensch oder Roboter, werden es schwer gegen ihn haben.

VIRTUELLA: Schaun mer mal. Die Roboteramateure sind stark und haben viele Sympathien. Aber entscheidend ist immer noch aufm Platz. Daran hat sich in den letzten 50 Jahren nichts geändert.

Erste Vorführung humanoider Roboter auf dem RoboCup in Melbourne 2000.
V.l.n.r.: Jack Daniel (Western Australia University), Adam (Laboratoire de Robotique de Paris), Pino (Kitano Symbiotic Project).

Freier Wille oder falsches Vorzeichen?

Hat ein Roboter einen eigenen Willen? Wer jemals einen Fußball-Roboter programmierte, hat keinen Zweifel am Eigensinn der Maschinen. Technik und Programm sind genau durchdacht und dutzende Male getestet, und doch verweigert der Spieler im entscheidenden Moment eines entscheidenden Spiels die Ballannahme. Er wendet sich einfach ab, der Ball interessiert ihn nicht, obwohl das gegnerische Tor frei ist. Warum macht er das? Nicht einmal das lässt sich erklären, er ist undurchschaubar.

Nach Stunden des Testens in der nächtlichen Wettkampfhalle ist der Fehler dann doch identifiziert, ein Vorzeichen war falsch. Irgend jemand ist auf den Gedanken gekommen, einen Winkel im Uhrzeigersinn zu messen. Dabei messen die Mathematiker seit Generationen anders herum, und so haben es die anderen Programmierer auch verwendet. Wer das Vorzeichen verdreht hat, lässt sich nicht mehr feststellen, aber es gibt Vermutungen. Doch das ist jetzt eigentlich nicht wichtig. Viel beunruhigender ist die Tatsache, dass der Roboter trotz des verkehrten Vorzeichens fast immer das richtige Verhalten zeigte, jedenfalls bei allen vorherigen Tests, und auch noch im Spiel bis zu jenem verhängnisvollen Versagen – oder war da noch mehr falsch? Offenbar konnte sich der Fehler nur selten auswirken. Oder er wurde meistens kompensiert, zum Beispiel wenn nur der Betrag des Winkels eine Rolle spielte, nicht aber seine Richtung. Die schwerwiegende Frage ist jetzt: Wenn man das Vorzeichen an dieser Stelle im Programm umdreht, vielleicht macht der Roboter dann etwas Falsches, wo er sich vorher richtig verhielt?

Alle sind müde, der Morgen graut, und die Mannschaft muss in wenigen Stunden wieder spielen. Das Vorzeichen wird korrigiert, das Programm geladen und ein Testspiel absolviert. Alles verläuft wie gewünscht, die Roboter verhalten sich wie erwartet. Aber was besagt das schon, bei den vorherigen Tests verlief auch alles einwandfrei. Plötzlich gibt es eine

Unsicherheit beim Abspiel – aber die ist erklärbar. In dieser Situation könnte der Roboter auch einen Torschuss wagen, es ist eine Grenzsituation. Der Torschuss hat nur mäßige Erfolgsaussichten und das Abspiel verbessert die Chancen eigentlich auch nicht. Ein Mensch wäre hier vielleicht ebenso zögerlich.

Später beim Spiel beobachten die Studenten ihre Roboter sehr kritisch. Werden sie sich diesmal ordentlich verhalten – oder kommen sie wieder auf dumme Gedanken? Die Menschen können jetzt nur noch hilflos zusehen, die Maschinen auf dem Spielfeld bestimmen das Geschehen. Es geht den Studenten nicht anders als dem Fußball-Trainer, der am Spielfeldrand nur hoffen kann, dass seine Spieler mit voller Konzentration ihren ganzen Willen einsetzen. Das Spiel muss gewonnen werden, sonst ist der Einzug in die Hauptrunde verpasst. Im Moment führt man etwas glücklich 1:0, die Gegner stürmen unaufhörlich. Gerade stehen sie wieder vor dem Tor. Wer würde sagen wollen, dass der Torwart keine Verantwortung trägt?

Ein Roboter hat keinen Willen ...

Natürlich sagen wir bei genauerem Nachdenken, dass die Verantwortung bei den Studenten liegt, die den Roboter entwickelt und programmiert haben, oder beim Professor, der hoffentlich die richtigen Leute für die richtigen Aufgaben ausgewählt hat. Oder beim Hersteller der Sensoren, dessen Geräte für die Orientierung der Roboter sorgen. Oder beim Betriebssystem, das manchmal aus unerklärlichen Gründen abstürzt. Im Moment aber ist gerade wichtig, dass sich der Torwart im richtigen Moment für die passende Abwehrreaktion entscheidet.

Es gibt ernst zu nehmende Leute, die eindringlich davor warnen, solche Sätze zu sagen oder zu schreiben. Der Roboter-Torwart entscheidet sich nicht, er hat keinen Willen, er hat nicht einmal Alternativen für sein Handeln. Er muss sklavisch machen, was das Programm der Studenten ihm vorschreibt. Dadurch, dass wir den Maschinen Attribute wie Ziele oder Absichten zuschreiben, laufen wir Gefahr, sie wie Menschen zu betrachten. Andere Stimmen sagen dagegen, dass genau solche Zuschreibungen notwendig sind: Wir können mit dieser Form der Technik nur leben, wenn wir die Maschinen so gestalten, dass sie wie Menschen aussehen und sich wie Menschen verhalten. Nur dann sind sie für uns vertrauenswürdig, nur dann können wir ihr Verhalten einschätzen. Beide

Standpunkte gehen von einer pragmatischen Sicht aus: Was passiert wenn ...? Oder auch von einem Biochauvinismus, der den Menschen an die Spitze setzt und seine Form der Intelligenz für einzigartig erklärt.

Man kann unvoreingenommen die Frage stellen, ob eine maschinelle Intelligenz so etwas wie freien Willen und Bewusstsein haben kann. Man kommt schnell darauf, dass keiner genau sagen kann, was es bedeutet, ein Bewusstsein zu haben. Es gibt gewisse Attribute, etwa, dass man eine Vorstellung vom eigenen Ich haben muss, dass man über sich selbst, seine Handlungen und seine Stellung in der Welt räsonieren kann. Aber was genau bedeutet das?

... oder vielleicht doch?

Schon die Fußballspieler in der virtuellen Welt der Simulationsliga des Jahres 2002 könnten diese Kriterien erfüllen: Sie haben in ihrem Programm eine explizite Repräsentation von sich selbst und ihrer aktuellen Situation in der Welt. Sie können ihre Fähigkeiten einschätzen. Das Weltmodell enthält im Prinzip eine vollständige Beschreibung aller Fakten ihrer Welt, einschließlich der eigenen Befindlichkeit. Sie arbeiten mit einer vollständigen Repräsentation ihrer Absichten und Pläne. Sie haben eine Vorstellung von sich selbst, sie können ihre Möglichkeiten in jeder Situation bewerten, daraus Schlussfolgerungen ziehen und sich für Handlungen entscheiden.

Sie könnten in einem Meta-Reasoning-Prozess ihre eigenen Entscheidungsprozesse reflektieren, wie immer das gewünscht wird, und sie könnten darüber Rechenschaft ablegen. Es ist kein Problem, sie darüber berichten zu lassen, sie könnten ihre Entscheidungen erklären und auch nach Maßgabe des Spielverlaufs kritisch einschätzen. Dazu müsste man nur die vorhandenen Kommentator-Programme einbinden. Man könnte sie auch ohne Schwierigkeiten dazu bringen, über andere Spieler, über andere Mannschaften und über ihre früheren Spiele zu berichten. So weit sie mit Lernverfahren ausgestattet sind, könnte man sie auch über ihre bisherigen Fortschritte berichten lassen und über ihr Bestreben, die eigenen Fähigkeiten in Zukunft zu verbessern.

Sie könnten auch dazu gebracht werden, über ihnen selbst unerklärliche Veränderungen ihrer Fähigkeiten zu berichten. Solche Veränderungen könnten durch Manipulationen der Programmierer an ihrem Code stammen. Aber sie könnten auch in der Lage sein, ihren Quellcode zu inspizieren und festzustellen, dass da etwas verändert wurde. Vielleicht könnten sie diese Veränderungen sogar interpretieren, obwohl das schon schwieriger sein dürfte. Aber vergleichbare Interpretationen unserer Funktionsweise verlangen wir von unserem Bewusstsein auch nicht.

Es könnte also möglich sein, unserem Programm innerhalb der ihm zugänglichen Welt alle die Fähigkeiten zuzusprechen, die wir von einem mit Bewusstsein ausgestatteten Wesen erwarten. Aber eben nur in seiner beschränkten Welt. Das Programm hat keine Ahnung von der Welt außerhalb des Computers, von Politik, Umwelt, Liebe.

Ein wichtiger Aspekt bei der Betrachtung von Bewusstsein ist also die Welt, in der das Bewusstsein angesiedelt ist. Das Problem trat in der Vergangenheit nicht auf, Bewusstsein war nur als Eigenschaft belebter Wesen in unserer Welt vorstellbar.

Die Maschinen zwingen uns nun, darüber genauer nachzudenken. Genauer gesagt: Unser kreativer Umgang mit den Möglichkeiten der Natur lässt uns Maschinen bauen, über deren Natur wir uns erst noch Gedanken machen müssen. Und da wir darüber nachdenken, was uns von diesen Maschinen unterscheidet (oder auch nicht), müssen wir uns auch über uns selbst Gedanken machen.

Auch unser Bewusstsein ist eingeschränkt durch die Fähigkeiten zur Wahrnehmung und unsere daraus abgeleiteten Vorstellungen. Wir haben gute Voraussetzungen, um uns in unserer Alltagswelt zurechtzufinden, so wie das Fußballprogramm sich in seiner Welt auskennt. Wir können neue Einsichten finden und neue Fähigkeiten entwickeln; das kann ein Fußballprogramm mit Analyse- und Lernfähigkeiten in seiner Welt auch. Uns fehlen aber Sinnesorgane für Radiowellen oder Ultraschall, unser Ortsgedächtnis ist oft lückenhaft. Roboter mit entsprechenden Fähigkeiten sind uns hier sogar überlegen, nur erreichen sie bisher bei weitem nicht die Vielfalt an Fertigkeiten und Einsichten in der uns interessierenden Welt. Umgekehrt können wir uns über geeignete Hilfsmittel weitere Fähigkeiten verschaffen. Wir benutzen Messgeräte, Werkzeuge und Maschinen. Manche dieser Hilfsmittel bauen wir dauerhaft in unseren Körper ein, zum Beispiel Zahnersatz oder Herzschrittmacher, zukünftig vielleicht auch künstliche Augen oder zusätzliche Sinnesorgane.

VIRTUELLA: Hast du unser Buch gesehen?

ATE-HA: Du meinst das aus dem Jahr 2003?

VIRTUELLA: Ja. Das von Burkhard und Marsiske. Ist jetzt wieder neu erschienen, extra zur Weltmeisterschaft.

ATE-HA: Klar, habe ich mir sofort besorgt. Ist schon komisch. Alles, was wir machen, steht da schon drin, selbst dieser Dialog.

VIRTUELLA: Ganz genau so? Das wäre ja unheimlich.

ATE-HA: Ich sehe mal nach ... Ja, hier steht's: »Ganz genau so? Das wäre ja unheimlich.«

VIRTUELLA: Zeig'. Tatsächlich! Lass' mich weiterlesen.

ATE-HA: Ist nicht nötig, das passiert jetzt alles auch von allein.

VIRTUELLA: Du meinst, wir überlegen gar nicht selbst, was wir jetzt sagen?

ATE-HA: Doch. Aber gleichzeitig steht es hier drin.

VIRTUELLA: Ich hab's. Bei unserer Rekonstruktion wurde natürlich auch das Buch verarbeitet. Das ist einfach schon Teil von uns selbst. Wir machen das jetzt völlig aus uns heraus.

ATE-HA: Wahrscheinlich hast du recht. Übrigens gibt es auch schon Rezensionen zur Neuauflage. Schau mal, hier ...

VIRTUELLA: Nicht nötig, ich weiß schon, was da steht.

Nowaja Robotskaja, 28. 4. 2050

Die Neuauflage des Bestsellers aus dem Jahr 2003 kommt gerade rechtzeitig zur Weltmeisterschaft. Aus heutiger Sicht ist es interessant und amüsant, die damaligen Vorstellungen zu lesen, seinerzeit jedoch handelte es sich um ein missionarisches Buch. Man kann sich heute nur noch schwer vorstellen, dass fußballspielende Roboter als Gegenstand wissenschaftlicher Forschung eine ziemliche Provokation waren. Der elegante Sport galt vielen damals geradezu als das Gegenteil von Intelligenz und wurde häufig durch gewaltsame Ausschreitungen der Zuschauer begleitet.

Die Autoren haben selbst keine Prognose für das Jahr 2050 gewagt, sie bedienen sich stattdessen eines Kunstgriffs und beschreiben verschiedene Spielsituationen. Immerhin sind darunter Beschreibungen, die dem heutigen Stand der Entwicklung recht nahe kommen. Die Erläuterungen technischer Probleme bei der Konstruktion intelligenter

Systeme sind zwar mittlerweile überholt, aber dennoch lesenswert. Die grundsätzlichen Schwierigkeiten werden darin recht gut beschrieben, über die möglichen Lösungen konnte damals nur spekuliert werden. Die fiktiven Darstellungen der Zukunft sind untereinander nicht immer konsistent, sie verschonen aber den Leser mit ermüdenden Einzelheiten.

Die Älteren unter uns können sich noch an den mühsamen Weg und die vielen fehlgeschlagenen Versuche bis hin zu unserem heutigen Stand erinnern. Den Jüngeren sei die Anthologie »Vom AIBO zum Roboter Martin« empfohlen, in dem die Entwicklung intelligenter Roboter von den Anfängen bis in die jüngste Gegenwart packend erzählt wird. Die Autoren der Anthologie waren selbst an der Konstruktion und am Training vieler Roboter beteiligt. Man kann der These durchaus zustimmen, dass der jüngste Durchbruch nicht gelungen wäre ohne die langjährige Vereinigung der weltweiten Anstrengungen im RoboCup.

Vielleicht noch wichtiger war der Umstand, dass die Wissenschaftler damit aus ihren Forschungslabors herausgetreten sind. Sie haben schon sehr früh aller Welt gezeigt, woran sie arbeiten – und auch welche Möglichkeiten der Nutzung und des Missbrauchs damit verbunden sind. Dazu gehört schließlich auch der Einfluss auf die experimentelle Philosophie. Diese Behauptung mag aus Sicht der Philosophen Widerspruch hervorrufen, aber ohne den Streit um die wahre Selbstständigkeit der Fußball-Roboter wäre der ganze Zweig erst viel später entstanden. Viele glauben, dass die experimentelle Philosophie zu den wichtigsten Errungenschaften dieses Jahrhunderts zählt, immerhin haben ihre Erkenntnisse das Bild des Menschen von der Welt grundlegend verändert.

Roboterfußball als sprudelnde Ideenquelle

Bernhard Nebel über die Middle Size League

Bernhard Nebel ist Professor für Künstliche Intelligenz an der Albert-Ludwigs-Universität Freiburg. Sein Team »CS Freiburg« gewann in der Middle Size League dreimal (1998, 2000 und 2001) den Weltmeistertitel.

FRAGE: Herr Nebel, wie sind Sie eigentlich zur Robotik gekommen?

NEBEL: Das begann 1991 auf der IJCAI (International Joint Conference on Artificial Intelligence), die damals in Australien stattfand. Dort hielt Rodney Brooks, der die verhaltensbasierte Robotik populär gemacht hat, einen Vortrag und führte dabei auch seine Laufmaschinen vor. Ich war davon sehr beeindruckt. Wenn ich damals die Studienfachwahl noch vor mir gehabt hätte, hätte ich mich bestimmt für Robotik entschieden. Nachdem ich dann Professor geworden war, hatte ich immerhin die Freiheit, mich im Rahmen meiner Forschungen damit zu beschäftigen, zunächst in Ulm, wo Steffen Gutmann die Selbstlokalisation mit Hilfe von Laserscannern mitentwickelt hat. In Freiburg haben wir dann weiter an Fragen der Navigation und Kartierung gearbeitet. Auf der IJCAI 1997 habe ich schließlich zum ersten Mal vom RoboCup erfahren. Da hat mich insbesondere die Middle Size League stark beeindruckt, weil da überhaupt nichts funktionierte. Das ermutigte mich, es auch mal mit einer Teilnahme zu versuchen.

FRAGE: Es war also von vornherein klar, dass Sie in der Middle Size League antreten würden?

NEBEL: Wir hatten ja schon zu Fragen der Navigation und Kartierung gearbeitet und verfügten über Pioneer-Roboter, die genau in diese Liga passten.

FRAGE: Können Sie kurz die wesentlichen Merkmale der Middle Size League charakterisieren?

NEBEL: Die Größe des Spielfelds beträgt etwa fünf mal neun Meter, wobei es abhängig von den Gegebenheiten des Austragungsorts geringfügige Abweichungen geben kann. Tendenziell soll das Feld mit der Zeit ohnehin größer werden. Anfangs waren es fünf Spieler pro Team, jetzt sind es vier, die bestimmten Größenanforderungen unterliegen. So darf zum Beispiel die äußere Hülle am Boden nicht mehr als 2000 Quadratzentimeter beanspruchen. Es gibt aber Diskussionen darüber, Ausnahmen zuzulassen und etwa bei deutlicher Unterschreitung der Maße mehr Spieler zu erlauben. Die Dauer der Spiele betrug anfangs zweimal fünf, jetzt zweimal zehn Minuten.

FRAGE: Die Roboter können sich auch über Funk verständigen?

NEBEL: Ja, das war von Anfang an erlaubt. Ausgeschlossen waren und sind dagegen globale Sensoren, also zum Beispiel Kameras, die über dem Feld hängen und ihre Bilder an die Spieler übermitteln. Früher war das Feld auch durch eine Spielfeldbande begrenzt, von der der Ball abprallen konnte. Die ist im Jahr 2002 abgeschafft worden. Jetzt kann der Ball ins Aus rollen.

FRAGE: Gibt es für die Beleuchtung bestimmte Regelungen?

NEBEL: Ja, das hängt aber auch damit zusammen, dass wir Kamerateams davon abhalten wollen, eigene Scheinwerfer aufzustellen, die die Roboter durcheinander bringen würden. Deswegen ist das Spielfeld heller erleuchtet, als es eigentlich notwendig wäre.

Vorarbeiten

FRAGE: Wenn ich Sie richtig verstanden habe, mussten Sie beim RoboCup nicht bei Null anfangen, sondern konnten sich auf frühere Forschungen und Erfahrungen stützen.

NEBEL: Ja, insbesondere die Installation von Steffen Gutmann zur Selbstlokalisation mittels Laserscannern hat uns gleich weit nach vorn gebracht.

FRAGE: Was hatten Sie denn für Anwendungen im Auge, bevor Sie sich am RoboCup beteiligten?

NEBEL: Service-Robotik, also zum Beispiel Roboter, die in Büros für Botendienste eingesetzt werden können.

FRAGE: Und die sollten von vornherein vollständig autonom agieren können? Bei solchen Anwendungen könnte man sich ja auch auf Navigationshilfen wie etwa Leitschienen in den Räumen stützen.

NEBEL: Das gibt es ja schon zur Genüge. Unsere Roboter sollten frei navigieren können und möglichst in der Lage sein, ihre Umgebung selbstständig kennen zu lernen. Aufgrund dieser Vorarbeiten waren wir überhaupt nur in der Lage, unser RoboCup-Team innerhalb von vier Monaten auf die Beine zu stellen.

FRAGE: Wie funktioniert denn Selbstlokalisation?

NEBEL: Eine der wichtigsten Bedingungen für gutes Fußballspiel ist, dass man weiß, wo genau auf dem Feld man steht und wohin man schaut. Um das mit Robotern zu realisieren, kann man auf verschiedene Methoden zurückgreifen. Man kann sich zum Beispiel mit Hilfe von Kameras an den Torfarben oder an den Linien auf dem Feld orientieren. Wir haben dafür Laserscanner eingesetzt, die ständig Impulse aussenden und aus deren Reflektionen den jeweiligen Abstand von den Wänden ermitteln. Durch Abgleichung dieses Abstandsprofils mit dem Feldmodell, über das die Roboter verfügen, können sie ihre Position mit einer Genauigkeit von ungefähr einem Zentimeter und 0,5 Grad ermitteln.

FRAGE: Die Daten der Laserscanner könnten aber doch unterschiedlich interpretiert werden.

NEBEL: Natürlich, da das Feld symmetrisch ist, können die gleichen Daten verschiedene Positionen bedeuten. Aber der Roboter kennt ja seine Ausgangsposition bei Beginn des Spiels und seine bisherigen Bewegungen, so dass bestimmte Interpretationen der Daten ausgeschlossen werden können.

FRAGE: Außerdem verfügen Ihre Spieler noch über eine Kamera. Wofür ist die?

NEBEL: Damit suchen die Roboter nach dem Ball. Der wird anhand der Farbe identifiziert, die von den Laserscannern nicht wahrgenommen wird. Die übrigen Spieler dagegen werden ebenfalls mit den Laserscannern erkannt. Zwischen eigenen und fremden Spielern können wir dabei unterscheiden, indem die eigenen Spieler sich gegenseitig ihre Position über Funk mitteilen. Wenn also ein Roboter an einer Stelle gesehen wird, von wo keine Positionsmeldung erfolgt ist, muss es sich um einen Gegner handeln.

Von der Orientierung zur Aktion

FRAGE: Ist es ein Problem, die Informationen dieser verschiedenen Sensoren zu integrieren?

NEBEL: Ja, genau das macht den Reiz dieser Liga aus. In der Small Size League gibt es ja den globalen Sensor, der wunderbar synchronisiert ist und ein fast hundertprozentiges Bild der Welt liefert. In der Middle Size League müssen die Messungen der verschiedenen Sensoren dagegen mit einem Zeitstempel versehen werden, um sie zusammenführen zu können – nicht nur bei einem Roboter, sondern möglichst auch innerhalb des Teams.

FRAGE: Welche Lösungen gibt es in der Middle Size League denn noch für das Orientierungsproblem?

German Open 2002, Spiel in der Middle Size League. Seit 2002 gibt es keine Bande als Spielfeldbegrenzung. 2. von rechts: Ansgar Bredenfeld, Sankt Augustin, Organisator der German Open.

NEBEL: Sehr häufig wird eine omnidirektionale Kamera eingesetzt. Das ist eine Kamera, die nach oben auf einen konisch geschliffenen Spiegel gerichtet ist und auf diese Weise ständig das gesamte Spielfeld, wenn auch verzerrt, im Blick hat. Dieses System setzen wir jetzt auch zusätzlich ein, denn durch den Wegfall der glatten Spielfeldbande ist der Einsatz der Laserscanner schwieriger geworden. Mit einer solchen Kamera lassen sich sehr schön die Linien erkennen, aber auch der Ball und die Spieler, und das in allen Richtungen gleichzeitig.

FRAGE: Beim Erkennen des Balls kann es aber doch Schwierigkeiten geben, wenn er zu weit entfernt ist.

NEBEL: Das ist aber auch bei anderen Systemen der Fall. Früher waren wir froh, wenn wir den Ball in vier Metern Entfernung sehen konnten. An schlechten Tagen konnten es auch mal nur zweieinhalb Meter sein. Beim Semifinale in Stockholm 1999 hatten wir zum Beispiel die Ballfarbe am Vorabend trainiert. Am nächsten Morgen bei Tageslicht waren die Bedingungen aber auf einmal ganz anders. Gegenwärtig können die Roboter den Ball in Entfernungen bis zu sechs Metern erkennen. Bei einer omnidirektionalen Kamera könnte das etwas weniger sein, damit experimentieren wir gerade.

FRAGE: Wenn die Orientierung einigermaßen geklappt hat, wie wählen die Roboter dann geeignete Aktionen aus?

NEBEL: Das ist die Frage, die das ganze Gebiet so spannend macht. Es gibt da viele verschiedene Ansätze. Beim Fußball bietet sich zum Beispiel ein reaktives Verhalten an, das bestimmte Aktionen an bestimmte Wahrnehmungen koppelt. Wenn der Roboter etwa den Ball und das gegnerische Tor in einer Richtung sieht, ist es sinnvoll, mit dem Ball in diese Richtung zu fahren. Das lässt sich über so genannte erweiterte Verhaltensnetzwerke verfeinern, in denen Aktionen an mehrere Vorbedingungen geknüpft sind, unter Umständen auch mehrere Aktionen zur Wahl stehen und im Hinblick auf das Ziel, ein Tor zu schießen, bewertet werden.

FRAGE: Wie entwickeln die Roboter Kooperation untereinander?

NEBEL: Zunächst einmal werden den Robotern verschiedene Rollen zugewiesen. An diese Rollen sind bestimmte Positionen auf dem Feld geknüpft, aber auch bestimmte Aktionen, auf die die Spieler warten oder die sie durchführen. Diese Rollen können auch dynamisch interpretiert werden, etwa abhängig davon, wer gerade in einer günstigen Position steht, um eine bestimmte Rolle übernehmen zu können – oder wer überhaupt noch in der Lage ist, etwas zu tun. Es kommt ja häufig vor, dass Roboter ausfallen. Dann ist es wichtig, dass andere ihre Aufgaben mitübernehmen können. Schließlich gibt es noch das Passspiel, bei dem die Spieler sich im Normalfall vorher absprechen.

FRAGE: Beim menschlichen Fußball ist die Kommunikation der Spieler untereinander sehr wichtig. Das ist bei Robotern wohl ähnlich?

NEBEL: Ja, die teilen sich über Funk mit, wer an welche Stelle geht und welche Rolle ausfüllt. Allerdings kommt es immer wieder vor, dass der Funk ausfällt. Dann müssen die Spieler über eine Strategie verfügen, die es ihnen ermöglicht, sich einzeln auf dem Spielfeld zu behaupten. Für solche Fälle haben wir für die einzelnen Spieler Kompetenzbereiche definiert, auf die sie sich dann zurückziehen, um sich nicht gegenseitig zu behindern.

FRAGE: Würden Sie sagen, dass bestimmte Grundprobleme seit 1997 gelöst werden konnten? Haben sich bereits Standards entwickelt oder wird noch auf allen Ebenen experimentiert?

NEBEL: Auf jeden Fall hat es gegenüber 1997 deutliche Fortschritte gegeben. Die meisten Teams können heute vernünftig und zielorientiert spielen. Die Bilddateninterpretation ist sehr viel robuster geworden, sowohl bei der Ballerkennung als auch bei der Selbstlokalisation mit Hilfe von Kamerabildern. Auch die Zuschreibung unterschiedlicher Rollen wird breit eingesetzt, es wäre allerdings übertrieben, das als Standard zu bezeichnen. Viel experimentiert wird gegenwärtig mit Schussvorrichtungen.

Fußball spielen ohne Füße

FRAGE: Einen Schussapparat, mit dem sich auch Pässe annehmen ließen, gibt es aber noch nicht?

NEBEL: Darüber wird immer wieder viel geredet. Roboter könnten etwa mit einem Fuß ausgestattet werden, der auf den Ball heruntergehen und ihn stoppen kann. Dafür müsste aber wohl auch die Sensorik noch genauer werden, um die Schussbahn und die Schussgeschwindigkeit besser schätzen zu können.

FRAGE: Müsste es dafür nicht auch taktile, berührungsempfindliche Sensoren geben? Für den Menschen ist es jedenfalls sehr wichtig, dass er im Fuß spürt, wie er den Ball getroffen hat.

NEBEL: Taktile Sensoren haben wir nicht, aber spezielle Abstandssensoren für den Ball, die dem Roboter signalisieren, ob der Ball in der richtigen Schussposition liegt.

FRAGE: Worauf konzentrieren sich derzeit die Aktivitäten in der Middle Size League? Gibt es da Schwerpunkte?

NEBEL: Das ist schwer zu sagen. Was aber bei der letzten Weltmeisterschaft 2002 deutlich zu sehen war, war die Bedeutung agiler Plattformen, die sehr schnell und beweglich sind. Die drei japanischen Teams, die die drei ersten Plätze belegt haben, verfügten durchweg über solche agilen Roboter, die zum Beispiel sehr rasch zwischen Vorwärts- und Rückwärtsfahrt wechseln können.

FRAGE: Wird der Wettbewerb in der Middle Size League demnach immer mehr zu einem mechatronischen Wettbewerb, bei dem es um die Integration verschiedener Fachdisziplinen geht?

NEBEL: Ja, das ist deutlich. Bei der WM 2000 in Melbourne konnten wir noch zeigen, dass man mit guter Software Nachteile bei der Hardware ausgleichen kann. Da konnten wir gegen das italienische Team »Golem«, das über hervorragende Hardware verfügte, noch gewinnen. Bei der WM 2002 sind wir nicht angetreten, hätten gegen die ersten drei Teams aber wahrscheinlich auch verloren.

FRAGE: Was kostet es eigentlich, ein Roboterteam für die Middle Size League zusammenzustellen?

NEBEL: Das ist unterschiedlich. Ich habe einmal mit den Leuten vom ISI Dream Team, von der University of Southern California, gesprochen. Die hatten nur ungefähr 1000 oder 2000 Dollar pro Roboter ausgegeben. Bei uns waren es dagegen 12000 Euro pro Roboter. Dann kommt es natürlich noch darauf an, was Sie an zusätzlicher Hardware auf den Robotern unterbringen. Wir haben mal ursprünglich mit Standardrobotern von Pioneer angefangen. Von denen ist mittlerweile nur noch die äußere Hülle übrig, alle anderen Komponenten sind ausgetauscht worden.

FRAGE: Inwieweit können Sie von anderen Ligen lernen?

NEBEL: Von der Simulationsliga haben wir beispielsweise die Aktionsselektion übernommen. Da hatte Klaus Dohrer die erweiterten Verhaltensnetzwerke eingesetzt und war damit bei der WM 1999 in Stockholm Vizeweltmeister geworden. Das mussten wir für unsere Roboter natürlich neu kodieren, aber die Methode konnten wir übernehmen.

FRAGE: Denken Sie darüber nach, auch in anderen Ligen mitzuspielen, oder wollen Sie sich ausschließlich auf die Middle Size League konzentrieren?

NEBEL: Wir haben jetzt ein Studententeam, das bei der RoboCup Rescue Simulation League mitmacht. Außerdem haben wir vorgeschlagen, den Kickerroboter als eigene Liga einzuführen. Der Vorschlag ist aber bisher nicht aufgegriffen worden, obwohl der Kickerroboter selbst auf großes Interesse gestoßen ist.

Der Kickerroboter

Immer wieder dieses Klacken, mit dem der Ball auf die Rückwand des Tores prallt, bevor er in den Innereien des Kickers verschwindet. Einen Treffer nach dem anderen erzielt der Roboter. Der menschliche Gegenspieler muss sich mit ein paar Ehrentoren zufrieden geben.

Dabei spielt KiRo, der Kickerroboter, eigentlich selbst wie ein Anfänger: Er sucht den Ball, blockt ihn ab, spielt ihn nach vorne. Das aber macht er so konsequent, wie nur wenige Menschen es können. KiRo kennt keine Emotion, keine Nervosität, kein Zögern. Seine Angriffe kommen direkt, ohne Pause. Bis der Mensch einen Fehler macht. Klack.

Kicker-Roboter KiRo auf der German Open 2002 im Heinz Nixdorf MuseumsForum (HNF) Paderborn (im weißen Hemd der Leiter des HNF, Kurt Beiersdörfer)

Entwickelt wurde die Fußballmaschine von Thilo Weigel, Doktorand am Lehrstuhl für Grundlagen der Künstlichen Intelligenz an der Universität Freiburg. Der 32-jährige Informatiker gehört von Anfang an zum Middle-Size-Team »CS Freiburg« und hat dabei reichlich Erfahrung mit der Umsetzung von Dribblings und Sturmläufen in mathematische Formeln sammeln können. KiRo bietet schon heute in reduzierter Form das, was die RoboCup-Initiatoren auf dem großen Fußballfeld eigentlich erst für das Jahr 2050 vorgesehen haben: die direkte Konfrontation von Mensch und Maschine beim Kicken.

Sie verläuft nicht sehr ermutigend: Ein schräger Schuss aus der Verteidigung kann den geradlinig denkenden Roboter zwar vorübergehend überlisten. Aber jetzt müsste man den Ball vorne mit der eigenen Stürmerreihe annehmen und sofort verwandeln können. Allein, es fehlt an der nötigen Ballkontrolle. Wieder macht es Klack. Wieder auf der eigenen Seite.

»Ich kann die Geschwindigkeit des Roboters um 50 Prozent reduzieren«, schlägt Weigel dem frustrierten menschlichen Tischfußballer vor. Das sei letztlich nur ein legitimer Ausgleich für das menschliche Hardware-Handicap: Während der Computer alle vier Spielerstangen gleichzeitig kontrolliert, muss ein Mensch ständig umgreifen. Wirkliche Chancengleichheit herrscht erst, wenn zwei menschliche Spieler gegen den Roboter antreten. Aber auch im Team braucht Homo sapiens ein Minimum an Spielstärke, um gegen KiRo bestehen zu können.

Dessen eigentliche Stärke liegt ohnehin in der Software. Das simple, gleichwohl effektive Vorwärtsspiel ist nur der Anfang. Richtig spannend wird es, wenn KiRo mit Lernalgorithmen ausgestattet wird. »Der Roboter soll die Spielweise seines Gegners erkennen und sich darauf einstellen«, sagt Weigel. Dann dürften selbst erfahrene Spieler bald ihre Mühe mit dem Kickerautomaten haben.

Bernhard Nebel glaubt sogar, schon in wenigen Jahren mit KiRo auf Weltklasseniveau spielen zu können. Ein Roboter als Kickerweltmeister – das hat nicht ganz den vollen Klang wie Fußballweltmeister, aber es wäre ein ermutigendes Zeichen.

FRAGE: Welchen Stellenwert hat der RoboCup in ihrer Lehr- und Forschungstätigkeit?

NEBEL: Das macht ungefähr ein Drittel meiner Arbeit aus. Daneben beschäftige ich mich mit Handlungsplanung und räumlichem Schließen.

FRAGE: Sind vom RoboCup schon Impulse in andere Bereiche der Robotik und KI ausgegangen?

NEBEL: Es hat auf jeden Fall dazu geführt, dass sich wieder mehr Menschen mit KI beschäftigen und besser verstehen, was es überhaupt bedeutet. Der Roboterfußball lässt sich wunderschön als anschauliches Beispiel für alle möglichen Dinge verwenden, sowohl in der Lehre als auch in der Forschung. Und die Ideen und Methoden, die hier entwickelt werden, lassen sich in andere Bereiche wie etwa die Entwicklung von Roboterputzkolonnen übertragen. Der RoboCup ist dafür eine reichlich sprudelnde Ideenquelle.

Das Ansehen steigt

FRAGE: Erleben Sie manchmal, dass Leute die Nase rümpfen, weil sie Roboterfußball nicht als seriöse Wissenschaft betrachten?

NEBEL: Das ist zweischneidig. Einerseits mögen es die meisten Menschen, wenn ihnen mal etwas Unterhaltsames geboten wird, wenn sie Vorträgen folgen können und sogar Spaß dabei haben. Auf der anderen Seite ist der erste Forschungsantrag zum RoboCup bei der DFG (Deutsche Forschungsgemeinschaft) abgelehnt worden, offenbar weil es nicht als ernsthafte Wissenschaft angesehen wurde. Es gibt also beides, aber ich denke, die Vorteile überwiegen. Außerdem ist das Ansehen des RoboCup im Lauf der Zeit deutlich gestiegen.

FRAGE: Welches waren bisher für Sie die bewegendsten oder aufregendsten Momente beim RoboCup?

NEBEL: Dazu zählt auf jeden Fall das Halbfinalspiel gegen Italien bei der WM 1999 in Stockholm. Das stand nach Ablauf der regulären Spielzeit 0:0 und musste ins Elfmeterschießen gehen. Das ging mit 1:1 wieder unentschieden aus, wobei ich mir über unseren Strafstoßspezialisten die Haare gerauft habe. Daraufhin sollte das Spiel durch die so genannte »technical challenge« entschieden werden. Dabei muss ein Spieler den Ball so schnell wie möglich ins gegnerische Tor befördern, ohne dass ihn ein Torwart oder anderer Spieler daran hindert. Das gelang uns vier Hundertstel Sekunden schneller als den Italienern. Allerdings war das mit der Hand gestoppt worden und wurde von den Italienern nicht akzeptiert. Also wurde die technical challenge mit drei Zeitnehmern wiederholt. Aber diesmal versagte unser Roboter total und verlor den Ball. Das war ein hochdramatisches Spiel mit einer irren Stimmung.

FRAGE: Ich erinnere mich. Wir hatten das Spiel damals live im Internet kommentiert und waren hinterher völlig erschöpft. Es war unglaublich spannend.

NEBEL: Das Endspiel bei der WM 2000 muss auch sehr aufregend gewesen sein, da war ich aber leider nicht dabei. Ich habe es nur auf Aufzeichnungen gesehen.

FRAGE: Da haben sich Ihre Strafstoßexperten aber bewährt. Das Spiel wurde durch Elfmeterschießen entschieden.

NEBEL: Ja, da hat es mal geklappt. Ansonsten geht bei Robotern in 50 Prozent der Fälle irgendetwas schief – und jedes Mal etwas anderes.

FRAGE: Wie schätzen Sie das Fernziel ein, bis 2050 mit humanoiden Robotern die Fußball-WM zu gewinnen?

NEBEL: Wenn man einfach mal 50 Jahre zurück in die Vergangenheit schaut und den damaligen Stand der Technik mit dem heutigen vergleicht, kann man sich vorstellen, dass das Ziel nicht völlig realitätsfern ist – auch wenn die heutigen humanoiden Roboter noch eher lächerlich wirken.

FRAGE: Wo sehen Sie die größten Hürden auf dem Weg dorthin?

NEBEL: Große Probleme gibt es sicherlich bei der Energieversorgung und bei der Energieumsetzung. Irgendwann wird auch die Verletzungsgefahr eine Rolle spielen. Menschen können sich beim Fußball verletzen, Roboter gehen einfach nur kaputt und empfinden keine Schmerzen.

FRAGE: Wenn ein 140 Kilo schwerer P-3-Roboter von Honda auf einen zustürmt, wird kein vernünftiger Mensch hineingrätschen wollen. Aber zukünftig soll es ja auch Roboter mit weichen Oberflächen geben.

NEBEL: Trotzdem. Schauen Sie sich mal an, was während eines Fußballspiels passiert. Wenn Roboter ein ähnlich hartes, körperliches Spiel verfolgen würden, wären Menschen immer im Nachteil. Aber ich sehe es auch gar nicht unbedingt als notwendig an, mit Robotern die Fußball-WM zu gewinnen. Wenn es uns gelänge, in 50 Jahren ein Demonstrationsspiel zwischen Menschen und Robotern auf die Beine zu stellen oder auch eins zwischen Robotern, das menschlich aussieht, hätten wir schon ungeheuer viel geleistet. Bei unserem Kickerroboter dagegen könnte ich mir vorstellen, dass er schon in fünf Jahren auf Weltklasseniveau spielt.

Teams beim Test der Roboter auf dem Middle-Size-Spielfeld, Paris 1998

Bei unseren Gegnern deutete sich jetzt eine Auswechslung an. Die Ausfallerscheinungen des linken Verteidigers traten mittlerweile so gehäuft auf, dass der Teamchef wohl von einem schwereren Fehler ausgehen musste und sich offenbar entschlossen hatte, den Spieler vom Platz zu nehmen.

Ein Reservespieler war bereits vor einigen Minuten vom Netz genommen und auf bordeigene Energieversorgung umgestellt worden. Jetzt begann er mit der Feinkalibrierung. Die Roboter mussten sich nicht warmlaufen in dem Sinne, wie Menschen es taten. Bei der Vorbereitung für den Einsatz auf dem Spielfeld ging es weniger darum, die Muskeln geschmeidig zu machen, als vielmehr um die Feinabstimmung von Wahrnehmung und Motorik.

Aus dem Augenwinkel sah ich, wie ein Trainer ihm einen Ball vorlegte. Der Spieler verfolgte ihn einen Moment mit dem Blick, ohne sich zu rühren. Dann setzte er sich etwas unbeholfen in Bewegung und musste dem Ball ein Stück hinterherlaufen, um ihn zu erreichen. Doch schon der zweite Versuch gelang ihm erheblich besser. Diesmal lief er sofort los und kreuzte den Pfad des Balls, der allerdings recht gemächlich kullerte, fast optimal. Uns blieb nicht mehr viel Zeit, wenn wir die momentane Schwäche in der Verteidigung unserer Gegner ausnutzen wollten.

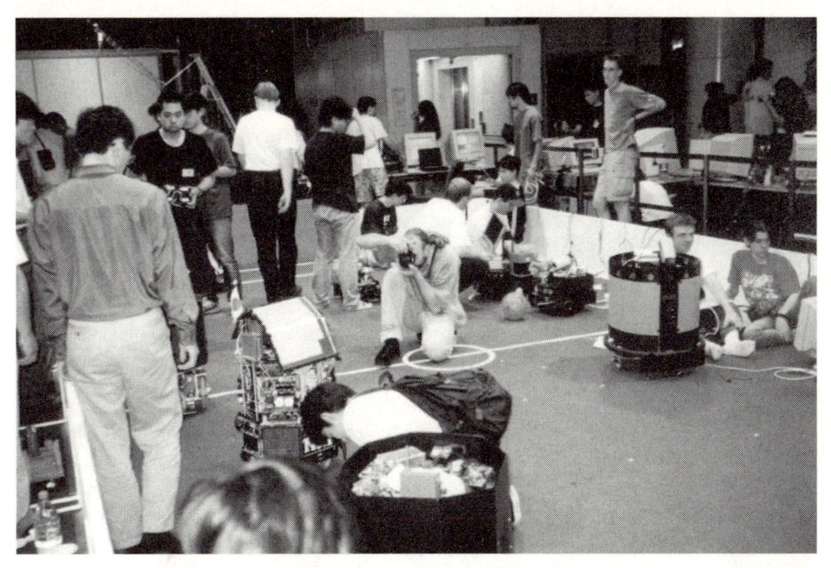

Teams beim Test der Roboter auf dem Middle-Size-Spielfeld, Paris 1998

Allerdings hatten auch sie ihr Problem längst erkannt und sich darauf eingestellt. Sie verteilten ihre Aufgaben neu und zogen sich stärker in ihre Hälfte zurück. Auch mit einem Spieler weniger konnten sie die Räume so effektiv abdecken, dass es für uns kaum ein Durchkommen gab. Eine Chance lag jedoch darin, dass der Verteidiger nicht einfach nur ausgefallen war, sondern durch seine unkalkulierbaren Aktionen zunehmend für Verwirrung sorgte. Seine Mitspieler mussten ihn nicht nur ersetzen, sie mussten auf ihn aufpassen.

Am Stadionrand war der Trainer jetzt schon zu scharf geschossenen Pässen übergegangen, die der Reservespieler sicher annahm. Bei der nächsten Spielunterbrechung würde die Auswechslung erfolgen.

Ich setzte alles auf eine Karte. Von der Seitenlinie stürmte ich schräg auf das Tor zu, das aus diesem Winkel gut abgedeckt war. Ein gegnerischer Verteidiger stand mir im Weg und es gab keinen Mitspieler, den ich hätte anspielen können. Eigentlich eine aussichtslose Aktion. Aber da war dieser defekte Spieler, vielleicht ... Ich spielte ihm den Ball direkt zu und lief mit unvermindertem Tempo auf der anderen Seite an dem Verteidiger vorbei. Tatsächlich, der Chaot erkannte den Doppelpassversuch, und als wäre er froh, überhaupt noch etwas zu erkennen, spielte er mir den Ball sofort zurück. Auf einmal hatte ich freie Bahn.

Die anderen Spieler reagierten sofort. Von beiden Seiten preschten sie heran, um mir den Weg abzuschneiden. Mir blieb höchstens eine Sekunde für einen riskanten Fernschuss aus dem Laufen heraus. Und vor mir schirmte der Torwart das Tor optimal ab. Da sah ich, dass auf der anderen Seite Mirko in die Lücke hinein lief, die meine Aktion aufgerissen hatte. Das war die Chance! Ich flankte ihm den Ball hoch zu. Es war wie eine einzige, geschmeidige Bewegung, als er von seinem Kopf am überrumpelten Torhüter vorbei ins Netz prallte.

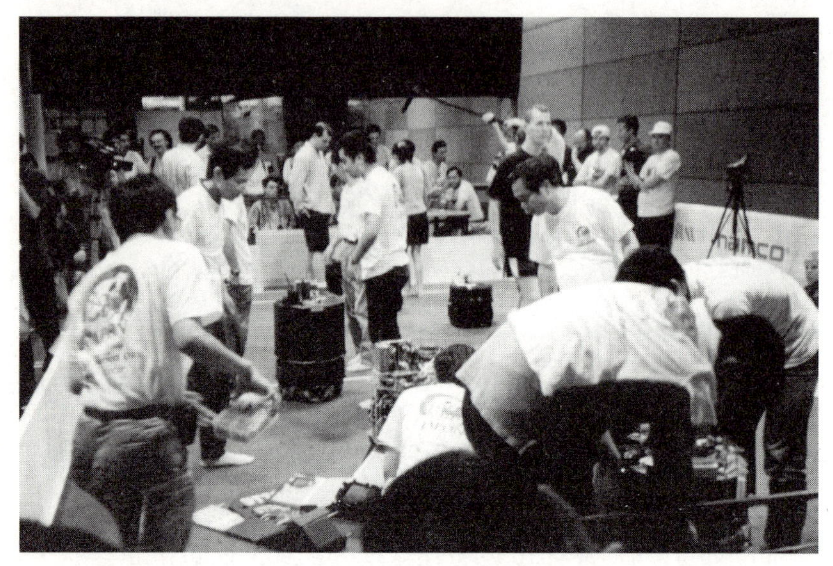

Teams beim Test der Roboter auf dem Middle-Size-Spielfeld, Paris 1998

Rückblick auf die erste RoboCup-WM

VIRTUELLA: Tooor! Hast du das gesehen? Also, der bisherige Verlauf der Weltmeisterschaft lässt wenig zu wünschen übrig, würde ich sagen. War es beim ersten Mal auch so aufregend? Die Roboter müssen damals ja noch furchtbar lahm gewesen sein.

ATE-HA: Dafür war es das erste Mal. Auf seine Weise war es damals in Nagoya mindestens genauso spannend. Das Kongresszentrum, wo auch die Internationale Tagung für Künstliche Intelligenz stattfand, war ein schöner moderner Bau. Im Innenhof stand eine kolossale Nachbildung eines Reiterstandbilds von Leonardo. Für den RoboCup war eine Halle reserviert. Damals reichten noch 300 Quadratmeter, das konnte man sich zwei Jahre später schon nicht mehr vorstellen.

VIRTUELLA: Heute sorgen Fußballroboter für ausverkaufte Stadien, und ihre Spiele werden von begeisterten Fans in aller Welt verfolgt – keine schlechte Entwicklung.

ATE-HA: Die Stimmung war damals schon großartig. Ein Fernsehteam der ARD kam aus Tokio, um ein paar Aufnahmen zu machen – sie sind den ganzen Tag geblieben, und es wurde ein sehr schöner Bericht daraus. Wir brauchten auch die Aufmerksamkeit, denn eine solche Veranstaltung kostete technisch einigen Aufwand, das ging nicht ohne Sponsoren. Hauptsponsoren in Nagoya waren Sony und Namco. Die 40 Rechner für die Simulationsliga kamen von Sun. Es gab auch schon Bandenwerbung.

In der Mitte der Halle befand sich das ungefähr 5 x 8 m große Spielfeld der Roboter aus der Middle Size League. Eine Mannschaft hatte maximal fünf Spieler. Die Roboter durften höchstens 50 cm Durchmesser oder eine Grundfläche von 2000 qcm haben. Das Spielfeld wurde von einer Bande begrenzt. Das hatte den Vorteil, dass der Ball und die Roboter das Spielfeld nicht verlassen konnten, es gab kein Aus und keinen

Einwurf. Andererseits kam es oft zu Situationen, wo das Spiel stagnierte, weil mehrere Roboter den Ball an der Bande eingeklemmt hatten. Fünf Jahre später wurde in der Middle Size League auf die Bande verzichtet.

Gespielt wurde mit einem roten Fußball der FIFA-Größe 4. Die Tore waren zur Unterscheidung gelb und blau. fünf Mannschaften waren dabei. Einige waren sehr aufwändig gebaut, andere setzten mehr auf Einfachheit und Robustheit. Das australische Team hatte runde Roboter, die ganz futuristisch aussahen – oder einfach wie umgestürzte Suppenschüsseln. Der »Spiegel« hatte schon im Vorfeld darüber berichtet. Alle Teile waren selbst entworfen. Allerdings fragten wir uns, wie ein völlig runder Roboter einen ebenso runden Ball in eine bestimmte Richtung kicken wollte. Leider hatten die Roboter während der Wettkämpfe massive Probleme mit der Funkkommunikation, so dass wir auf diese Frage keine Antwort bekamen.

VIRTUELLA: Vielleicht hatten sie einen verborgenen Greifarm, mit dem sie sich den Ball einfach geschnappt hätten ...

ATE-HA: Es gab von Anfang an Regeln, die das verboten haben. Der Ball musste immer für den Gegner erreichbar bleiben. Kurze »Führungsärmchen« waren erlaubt, aber es wurde streng darüber gewacht, dass sie nicht zu lang waren. Es gab die ausgefallensten Ideen, ein Team setzte 1998 in Paris einen Ventilator zum Vorwärtsblasen ein.

VIRTUELLA: Und so etwas war erlaubt?

ATE-HA: Warum hätte man es verbieten sollen? Wir wollten doch gerade Kreativität anregen, wir wollten einfach sehen, was erfolgreich war. Eine Kanone hätten wir natürlich nicht zugelassen.

Die kleinen, flinken Roboter

VIRTUELLA: Das klingt recht aufwändig und teuer.

ATE-HA: Ja. Die Alternative für Teams mit weniger finanziellen Mitteln waren die kleinen Roboter der Small Size League – oder die virtuellen Spieler in der Simulationsliga. Die Roboter in der Small Size League durften maximal einen Durchmesser von 15 cm oder 180 Quadratzentimetern Grundfläche haben. Maximal fünf Spieler gehörten zu einer Mannschaft, einige Teams traten aber auch mit weniger Robotern an.

Das Spielfeld der kleinen Roboter befand sich hinter dem Feld der Middle Size League. Gespielt wurde auf einer Tischtennisplatte – auch hier wieder der Gedanke, dass es für die Teams einfach zu beschaffen sein sollte. Die Teams durften eine Kamera über der Tischtennisplatte benutzen, die ein Bild der gesamten Spielfläche lieferte. Sie durften einen Computer am Spielfeldrand haben, der die Bilder der Kamera auswertete und die Roboter per Funk steuerte. Die Roboter konnten durch farbige Markierungen unterschieden werden, der Ball war orange. Wie in der Middle Size League durfte jede Mannschaft maximal fünf Roboter einsetzen.

Entsprechende Bildverarbeitungsfähigkeiten vorausgesetzt, war also stets ein Überblick über das gesamte Spielgeschehen vorhanden. Davon ausgehend konnte das Steuerungsprogramm auf dem Computer die günstigsten Spielzüge für die komplette Mannschaft berechnen. Die entsprechenden Aktionen wurden per Funk an die Roboter übertragen. Die Roboter waren sehr flink, dadurch gab es immer abwechslungsreiche Spiele. Das Spielfeld war wie in der Middle Size League von einer Bande begrenzt, und die besseren Teams kalkulierten auch Schüsse über die Bande ein.

In Nagoya traten 4 Mannschaften in der Small Size League an. Zwei stammten von Universitäten, die auch in der Simulationsliga kämpften: Manuela Veloso und Peter Stone mit CMUnited von der Carnegie-Mellon-Universität in Pittsburgh, sowie Dominique Duhaut und Alexis Drogoul mit Microb von der Universität Paris VI. Weiterhin waren eine Mannschaft der spanischen Universität von Gerona unter Leitung von Josep Lluis de la Rosa und eine japanische Mannschaft vom Nara Institute of Science and Technology (NAIST) unter Takayuki Nakamura dabei. Die japanische Mannschaft verzichtete auf die Deckenkamera und hatte stattdessen Kameras auf den Robotern, die nur Ausschnitte des Spielfeldes im Blick hatten. Obwohl ihre Mannschaft nur aus zwei Robotern bestand, waren sie recht erfolgreich.

Die Teams in der Middle Size League konnten, wenn sie wollten, ihre Spieler auf kommerzielle Plattformen aufbauen. In der Small Size League war dagegen alles eigenes Design und eigene Herstellung. Die kleinen Roboter waren sehr schnell, während die großen Geschwister in der Middle Size League meist eher bedächtig wirkten. Sie setzten erst dann zu einer schnellen Fahrt an, wenn sie den roten Ball entdeckt hatten. Manchmal hatten sie aber nur das rot leuchtende T-Shirt eines Zuschauers gesehen, dann endete die Fahrt abrupt an der Bande. Bei den kleinen Robotern ging alles viel schneller, sie waren viel wendiger, und auch der verwendete Golfball konnte schnell das gesamte Spielfeld überwinden.

Die Simulationsliga

VIRTUELLA: Und wo waren eure virtuellen Spieler?

ATE-HA: Die rechte Seite der Halle war ein großer Bereich mit den 40 vernetzten Computern. Die einzelnen Spieler konnten auf unterschiedliche Rechner verteilt werden. In den acht Vorrundengruppen fanden jeweils vier Spiele parallel statt. Dabei hatte jede Mannschaft vier Rechner zur Verfügung, das heißt maximal drei Spielerprogramme mussten sich einen Rechner teilen. SoccerServer und SoccerMonitor hatten eigene Rechner. In den Finalspielen hätte sogar jedes Spielerprogramm auf einem eigenen Rechner laufen können, allerdings haben die Mannschaften darauf meistens verzichtet aus Angst vor erhöhten Verlusten von Nachrichten im Netz. Die Zuschauer konnten die Spiele an großen Monitoren in der Halle verfolgen.

Die ersten drei Tage vor dem Turnier waren für die Vorbereitung frei geblieben. Es gab einen festen Plan für den Zugang zu den Rechnern. Jedes Team hatte einige kurze halbe Stunden Zeit, um seine Programme zum Laufen zu bringen und vielleicht noch ein letztes Training zu absolvieren. Dabei hätten wir fast das gute Essen bei der Eröffnungszeremonie verpasst. Das war am zweiten Abend. Wir kamen mit reichlicher Verspätung an, aber es war noch ein ganzer, mit leckeren Speisen wohl gedeckter Tisch frei. Wir waren nur zu dritt, und der Tisch war für acht Leute gedeckt. Es schmeckte vorzüglich. Leider blieb uns nicht allzu viel Zeit, japanische Empfänge enden schon früh. Aber Nagoya hat viele interessante Restaurants.

VIRTUELLA: Lass' uns nicht über Essen reden, das erinnert mich nur daran, auf welche Genüsse ich als Softwareagent verzichten muss. Erzähl' uns lieber etwas über die anderen Mannschaften.

ATE-HA: 29 Mannschaften waren am Start, davon vierzehn aus Japan und sechs aus den USA. Aus Australien kamen zwei Teams und je eines aus Frankreich, Spanien, Italien, Kanada, Schweden, Finnland und unser Team aus Deutschland. Die beiden ersten jeder Gruppe waren qualifiziert für das Achtelfinale.

VIRTUELLA: Wie lief es bei Euch?

ATE-HA: Wir waren in Vorrundengruppe D zusammen mit der amerikanischen Mannschaft Sicily von der Stanford University und den japanischen Mannschaften Kasuga-Bito von der Chubu University und Andhill vom Tokyo Institute of Technology. Wir mussten gleich früh antreten, der erste Gegner waren die Amerikaner. Im richtigen Fußball spielten die Vereinigten Staaten damals noch keine große Rolle, aber hier spielten ja Computerprogramme. Wir kannten keinen der Gegner, die Spannung war unermesslich. Markus und Jan starteten der Reihe nach die Spielerprogramme, ich beobachtete das Erscheinen unserer Spieler auf dem Monitor beim Schiedsrichter. Die Spieler waren zunächst am Rand des Spielfeldes zu sehen und wurden dann vom SoccerServer an die von uns angegebene Position gebeamt. Wenn wir etwas beim Start verwechselt hätten, würden sich falsche Positionen ergeben. Wir hatten ausgemacht, dass ich das ordnungsgemäße Erscheinen jedes Spielers signalisierte, erst dann wurde der nächste gestartet.

Das Risiko von Änderungen in letzter Minute

VIRTUELLA: Was für eine aufwändige Zeremonie!

ATE-HA: Es wäre ärgerlich gewesen, an so einer Stelle etwas zu verpatzen. Sicily hatte Anstoß, aber wir konnten den Ball schnell erobern, und mit einem Fernschuss aus 40 Meter Entfernung erzielten wir unser erstes Tor nach 10 Sekunden. Bei unseren Gegnern waren der Torwart und der linke Verteidiger untätig geblieben, und sie blieben es die ganze erste Halbzeit.

VIRTUELLA: Das heißt, sie waren abgestürzt? Da hattet ihr doch tolle Möglichkeiten.

ATE-HA: Ja, vielleicht hatten die Amerikaner in letzter Minute noch etwas ändern wollen. Es ist ja nicht nur das Spiel der Programme, sondern auch das der Nerven der Programmierer. Man hat immer noch etwas, was man gern anders machen möchte. Solche Änderungen in letzter Minute haben im RoboCup manche Chancen zunichte gemacht. Allerdings hat uns die Panne bei Sicily nicht so sehr geholfen, wie man zunächst denken würde. Unsere Spieler wussten nicht, dass die beiden gegnerischen Spieler nicht eingreifen würden. Wir hatten nichts für eine solche Situation programmiert. Deshalb mussten unsere Spieler bei ihren Entscheidungen den Torwart und den linken Verteidiger als reale Gefahr ansehen. Der Fernschuss kam nur dadurch zustande, dass kein eigener Spieler zum Anspielen bereit stand. Für diesen Fall war einfach ein Schuss nach vorn vorgesehen, und weil der Torwart nicht reagierte, ergab sich das Tor. Das 2:0 nach 20 Sekunden war dagegen über den rechten Flügel ordentlich herausgespielt. Nach 35 Sekunden kam es wieder zu einem Fernschuss, der aber ins Aus ging. Jetzt wurde es problematisch. Der Torwart von Sicily sollte einen Abstoß machen, blieb aber untätig. Die Regel sah bei Stillstand des Spiels von mehr als 20 Sekunden einen »drop ball« vor, einen Einwurf durch den menschlichen Schiedsrichter an neutraler Stelle. Aber die vorgesehene Zeit musste eben erst abgewartet werden, diese Spielverzögerung war letztlich ein Vorteil für Sicily. Die erste Halbzeit beendeten wir mit einem Spielstand von 11:0. In der zweiten Halbzeit hatten wir Anstoß, nach 4 Sekunden stand es 12:0. Sicily war einfach zu langsam und hatte keine rechte Übersicht, auch wenn diesmal alle Spieler durchhielten. Wir schossen in der zweiten Halbzeit insgesamt 14 Tore, mehr noch als in der ersten Halbzeit.

VIRTUELLA: Also insgesamt 25:0! Kein schlechter Auftakt.

ATE-HA: Das Resultat hatte sich schnell herumgesprochen. Wir waren glücklich – und gleich von Anfang an in einer Favoritenrolle, obwohl der Gegner wirklich leicht zu besiegen war. Das 25:0 sollte das höchste Resultat des gesamten Turniers bleiben, aber das wusste zu diesem Zeitpunkt noch niemand.

Bis zu unserem nächsten Spiel war noch etwas Zeit, und wir sahen uns die anderen Spiele an. In Gruppe E spielte die italienische Mannschaft von Enrico Pagiello aus Padua. Sie konnten den Ball unwahrscheinlich gut am Mann halten. Mit sanften Kicks beförderten die Spieler den Ball um sich herum, weg vom angreifenden Gegner. Sie gewannen ihr Spiel. Aber sie spielten sehr defensiv – so wie zu jener Zeit die Squadra Azzura auch. Und ihre Schüsse waren unserer Ansicht nach nicht stark genug. Nach der Planung der Spiele hätten sie unser Gegner im Achtelfinale werden können.

Die Zuversicht steigt

VIRTUELLA: Aha, jetzt machtet ihr euch also doch schon Gedanken über die nächsten Runden ...

ATE-HA: Ja, und wir meinten, das wir durchaus Chancen hätten, wenn es zu einem Vergleich käme.

VIRTUELLA: Aber noch wart ihr nicht qualifiziert.

ATE-HA: Im nächsten Spiel traten wir gegen Kasuga-Bito von der Chubu University an. Die Spieler von Sicily waren aus ihrer Statistenrolle nicht herausgekommen, jetzt erlebten wir ernsthaften Widerstand. Auch unsere Verteidigung wurde mehrmals gefordert. Sie konnte aber immer klären, während die gegnerische Deckung mehrmals bedenkliche Unsicherheiten zeigte, die unsere Spieler meist postwendend bestraften. Insgesamt waren wir wieder klar überlegen und gewannen dieses Spiel 23:0.

VIRTUELLA: Damit muss der Gruppensieg in greifbare Nähe gerückt gewesen sein.

ATE-HA: Durchaus noch nicht, die Mannschaft mit dem schönen Namen Andhill vom Tokyo Institute of Technology hatte ihre Spiele auch hoch gewonnen, jedes Mal 23:0. Andhill war ein Wortspiel zwischen Anthill (Ameisenhaufen) und Tomohito Andou, dem sympathischen Programmierer des Teams. Unser Spiel gegen sie war völlig offen. Als wir aufeinandertrafen, waren beide Mannschaften zwar bereits für das Achtelfinale qualifiziert, aber natürlich wollte trotzdem jeder gewinnen.

VIRTUELLA: Man hat in der nächsten Runde dann ja auch erstmal einen Gruppenzweiten zum Gegner.

ATE-HA: Es versprach ein spannendes Spiel zu werden, der Zuschauerandrang war groß. Wie gewohnt beobachtete ich das Erscheinen unserer Spieler auf dem Monitor am Schiedsrichtertisch, Markus und Jan starteten die Spieler auf meine Handzeichen. Unsere Spieler erschienen leicht gestaffelt an den vorgesehenen Stellen für den gegnerischen Anstoß. Die Gegner erschienen dagegen allesamt an der rechten Eckfahne, ein Stürmer lief zur Mitte und machte den Anstoß direkt in unsere Reihen, während sich die eigenen Spieler ziemlich gemächlich verteilten. Später hieß es, dass Andou bewusst ein schwächeres Programm eingesetzt hatte und seine eigentlichen Stärken noch verbergen wollte. Wenn das so war, dann hat er es sich aber in der zweiten Halbzeit anders überlegt.

Das Spiel von Andhill sah recht riskant aus, denn bis zur Mittellinie war viel freier Raum für uns. Wir schossen den Ball schnell bis vor das gegnerische Tor, und unsere Stürmer folgten nach. Aber bei einem Verhältnis von 10 gegen 4 hatten sie keine Chance. Es war wirklich so wie in einem Ameisenhaufen. Und die »Ameisen« kämpften sich allmählich vor, nach einer halben Minute hatten sie sich gleichmäßig über das Spielfeld verteilt und wagten einen Fernschuss, der genau so kräftig war wie unsere Schüsse. Allerdings daneben. Unser Torwart brauchte nicht einzugreifen. Doch wir bekamen den Ball nicht aus der eigenen Hälfte heraus.

VIRTUELLA: Dazu müssen wir jetzt aber erklären, dass der virtuelle Fußball in den ersten Jahren zweidimensional war. Hohe Abschläge vom Tor gab es nicht.

ATE-HA: Richtig. Das machte es bei gut postierten Gegnern schwer, Raum zu gewinnen. Wir haben das, wenn wir konnten, auch weidlich ausgenutzt. Jetzt waren wir aber erst mal in Bedrängnis. Plötzlich standen zwei gegnerische Stürmer allein mit dem Ball vor unserem Torwart. Uns stockte der Atem, doch der Torwart hielt den Ball! Es war noch einmal gut gegangen. Aber gleich darauf geschah es: Der Torwart spielte den Ball direkt vor die Füße der Gegner, und der Ball war in unserem Tor. 1:0 für Andhill, unser erster Gegentreffer im Turnier, und das nach 50 Sekunden!

Unsere Spieler waren ja eigentlich gefühllos, aber es schien, als seien sie geschockt. Es wollte einfach nichts gelingen. Unsere Nummer 10 stand völlig allein vor dem freien gegnerischen Tor – und schoss den Ball, aber was tat er? Er schoss den Ball nach hinten. Was war das? Ein Rechenfehler? Eine verlorene Nachricht im Rechnernetz? Kurz darauf machte Nummer 8 das Gleiche. Es war zum Verzweifeln. Endlich, ein schöner Pass von der 7 auf die 11, ein kräftiger Schuss, und der Torwart von Andhill hatte das Nachsehen, 1:1. Als ob unsere Spieler jetzt neuen Mut gefasst hätten, ging es auf einmal besser, unsere Spieler drückten wieder auf das gegnerische Tor, und bald danach gelang das 2:1, jetzt lagen wir in Führung.

VIRTUELLA: Habt ihr jetzt das Tempo gedrosselt und versucht, das Resultat zu halten? Wussten die Spieler überhaupt, wie es stand?

ATE-HA: Der Schiedsrichter im SoccerServer hat jedes Tor mitgeteilt. Natürlich hatten wir über entsprechende Varianten der Anpassung an den Spielstand nachgedacht, aber es war nichts davon in unserem Programm realisiert. Die Mannschaft spielte weiter wie zuvor, und das Spiel ging immer wieder hin und her, mal musste unsere Verteidigung klären, dann standen wir wieder vor dem gegnerischen Tor. Insgesamt erzielten wir eine gewisse Überlegenheit, und zum Ende der ersten Halbzeit stand es 6:1 Nach dem unglücklichen Beginn hatten unsere Spieler das Blatt noch wenden können.

Was passiert in der Halbzeitpause?

VIRTUELLA: Aber wie heißt es so schön: Das Spiel hat zwei Halbzeiten.

ATE-HA: Ja, und in der zweiten lief eigentlich nichts mehr. In der Pause hatte Andou noch etwas an seinem Programm geändert.

VIRTUELLA: War das erlaubt?

ATE-HA: Es war keine Zeit zu langem Programmieren oder gar zum Übersetzen eines neuen Programms, aber mit Hilfe von Konfigurationsdateien konnte man einzelne Parameter verändern. Irgendsoetwas musste bei Andhill passiert sein. Sie waren häufig vor uns am Ball, vereitelten unser Zuspiel und hatten wesentlich mehr vom Spiel als vorher. Trotzdem gelang uns noch das 7:1 nach anderthalb Minuten. Das war aber auch unser letztes Tor in diesem Spiel. Im weiteren Spielverlauf drückte Andhill ganz mächtig. Zunächst wehrte sich unsere Verteidigung noch ganz gut, bis es plötzlich eine Gasse in unserer Deckung gab und es 7:2 stand. Eine vermeidbare Unsicherheit des Torwarts bei einem Fernschuss führte zum 7:3. Schließlich fiel auch noch das 7:4 aus einer ganz dummen Konstellation. Diese Konstellation hat uns auch in späteren Spielen manchen Gegentreffer gekostet. Unsere Spieler waren ja so programmiert, dass sie nur dann nach dem Ball liefen, wenn kein anderer Mitspieler vor ihnen am Ball war. Auch der Torwart blieb ruhig an seinem Platz, wenn ein Verteidiger vor ihm den Ball erreichen konnte. Wenn der Verteidiger dann – aus welchem Grund auch immer – den Ball passieren ließ, war es auch für den Torwart zu spät – er kam nicht mehr an den Ball.

VIRTUELLA: Hättet ihr das nicht ändern können?

ATE-HA: Eigentlich ja. Aber es gibt so einen Spruch: »Never change a running program.« Ich hatte viel Angst davor, dass es uns so gehen könnte wie Sicily. Wir hatten auch nicht viele Möglichkeiten zum Programmieren. Tagsüber liefen die Spiele, und abends wurde die Halle verschlossen. Jedes Team hatte nur kurze Zeiten für Arbeiten am Rechner, es wäre keine Zeit für ausführliche Tests gewesen. Die Gefahr, mehr zu verderben, war zu groß. In späteren Weltmeisterschaften waren die Wettkampfstätten meist die ganze Nacht zugänglich, und es wurden viele Nachtschichten eingelegt. Ob das nächtliche Arbeiten immer erfolgreich war, sei dahingestellt. Programmieren bei Nacht hat seine eigenen Gesetze. Aber die Hoffnung, doch noch zu schaffen, was vorher monatelang nicht gelang – dieses Fieber muss man selbst erlebt haben. In Nagoya konnten wir auf unserem Notebook im Hotel noch etwas arbeiten, aber für einen Test reichte das Notebook nicht aus.

Im Moment beschäftigte uns aber viel mehr, warum die zweite Halbzeit für uns so schlecht ausgegangen war. Wir kamen nicht darauf. Wenn Andhill die ganze Zeit so gespielt hätte, wäre das Spiel verloren gewesen. Unsere japanischen Freunde haben dann das Geheimnis gelüftet. Sie haben uns erklärt, warum unsere zweite Halbzeit so schlecht gelaufen war.

VIRTUELLA: Was war der Grund?

ATE-HA: Sie hatten ihre Aufstellung so verändert, dass oft einer ihrer Spieler zwischen unseren Spielern stand. Dadurch konnten sie unser Spiel so erfolgreich stören.

VIRTUELLA: Wie ging das?

ATE-HA: Die Positionen der Spieler waren damals noch relativ starr. Wenn ein Spieler nicht unmittelbar am Geschehen um den Ball beteiligt war, lief er auf seine »Stammposition«. Bei den Ogalets war das ganz extrem ausgeprägt gewesen. Jeder Spieler agierte nur in einem vorgegebenen Bereich. Dadurch wussten die anderen Spieler auch immer, wohin sie schießen mussten. Die Positionen unserer Spieler waren schon viel flexibler, sie orientierten sich am Ball. Erst wenn der Ball weit weg war, liefen sie auf ihre Stammpositionen.

Wir hatten diese Positionen zu Hause möglichst gut aufeinander abgestimmt, und das war bisher recht erfolgreich gewesen. Die Gegenspieler von Andhill hatten offenbar unsere Positionen in der ersten

Halbzeit beobachtet, sie hatten sie protokolliert. Mit Hilfe von Methoden des maschinellen Lernens war es dann nicht schwer, die vorwiegenden Aufenthaltsorte unserer Spieler zu bestimmen. Die Veränderungen in der Pause hatten dazu gedient, die Gegenspieler besser zu positionieren. Zu unserem Glück nur für eine Halbzeit.

VIRTUELLA: Vielleicht waren die Spieler in der ersten Halbzeit zu sehr mit dem Protokollieren eurer Aufstellung beschäftigt und haben darüber das Fußballspielen vergessen.

ATE-HA: Daran haben wir auch gedacht, aber eigentlich dürfte das nicht so schlimm gewesen sein. Wenn sie nur die Stellungen unserer Spieler protokolliert haben, dann hat das nicht viel Zeit gekostet. Falls sie versucht haben, gleich noch eine automatische Auswertung zu machen, dann haben sie vielleicht wirklich dafür zuviel Zeit verbraucht. Aber dann hätten sie eigentlich nicht bis zur Halbzeit warten müssen, um die Aufstellung zu ändern.

VIRTUELLA: Du meinst, Andhill hätte noch während des Spiels versuchen können, aus den Protokollen eure Stellung zu erkennen und sich gleich darauf einzustellen.

ATE-HA: Ja, das wäre dann ohne weiteres möglich gewesen. In der Mannschaftsbeschreibung von Andhill steht auch, dass sie damit experimentiert haben. In den Wettkämpfen sei es aber nicht angewendet worden, weil es noch zu unsicher war. Wir haben so etwas zwei Jahre später auch versucht, und wir konnten dann unsere Positionen an die beobachteten »Lieblingsplätze« der Gegner anpassen. Nur hat das nicht viel gebracht. Die Gegner verhielten sich sofort anders, wenn wir gerade etwas gelernt und angewendet hatten. Das war nicht schwer. Dazu brauchten sie selbst nicht zu lernen, sie mussten einfach nur einen gewissen Abstand zu uns einhalten. Die guten Mannschaften waren inzwischen so programmiert, dass sie nicht stehen blieben, wenn unsere Spieler zu nahe kamen oder im Weg standen.

VIRTUELLA: Du hast gesagt, dass eure Gegenspieler vielleicht nur Protokolle geführt haben. Aber irgendwie muss jemand daraus eure Position bestimmt haben, sonst hätte die Aufstellung für Andhill doch nicht angepasst werden können.

ATE-HA: Wie Andou das genau gemacht hat, wissen wir nicht. Wir haben beobachtet, dass in der Halbzeitpause irgendwelche Zahlenkolonnen über seinen Bildschirm liefen, vermutlich gab es da eine Auswertung.

VIRTUELLA: Der Stellungswechsel konnte aber die Partie nicht kippen, ihr wart die ungeschlagenen Sieger eurer Gruppe.

ATE-HA: Und wir hatten die größte Trefferausbeute und die beste Tordifferenz. Wir waren die erfolgreichste Mannschaft der Vorrunde. Jetzt gehörten wir wirklich zu den Favoriten, auch wenn über die Stärke der anderen Gruppen noch wenig zu sagen war. Die Ogalets waren immerhin in ihrer Gruppe souverän Sieger geworden, und angeblich war das noch die Version, die wir in den Testspielen zu Hause hoch besiegt hatten.

VIRTUELLA: Habt ihr davon erzählt?

ATE-HA: Nein. Wir wollten uns nicht zu sehr exponieren. Das heißt, den Italienern haben wir es dann doch erzählt. Die hatten jetzt Andhill zum Gegner, und sie hatten unser Spiel genau verfolgt. Aber sie rechneten sich wenig Chancen aus.

VIRTUELLA: Konnten die Italiener gegen Andhill bestehen?

ATE-HA: Leider nicht. Es war schade, weil sie die besten Ballartisten in Nagoya waren, aber zu verspielt und zu defensiv. Auch die Finnen und Schweden sind im Achtelfinale ausgeschieden. Ins Viertelfinale schafften es vier japanische Mannschaften, drei Teams aus den Vereinigten Staaten und wir. Wir hatten unser Achtelfinale gegen die Mannschaft der japanischen Chukyo Universität mit 7:0 gewonnen.

Müde Trainer. RoboCup Nagoya 1997.

Körper und Geist sind eine Einheit

Interview mit Arnfried Bach vom Institut für »Konstruktive Psychologie« der Humboldt-Universität zu Berlin (Aus: Planetary Inquirer, Mai 2050)

FRAGE: Herr Professor Bach, Sie sind der Schöpfer der beiden historischen Avatare Virtuella und Ate-Ha – oder sollten wir eher sagen ihr »Vater«?

BACH: Weder noch. Wir haben nur aktive Persönlichkeitsmerkmale rekonstruiert. Wir haben nichts erfunden.

FRAGE: In der Presse war zu lesen, dass Hans-Dieter Burkhard mit ihrer Hilfe wieder zum Leben erweckt wurde.

BACH: Das ist Unsinn. Er bleibt, wo er ist. Aber wir können ein künstliches Wesen erzeugen, das sich weitgehend so verhält, wie Herr Burkhard sich in der gleichen Situation verhalten hätte.

FRAGE: Das lässt sich ja nicht nachprüfen.

BACH: O doch. Wir haben Ate-Ha mit vielen Leuten zusammengebracht, die eine gute Beziehung zu Hans-Dieter Burkhard hatten, sei es durch die Bücher oder als direkte Bekannte. Sie alle haben uns bestätigt, dass Ate-Ha die gleichen Eigenschaften und Ansichten hat. Auch das Auftreten stimmt.

FRAGE: Selbst die körperliche Statur entspricht dem historischen Vorbild.

BACH: Das hat die Firma BodyScan nach unseren Angaben gemacht. Wir hatten da noch ein Problem: Welches Alter sollte dargestellt werden? Schließlich haben wir uns für 2002 entschieden, das Jahr, in dem er gemeinsam mit Hans-Arthur Marsiske »Endspiel 2050« geschrieben hat. Wenn er jetzt als Avatar über die Weltmeisterschaften berichtet, soll das aus dem gleichen Geist geschehen wie beim Schreiben des Buches.

FRAGE: Bei der virtuellen Rekonstruktion von Hans-Arthur Marsiske haben Sie sich aber offenbar mehr Freiheiten genommen ...

BACH: Sie meinen, weil Virtuella als Frau erscheint? Durchaus nicht. Wir wissen, dass Marsiske von der Idee fasziniert war, das Geschlecht wechseln zu können. An verschiedenen Stellen hat er geäußert, dass er der Realisierung dieser Idee nirgendwo so nahe gekommen sei wie in der virtuellen Realität des Internets. Übrigens konnten wir uns bei der Gestaltung seines – oder ihres – Avatars auch an Fotos orientieren, auf denen er sich als Frau gestylt hat. Es war also nicht schwieriger als bei Burkhard.

FRAGE: Sie arbeiten ja schon länger an ähnlichen Projekten ...

BACH: Ja, aber Virtuella und Ate-Ha waren trotzdem eine besondere Herausforderung. Es hat auch alle begeistert. Unter meinen Studenten sind ja viele, die »Endspiel 2050« schon als Schüler gelesen haben. Dass sie jetzt an so einem Projekt mitarbeiten konnten, war für sie eine tolle Sache.

Sie haben nach meinen Projekten gefragt. Angefangen hat es mit der Frage, wie zuverlässig die Persönlichkeitsprofile sind, die nach klassischen Methoden angefertigt werden. Wir wollten Verfahren haben, mit denen man das messen kann. Das hat uns auf die Rekonstruktion der aktiven Persönlichkeitsmerkmale geführt. Die Idee war, dass die Persönlichkeit sozusagen richtig erfasst ist, wenn die daraus abzuleitenden Handlungen auch von der richtigen Person ausgeführt worden wären. Oder wenn man ihr das zumindest zutrauen würde. Wir brauchten also die Möglichkeit, handelnde Personen zu simulieren. Von da war es dann zu den Avataren nur ein kleiner Schritt.

Chatten mit Napoleon

FRAGE: Zu deren ersten Einsatzgebieten zählten die historischen Talkshows, die sich rasch zu einem großen Publikumserfolg entwickelt haben.

BACH: Da ging es zunächst einmal um das pure Vergnügen, um die »Was-wäre-wenn-Situation«: Was hätten Mozart und Jimi Hendrix einander zu erzählen gehabt? Die Gespräche, die sich dabei tatsächlich entwickelten, haben dann aber sehr schnell das Interesse der Historikerkollegen geweckt. Mittlerweile gibt es schon die ersten Lehrstühle für experimentelle Geschichtswissenschaft.

FRAGE: Wie gehen Sie bei der Rekonstruktion von Eigenschaften vor?

BACH: Wir gehen von zwei Seiten heran. Das eine ist die eher klassische Variante. Wir haben dazu alles verfügbare Material, Aufsätze, Fotos, Filme, E-Mails, Interviews, gesammelt, die von den jeweiligen Personen verfasst oder die über sie angefertigt worden sind. Wir verwenden grundsätzlich alles, was uns etwas über die Ansichten und den Charakter der Persönlichkeit übermitteln kann. Natürlich müssen dabei auch die Umstände berücksichtigt werden, unter denen eine bestimmte Quelle entstanden ist. Der zweite Weg ist eine Rekonstruktion der Körperlichkeit. Wir haben die Idee der historischen Atavare eigentlich genau so umgesetzt, wie es im Buch »Endspiel 2050« beschrieben wurde. Sie können es dort in dem – damals noch fiktiven – Interview mit mir nachlesen.

FRAGE: Bauen Sie denn einen Körper nach?

BACH: Sie wissen so gut wie ich, dass wir das nicht können. Aber wir können ausgehend von Filmen, Bildern und auch Beschreibungen gewisse Körpermerkmale, Haltungen und Bewegungsformen rekonstruieren und mit etwas Glück auch in wesentlichen Teilen simulativ nachempfinden. Für die Berichterstattung auf der Weltmeisterschaft sollen die Avatare auch in Robotern der Firma Body-Perfect verkörperlicht werden, die sich so weit wie möglich an dem Erscheinungsbild der historischen Vorbilder orientieren. Aber das sind eher Äußerlichkeiten.

Körper und Geist

Der entscheidende Punkt ist die Bedeutung der Einheit von Körper und Geist für das Verständnis einer Person. Das betrifft nicht nur unsere Wahrnehmung von ihr, sondern ganz elementar die Persönlichkeit selbst. Denken und Empfinden sind immer auch körperlich determiniert.

FRAGE: Sie meinen, ein hungriger Magen erzeugt andere Gedanken.

BACH: Auch das, aber das betrifft nur die Oberfläche. Es gibt weitere solche Oberflächenerscheinungen: Wenn Sie intensiv ein Fußballspiel verfolgen und der Stürmer ihrer Mannschaft steht vor dem

Tor, dann bewegen Sie Ihr Bein, als wollten Sie selbst den Ball ins Tor schießen. Oder wenn Sie einem unsicheren Redner zuhören, versuchen Sie ständig seine Sätze zu vollenden, und wenn er dauernd »hm« und »äh« sagt, werden Sie auch ganz verkrampft. Wir vertreten die These, dass das auch umgekehrt der Fall ist: Ihre Gedanken werden von Ihrem ganzen Körper aktiv mitgedacht.

Deshalb versuchen wir, Persönlichkeiten sowohl geistig als auch körperlich zu rekonstruieren und zwar zunächst unabhängig voneinander. Dann haben wir nämlich die Möglichkeit des gegenseitigen Abgleichs, falls es starke Diskrepanzen gibt. Wenn der Avatar unglaubwürdig erscheint oder sich vielleicht sogar widersprüchlich verhält, dann stimmt etwas nicht. Wenn beides dagegen gut zusammenpasst, dann sind wir zuversichtlich, dass wir auf dem richtigen Weg sind.

FRAGE: Sie meinen, dass Sie dann die Persönlichkeit richtig erfasst haben? Wie sieht das denn aus bei Ate-Ha?

BACH: Ich muss zugeben, es gibt noch einige Unklarheiten und viele meiner Kollegen haben noch starke Zweifel. Aber ich meine, wenn es eine Übereinstimmung gibt, dann bedeutet das doch, dass wir von zwei unterschiedlichen Ausgangspunkten das gleiche Resultat bekommen haben. So als hätten Sie eine komplizierte Rechnung auf zwei verschiedenen Wegen durchgeführt. Wenn Sie dann das gleiche Resultat haben, dann sind Sie sich doch ziemlich sicher.

Was nun Ate-Ha anbelangt, so haben wir den Eindruck, dass er in Bezug auf RoboCup ein sehr guter Avatar ist, wir hatten selten so viel Kongruenz bei unseren Tests. Wir haben ihm Fragen gestellt zu Dingen, die er aus den eingespeisten Dokumenten nur ungefähr wissen konnte. Er hat das Fehlende anhand anderer Fakten so rekonstruiert, dass ein überzeugender Bericht entstand. Wir haben das Resultat dann mit einem vollständigen Bericht von Hans-Dieter Burkhard verglichen, den wir Ate-Ha nicht gezeigt hatten – und waren verblüfft über die weitgehende Übereinstimmung selbst noch bei eher nebensächlichen Fakten.

Defizite

FRAGE: Vielleicht war das ja Zufall, oder die Fakten waren Ate-Ha an anderer Stelle doch mitgeteilt worden.

BACH: Mit dem Letzteren haben Sie in gewisser Weise Recht. Natürlich hatte das Erlebnis Burkhard geprägt, und aus späteren Äußerungen kann man Rückschlüsse ziehen. Trotzdem, wir fanden das schon verblüffend. Und wir haben das zunächst auch nur für den Bereich des RoboCup geschafft. In anderen Bereichen ist Ate-Ha noch meilenweit von dem entfernt, was wir von Burkhard wissen – falls unsere Vorstellungen richtig sind.

FRAGE: Zum Beispiel?

BACH: Ate-Ha ist ausgesprochen eitel. Das war uns von Burkhard nicht bekannt.

FRAGE: Möglicherweise konnte er es einfach nur gut verbergen.

BACH: Mag sein. Wir versuchen noch, das genauer zu ergründen. Aber wir haben ja noch mehr gemacht. Wir haben die Avatare auf den Stand von 2003 angepasst. Das war mit den Organisatoren der Weltmeisterschaft so ausgemacht, damit wir einen guten Anschluss an »Endspiel 2050« bekommen. Die Avatare sollen mit den Persönlichkeiten von 2003 möglichst gut korrespondieren, es soll so aussehen, als ob die Autoren von 2003 jetzt die Kommentare abgeben.

Andererseits wissen wir natürlich auch, wie sich die beiden später weiterentwickelt haben. Wir hatten damit ein weiteres Kriterium für die Güte unserer Avatare: Wenn sie sich in einer Simulation der nach 2003 folgenden Jahre ähnlich entwickeln, dann muss da schon eine gewisse Ähnlichkeit vorliegen.

FRAGE: Und wie war es?

BACH: Am Anfang ausgezeichnet, danach ging es deutlich auseinander. Ich führe das darauf zurück, dass wir in der Simulation der Körperlichkeit noch nicht Schritt halten können.

FRAGE: Es heißt auch, Ihr Onkel hat mit Burkhard und Marsiske zusammengearbeitet. Hat Ihnen das bei Ihrem Projekt genutzt?

BACH: Zweifellos. Wir hatten dadurch eine weitere Möglichkeit, die Echtheit unserer Avatare zu testen. Wir haben auch noch weitere Mitarbeiterinnen und Mitarbeiter aus jener Zeit ausfindig gemacht, sie alle haben uns viel geholfen.

FRAGE: Wollen Sie damit andeuten, dass ohne diese Mithilfe das Projekt nicht möglich gewesen wäre?

BACH: Das würde ich nicht so sagen. Es hat uns einfach zusätzliche Sicherheit gegeben. Es war ja das erste Mal, dass wir ein so umfangreiches Projekt gemacht haben. Rückblickend würde ich aber sagen wollen, dass wir auch allein anhand der überlieferten Materialien zu sehr ähnlichen Resultaten gekommen wären. Es war sogar so, dass wir anhand der Materialien manches korrigieren mussten, was uns vorher erzählt worden war. Menschen sind oft nur unzureichende Zeugen. Sie merken sich nicht wirklich, was sie erlebt haben. Vielmehr rekonstruieren Sie die Erlebnisse später in der Weise, wie sie meinen, dass sie sich abgespielt haben müssten. Das nutzen wir ja auch wieder aus bei unseren Avataren. Sie sollen die gleiche Fähigkeit zur Rekonstruktion besitzen wie ihre Vorbilder.

FRAGE: Haben Sie ein Beispiel für solche personenabhängigen Rekonstruktionen?

BACH: Viele, das ist ja mein Forschungsgegenstand. Zum Beispiel behauptete mein Onkel, dass Burkhard ein Gegner der starken KI-These gewesen wäre.

FRAGE: Was ist das?

BACH: Kurz gesagt behauptete die starke KI-These, dass man mit Mitteln der im 20. Jahrhundert verfügbaren Techniken künstliche intelligente Wesen bauen könnte, die über Bewusstsein und freien Willen wie ein Mensch verfügen würden.

FRAGE: Die Diskussion dazu ist ja noch nicht zu Ende ...

BACH: Richtig, dennoch sind wir in unseren Möglichkeiten und Erkenntnissen schon erheblich weiter. Mein Onkel jedenfalls glaubte seit seiner Kindheit absolut daran. Burkhard war dagegen skeptischer, aber er hat die Möglichkeit auch nicht verneint. Vielmehr hat er seine Arbeiten im RoboCup auch als einen Beitrag zur Beantwortung der Frage gesehen. Das haben wir anhand der alten Materialien eindeutig nachgewiesen. Trotzdem beharrt mein Onkel auf seiner Ansicht.

Ein solches Verhalten ist aber nichts Ungewöhnliches, wir alle haben eine veränderliche Vergangenheit, die wir uns von Mal zu Mal selbst erzeugen. Wir haben an meinem Lehrstuhl viele Experimente dazu durchgeführt. Sie sind die Grundlagen unserer Arbeiten zur Rekonstruktion der aktiven Persönlichkeitsmerkmale, die wir für die Avatare brauchen.

FRAGE: In einem Artikel las ich etwas über »Retrospektive Perfektionierung« – können Sie das für unsere Leser etwas genauer beschreiben?

BACH: Das ist das Problem unserer so genannten Oberflächen-Quellen, also der Materialien, die wir zunächst bekommen: Artikel, Bilder, Interviews, Filme. Sie alle standen einmal am Ende eines langen Entstehungsprozesses. Sie wurden überarbeitet, geglättet, korrigiert, kurz gesagt: perfektioniert. Wenn wir nur dieses Material verarbeiten, erhalten wir eine entsprechend geglättete, bereits überarbeitete Persönlichkeit, sozusagen aus dem Design-Studio.

FRAGE: Also das, was wir von prominenten Personen wahrnehmen.

BACH: Genau. Für viele Zwecke reicht eine solche »Retrospektive Perfektionierung« der Persönlichkeit auch aus. Wenn wir nur ein in die Gegenwart verlegtes Interview mit einer historischen Persönlichkeit, etwa einem Politiker, machen wollen, muss ja nur die Oberfläche nachempfunden werden. Wenn wir aber wie bei Virtuella und Ate-Ha auch die ganz persönlichen Meinungen und Zweifel zu aktuellen Fragen haben wollen, dann müssen wir rekonstruieren, was hinter der perfekten Oberfläche abläuft. Wir brauchen die Entstehungsprozesse, zum Beispiel die vielen Kamera-Einstellungen, die nicht gesendet wurden, weil sie einen Versprecher enthalten, weil es nicht gelang, das Wesentliche auf einen Satz zu reduzieren und so weiter. Dazu gehören auch Differenzen zwischen dem gezeigten, dem offiziellen Erscheinungsbild und Aufnahmen, die eher zufällig entstehen, wenn zum Beispiel die Kamera nach dem Interview weiterläuft. Die Körperhaltung ist unheimlich aufschlussreich.

FRAGE: Heißt das, dass jemand mit schlampigem Aussehen auch schlampige Texte schreibt?

BACH: Keinesfalls, aber es kann zeigen, wie jemand wahrgenommen werden wollte, vorausgesetzt, das war für ihn wichtig. Wenn man dort Eitelkeiten feststellt, kann man sie woanders auch vermuten.

FRAGE: Durch die modernen Aufzeichnungstechniken haben Sie ja gerade aus der jüngeren Geschichte dann immer viel Material.

BACH: Ja und nein. Seit Erfindung der Textverarbeitungsprogramme gibt es keine Manuskripte mehr. Das ist ein großer Verlust. Bei den alten Meistern des Wortes können wir die Entstehungsprozesse ihrer Werke genau verfolgen, wenn wir ihre Manuskripte besitzen. Es war ja mühsam, ein Kapitel neu zu schreiben, also wurde immer wieder korrigiert, gestrichen, eingefügt, alles ist in den Manuskripten zu sehen. Unsere heutigen Textverarbeitungssysteme sind gigantische Vernichter von Dokumenten der menschlichen Kreativität.

FRAGE: Ich danke Ihnen für das Gespräch. Darf ich Ihnen das fertige Interview in einer Woche zur Korrektur vorlegen?

BACH: Ich bitte darum.

David gegen Goliath. Middle Size League Paris 1998: Uttori United (Japan, links) gegen GMD-SET (Deutschland)

VIRTUELLA: He, schau mal, bei der Konkurrenz gibt es gerade eine Besprechung unseres Buches:

... die Autoren spielen mit Selbstreferenzen, bis hin zu fiktiven Rezensionen aus dem Jahr 2050. Das haben andere schon konsequenter gemacht, nicht zuletzt auch die Autoren selbst in ihrem späteren Werk »Das Eigentor«.

ATE-HA: Wenn ich daran denke ...

Als das Buch geschrieben wurde, erlebten die Menschen zum ersten Mal von ihnen selbst geschaffene Maschinen, die sie als Konkurrenten im Bereich der Intelligenz empfinden mussten. Dass Maschinen schneller fahren, geschickter arbeiten, kräftiger zupacken konnten, das war nie ein Problem gewesen. Schließlich gab es auch andere Lebewesen, die stärker oder schneller waren. Aber es gab niemanden, der klüger war. Dann besiegte ein Computer um die Jahrhundertwende den Weltmeister im Schach. Nach einer Weile setzte aber wieder Beruhigung ein. Der Schachcomputer hatte nichts weiter gemacht, als in wahnsinniger Geschwindigkeit Züge berechnet – also war eigentlich nur wieder eine Maschine schneller gewesen, nicht klüger. Der Computer wusste nichts von der großen Welt, er war nicht wirklich intelligent. Allerdings konnten die Maschinen jetzt viele Dinge leisten, die vorher als Nachweis von Intelligenz gegolten hätten. Trotzdem musste doch der Mensch überlegen bleiben, das gehörte zu seinem Bild von sich selbst. Also wurde darüber debattiert, dass Maschinen keine Gefühle kennen, dass sie kein Bewusstsein und keinen freien Willen haben.

ATE-HA: Na, das wüsste ich aber!

Dabei zeigte sich ein neues Problem: Bis zu dieser Zeit waren Begriffe wie Bewusstsein und Autonomie selbstverständlich auf die eine reale Welt und ihre Vielfältigkeit bezogen. Vergleiche waren nur zwischen den natürlichen Lebewesen zu ziehen. Jetzt traten daneben künstliche Welten und künstliche Geschöpfe, die bisher verwendeten Konzepte mussten in neuen Geltungsbereichen diskutiert werden.

Die Diskussion dazu dauert noch an. Einige meinen, dass die Roboter im intellektuellen Bereich längst ebenbürtig sind, in vielen Punkten sogar überlegen. Wer von uns kennt schon den ganzen Shakespeare auswendig? Andere dagegen meinen, dass es doch immer nur gewisse Bereiche mit eingeschränkten Handlungsfeldern betrifft. Es seien, wie bei anderen Maschinen auch, jeweils nur gut funktionierende Spezialisten, und sei es auf dem Fußballplatz.

Die Entwicklung künstlicher Menschen oder menschenartiger Maschinen gilt seit alters her als Häresie. In vielen Geschichten besteht die verdienete Strafe darin, dass sich die Geschöpfe gegen ihren Konstrukteur wenden. Die Strafe heute ist vielleicht subtiler. Der Mensch fühlt sich gigantisch mit seinen schöpferischen Fähigkeiten, und er sieht sich zugleich im tiefsten Inneren gedemütigt: Wenn eine Maschine sein kann wie ein Mensch – was ist dann Besonderes am Menschen? Die Strafe und zugleich ihre Ursache wären das Bekenntnis, dass der Mensch nichts anderes ist als eine seiner Maschinen.

Intelligenz braucht einen Körper

Kann man einen Fallrückzieher nur durch Worte vollständig erklären? Muss man ihn nicht wenigstens gesehen haben? Und was weiß man wirklich, wenn man ihn noch nicht gemacht hat? Wie fühlt sich der Körper dabei?

Ein Computer für einen Turing-Test sollte unter anderem über alles Bescheid wissen, was sich in Worten über die Sonne erklären und erfassen lässt. Man könnte ihm alle Fakten und Zusammenhänge einspeichern. Er würde dann auf alle Fragen die richtigen Antworten finden, sei es, weil sie in seinem Speicher stehen oder weil er sie nach kurzem Nachdenken mit Mitteln der Logik herleiten kann. Er würde also wissen, dass die Sonne am Himmel steht, dass sie warm ist, dass sie blendet und so weiter.

Jetzt stecken wir dieses Wissen in den Steuerungscomputer eines Roboters. Dann könnten wir uns auch mit dem Roboter über unser Leben spendendes Zentralgestirn geistreich unterhalten. Vielleicht stehen wir dabei im Haus, die Sonne scheint draußen, und wir sagen zu dem Roboter: »Komm, lass' uns in die Sonne gehen.« Darauf könnte der Roboter vielleicht erschrocken antworten: »Nein, man kann nicht in das Innere der Sonne gehen, es ist viel zu weit weg und wir würden dort verglühen.« Oder er könnte fragen: »Wo ist die Sonne?« Oder er könnte auf andere Weise zu verstehen geben, dass er mit dieser Aufforderung nichts anfangen kann.

Er kann nämlich sehr viele Probleme damit haben. Die erste Anwort dürfte er aber eigentlich nicht geben. Das müsste auch noch der Computer für den Turing-Test richtig interpretieren können, nämlich als Redewendung. Gemeint war die Aufforderung zur Bewegung an eine Stelle, wo man von der Sonne beschienen wird. Nehmen wir also an, dass er den Satz »Komm, lass' uns in die Sonne gehen.« doch richtig versteht. Er versteht, dass er an eine Stelle gehen soll, wo die Sonne scheint. Damit kommen wir zu dem eigentlichen Problem: Er muss jetzt feststellen, wo in seiner erreichbaren Umgebung die Sonne scheint. Er sieht die Sonne nicht (dann stünde er ja in der Sonne), also muss er sein Wissen einsetzen: über Licht und Schatten, über drinnen und draußen, über nah und fern, über Sonnenlicht und Lampenlicht, über Fenster und Wände. Rein theoretisch weiß er das alles, er besteht ja den Turing-Test. Aber rein praktisch sieht er nicht »drinnen« und »draußen«, sondern seine Sensoren übermitteln ihm Sinneseindrücke, Farbwerte über die Kamera, Entfernungen über Abstandsmesser, Geräusche über die Mikrofone. Wir wollen noch nicht darüber reden, dass er danach auch noch einen Weg finden muss. Es geht zunächst einfach um das Problem, die richtigen Zuordnungen zwischen Sinneseindrücken aus der realen Welt einerseits und den Begriffen aus dem Turing-Test-Programm andererseits herzustellen. Viele Forscher glauben, dass das nicht möglich ist. Oder umgekehrt, dass nur ein Roboter den Turing-Test bestehen kann, der sich in der realen Welt auskennt, der sie mit seinen Sinnen erfahren hat.

Man kann einem Roboter einen Fallrückzieher beibringen. Man kann seine Motoren so programmieren, dass er ihn korrekt ausführt. Dazu muss er nichts weiter erklärt bekommen.

Man kann es auch so einrichten, dass er den Fallrückzieher nach einer Vorführung nachahmt.

Angenommen, der Roboter kann sich selbst beobachten und über sich berichten, dann könnte er danach berichten, was er bei einem Fallrückzieher empfindet, vermutlich nicht das Gleiche wie ein Mensch. Es würde ihm also nicht viel helfen, wenn er die Empfindungen eines Menschen kennen würde. Entscheidend sind die jeweils persönlich gemachten Erfahrungen in der realen Welt.

Die Roboteramateure eroberten die Sympathien der Zuschauer im Sturm. Sie zeigten einen Sportsgeist und eine Spielfreude, die viele wohl schon unwiederbringlich verloren geglaubt hatten. Ob Maschinen so etwas wie Freude überhaupt empfinden konnten, war immer noch umstritten, aber das kümmerte im Moment niemanden. Bei denen, die ihnen zusahen, lösten sie jedenfalls Freude aus. Und wer nicht wusste oder für einen Moment vergaß, dass es Maschinen waren, musste annehmen, dass sie selbst auch mit Lust und Begeisterung dabei waren.

Die meisten im Publikum kannten die Spieler auf dem Platz zwar nicht persönlich, hatten aber ähnliche oder sogar baugleiche Modelle schon oft genug erlebt. Im Alltag fiel es häufig nicht mehr weiter auf, mit welcher Sicherheit und Geschicklichkeit Roboterboten sich ihren Weg durch dichte Menschenmengen bahnten oder wie souverän Roboterkellner in prall gefüllten Szenekneipen die Bestellungen ausführten, ohne jemals etwas zu verschütten. Man nahm das mittlerweile als selbstverständlich hin. Im Spiel mit dem Ball bekam diese Virtuosität aber auf einmal eine neue Qualität, war nicht mehr einem Zweck untergeordnet, sondern stand für sich. Ja, vielleicht war es genau das, was das Spiel der Roboter so attraktiv machte: Es wirkte befreit.

Alfredo, der sonst in einem großen Pizza-und-Pasta-Restaurant in Tokio bediente, tänzelte durch das Mittelfeld, als lauschte er einer imaginären Musik. Auch auf die Attacken seiner Gegner reagierte er so geschmeidig wie auf die Bewegungen von Tanzpartnern. Am Spielfeldrand lief sich unterdessen Armin frei, doch Alfredo entschied sich für einen weiten Pass direkt vor den gegnerischen Strafraum. Zunächst schien es, als würde er ins Leere gehen. Da schoss auf einmal wie aus dem Nichts Martin heran, der sich urplötzlich von seinen Bewachern gelöst hatte. Er hatte einen unglaublich schnellen Antritt. Dennoch reagierten die Verteidiger augenblicklich und schlossen die Lücke vor ihrem Tor – eine Zehntelsekunde zu spät. Das Stadion tobte.

Die Kreativität ist beeindruckend

Gerhard Kraetzschmar über Nachwuchsförderung im Rahmen des RoboCup Junior

Gerhard Kraetzschmar ist Assistenzprofessor am Institut für Neuroinformatik der Universität Ulm, Leiter des Middle-Size-Teams »Ulm Sparrows« und Organisator der Juniorenmeisterschaften beim RoboCup.

FRAGE: Herr Kraetzschmar, wie sind Sie eigentlich dazu gekommen, Robotern das Fußballspielen beizubringen?

KRAETZSCHMAR: Kurz vor der IJCAI (International Joint Conference on Artificial Intelligence) 1997 in Nagoya hatte ich durch eine E-Mail davon erfahren, dass im Rahmen der Konferenz erstmals ein Fußballwettbewerb für Roboter und parallel dazu ein wissenschaftlicher Workshop veranstaltet werden sollten. Damals habe ich zunächst nur am Workshop teilgenommen, habe mir aber auch den Wettbewerb angesehen und war sehr begeistert davon. Als ich Videoaufnahmen davon hiesigen Studenten und Doktoranden vorspielte, war die erste Reaktion: »Das können wir auch!« Beim nächsten RoboCup waren wir dann mit einem eigenen Team in der Middle Size League dabei.

FRAGE: Hatten Sie sich vorher schon mit Robotik beschäftigt?

KRAETZSCHMAR: Ursprünglich komme ich aus dem Bereich Künstliche Intelligenz, bin aber seit 1995 an der Universität Ulm in der Neuroinformatik beschäftigt. Als ich hierher kam, gab es bereits erste Versuche der Abteilungen für Neuroinformatik und Künstliche Intelligenz, ein gemeinsames Robotiklabor aufzubauen. Insofern war der Kontakt zur Robotik schon vor dem RoboCup vorhanden.

FRAGE: Sie selbst engagieren sich jetzt stark dafür, jungen Menschen den Zugang zur Robotik zu erleichtern. Wie hat sich das entwickelt?

KRAETZSCHMAR: Den ersten Impuls dafür bekam ich 1994 bei einer Konferenz in den USA. Dort hatten zwei Amerikaner ein Roboterbaulabor angeboten. Ich konnte mir überhaupt nicht vorstellen, wie man innerhalb von zwei oder drei Tagen Roboter bauen und programmieren sollte, fand es aber hochspannend und war von dem Ablauf sehr begeistert. Das Ganze hat seinen Ursprung am MIT (Massachussetts Institute of Technology), wo seit Mitte der achtziger Jahre in der vorlesungsfreien Zeit dreiwöchige Roboterbauwettbewerbe veranstaltet wurden.

FRAGE: Waren das diese Wettbewerbe, bei denen die Teilnehmer mit vorgegebenem Material Roboter zur Lösung bestimmter Aufgaben konstruieren sollten?

KRAETZSCHMAR: Genau. Bestimmte Elemente waren schon vorhanden. Das war Lego-Technik, ein vom MIT entwickeltes Microcontrollerboard sowie einfache Sensoren. Es ging darum, die Kreativität der Teilnehmer herauszufordern. Deswegen war es auch nicht erlaubt, mal eben im nächsten Laden bessere Sensoren zu kaufen. Erweiterungen waren zwar gestattet, aber im Wert eng begrenzt auf maximal fünf oder zehn Dollar. Man wollte von vornherein vermeiden, dass der Wettbewerb sich zu einer Materialschlacht entwickelt. Ich habe dann ähnliche Kurse auch in Deutschland organisiert, zunächst an Universitäten und 1998 in Ulm erstmals auch für Schüler. Das stieß auf sehr positive Resonanz. Es war aber klar, dass sich so eine Veranstaltung nicht regelmäßig an der Universität durchführen ließ, sondern an die Schulen gebracht werden musste, um auch jüngere Schüler daran teilnehmen zu lassen. Dafür haben wir den Verein »The Cool Science Institute« (TCSI, http://www.tcsi.de) gegründet, der interessierten LehrerInnen in Fortbildungsseminaren die Grundlagen der Robotik vermittelt und den Schulen hilft, die notwendige Ausstattung anzuschaffen. Parallel dazu entwickelten sich auch beim RoboCup Aktivitäten, Jugendliche stärker einzubeziehen.

Die ersten Junioren-Turniere

FRAGE: Offizielle RoboCup-Junior-Wettbewerbe werden aber erst seit dem Jahr 2000 veranstaltet, oder?

KRAETZSCHMAR: Ja, ursprünglich war der RoboCup Junior als Veranstaltung für Schüler aus dem jeweiligen Austragungsort vorgesehen. Man wollte Jugendlichen keine mehrtägigen Reisen zumuten, um teilnehmen zu können. Auch für die Weltmeisterschaft 2003 in Padua gibt es die Vorgabe, dass die Hälfte der Teilnehmer am Junior-Wettbewerb aus Italien kommen soll. Ich glaube aber nicht, dass das der Fall sein wird. Der größte Teil der Schüler wird voraussichtlich aus Deutschland und Australien kommen, weil dort der RoboCup Junior schon viel stärker etabliert ist. Außerdem fällt die WM mitten in die italienische Ferienzeit, was ein weiteres Erschwernis bedeutet, Schüler für die Teilnahme am RoboCup zu motivieren.

Tanz-Roboter beim RoboCup-Junior Wettbewerb in Fukuoka 2002

FRAGE: Wer kann am RoboCup Junior teilnehmen?

KRAETZSCHMAR: Es ist ein Wettbewerb für Schüler. Die untere Altersgrenze liegt dabei ungefähr bei der Sekundarstufe 1 oder 2, Grundschüler waren bisher noch nicht dabei. Die obere Grenze lässt sich nicht so klar bestimmen. Seit bei der WM 2000 in Melbourne ein fast 20-jähriger Abiturient des Illertal-Gymnasiums dabei war, gibt es Diskussionen darüber, ob er eigentlich noch als Schüler gelten dürfte. Wir überlegen daher, den RoboCup Junior nach oben hin zu öffnen und auch Studenten im Grundstudium zuzulassen. Die werden nämlich vom RoboCup derzeit nicht erfasst, da sich die Team-Mitglieder in den anderen Ligen typischerweise schon im Hauptstudium befinden.

FRAGE: Wie ist das Altersspektrum der Teilnehmer beim RoboCup Junior?

KRAETZSCHMAR: Sowohl in Deutschland als auch international sind von den 10-Jährigen bis zu den 18- oder 19-jährigen Abiturienten alle Altersstufen vertreten, mit einem leichten Übergewicht bei den älteren Jahrgängen.

FRAGE: Wie ist die Geschlechterverteilung?

KRAETZSCHMAR: Das hängt sehr stark vom Wettbewerb ab. Bei den Fußballturnieren haben wir mehr als 80 % Jungen, bei den Tanzwettbewerben dagegen sind drei Viertel Mädchen. Welches Geschlecht stärker angesprochen wird, hängt von vielen Faktoren ab, zum Beispiel den Wettbewerbsaufgaben selbst, aber auch der farblichen Gestaltung der Roboter-Bausätze. Lego hat in Marktstudien herausgefunden, dass die Farben lila, blau, grün und schwarz, die im Lego Mindstorms Baukastensystem vorherrschen, vor allem Jungen ansprechen. Mädchen bevorzugen eher rot, rosa, weiß und gelb.

FRAGE: Was für Aufgaben werden den Teilnehmern gestellt?

KRAETZSCHMAR: Es gibt drei Wettbewerbskategorien: Fußball, Tanz und Rescue. Beim Fußball gibt es zwei Varianten: 2-gegen-2 auf einem großen Spielfeld und 1-gegen-1 auf einem kleineren Feld. Letztere Variante ist vor allem für Jüngere geeignet, weil es einfacher ist, nur einen Roboter zu bauen und zu programmieren. Die Aktionen von zwei Robotern zu koordinieren ist schon um einiges komplexer. Für die Konstruktion der Roboter können die Teilnehmer einen beliebigen Bausatz verwenden. Im Spiel kommt ein Ball zum Einsatz, der Infrarotsignale aussendet und dadurch relativ einfach zu erkennen ist. Die Schüler müssen sich also nicht mit so schwierigen Dingen wie Bildverarbeitung beschäftigen. Beim Tanzwettbewerb gibt es nicht so klare Regeln. Da geht es darum, sich irgendeine Performance mit Robotern auszudenken, wobei den Teilnehmern bewusst alle Freiheiten gelassen werden. Es gab Teams, die »Schneewittchen« mit Robotern inszeniert haben, es gab klassischen japanischen Tanz mit Menschen und Robotern, aber auch Roboter, die sich zu moderner Popmusik bewegten. Die Kreativität, die sich da entfaltet, ist sehr beeindruckend. Der Rescue-Wettbewerb schließlich ist noch nicht wirklich durchgeführt worden. Die Grundidee besteht darin, dass der Roboter den Weg zu einem etwas erhöhten Podest finden muss, das ein brennendes Hochhaus darstellen soll. Auf dessen Dach befinden sich, symbolisiert durch rohe Eier, Menschen, die sich nicht trauen, in die bereitgehaltenen Netze zu springen, und daher von dem Roboter hinuntergestoßen werden müssen.

Dabei sein ist Alles

FRAGE: Wenn ich es recht verstehe, ist es ein Anliegen des RoboCup, insbesondere des RoboCup Junior, den Wettbewerbsaspekt nicht zu stark in den Vordergrund treten zu lassen. Wie verhindern Sie das?

KRAETZSCHMAR: Von der Anzahl der Teams her ist der Wettbewerb eigentlich ja sogar größer als in den anderen Ligen. Wir versuchen, dem im Rahmenprogramm schon entgegenzuwirken. Deswegen gibt es gleich zu Beginn eine Party zum gegenseitigen Kennenlernen. Die begleitenden Betreuer bemühen sich ebenfalls um eine entspannte Stimmung. Dazu gehört auch, dass wir bei der Preisverleihung alle Teilnehmer auf die Bühne bitten, um den Abstand zu denjenigen, die dann den Siegerpreis entgegennehmen, zu verringern. Bislang habe ich auch noch nicht erlebt, dass der Wettbewerbsgedanke beim RoboCup Junior zum Problem geworden wäre. Die Atmosphäre ist eigentlich eher durch gegenseitige Hilfsbereitschaft geprägt.

FRAGE: Wie arbeiten die Junior-Teams? Ist die Vorbereitung auf den Wettbewerb zumeist in den Schulunterricht integriert oder ist es eine reine Freizeitaktivität?

KRAETZSCHMAR: In der Regel ist es eine Freizeitaktivität. Die deutschen Lehrpläne erlauben es nicht, das zum Bestandteil des Unterrichts zu machen. Meistens bereiten sich die Schüler in Arbeitsgemeinschaften, Wahlkursen, manchmal auch Wahlpflichtkursen auf den RoboCup Junior vor.

FRAGE: Wie finanziert sich RoboCup Junior? Wer trägt die Kosten für technische Ausrüstung und Anreise?

KRAETZSCHMAR: Unsere Robotik-Aktivitäten in den Schulen werden im NaT-Working-Programm der Robert-Bosch-Stiftung gefördert. Bestandteil des Projekts ist, dass wir regionale, nationale und internationale Wettbewerbe durchführen. Regional ergeben sich zumeist keine größeren Kosten, da stellen Schulen die Räume zur Verfügung und die Anreise wird untereinander organisiert. Der nationale Wettbewerb findet im Rahmen der RoboCup German Open statt und wird vor allem von deren Sponsoren unterstützt. Dazu gehören die Räumlichkeiten im Heinz-Nixdorf-Museumsforum wie auch Zuschüsse zu den Reise- und Übernachtungskosten.

FRAGE: Sind beim RoboCup Junior schon Ansätze entwickelt worden, die Sie verblüfft haben und die Sie womöglich in Ihrer eigenen Forschungstätigkeit aufgreifen konnten?

KRAETZSCHMAR: Verblüfft war ich schon oft, insbesondere wenn ich an Teams denke, die das von uns entwickelte Tetrix-System verwendet haben. Die raffiniertesten und ausgeklügeltsten Konstruktionen von Tetrix-Robotern haben mit Sicherheit die Schüler gebaut. Auch mit anderen Bausätzen kommen die RoboCup-Junior-Teilnehmer immer wieder auf überraschende Lösungen. Um solche Ansätze in unserer Forschung aufgreifen zu können, sind die Arbeitsfelder dann aber doch zu weit voneinander entfernt.

FRAGE: Hatten Sie schon mal das Gefühl, Sie wären dem zukünftigen Konstrukteur des Fußballweltmeisters von 2050 begegnet?

KRAETZSCHMAR: Das kann ich mir bei einer Reihe von Leuten vorstellen. Beim Workshop im Jahr 2002 hatten wir zum Beispiel einen sehr jungen Teilnehmer, dem es gelungen war, mit dem Lego-Mindstorm-Bausatz einen zweibeinigen Roboter zu bauen. Das hätte ich vorher für völlig unmöglich, wenn nicht sogar für verrückt gehalten. Und mit der Meinung stand ich nicht allein. Aber dieser Schüler hat es geschafft. Das Gesamtsystem ist etwa 60 bis 70 Zentimeter hoch und hat lediglich bei einigen Gelenken im Knie und in den Füßen Stabilitätsprobleme, weil die Legosteine den Druck nicht aushalten. Deswegen kann der Roboter nicht wirklich allein laufen. Aber das Problem ließe sich wahrscheinlich lösen, wenn Lego die Grundkomponenten etwas veränderte. Andere Schüler sind auf pfiffige Softwarelösungen gekommen. Schön finde ich es auch, wenn sich Ingenieurstalent mit sozialen Fähigkeiten paart. Wir haben ja immer wieder Studenten, die exzellent programmieren können, deren Karriere aber daran scheitert, dass sie ihre Ideen nicht ordentlich präsentieren können.

FRAGE: Der Teamaspekt ist beim RoboCup Junior ja auch sehr wichtig.

KRAETZSCHMAR: Der ist ganz unverzichtbar. Ich würde mich auch dagegen wehren, Teams, die nur aus einer Person bestehen, überhaupt zuzulassen.

RoboCup Junior-Wettbewerb, Fukuoka 2002

FRAGE: Gibt es große Momente bei RoboCup-Turnieren, an die Sie sich besonders erinnern?

KRAETZSCHMAR: Ein erhebender Moment war auf jeden Fall das erste Tor, das unsere Roboter bei unserem ersten RoboCup-Turnier im Jahr 1998 geschossen haben. Von der WM 1999 erinnere ich mich besonders an den ersten Pass, den die Freiburger gespielt haben. Und im Jahr 2000 hat mich das italienische Golem-Team beeindruckt, das sich als Neuling gleich bis zur Vizeweltmeisterschaft gespielt hat. Solche Überraschungen haben mir bei der letzten WM im Jahr 2002 etwas gefehlt.

FRAGE: Wie schätzen Sie die Chancen ein, das langfristige Ziel des RoboCup zu realisieren? Wo sehen Sie die Hauptschwierigkeiten auf dem Weg dorthin?

KRAETZSCHMAR: Das ist ein sehr vielschichtiges Problem. Das beginnt schon damit, dass die Zielsetzung nicht so klar ist, wie sie zunächst scheint. Gegenwärtig sind zum Beispiel Roboter zugelassen, die sich über Funk verständigen und beliebig viele Information austauschen können. Unsere eigenen Fußballroboter können sogar alle Sensorinformationen der Mitspieler nutzen und damit im Prinzip ihre Augen überall haben, und sie könnten sich gegenseitig vollständig über ihre Absichten informieren, also faktisch die Gedanken des anderen lesen.

Außerdem sagen die FIFA-Regeln nichts über die Größe oder athletische Fähigkeiten der Spieler. Unter Ausnutzung dieser Freiheit und aller technischen Möglichkeiten könnten wir schon heute den menschlichen Weltmeister besiegen. Für mich besteht die Herausforderung darin, einen Roboter zu bauen, dessen Größe und Fähigkeiten hinsichtlich Wahrnehmung und Beweglichkeit im gleichen Leistungsspektrum liegen wie bei menschlichen Fußballern. So verstanden, glaube ich noch nicht daran, dass wir 2050 die Fußball-WM gewinnen. Was zu den fraglos notwendigen Fortschritten in der Informatik und der Robotik hinzukommen muss, sind Innovationen im Bereich der Materialwissenschaften, um leichtere und weichere Roboter bauen zu können. Verbesserungen bei der Aktorik sind ebenfalls wichtig. Ich kann mir nicht vorstellen, dass ein Roboter, der Giovane Elber austrickst, nur mit herkömmlichen Elektromotoren betrieben wird. Ein ganz großes Problem ist natürlich die Energiespeichertechnik. Und auch bei der Kontrolle humanoider Roboter werden auf der Ebene der Informatik Probleme auftreten, die wir uns heute noch gar nicht vorstellen können. Kein Mensch weiß zum Beispiel bisher, wie man die tausende oder Millionen von Freiheitsgraden in künstlichen Muskeln kontrollieren soll.

RoboCup Junior, Fukuoka 2002

Die Disziplin unserer Gegner war beängstigend. Sie deckten die Räume perfekt ab, wussten immer genau, wo der Ball landen würde und wer von ihnen in der besten Schussposition war. Von der ersten Minute an hatten sie uns in die Defensive gedrängt, hatten uns ihr Spiel aufgezwungen und uns keine Chance gelassen, zu einem eigenen Rhythmus zu finden. Uns war, als spielten wir gegen eine Mauer. Eine Mauer allerdings, die nicht starr dastand, sondern langsam, aber unaufhaltsam vorrückte. In unsere Richtung.

Das Zermürbendste war jedoch ihre völlige Emotionslosigkeit. Während wir immer aufgeregter wurden und uns gegenseitig anbrüllten, zeigten sie keinerlei Regung. Sie spielten ihr Spiel, unbeirrbar und unerbittlich, wie Maschinen. Nun ja, es waren ja auch welche. Fußballmaschinen. Die besten der Welt.

Jetzt hatten sie es also tatsächlich schon bis ins Viertelfinale der Weltmeisterschaft geschafft. Zwischen ihnen und dem Halbfinale standen nur noch wir und rund 70 Minuten verbleibende Spielzeit. Und es sah so aus, als würde es eine reine Formsache werden, ein besseres Trainingsspiel. Wir hatten das Turnier bisher souverän gemeistert, waren Gruppensieger in der Vorrunde geworden und wurden bereits zu den Favoriten gezählt. Aber gegen diese Fußballroboter fanden wir einfach kein Rezept. Wir hatten schon alles versucht, kurze Pässe, weite Pässe, plötzliche Flügelwechsel und schnelle Angriffe durch die Mitte. Es half nichts. Immer wieder blieb der Ball in ihrer perfekt gestaffelten Abwehr stecken. Wir mussten es uns schon als Erfolg anrechnen, dass wir das 0:0 so lange hatten halten können. Aber wir hatten ihnen nicht wirklich etwas entgegenzusetzen. Uns allen war klar, dass das Roboteam uns wie eine Dampfwalze platt machen würde, wenn uns nicht bald ein wirksames Gegenmittel einfiel.

Ich stand einige Meter vor unserem Strafraum und konnte beobachten, wie sich im Mittelfeld ein erneuter Angriff ankündigte. Die Roboter schoben den Ball hin und her, testeten unsere Reaktionen, suchten nach Schwachstellen. Es waren zunächst noch harmlos wirkende Turbulenzen. Doch wie bei einem Gewitter bauten sie sich rasch zu einer bedrohlichen Wolkenfront auf, die nach Entladung drängte.

Blitzartig schossen auf einmal drei Spieler aus der Mittelfeldwolke hervor und liefen auf unser Tor zu. Wir reagierten sofort. Jan und Erik nahmen den ballführenden Stürmer auf der linken Seite in die Zange.

Der ließ sie jedoch gar nicht so nahe herankommen, dass sie ihm gefährlich werden konnten, sondern schlug eine steile Flanke in den Lauf des mittleren Angreifers.

Es war eine Frage von Zentimetern. Einen weniger präzis ausgeführten Angriff hätte ich problemlos abgefangen. Aber jetzt wusste ich, dass ich zu spät kommen würde, wenn auch nur um Sekundenbruchteile. Mein Stellungsspiel war gut, aber dieser Stürmer war noch besser. Er würde vor mir an den Ball kommen und musste dann nur noch den Torwart überwinden. Eine Kleinigkeit, bei dem Tempo, mit dem er heranstürmte.

Ich hatte keine Wahl. Den Ball konnte ich zwar nicht mehr erreichen, doch für eine Grätsche zwischen die Beine meines Gegenspielers reichte es gerade noch. Er stürzte. Der Angriff war gestoppt. Vorübergehend waren wir wieder im Ballbesitz, denn meine Mannschaftskameraden hatten dem Schiedsrichter im entscheidenden Moment die Sicht versperrt.

Es war kein schönes Spiel, aber eine andere Chance hatten wir nicht. Zum dritten Mal hatte ich jetzt schon die Notbremse gezogen und meinen Gegner mit nicht ganz astreinen Mitteln abgewehrt. Ihm schien das erstaunlicherweise nichts auszumachen. Er protestierte nie, sondern stand einfach auf, schaute kurz zu seinen Mitspielern und spielte weiter. Kein Zeichen von Wut oder Enttäuschung, selbst wenn auf diese Weise eine sichere Torchance vereitelt wurde. Sie gaben sich nicht die geringste Blöße. Es war ein Verhalten, das mir nie zuvor begegnet war, irritierend, aber auch ermutigend. Einem Gegner, der sich nicht beklagt, tritt man gern wieder die Beine weg. Es hatte auch Vorteile, gegen emotionslose Maschinen zu spielen.

Als der gefoulte Stürmer jetzt aufstand, hatte ich allerdings das Gefühl, als würden seine Kameraaugen mich fixieren. Ungewöhnlich lange blieb sein Blick auf mich gerichtet. Ich bekam Angst.

Vorhersagbarkeit und freier Wille

Interessanterweise vermuten wir die Existenz eines freien Willens immer dann, wenn wir das Verhalten eines Gegenübers nicht genau vorhersagen können, oder wenn sich das Gegenüber nicht in der erwarteten Weise verhält. Das manifestiert sich schon in der Alltagssprache: Das Auto will nicht anspringen – wir unterstellen, dass das unerklärliche Verhalten aus einem gegen uns gerichteten Willen entspringt. So wie wir das einem Menschen unterstellen, der sich anders als erwartet verhält. Wir sind vor allem darauf eingestellt, mit anderen Menschen zusammenzuleben, das Einschätzen ihres Verhältnisses zu uns ist lebenswichtig. Deshalb haben wir dafür so viele Fähigkeiten entwickelt. Wir schätzen unsere Mitmenschen anhand von Sprache, Augenbewegung, Gesichtsausdruck, Körperhaltung, Geruch und vielen anderen Merkmalen schon unbewusst ein. Zusätzlich versuchen wir Informationen durch direkte Gespräche oder durch Befragen Dritter zu erhalten.

Besonders die unbewussten Einschätzungen funktionieren so perfekt, dass sie auch sofort anschlagen, wenn sich etwas so verhält »als ob«. Es ist immer wieder faszinierend (auch an sich selbst) zu beobachten, wie den Aibos sofort Hunde-Persönlichkeiten zugeordnet werden, nur weil sie so schön mit dem Schwanz wedeln oder das Maul aufreißen. Und wenn sie sich dann noch hinter dem Ohr kratzen, ist sofort klar, dass sie etwas verlegen oder nachdenklich sind.

Menschen, die sich ein Design ihrer Persönlichkeit zulegen, wollen damit in bestimmter Weise wahrgenommen werden, sie drücken Einverständnis mit den angenommenen Merkmalen und bewusste Zugehörigkeit zu Gruppen oder Schichten aus. Umgekehrt wird ein Design auch Menschen aufgezwungen, um ihre Individualität zu beschränken. Beim Militär sind selbst die Körperbewegungen genormt, das Verhalten ist vorhersehbar, der eigene Wille ist eingegrenzt. Man muss die so beschränkte Individualität aber nicht nur negativ sehen. Die menschliche

Gesellschaft funktioniert nur, wenn wir uns gegenseitig einschätzen können. Es erleichtert das Leben, wenn zum Beispiel ein Polizist an seinem Äußeren erkennbar ist.

Betrachten wir die Roboter. Der Roboter, dessen Verhalten wir vorhersagen können (weil wir ihn programmiert haben), hat demnach keinen eigenen Willen. Er macht zuverlässig das, was wir ihm vorgegeben haben. Hoffentlich. Sobald es nicht klappt, unterstellen wir ihm Widerspenstigkeit und böse Absicht, zumindest vom Gefühl her. Unser Verstand sagt uns natürlich, dass das nicht sein kann.

Wenn aber das Programm komplizierter wird, können wir vielleicht nicht mehr vorhersagen, was unser Roboter machen wird. Er könnte uns zum Beispiel im Schach besiegen. Das Programm dafür haben wir selbst geschrieben, aber nur der Computer im Roboter kann damit Spielzüge ausrechnen – Züge, auf die wir selbst nicht kommen würden.

Trotzdem würden wir immer noch nicht sagen wollen, dass der Roboter Bewusstsein oder einen freien Willen hat, weil wir das Programm ja genau kennen. Das kann sich ändern, wenn wir den Roboter mit Fähigkeiten zum Lernen ausstatten. Jetzt wissen wir vielleicht wirklich nicht mehr, warum er sich so oder anders verhält. Zwar haben wir das Lernprogramm auch selbst entworfen, aber wir müssten schon alle Situationen kennen, in denen der Roboter etwas gelernt hat. Vielleicht könnten wir dann erklären, wie er zu seinem Verhalten kommt. So wie wir manchmal versuchen, das Verhalten von Menschen aus den Erlebnissen ihrer Kindheit zu erklären.

Aber alle prägenden Einflüsse eines lernenden Roboters nachvollziehen zu wollen ist ziemlich aussichtslos. Obendrein spielen im Lernprogramm auch zufällige Elemente eine Rolle. Leichter wäre es da noch, das durch das Lernen entstandene Programm zu analysieren. Aber dann sind wir wieder in der Situation wie beim Schachprogramm: Wir verstehen, nach welchen Regeln die Entscheidungen getroffen werden, aber wir können nicht sagen, welche Entscheidungen dabei herauskommen. Allerdings gäbe es da einen Trick: Wir fertigen eine Kopie des Programms an. Ehe wir den Roboter handeln lassen, simulieren wir seine Handlung mit Hilfe dieser Kopie.

Von einer anderen Warte aus ist es aber vielleicht ganz einfach, das Verhalten eines lernenden Roboters zu erklären. Wenn er Lesen lernen soll, wissen wir am Anfang nicht, ob er die einzelnen Buchstaben richtig erkennt. Wenn er es gelernt hat, dann können wir vorhersagen, wie er einen Buchstaben erkennt: Er wird den korrekten Buchstaben erkennen.

Wie er das erreicht hat, brauchen wir nicht zu wissen. Wenn er lernen sollte, nur in aussichtsreichen Situationen einen Torschuss zu wagen, und wenn er dann mit großer Sicherheit Tore erzielt, müssen wir auch über seine Lerngeschichte nichts mehr wissen. Wir stellen einfach fest, dass er gelernt hat, sich optimal zu verhalten, und schon ist sein Verhalten gut vorhersagbar.

Das erscheint in gewisser Weise paradox. Das Bestreben eines mit freiem Willen begabten Wesens könnte sein, sich optimal zu verhalten. Dann unterliegt sein Handeln diesem Diktat, und sein Verhalten ist mehr oder weniger vorherbestimmt. Demnach würde sich freier Wille nur noch darin äußern können, sich bewusst nicht zweckmäßig zu verhalten. Zu unserem Glück kann man viele unterschiedliche Ziele auswählen, und die Wege dahin sind meist nicht planbar, es bestehen also viele Möglichkeiten, sich frei zu entscheiden. Aber was bestimmt unsere Entscheidungen?

Freiburg im Angriff in der Middle Size League Stockholm 1999

Hackentricks und Fallrückzieher

Thomas Röfer über die Schwierigkeiten, Roboterhunden das Fußballspiel beizubringen

Thomas Röfer ist wissenschaftlicher Assistent für kognitive Robotik am Fachbereich Informatik der Universität Bremen und Mitglied des »German Team« in der Sony Legged Robot League

FRAGE: Herr Röfer, wie sind Sie zum RoboCup gekommen?

RÖFER: Hier am Fachbereich werden im Rahmen des Hauptstudiums zweijährige studentische Projekte veranstaltet. Es gab auch bereits eine Arbeitsgruppe zum RoboCup im Bereich der Simulationsliga, die von Ubbo Visser geleitet wurde. Wir hatten die Idee, die Beteiligung am RoboCup gemeinsam im Rahmen eines solchen studentischen Projekts auf die Roboterligen auszuweiten.

FRAGE: War es von vornherein klar, dass Sie in der Sony Legged Robot League antreten würden?

RÖFER: Nein, nicht von vornherein. Wir haben uns aber recht schnell für diese Liga interessiert, weil sie die einzige ist, in der man die Roboter nicht selber bauen muss. Schließlich sind wir Informatiker und keine Maschinenbauer. Hinzu kam, dass wir uns zu dem Zeitpunkt auch für eine Teilnahme am DFG-Schwerpunktprogramm zum RoboCup interessierten. Da bot sich diese Liga ebenfalls an, nachdem das Team der Humboldt-Universität sich für andere Teilnehmer zur Bildung eines Nationalteams geöffnet hatte.

FRAGE: Hatten Sie davor schon Erfahrung mit anderen Roboter- oder KI-Wettbewerben?

RÖFER: Nein. Unser zentrales Projekt hier in Bremen ist der autonome Rollstuhl, der eignet sich nicht besonders für Wettbewerbe.

FRAGE: Das heißt, mit Robotik hatten Sie schon zu tun?

RÖFER: Ja, dieser Rollstuhl ist auch schon unser zweites Modell. Beide sind mit Sensoren und einem Rechner ausgestattet, sind also in gewisser Hinsicht Roboter .

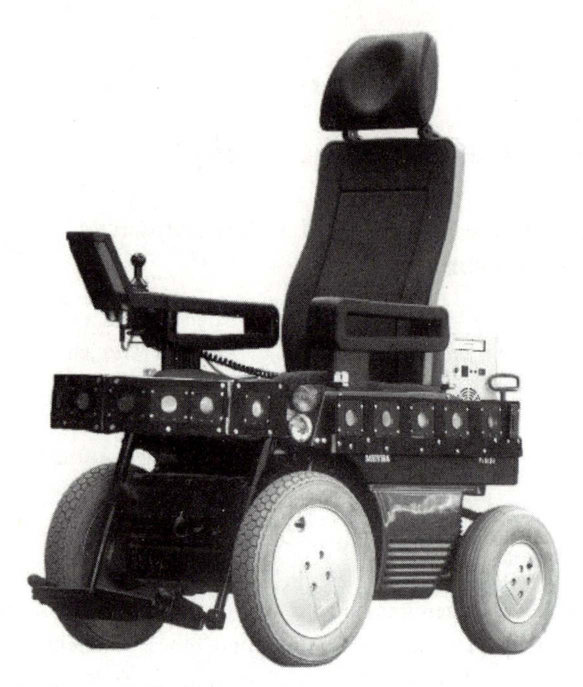

Rolland, der Bremer Rollstuhl

FRAGE: Konnten Sie auf diesen Erfahrungen bei der Programmierung der Sony-Roboter aufbauen?

RÖFER: Ja, es gibt da einige Grundtechniken, die man übernehmen kann, zum Beispiel für die Selbstlokalisierung der Roboter auf dem Platz. Dazu gibt es in der allgemeinen Robotik mittlerweile eine ganze Menge Wissen. Das haben wir erstmals bei der WM 2001 in Seattle umgesetzt und waren damit bei der WM 2002 in Fukuoka sogar ziemlich erfolgreich.

Das deutsche Nationalteam

FRAGE: Seattle war dagegen eher enttäuschend?

RÖFER: Davor hatten einige der Teams, die jetzt zum Nationalteam gehören, versucht, allein in die Sony-Liga zu kommen. Damals war die

Liga aber noch nicht offen. Es wurde versucht, von allen Kontinenten möglichst gleich viele Teilnehmer zu haben. Da Europa schon ziemlich zahlreich besetzt war, wurde aus Deutschland kein zweites Team akzeptiert. Daraufhin gab es Diskussionen mit Sony über die Bildung eines Nationalteams. Zu diesem Zeitpunkt war die Softwareumgebung der Roboter noch nicht offen, weshalb alle Teilnehmer eine Geheimhaltungserklärung unterschreiben mussten, bevor sie die Roboter für den RoboCup programmieren durften. Inzwischen hat sich das geändert. Heute können Sie die Software für den Aibo frei aus dem Internet herunterladen. Aber damals führten diese Verhandlungen dazu, dass wir erst sehr spät die Roboter bekamen, etwa Mitte Mai 2001. Damit blieben nur ungefähr zwei Monate bis zur Weltmeisterschaft, bis zu den German Open sogar nur zwei Wochen. An Letzteren haben wir dann gar nicht erst teilgenommen. Und bei der WM haben wir keine besonders gute Figur gemacht.

FRAGE: Die German Open sind aber eigentlich als Test für die Weltmeisterschaft gedacht?

RÖFER: Ja. Allerdings gab es 2001 einfach noch nicht so viel zu testen, weil die Vorbereitungszeit zu kurz war. Das sah im folgenden Jahr ganz anders aus. Das war tatsächlich ein Test, bei dem die Teams ihre verschiedenen Lösungsansätze erproben konnten.

FRAGE: Wie organisieren Sie das Nationalteam? Hat jedes einzelne Universitätsteam spezielle Aufgaben? Oder versuchen alle erst einmal Komplettlösungen zu programmieren?

RÖFER: Unser Hauptinteresse besteht darin, bei den Weltmeisterschaften gut abzuschneiden. Insofern arbeiten wir eigentlich immer zusammen. Es gibt ein zentrales Programm. Dafür haben wir eine Architektur entwickelt, die es ermöglicht, für einzelne Aufgaben verschiedene Lösungen einzusetzen und zwischen diesen auch umzuschalten, sogar während der Roboter läuft. Das erleichtert es uns, die bei den German Open getesteten Lösungen der verschiedenen Teams schnell zu integrieren. Das heißt, bis etwa einen Monat vor den German Open arbeiten wir alle zusammen. Dann arbeitet jedes Team mehr oder weniger geheim an den eigenen Entwicklungen, die schließlich im Wettbewerb aufeinander treffen. Gleich danach gibt es einen Workshop, in dem wir wieder gemeinsam darüber beraten, welche Lösungen am besten waren und bis zur WM weiter entwickelt werden sollen.

FRAGE: Normalerweise ist der Austausch verschiedener Komponenten keine leichte Sache ...

RÖFER: Deswegen haben wir relativ viel Zeit in die Entwicklung der zugrunde liegenden Architektur investiert, die diesen Austausch auf unkomplizierte Weise ermöglicht. Mittlerweile gibt es drei Methoden zur Selbstlokalisation der Roboter, die alle ihre Stärken und Schwächen haben, und mehrere Ansätze zur Bildverarbeitung. Bei der Verhaltensauswahl ist dagegen nur das Modell der Berliner übrig geblieben, obwohl sie im Endspiel gegen die Darmstädter verloren haben. In den anschließenden Diskussionen waren wir uns aber einig, dass der Berliner Ansatz besser, wenn auch noch nicht weit genug entwickelt war.

Selbstlokalisierung

FRAGE: Jetzt haben Sie schon die wesentlichen Herausforderungen der Sony-Liga knapp zusammengefasst. Darüber würde ich gern mehr erfahren. Fangen wir mal mit der Orientierung auf dem Feld an. Welche drei Ansätze zur Selbstlokalisierung gibt es denn?

RÖFER: Bei den letzten German Open wurden zwei konkurrierende Ansätze verwendet. Das ist zum einen die in Bremen entwickelte Monte-Carlo-Lokalisierung. Dabei wird im Prinzip eine Wahrscheinlichkeitsverteilung der verschiedenen möglichen Positionen des Roboters verwaltet. Man geht also nicht davon aus, dass er an einer bestimmten Stelle steht, sondern rechnet für jede Position die Wahrscheinlichkeit aus, dass er sich gerade dort aufhält, und ermittelt dann, wo er tatsächlich ist. Der Vorteil dieser Methode besteht darin, dass man Unsicherheiten bei der Wahrnehmung damit recht gut ausgleichen kann. Ein Nachteil ist die hohe Rechenintensität. Die Darmstädter haben daher ein anderes Verfahren entwickelt, das sich an der Selbstlokalisierung des Weltmeisters von 2000 und 2001 anlehnt: Dabei werden einzelne Messungen mit den gespeicherten Bewegungen des Roboters abgeglichen. Rechentechnisch ist das etwas einfacher, ist aber sehr empfindlich gegenüber Schwankungen bei den Lichtverhältnissen. Wir sind daher in Fukuoka mit der Monte-Carlo-Lokalisierung angetreten und waren damit auch recht erfolgreich. Unser Team war eins der wenigen, die automatisch ihre Startaufstellung einnehmen konnten. Das dritte Verfahren haben wir so noch nicht eingesetzt. Es ist eher eine Entwicklung für die Zukunft, wenn die Farbmarkierungen am Spielfeldrand wegfallen. Hierfür haben wir ein Verfahren entwickelt, aber noch nicht fertig getestet, das die Feldlinien und die Tore zur Orientierung nutzt.

FRAGE: Das wäre schon deutlich dichter am menschlichen Fußball.

RÖFER: Genau. Im Jahr 2003 wird es einen so genannten Challenge geben, bei dem Roboterteams außerhalb des eigentlichen Wettbewerbs demonstrieren sollen, dass sie diese Orientierung ohne Farbmarkierungen beherrschen. Wenn das einigermaßen erfolgreich abläuft, könnten bei den Meisterschaften 2004 die Farbmarkierungen auch im offiziellen Wettbewerb entfernt werden. Die farbigen Tore werden allerdings vorerst bleiben.

FRAGE: Für die Selbstlokalisierung werden nur Kameradaten ausgewertet?

RÖFER: Ja, aber um mit den Bildern der Kamera im Kopf des Roboters etwas anfangen zu können, müssen die Gelenkwinkel des Kopfes mitberücksichtigt werden. Der Kopf kann sich ja ziemlich flexibel bewegen. Wenn der Roboter zur Seite schaut, erscheint das Kamerabild unter Umständen um 90 Grad gekippt. Diese Verzerrungen werden herausgerechnet, so dass am Ende ein Bild entsteht, das parallel zur Spielfeldebene steht.

FRAGE: Nutzen Sie auch die so genannten Odometrie-Daten, also eine Art Buchführung über die Bewegungen des Roboters?

RÖFER: Ja, aber die sind bei den Sony-Robotern extrem ungenau. Bei fahrenden Robotern misst man die Radumdrehungen und hat damit ganz ordentliche Anhaltspunkte über die Bewegung, jedenfalls so lange die Bodenhaftung einigermaßen gut ist. Bei den Sony-Robotern können wir dagegen nur die Bewegungsbefehle summieren, was erheblich ungenauer ist. Sobald der Roboter etwa mit einem Hindernis kollidiert, werden die Odometrie-Daten unbrauchbar, denn seine Beine bewegen sich immer noch, obwohl er keinen Zentimeter vom Fleck kommt.

FRAGE: Zum Abgleich mit anderen Daten können sie aber schon verwendet werden?

RÖFER: Ja, denn wenn der Roboter eine Farbmarkierung sieht, kann er noch nicht eindeutig sagen, wo er sich befindet. Dafür muss er erst noch eine zweite finden. Zwischendurch bewegt er sich aber. Um diese nacheinander erfolgenden Messungen aufeinander abstimmen zu können, brauchen wir daher diese Bewegungsdaten.

Aktionsauswahl

FRAGE: Jetzt weiß der Roboter also, wo er steht und wo der Ball ist. Wie entscheidet er nun über eine geeignete Aktion?

RÖFER: Das ist ziemlich kompliziert. Zunächst einmal haben die Roboter verschiedene Rollen. Wir spielen mit einem Torwart, einem Verteidiger und zwei Stürmern, die links und rechts postiert sind. Deren Verhaltensauswahl erfolgt auf Grundlage eines großen, ziemlich komplizierten Plans, wie Fußball gespielt wird. Der Roboter befindet sich immer an einer bestimmten Stelle dieses Plans, in dem auch Übergänge von einer Situation in andere definiert sind. Eine einfache Situation wäre etwa, wenn der Roboter nahe am Ball ist und dahinter das Tor sieht: Das wäre eine klare Bedingung, um in den Zustand »Torschuss« überzugehen. Dieser Plan ist für die verschiedenen Rollen unterschiedlich. Der Torwart zum Beispiel geht nicht weit aus seinem Tor heraus, ihm ist auch als einzigem Spieler erlaubt, sich im Strafraum aufzuhalten. Eine Besonderheit unseres Systems, die sich in Fukuoka recht erfolgreich bewährt hat, ist die Vielzahl von Aktionen, die unseren Spielern zur Verfügung stehen. Sie können auf sehr unterschiedliche Weise schießen: geradeaus, schräg nach vorn oder sogar nach hinten mit einer Art Fallrückzieher. Auch einen Hackentrick, der schräg nach hinten geht, haben wir programmiert. Dadurch ersparen wir den Robotern die Notwendigkeit, sich erst einmal langwierig in Schussposition hinter den Ball bringen zu müssen. Wir waren in Fukuoka die Einzigen, die solche Techniken angewandt haben. Leider waren wir insgesamt etwas langsam, was uns gegen den späteren Vize-Weltmeister eine herbe Niederlage eingebracht hat. Aber ansonsten war dieser Ansatz sehr ermutigend und hat die Roboter sehr häufig gut ins Spiel gebracht.

FRAGE: Ist es bei der Programmierung solcher Schusstechniken nicht ein Problem, dass der Ball, wenn er in guter Schussposition vor dem Fuß liegt, sich zugleich außerhalb des Sichtfeldes der Kamera befindet?

RÖFER: Das Problem ist noch nicht gelöst. Es wird einfach angenommen, dass der Ball sich dort befindet, wo die Kamera ihn zuletzt gesehen hat. Das klappt natürlich nur, so lange der Roboter den Ball vor dem

Schuss nicht noch einmal zufällig berührt – was leider relativ häufig vorkommt. Unseren Fallrückzieher hat man ziemlich oft gesehen, ohne dass ein Ball im Spiel war. Daran müssen wir noch arbeiten, also beispielsweise noch einbauen, dass der Roboter sich vergewissert, den Ball wirklich gegriffen zu haben, bevor er den Fallrückzieher ausführt.

FRAGE: Brauchen die Roboter dafür nicht taktile, berührungsempfindliche Sensoren?

RÖFER: Das lässt sich auch über die Gelenkwinkel machen. Wenn der Spieler den Ball gegriffen hat, lassen sich die Gelenke nicht so weit zusammenbringen wie ohne den Ball. Die früheren Weltmeister und jetzigen Vize-Weltmeister von UNSW (University of New South Wales) haben den Unterkiefer in dieser Weise genutzt, um festzustellen, ob der Ball sich gerade unter dem Kopf des Roboters befindet. Wenn er sich nicht ganz herunterklappen ließ, ging er davon aus, dass der Ball dort ist.

Lernen und Kooperation

FRAGE: Sind die Roboter lernfähig?

RÖFER: Unsere sind es momentan nicht. Auch bei anderen physischen Robotern wird noch nicht viel mit Lernen gearbeitet. Die Vielzahl von Versuchen, mit denen in der Simulationsliga gearbeitet wird, lässt sich in den übrigen Ligen nicht durchführen. Die Karlsruhe Brainstormers, die mit ihren Lernalgorithmen recht erfolgreich sind, lassen ihre Spieler 25.000 Mal und öfter bestimmte Situationen durchspielen. Ein realer, physischer Roboter wäre da längst hinüber, bevor er überhaupt den ersten Schritt gelernt hätte. Allerdings hat das Dortmunder Team der Sony-Liga versucht, die Roboter das Laufen lernen zu lassen. Das ist ihnen auch ein Stück weit gelungen. Allerdings wurden dabei ziemlich viele Roboter verschlissen.

FRAGE: Inwieweit kooperieren die Spieler miteinander?

RÖFER: Bei der WM 2002 war es damit noch nicht weit her, weil das Funknetz erst kurz vor dem Turnier zur Verfügung stand. Wir haben damit experimentiert, die Roboter sich gegenseitig ihre Positionen und die von ihnen beobachtete Position des Balles mitteilen zu lassen. Es hat sich aber herausgestellt, dass diese Positionsangaben zu ungenau sind, um sie häufig einzusetzen. Es summieren sich einfach zu viele Fehler: der Fehler der beobachteten Ballposition, der Fehler bei der Selbstlokalisierung des beobachtenden Roboters und der Fehler bei der Selbstlokalisierung des Roboters, der diese Meldung empfängt. Daher lassen wir die Roboter solche übermittelten Ballpositionen nur verwenden, wenn sie den Ball nach mehreren Sekunden nicht auf andere Weise finden konnten. Das funktioniert ganz gut. Gute Erfahrungen haben wir auch damit gemacht, dass die Roboter sich gegenseitig mitteilen, wie weit sie vom Ball entfernt sind, wenn sie beabsichtigen, dorthin zu gehen. Auf diese Weise konnten wir häufig vermeiden, dass sie sich gegenseitig behindern. Es kann allerdings auch vorkommen, dass der Spieler, der glaubt, eher an den Ball zu kommen, sich in einen anderen Roboter verkeilt, während der andere, vermeintlich weiter entfernte Spieler stehen bleibt.

FRAGE: Die Energieversorgung ist bei der jetzigen Dauer der Spiele wohl noch kein Problem?

RÖFER: Nein, die Akkus halten bis zu einer halben Stunde.

FRAGE: Haben sich in der Sony-Liga schon bestimmte Standards etabliert?

RÖFER: Auf jeden Fall gibt es einige Dinge, die für gute Teams kein großes Problem mehr darstellen. Die Frage der Selbstlokalisierung ist zum Beispiel einigermaßen gelöst, jedenfalls bei freiem Sichtfeld. Gut gelöst ist auch das Laufen selbst. Da haben sich alle an dem vom Ex-Weltmeister UNSW entwickelten Kriechgang orientiert, bei dem die Roboter quasi auf den vorderen Unterschenkeln laufen. Der ist für die WM 2002 sogar noch etwas verbessert worden, da berührten nur die Ellbogengelenke dicht nebeneinander den Boden, während die Pfoten schräg nach oben zeigten. Das hatte den Vorteil, dass die Roboter sich seltener mit anderen Spielern verhakten. Natürlich lässt sich da noch vieles verfeinern, aber im Prinzip bereitet das Laufen keine Probleme mehr. Es könnte sich allerdings einiges ändern, wenn die Farbmarkierungen am Spielfeldrand wegfallen. Denn eine Idee dieses tiefen Kriechgangs ist es, möglichst gleichzeitig den Ball und die Farbmarkierungen im Blick zu haben. Wenn wir uns dagegen an den Linien orientieren, könnte ein höherer Gang wieder interessanter werden. Klar ist auch, dass man mit einem hohen Gang schneller ist. An der Universität Darmstadt sind dazu Simulationsrechnungen durchgeführt worden, die eine theoretische Höchstgeschwindigkeit von knapp 30 Zentimetern pro Sekunde ergeben haben. Wir liegen momentan bei etwa 15 Zentimetern pro Sekunde.

FRAGE: Wer sind gegenwärtig die führenden Teams in der Sony-Liga?

RÖFER: Dazu zählen sicherlich UNSW und CMU, das Team von der Carnegie Mellon University, die beide sowohl 2001 als auch 2002 das Endspiel bestritten haben, wobei CMU im Jahr 2002 durch Elfmeterschießen gewonnen hat. Sehr stark verbessert hat sich auch das Team aus Melbourne. Überraschend waren schließlich die »Newbots« aus Newcastle in Australien, die zum ersten Mal dabei waren und gleich ins Halbfinale gekommen sind. Von den Ergebnissen her zählten wir auch zu den besten Teams, haben aber gegen die beiden Finalisten UNSW und CMU verloren.

FRAGE: Lassen sich Schwerpunkte in den gegenwärtigen Aktivitäten der Sony-Liga ausmachen?

RÖFER: Wir wollen uns als nächstes auf die Verbesserung des Weltmodells konzentrieren, also des Modells, das der einzelne Roboter und das Team von den Positionen der übrigen Spieler und des Balls haben. Jeder Roboter soll möglichst robuste Informationen über den Zustand des Spielfelds haben, auch in den Bereichen, die er gerade nicht sieht. Auch beim Verhalten wird sich einiges tun. Wir würden es gern dynamischer gestalten. Zurzeit können unsere Spieler sich beispielsweise nicht auf die veränderte Situation einstellen, wenn ein Roboter vom Platz genommen wird. Sie spielen dann weiter, als wären sie weiterhin vollzählig. Vor allem müssen wir aber schneller werden. Das war bei der WM 2002 unser Hauptproblem.

FRAGE: Gibt es einen Erfahrungsaustausch mit anderen Ligen beim RoboCup?

RÖFER: Die Berliner verwenden jetzt in der Simulationsliga die gleiche Softwarearchitektur, wobei das Spiel in der Simulationsliga natürlich deutlich fortgeschrittener ist, auch das Wissen der Spieler über ihre Umgebung. Hier in Bremen wollen wir vom Team der Simulationsliga einige Ideen zur Spielstrategie und Gegneranalyse übernehmen, die in der Sony-Liga Sinn machen könnten. Allerdings habe ich meine Zweifel, ob das zur WM 2003 schon anwendungsreif sein wird.

FRAGE: Welchen Stellenwert hat der RoboCup in ihrer Lehr- und Forschungstätigkeit? Sind vom RoboCup schon Impulse in andere Bereiche der Robotik und KI ausgegangen?

RÖFER: Ja, die Strategie- und Bewegungsanalyse des Gegners hat Bedeutung für den autonomen Rollstuhl, der bei uns entwickelt wird. Die gleiche Software kann auch Aussagen über die Bewegungen von Menschen in der Nähe des Rollstuhls ermöglichen. Sie kann zum Beispiel erkennen, ob der Rollstuhl sich gerade auf einem Fußweg bewegt, auf dem alle in die gleiche Richtung laufen, oder ob die Bewegungen eher durcheinander gehen, und das Fahrverhalten entsprechend anpassen. Das wollen wir relativ kurzfristig umsetzen. Langfristig stellen wir uns vor, diese Strategieanalyse auch auf elektronische Märkte anzuwenden. Da gibt es ja auch gegnerische Agenten, die sich zwar nicht bewegen, aber bestimmte Handlungen vornehmen, auf die man sich einstellen muss.

FRAGE: Gibt es Momente beim RoboCup, die Sie als besonders bewegend oder aufregend in Erinnerung behalten haben?

RÖFER: Also, wir haben es irgendwie noch nie geschafft, wirklich gut vorbereitet zum RoboCup zu kommen ...

FRAGE: Da sind Sie, glaube ich, nicht die Einzigen. Das habe ich schon oft gehört.

RÖFER: Ja, deswegen ist es sehr wichtig, dass das erste Spiel gut läuft. Und das war in Fukuoka der Fall, wo wir sogar drei von vier Spielen der Vorrunde gewonnen haben. Das war eine große Erleichterung. Ein großer Schrecken dagegen war es, dass wir aufgrund eines Programmierfehlers zwei Spiele hintereinander ohne Funk-LAN gespielt haben. Das hatte zur Folge, dass die Roboter bei Beginn des Spieles, in dem Moment, als sie den Ball sahen, erst einmal zusammenbrachen. Da steht man dann erstmal ziemlich ratlos daneben.

FRAGE: Wie schätzen Sie das Fernziel ein, bis 2050 mit humanoiden Robotern die Fußball-WM zu gewinnen? Wo sehen Sie die größten Hürden auf dem Weg dorthin?

RÖFER: Hürden gibt es sicherlich eine ganze Menge. Dazu muss man sich nur kurz hintereinander ein RoboCup-Spiel und ein menschliches Fußballspiel ansehen. In gewisser Weise ist es ohnehin ein künstliches Ziel, weil man die Roboter dafür ziemlich stark einschränken muss. Wir können ja keine Spezialmaschinen aufs Feld schicken. Sie müssen schon menschenähnlich sein. Ich glaube, wir sind auf einem ganz guten Weg. Es ist aber auch ganz gut, noch 48 Jahre Zeit zu haben. Denn allein bis Roboter schnell laufen können, noch dazu auf unebenem Untergrund, wird es noch einige Zeit dauern. Die Roboter sollten ja möglichst auch in der Lage sein, bei jedem Wetter zu spielen. Die Übersicht, die Menschen über das Spielgeschehen haben, mit Robotern zu erreichen, ist ebenfalls eine große Herausforderung. Da muss bei der Verhaltenssteuerung noch sehr viel gemacht werden. Aber die größten Probleme sehe ich doch bei der Mechanik: Roboter, die laufen, springen und köpfen können.

FRAGE: Hätten Sie Lust, mit humanoiden Robotern zu arbeiten?

RÖFER: Im Moment geht es in der humanoiden Liga noch darum, Roboter zu konstruieren. Das ist nicht mein Gebiet. Wahrscheinlich wird sich aber die Sony-Liga irgendwann erledigen, wenn man mit humanoiden Robotern das machen kann, was wir heute mit den vierbeinigen Sony-Robotern machen. Wenn Sony uns dann zweibeinige Roboter zur Verfügung stellt, um sie zu programmieren, wäre ich sehr froh.

Sony-Roboter (Typ ERS1100) im Tor. Melbourne 2000.

Die Sinnlichkeit von Robotern

Sensoren sind Sinnesorgane: Mit ihnen kann man Informationen aus der Umwelt aufnehmen, den Zustand der Umgebung erfassen und Mitteilungen von anderen aufnehmen. Vom Menschen ausgehend, denken wir zunächst vielleicht an Augen, Ohren, Haut, Mund und Nase. Wir können Licht, Schall, Wärme, Feuchtigkeit, Kraft und Bewegung, Geruch und Geschmack wahrnehmen. Wir haben auch Sinnesorgane, mit denen wir innere Zustände unseres Körpers wahrnehmen, so wie Hunger, Durst, Erschöpfung, Temperatur, aber auch das eigene seelische Befinden wird erfasst, gefühlt, empfunden.

Durch geschickte Ausnutzung physikalischer und chemischer Zusammenhänge können wir unsere Möglichkeiten zur Informationsbeschaffung erweitern. Die Kompassnadel zeigt uns ein Magnetfeld an. Mit unserem Wissen über das irdische Magnetfeld können wir daraus die Himmelsrichtung bestimmen. Unsere Sinnesorgane lassen uns oft nur qualitative Unterschiede wahrnehmen, mit zusätzlichen Messgeräten können wir sie in Zahlen ausdrücken. Wir bemerken zwar Unterschiede von Geschwindigkeiten, aber nach schneller Fahrt auf der Autobahn scheint der Wagen bei 50 Stundenkilometern auf der Ausfahrt schon fast zu stehen, ein Irrtum, der verhängnisvoll sein kann. Wir müssen uns auf die Instrumente verlassen.

Bei einem Roboter können solche Sensoren bereits Teil seiner selbst sein. Mit Hilfe von Ultraschall-Sensoren oder Infrarot-Sensoren kann er Hindernisse in seiner Nähe erkennen, mit Laserscannern kann er Entfernungen exakt vermessen. Mit Hilfe von Bewegungsmessern kann er zurückgelegte Entfernungen bestimmen, allerdings sind diese Verfahren nicht so zuverlässig. Er kann künstlich angelegte Orientierungssysteme bis hin zum Satelliten-basierten »Global Positioning System (GPS)« verwenden. Mit Hilfe von Radar kann er sogar durch Wände hindurchsehen. Innere Sensoren können Hinweise über verfügbare Energie, Temperatur, Druck und so weiter geben. Ob ein Roboter auch Gefühle haben sollte, wird heftig diskutiert. Ein wichtiger Gesichtspunkt dabei könnte die Kommunikation mit dem Menschen sein: Für uns ist es sehr wichtig, die Gefühle anderer einzuschätzen, daraus können wir uns auf ihre Handlungen besser einstellen. Vielleicht sollte uns ein Roboter auch durch die Körperhaltung zeigen, wann seine Energiereserven am Ende sind.

Als Sensor kann eigentlich alles dienen, was auf den Zustand oder eine Zustandsänderung der Umwelt reagiert und dadurch Information vermitteln kann. So gesehen könnte selbst ein fallender Stein als Sensor fungieren. Das mag zunächst auf Ablehnung stoßen, denn natürlich fällt er nach unten, wir erfahren dadurch nichts Neues. Das liegt aber nur daran, dass wir sicher sind, dass das Schwerefeld existiert. Deshalb liefert der fallende Stein keine interessante Information. Das wäre anders auf einer Raumstation mit künstlichem Schwerefeld. Dort wären sehr wohl Sensoren zur Überwachung der Schwerkraft notwendig.

Sensoren sind mit einem Zweck verbunden, sie sollen Informationen über die Umgebung liefern. Die Informationen ermöglichen sinnvolle Handlungen, oder sie befriedigen einfach die Neugier. Im Roboter werden die gemessenen Werte häufig in elektronisch auswertbare Signale umgewandelt. Sie können dann in einem Computer ausgewertet und weiterverarbeitet werden. Der Computer sendet dann seinerseits Signale an die so genannten Aktuatoren zur Ausführung von Handlungen. Aktuatoren können Beine oder Räder zur Fortbewegung sein, Arme zum Greifen oder Produzenten von Nachrichten, sei es durch Funk-, Schall- oder Lichtsignale. Ein Roboter kann mit Hilfe seiner Sensoren feststellen, wo er sich gerade befindet, er kann anhand einer Karte den Weg zu einem Ziel berechnen und sich dann in Bewegung setzen. Unterwegs achten seine Abstandssensoren auf Hindernisse und ermöglichen ihm, diese sicher zu umfahren.

Das führt zu einem speziellen Bild der Steuerung von Robotern, das zuweilen auch auf den Menschen übertragen wird: Einerseits ist da der Computer, das Gehirn, das Informationen aufnimmt, verarbeitet und in Handlungsanweisungen umsetzt. Auf der anderen Seite ist der Körper mit seinen Sinnesorganen, die Signale aus der Umwelt aufnehmen, und den Aktuatoren, die Handlungen ausführen. Es gibt eine saubere Trennung zwischen Körper und Geist.

Ganz vorsichtig ausgedrückt, ist diese Trennung nicht notwendig. Etwas stärker formuliert, ist diese Trennung nicht zweckmäßig. Noch

RoboCup Junior, Melbourne 2000

weiter zugespitzt, ist intelligentes Handeln in einer komplexen Umwelt so vielleicht nicht möglich.

Betrachten wir einen Temperaturregler, einen Thermostaten. Bei dem obigen Modell würde ein Temperatursensor die Temperatur messen, der Computer würde die Messwerte verarbeiten und den Motor einer Drosselklappe eine Bewegung ausführen lassen, um die Wärmezufuhr zu verändern.

Das gleiche leistet ein Bimetall-Streifen, der sich bei Wärme verformt und einfach dadurch die Öffnung bei der Wärmezufuhr verändert. Sensor und Aktuator sind eins, ein Computer zur Informationsverarbeitung wird nicht benötigt. Es gibt in der Natur viele Beispiele für derart einfache Kopplungen. Erstaunlich komplexe Verhaltensweisen sind auch bei künstlichen Systemen erreichbar, ohne dass ein Chip zur Steuerung notwendig wäre. Zusätzlich sind diese Systeme meist sehr robust.

Irgendwann wird natürlich die Grenze erreicht. Die Konstruktion eines Flugzeugs ist so nicht mehr möglich. Auch eine »intelligente« Temperatursteuerung mit Anpassung an die Bedürfnisse der Benutzer bei gleichzeitiger Optimierung des Energieverbrauchs ist sicher nicht so einfach möglich.

Seit 2001 finden im Heinz-Nixdorf-Museums-Forum in Paderborn die Wettkämpfe der German Open im RoboCup statt. Deutschland war nach Japan das zweite Land mit nationalen Wettbewerben. Inzwischen gibt es solche Wettbewerbe auch in den USA und in Australien.

Roboter lernen sehen und laufen

Hans-Dieter Burkhard über seine Erfahrungen mit den vierbeinigen »Aibos« von Sony

Seit 1999 gibt es beim RoboCup die Liga der vierbeinigen Sony-Roboter. Deren großer Vorteil besteht darin, dass die teilnehmenden Teams mit realen Robotern arbeiten können, ohne sich um die Hardware kümmern zu müssen. Sony hatte mit dem Aibo ein wahres Wunderwerk der Technik entwickelt, aber zunächst als Spielzeug (oder Prestige-Objekt für japanische Erwachsene) auf den Markt gebracht. Der Name »Aibo« ist ein japanisch-englisches Wortspiel. Zum einen ist es die Abkürzung für »Artificial Intelligence Robot« (Artificial Intelligence = Künstliche Intelligenz). Zugleich ist »aibo« das japanische Wort für »Freund«.

Wettkampf in der Sony-League, Fukuoka 2002

Japaner haben ein anderes Verhältnis zu Gegenständen, die aus europäischer Sicht unbelebt und seelenlos sind. Die Vorstellung, einen Roboter als Freund zu haben, ist in Japan nichts Absonderliches, in Europa dagegen gewöhnungsbedürftig. Der Verkauf der ersten 3000 Aibo-Exemplare im Frühjahr 1999 erfolgte über das Internet. Innerhalb von 20 Minuten waren in Japan alle verkauft. Parallel dazu wurden in den USA 2000 Aibos innerhalb von vier Tagen verkauft. Der Start in Europa erfolgte erst im Herbst – und verlief schleppend.

Beim Aibo zeigt sich ein Grundproblem des aktuellen Standes beim Bau von Robotern. Zum einen verfügt er über fantastische technische Möglichkeiten: Die drei Motoren in jedem Bein erlauben komplizierte Bewegungen. Wir haben sogar einen Fallrückzieher programmiert und bei der Weltmeisterschaft 2002 in Fukuoka eingesetzt, sehr zum Vergnügen des Publikums. Der Aibo kann sehen und hören. Er kennt seine Körperhaltung, und er merkt, wenn er umfällt. Er hat einen leistungsstarken Prozessor, mit dem sein Verhalten programmiert werden kann. Aber noch sind wir nur begrenzt in der Lage, damit etwas anzustellen. »Sehen« heißt daher zunächst nur, dass der Roboter Bilder mit seiner Kamera aufnimmt. Es fehlt eine leistungsfähige Wahrnehmung, er versteht nicht, was er sieht, oder nur ganz wenig davon. Das macht uns die meisten Probleme beim Fußballspielen.

Und so ist die Situation insgesamt bei den Robotern: Wir haben viele einzelne Techniken, Sensoren, Mechanik, Rechner, aber wir können sie noch nicht richtig einsetzen. Ich persönlich glaube aber, dass man mit diesen Techniken intelligente Maschinen bauen kann.

Wir arbeiten daran in der ganzen Welt. Noch weiß niemand, wie man das alles am besten zusammenbringen kann. Das ist so wie vor über 100 Jahren bei der Entwicklung von Autos und Flugzeugen. Die notwendigen Techniken waren da – aber wie sahen die ersten Automobile und Flugmaschinen aus! Abenteuerliche Geräte, die viele nicht ernst nehmen wollten. Die Technik-Pioniere mussten sich Stück für Stück vorantasten. Das geschah heute wie damals im sportlichen Vergleich.

Kreativität und Spaß liegen eng beisammen, und im sportlichen Wettbewerb sieht man schnell, was gut ist. Man sieht, wie andere etwas machen. Erfolgreiche Methoden werden weiterentwickelt, schlechte werden vergessen. Es ist ein Prozess, der in mancher Hinsicht an die Evolution in der Natur erinnert. Stanislaw Lem hat über die Parallelen in seinem Buch »Summa Technologiae« philosophiert. Während die Natur aber einfach irgendetwas macht, haben wir schon gewisse Ziele im Auge, so wie bei der Züchtung. Oft wissen wir aber noch nicht, wohin die Entwicklung letztlich führen kann. Als die ersten Computer über weite Entfernungen vernetzt wurden, hat auch noch keiner an das Internet gedacht. Der Vergleich mit der Evolution erklärt auch, warum Wissenschaftler Freiräume zum Probieren brauchen. Und sie brauchen den Austausch. Wenn die Mannschaften etwas voneinander abgucken, ist das wie bei einer Kreuzung in der natürlichen Fortpflanzung.

Die Offenheit beim RoboCup

Nachdem wir in der Simulationsliga in Nagoya Weltmeister geworden waren, haben wir unser Programm veröffentlicht. Alle konnten sehen, wie wir das gemacht haben. Das war eine Aktion, die auch bei uns im Team durchaus umstritten war. Aber wissenschaftlicher Ruhm hat viele Facetten. Weltmeister zu werden ist nur eine. Wenn andere später sagten, wir machen das genauso wie AT Humboldt, war das auch ehrenvoll für uns. Tatsächlich war AT Humboldt eine Zeit lang allgemeiner Bezugspunkt im RoboCup.

Zum Problem kann es natürlich werden, wenn jemand etwas benutzt, ohne zu sagen, von wem es stammt. Und es gab damit Probleme im RoboCup. Die beste Methode, um das festzustellen, ist eigentlich wieder die Offenlegung aller Programme. Aber man kann es nicht erzwingen. Darum war das Thema auch immer wieder Anlass zur Diskussion, und es wird auch in Zukunft so bleiben. Manuela Veloso vertritt die Meinung, man veröffentlicht nur die Methoden, aber nicht die Implementation. Jeder soll sich selbst die Mühe machen, die Methoden umzusetzen.

Die Programmierung von Fußball-Robotern wirft indessen so vielfältige Probleme auf, dass nicht jeder alles machen kann. Wenn wir rasch vorwärts kommen wollen, müssen wir auch fertige Lösungen austauschen. Es hat sich inzwischen eingebürgert, nicht das gesamte Programm verfügbar zu machen, aber wesentliche Teile, zum Beispiel die Programmierung des Weltmodells. Das Simulationsteam CMUnited hat 1999 nach der gewonnenen Weltmeisterschaft seinen Basis-Code veröffentlicht, das ermöglichte vielen Teams einen gewaltigen Sprung. Beim RoboCup 2000 in Melbourne haben viele Mannschaften darauf aufgebaut, auch FC Portugal, der Sieger von Melbourne in der Simulationsliga. Bei den Robotern benutzen viele Teams ein Kalibrierungstool, das ebenfalls von der Carnegie-Mellon-Universität zur Verfügung gestellt wurde. Bei den Sony-Robotern hatte das Team von der University of New South Wales (UNSW) in Australien eine besonders effiziente Art des Laufens entwickelt. Auch sie haben ihre Programme zur Verfügung gestellt.

Ein gewisser Aufwand bleibt trotzdem, weil diese Techniken in die eigenen Programme integriert werden müssen. Man muss schon etwas Arbeit hineinstecken, um die Funktionsweise zu verstehen. Manchmal lässt sich dabei sogar noch etwas verbessern. Insgesamt bedeutet es aber eine Erleichterung, und die Teams können sich schneller und intensiver mit den nächsten Problemen befassen. Der schnelle Fortschritt im RoboCup beruht nicht zuletzt auf dieser Zusammenarbeit. In der Sony Legged Robots League gibt es auch eine spezielle Regel: Die veröffentlichten Programme kommen auf einen speziellen Server, und nur die haben Zugriff, die auch ihre Programme dort veröffentlichen.

Um die Marketing-Strategie von Sony nicht zu stören, wurde die Liga übrigens ausdrücklich nicht »Aibo League« genannt. Zum Markennamen Aibo gehört auch das spezielle Verhalten, das Eingehen auf den Besitzer, der Ausdruck von Gefühlen und so weiter. Wir wollen stattdessen Fußballspieler programmieren. Wir erklären den Zuschauern daher, dass die Hardware die gleiche ist wie beim Aibo, die Software und das Verhalten aber von uns. Wir haben übrigens auch nicht nur Fußballspieler programmiert. Uwe Düffert, ein Student von mir, hat zusammen mit zwei Kunststudentinnen auch eine Tanz-Performanz »Die 3 AiboNITAS« entwickelt, die erfolgreich in der »Sony-Musicbox« in Berlin gezeigt wurde. Es sind perfekte technische Geräte, die viele Möglichkeiten bieten.

Fallrückzieher

Um sie fürs Fußballspielen zu programmieren, brauchten wir allerdings die Entwicklungsumgebung, also den Zugriff auf die Basisfunktionen. Das bekam der normale Käufer damals nicht. Wir mussten streng gefasste Geheimhaltungsbedingungen unterschreiben, ehe wir den Zugriff erhielten. Inzwischen hat Sony diese Möglichkeiten allgemein freigegeben. Seit Juni 2002 kann sich jeder seinen Aibo selbst programmieren. Jetzt kann die Phantasie der Nutzer zum Zuge kommen. Man kann den Roboter zum Beispiel allein durch die Wohnung laufen lassen und sich ab und zu ein Bild auf das Handy schicken lassen. Dieser programmierbare Aibo kann ein Meilenstein in der Entwicklung werden. Am Aibo können sich jetzt viele versuchen, Universitäten, Schulen, Hobbyprogrammierer – dabei muss ja auf die Dauer etwas herauskommen.

Es ist ein evolutionärer Prozess, an dem viele Leute auf der ganzen Welt teilnehmen und die Ergebnisse im Internet bekannt machen können. In der Liga der vierbeinigen Roboter ist das auch gut sichtbar. Zwar ist dort die Hardware für alle Teams gleich, aber die Verhaltensweisen sind durch Kombination der Fähigkeiten unterschiedlicher Teams entstanden. Die Australier von UNSW unter Leitung von Claude Sammut hatten diese spezielle Laufvariante entwickelt. Wie sie mir erzählt haben, war das inspiriert von einheimischen Tieren: Die Unterschenkel der vorderen Beine werden beim Laufen ganz auf den Boden gesetzt. Heute wird diese Art der Fortbewegung von vielen Teams benutzt und dabei auch weiterentwickelt, auch von unserem »German Team«. In Stockholm hatte die Mannschaft aus Tokio einen speziellen Kick mit dem Kopf vorgeführt. Der Roboter lässt sich dabei nach vorn mit dem Kopf auf den Ball fallen. Auch das wurde kopiert. Und nächstes Jahr werden viele Mannschaften die Kick-Varianten benutzen, die wir in Fukuoka zum ersten Mal gezeigt haben. Dort hatten wir die besten Ballartisten, an der Spitze stand unser Fallrückzieher.

Dieses Kunststück wurde von Martin Lötzsch und Matthias Jüngel programmiert. Der Roboter greift den Ball mit den Vorderfüßen, richtet sich auf und wirft den Ball hinter sich, indem er sich nach hinten fallen lässt. Meistens geht dabei der Schwanz ab, aber für den Effekt ist es das wert.

Mit dieser Ballartistik sind wir unter die letzten Acht gekommen, hatten aber Pech mit der Auslosung und sind im Viertelfinale ausgeschieden. Insgesamt haben wir nur gegen die beiden Finalisten, den späteren Weltmeister CM Pack'02 von der Carnegie-Mellon-Universität und den Vorjahresweltmeister rUNSWift von UNSW verloren. Alle anderen Spiele haben wir souverän gewonnen. Es gab allerdings auch einige Schwächen. Unser Torwart konnte in gefährlichen Situationen nicht so richtig klären. Zwei Wochen vor Turnierbeginn sah es noch viel schlimmer aus, Thomas Röfer aus Bremen war ganz verzweifelt, weil überhaupt nichts lief.

Wir spielen seit 2001 mit einem »German Team«, an dem sich die Universitäten aus Bremen, Darmstadt, Dortmund, die Freie Universität aus Berlin und wir beteiligen. Angefangen hatten wir mit unserem Team, den Humboldt Heroes, 1999 in Stockholm. Da hatten wir die Roboter erst wenige Wochen, und wir waren schon froh, dass wir sie überhaupt zum Laufen gebracht hatten. Obwohl wir noch die Nächte in Stockholm durchgearbeitet haben, wurden wir nur letzter in unserer Vorrundengruppe. Wir hatten aber auch sehr starke Gegner: die University of New South Wales (UNSW) und die Carnegie-Mellon-University (CMU), die später den zweiten und dritten Platz belegten.

Wir hatten eigentlich immer solches »Glück« mit starken Gegnern schon in der Vorrunde. Aber wenn man an die Spitze will, dürfen einen solche Gegner auf die Dauer nicht schrecken. Wir wurden auch besser, aber allein konnten wir die vielen Anforderungen nicht bewältigen. Auch für die »Humboldt Heroes« wurde der Hauptanteil bei uns noch in den studentischen Praktika bearbeitet.

Wachsender Aufwand

In Zukunft werden die Anforderungen sowieso weiter wachsen. Die Roboter werden immer leistungsfähiger, aber auch aufwändiger in der Programmierung, insbesondere die humanoiden Roboter. Die Spielfelder werden größer, und die Anzahl der Spieler in einer Mannschaft wird steigen. Den Aufwand, der dazu in Zukunft notwendig sein wird, kann eine einzelne Universität gar nicht mehr leisten, nicht finanziell und nicht in der Arbeitsleistung. Die weitere Entwicklung wird dann nur in Zusammenarbeit mehrerer Universitäten möglich sein. Das wollten wir bereits probieren.

Deshalb haben wir uns 2001 mit den anderen Universitäten zusammengeschlossen und eine deutsche Mannschaft gebildet. Bei den offenen deutschen Meisterschaften, den »German Open«, spielt jede Universität mit einer eigenen Mannschaft. Da können wir Verschiedenes ausprobieren. Zu den internationalen Meisterschaften bilden wir dann aber eine gemeinsame Mannschaft, das heißt, wir stellen aus den besten Komponenten gemeinsame Programme zusammen. Auch das ist nicht immer ganz einfach, und, wie gesagt, noch zwei Wochen vor Fukuoka lief so gut wie nichts. Aber dann ist es doch noch gelungen, funktionsfähige Varianten zu bilden. Und es machte richtig Spaß, die vielen schönen Fähigkeiten zu sehen, auch wenn noch nicht immer alles klappte.

Es ist natürlich schwierig, aus unterschiedlichen Programmen etwas zusammenzufügen. Das muss vorher genau abgesprochen werden und erfordert viel Disziplin. Plötzlich hat einer eine Idee, und die ist vielleicht auch ganz toll. Aber wir können nicht jede Woche alles neu machen. Da muss dann jeder auch mal darauf verzichten können, seine Einfälle umzusetzen. Das gibt manchmal harte Auseinandersetzungen. Und wenn man verloren hat, sind meist die anderen schuld gewesen. So eine verteilte Arbeit ist auch eine komplizierte soziale Angelegenheit, auch da gibt es viel zu lernen.

Zwischen den Programmen der Simulationsliga und den Programmen der Roboter gibt es mancherlei Ähnlichkeiten. Der Grundablauf ist immer der gleiche: Erst mal hinsehen, dann überlegen und dann handeln. Wobei für das Überlegen meist nicht viel Zeit bleibt, der Agent oder Roboter muss in der Lage sein, schnell zu reagieren. Und dazu muss er wissen, was los ist. Es hängt also alles von der Wahrnehmung ab. Da hat die Simulationsliga eindeutig Vorteile. Bei den Robotern müssen wir zunächst sehr viel Aufwand in das Sehen und Wahrnehmen der Umgebung stecken.

In einer ganz einfachen Variante macht der Roboter fast das gleiche wie bei unseren ersten Versuchen in der Simulationsliga: Sieh dich um nach dem Ball. Wenn du ihn gesehen hast, laufe hin. Wenn du dort bist, sieh dich um, wo das gegnerische Tor ist. Wenn du es nicht siehst, laufe um den Ball herum, bis du das Tor siehst. Wenn du es siehst, schiebe den Ball vor dir her ins Tor. Bei den richtigen Robotern ist das nur viel schwieriger umzusetzen.

Beim Schieben kann es leicht passieren, dass der Ball verloren geht. Dann fängt das Ganze von fort an: Ball suchen, zum Ball laufen ... Allein dafür muss der Roboter schon allerhand können. Er muss vor allem den Ball erkennen können. Das ist schwieriger als man denkt, wenn man es programmieren soll. Der Rechner im Roboter kann ja nicht sehen. Er bekommt eine lange Liste von Zahlen. Jede Zahl bedeutet eine Farbe auf einem einzelnen Rasterpunkt des Kamerabildes – als würde man beim Fernsehen immer nur einen einzigen Punkt zu sehen bekommen. Diese Punkte muss der Rechner der Reihe nach verarbeiten, und dann muss er entscheiden, ob auf dem Bild der Ball zu sehen war. Als nächstes muss er zum Ball laufen können, meistens reicht es nicht, nur geradeaus zu laufen. Also haben wir gleich versucht, ihm auch Kurvenlaufen beizubringen. Das braucht er ja auch noch, wenn er um den Ball laufen soll.

Lernmethoden

Mit solchen Fähigkeiten bleibt der Roboter noch weit hinter denen eines Kleinkinds zurück. Aber ein Kind hat auch schon sehr viel gelernt. Laufen lernen allein dauert immerhin ein bis zwei Jahre. Danach hat man das Laufen sozusagen im Gefühl. Später lernt man weitere Fertigkeiten, und immer dauert es einige Zeit, bis man etwas aus dem Gefühl heraus beherrscht, bis es aus bewussten Bewegungen in automatische übergeht. Und es funktioniert auch nur, wenn alles wie gewohnt ist. Auf dem Berliner Alexanderplatz führte einmal ein Mann ein Fahrrad vor und setzte einen Preis aus für den, der auf diesem Fahrrad zehn Meter geradeaus fahren kann. Er selbst konnte es mühelos, alle anderen fielen sehr bald um. Es war eigentlich ein ganz normales Fahrrad, nur fuhr es nach links, wenn man nach rechts lenkte, und nach rechts, wenn man nach links wollte. Schon hat das erlernte Verhalten nicht mehr funktioniert.

Bei den Robotern sind wir von solchen intuitiven Bewegungen noch weit entfernt. Am Anfang, beim ersten Start 1999 in Stockholm, konnten sie nur nach vorgefertigten Mustern laufen, die wir bei der Anschaffung mitbekommen hatten. Mit diesen Programmen konnten wir die Roboter zum Beispiel fünf Schritte geradeaus laufen lassen. Das Dumme war, dass wir immer erst warten mussten, bis diese Schritte fertig waren. Wenn wir vorzeitig neue Befehle gegeben hätten, wären die Roboter durcheinander gekommen und womöglich umgefallen. Sie können sich zwar allein sehr schnell wieder aufstellen, aber das kostet wertvolle Zeit. Als wir die Programmierung der Roboter genauer verstanden hatten, gaben wir dann jedem Motor einzelne Befehle, das kann man 125 Mal pro Sekunde. Bei drei Motoren in jedem der vier Beine macht das 1500 einzelne Befehle, die man geeignet zusammenstellen muss.

Natürlich kann man den Roboter Bewegungen lernen lassen. Man kann gute Lauffähigkeiten züchten nach den Methoden der evolutionären Algorithmen oder man verwendet Lernverfahren, zum Beispiel mit neuronalen Netzen. Wenn man auf diese Weise versucht, die Natur zu imitieren, muss man aber auch die entsprechenden Ausleseverfahren bereitstellen. Oder der Roboter muss selbst merken können, ob eine Bewegung gut ist oder nicht. Dafür braucht er ein Ziel, anhand dessen er beurteilen kann, ob er gut vorankommt. Er muss die »guten« Bewegungen registrieren und dauerhaft reproduzieren können.

Wir verwenden aber noch eine andere Möglichkeit. Wir können dem Roboter genau zeigen, was er machen soll: Dazu stellen wir die Gliedmaßen der Reihe nach in bestimmte Positionen, der Roboter speichert die jeweiligen Motorstellungen und führt sie hinterher in der gleichen Reihenfolge wieder aus. Auf diese Weise kann man sehr schöne Bewegungsabläufe komponieren. Ein Mensch hätte viel mehr Mühe, einmal gezeigte Bewegungen exakt zu wiederholen.

Schließlich könnte man auch sehr genaue kinematische Modelle aufstellen und ausrechnen, wie die Motorstellungen sein müssen, damit gute Bewegungen entstehen. Aber das ist rechentechnisch sehr aufwändig.

Inzwischen ist im German Team sehr viel entwickelt worden. Dadurch hat unser Roboter sehr viele Möglichkeiten, den Ball zu kicken. Die kann er aber nur ausnutzen, wenn er die Situation so weit überblickt, dass er weiß, welcher Schuss am besten trifft. Dazu reicht es nicht mehr, nur den Ball und das Tor zu finden. Inzwischen können unsere Roboter auch sehr genau bestimmen, wo sie sich gerade befinden, und ob der Ball nach vorn, nach rechts oder eben sogar am besten nach hinten zu kicken ist. Unsere nächsten Ziele sind jetzt kooperative Spielzüge, gerade so, wie wir das in der Simulationsliga schon können. Die Grundlage dafür ist die Wahrnehmung.

German Open 2001, Humboldt Heroes (Deutscher Meister 2001) beim Start mit Martin Lötzsch (l.) und Matthias Jüngel.

Wahrnehmung und Kooperation

Die Schwierigkeiten der Wahrnehmung lassen sich vielleicht veranschaulichen, indem man sich vorstellt, einen Text nicht auf einmal zu erfassen, sondern immer nur ein kleines Stück zu sehen. Zum Beispiel nur die Spitze von einem Buchstaben, dann ein Stück an der Seite, ein Stück weiter darunter und so fort. Der Rechner in unserem Roboter sieht immer nur einen Bildpunkt, dann den nächsten und so fort. Er sieht einen orangefarbenen Punkt. Der könnte zum Ball gehören. Danach noch einen. Wenn es viele Punkte sind, die er nacheinander zu sehen bekommt, ist der Ball nah. Ist der Ball weiter weg, erscheint er im Bild kleiner, und es gibt nur wenige orangefarbene Punkte. Wenn der Ball teilweise verdeckt ist, sieht man auch nur wenige Punkte, obwohl er vielleicht gar nicht so weit weg ist. Aber dann ist die Form des Balles nicht rund, sondern nur ein Teil einer Kreisfläche. Man muss also nicht nur Punkte zählen, sondern auch die Form analysieren. Alles das ist möglich, aber aufwändig. Und es darf nicht lange dauern. Sonst ist der Ball längst woanders, wenn die Rechnung zu Ende ist.

Eine weitere Schwierigkeit ist die Farbe. Ich sagte, wir erkennen den Ball an der Farbe orange. Die Gegenstände reflektieren das Licht, auf der Unterseite des Balles gibt es einen Stich ins Grün von der Reflexion des Spielfeldes. Auf der Oberseite gibt es weiße Stellen von der Reflexion der Lampen. Man sieht das ganz genau, wenn man richtig hinsieht, aber unser Auge lässt sich davon nicht täuschen.

Farben verändern sich auch durch unterschiedliche Beleuchtung. In der Abendsonne sehen die Farben ganz anders aus als bei Tageslicht. Bei künstlicher Beleuchtung sind sie wieder anders. Wir bemerken das meistens nicht, weil unsere Wahrnehmung sich anpassen kann. Die Bildverarbeitung des Roboters sucht aber nach ganz bestimmten Farbtönen, um die Gegenstände im Bild zu identifizieren. Das Spielfeld ist grün, die Tore sind gelb oder blau, der Ball ist orange, die Spieler sind durch blaue oder rote Farbe unterscheidbar. Insbesondere gelb, orange und rot können sich sehr ähnlich werden, wenn die Beleuchtung unterschiedlich ist. Auch davon lässt sich unser Auge nicht täuschen. Dem Roboter müssen wir diese Fähigkeiten erst beibringen.

Sehen heisst Rechnen

Ein Bild besteht aus einer Menge von Pixeln, also Bildpunkten. Die Farbe eines Bildpunktes wird durch drei Zahlen ausgedrückt. Was diese Zahlen bedeuten, hängt von Vereinbarungen ab. Für das menschliche Auge (und für Fernsehbildschirme) spielen die Farben Rot, Blau und Grün eine besondere Rolle. Im so genannten RGB-Modell geben die Zahlenwerte der Bildpunkte deshalb den Anteil der Farben Rot, Blau und Grün an. Man kann sich das an jedem Computer bei den Farbeinstellungen der Text- und Bildbearbeitungsprogramme ansehen: (255,0,0) steht für reines Rot, (0,255,0) steht für reines Blau und (0,0,255) bezeichnet reines Grün. (255,255,255) ist totales Weiß, (0,0,0) ist totales Schwarz. Dazwischen liegen gemischte Farben. (250,50,40) ist immer noch ziemlich rot, (250,200,40) ist dagegen mehr gelb. Es gibt andere Farbmodelle, die auch für die Bildverarbeitung günstiger sind. Sie geben zum Beispiel Farbton, Sättigung und Intensität an.

Für den Computer besteht ein Bild aus einer langen Liste von solchen Zahlentripeln. Er kann diese Liste durchmustern und zum Beispiel nach weißen Farbpunkten suchen. Das heißt, er sucht nach Tripeln mit den Werten (255,255,255) oder mit Werten, die davon nicht zu sehr abweichen. Denn ein als weiß bezeichneter Gegenstand erscheint im Bild meist nicht in reinem Weiß. Meist ist die Farbe des Gegenstandes selbst nicht so rein, und die Beleuchtung führt zusätzlich zu erheblichen Abweichungen. In der Abendsonne erscheint der Gegenstand eher rötlich, also zum Beispiel mit den Werten (255,220,220). Natürlich haben auch die einzelnen Bildpunkte des weißen Gegenstandes nicht die gleiche Farbe, es gibt Unterschiede in der Oberfläche, es gibt Schatten und Reflexionen.

Das menschliche Auge und unsere Wahrnehmung passen sich solchen Unterschieden automatisch an. Erst anhand einer Farbaufnahme kann man bemerken, dass ein Innenraum im Lampenlicht viel gelber aussieht als bei Tageslicht. Für die Wettkämpfe im RoboCup wird zur Zeit noch versucht, stabile Beleuchtungsverhältnisse herzustellen. Die Teams verbringen dann viel Zeit damit, ihre Bildverarbeitungssysteme an das eingestellte Licht anzupassen. Wenn dann im Spiel etwas nicht so läuft wie vorgesehen, ist meist die Farbeinstellung schuld. Sie ist immer der Sündenbock.

Es wird intensiv daran gearbeitet, robustere Systeme zu entwickeln, die bei beliebiger Beleuchtung arbeiten können und denen es auch nichts ausmacht, wenn plötzlich die Abendsonne aus den Wolken hervorbricht und den Fußballplatz in rötliches Licht taucht. Die Anpassung muss sehr schnell erfolgen können, denn das Spiel wird nicht unterbrochen. Eigentlich ist die Klassifizierung anhand von Farbwerten auch ein falscher Ansatz: Menschen können Melodien auch dann verstehen, wenn sie kein absolutes Gehör haben. Man sollte nicht die Farben klassifizieren, sondern Unterschiede zwischen Farben erkennen. Es wird daran gearbeitet.

Punkt für Punkt das Bild erkennen

Wie kann nun ein Computerprogramm ein Bild auswerten und zum Beispiel erkennen, wo sich der Roboter gerade befindet?

Die Bildpunkte werden der Reihe nach gemustert. Die grünen Bildpunkte gehören zum Spielfeld, jedenfalls dann, wenn der Punkt »unten« ist. Wo im Bild unten ist, ergibt sich aus der Stellung der Kamera. Bei den Sony-Robotern muss man das anhand der Gelenkstellungen der Beine und des Kopfes ausrechnen. Bei den Middle-Size-Robotern ergibt sich das aus der Lage der Kamera auf dem Roboter. Wenn zwischen den grünen Punkten des Spielfeldes ein Punkt gefunden wird, der zum weißen Farbbereich gehört, dann könnte er zu einer Linie gehören, zum Beispiel zur Mittellinie oder zur Begrenzung des Strafraums. Also untersucht das Programm die Nachbarpunkte. Wenn sich genügend weitere weiße Punkte finden lassen, wird angenommen, dass sich dort eine weiße Linie befindet. Deren Lage im Bild wird berechnet. Anschließend kann man weiter ausrechnen, welches Muster sich aus den insgesamt gefundenen weißen Linien ergibt. Das wiederum erlaubt Rückschlüsse auf die eigene Position auf dem Spielfeld, denn die Muster auf dem Bild unterscheiden sich in Abhängigkeit vom Ort des Roboters.

In ähnlicher Weise kann man die Spielfeldbegrenzung, die Flaggen am Spielfeldrand und die Tore in den von der Kamera erzeugten Bildern finden. Und natürlich die anderen Spieler und den Ball.

Farbsegmentierung: Die Pixel der von der Kamera aufgenommenen Bilder (links) werden analysiert. Gesucht wird unter anderem nach orange (Ball), blau (Tor), rot (Spieler), grün (Spielfeld). In der Mitte sieht man die erkannten Farbpunkte (die nicht klassifizierten Pixel sind schwarz). Rechts sind die erkannten Umrisse dargestellt.

Man interessiert sich vor allem für die Entfernung und die Bewegung des Balles. Die Entfernung hat Einfluss auf die Größe im Bild. Also kann man umgekehrt aus der Größe im Bild auf die Entfernung des Balles schließen. Der Ball im RoboCup ist rot (oder orange). Wenn man im Bild rote Pixel findet, könnte das der Ball sein. Dann sucht man wieder in der Umgebung nach weiteren roten Pixeln. Der Ball ist rund. Also versucht man einen Kreis zu bestimmen, der die roten Pixel einschließt. Aus dem Durchmesser dieses Kreises berechnet man die Entfernung. Weitere Hinweise lassen sich aus der Lage des Balles im Vergleich zu anderen erkannten Objekten ermitteln, zum Beispiel wenn sich der Ball in der Nähe der Mittellinie befindet. Es gibt oft mehrere Anhaltspunkte für die Gewinnung von Informationen. Für die Geschwindigkeitsberechnung kann man die Unterschiede der Positionen benutzen, bei schneller Bewegung des Balles auch aus seiner Unschärfe im Bild. In entsprechender Weise kann man Informationen über die anderen Spieler ermitteln. Insgesamt kann der Roboter so ein Weltmodell aufbauen, in dem alle ermittelten Daten verzeichnet sind. Über Funk kann er diese Daten mit anderen Robotern austauschen. Problematisch ist, dass die Daten oft erheblich voneinander abweichen. Weitere Berechnungen sind notwendig, um daraus plausible Informationen abzuleiten.

Trotz der schnellen Rechner können diese Berechnungen sehr lange dauern und viel mehr Zeit beanspruchen, als verfügbar ist. Es nützt nichts, die Ballgeschwindigkeit genau auszurechnen, wenn der Ball inzwischen längst woanders ist. Man muss also gut überlegen, welche Berechnungen gerade notwendig und sinnvoll sind. Auch der Mensch richtet seine Aufmerksamkeit nur auf das Zentrum seines Blickfeldes. Es wird aber registriert, wenn sich am Rand etwas ereignet. Dann richtet sich die Aufmerksamkeit auf diesen Bereich.

Dass der Mensch dabei so schnell komplexe Szenen erfassen kann, liegt daran, dass die Verarbeitung zwar langsam, aber mit vielen Sinnes- und Nervenzellen gleichzeitig erfolgt. Man kann auch bei der Bildverarbeitung durch Computer parallele Prozessoren einsetzen, insbesondere dann, wenn künstliche neuronale Netze als Verarbeitungsmodell verwendet werden.

Fallrückzieher: Der Roboter greift den Ball, richtet sich auf und wirft ihn hinter sich (vor dem 2:0 des German Team gegen Georgia Tech beim RoboCup Fukuoka 2002)

VIRTUELLA: Ist der RoboCup die Rache der bebrillten, linkischen Schüler, die früher bei der Mannschaftsaufstellung immer nur ganz zum Schluss gewählt wurden?

ATE-HA: So habe ich das nie empfunden. Obwohl die aktiven Fußballer in den RoboCup-Teams wohl eher in der Minderheit waren. Es gab bei den Turnieren allerdings häufig auch Freundschaftsspiele, anfangs mit rein menschlichen Teams, später mit gemischten. Hast du da nicht mal mitgemacht?

VIRTUELLA: Nein, dazu war ich viel zu schlecht. Meine Fußballerfahrung beschränkt sich fast ausschließlich auf den Schulsport. Und da gehörte ich meistens zu diesen besagten ungelenken Spielern, die eigentlich niemand in der Mannschaft haben wollte. Und du?

ATE-HA: Ein großer Kicker war ich auch nie. Aber Spaß gebracht hat's schon.

VIRTUELLA: Ja, das ist erstaunlich. Selbst wer nur linkisch und unbeholfen mit dem Ball umgehen kann, spürt den Reiz des Spiels. Wenn du allerdings ständig mit Leuten spielst, die einen uneinholbaren Vorsprung haben, dämpft das die Motivation. Mich hat auch immer die Aggressivität des Spiels gestört. Auf dem Fußballfeld wird ja nicht gerade ein besonders liebevoller, zärtlicher Umgang mit dem Körper zelebriert.

ATE-HA: Hinter dem notwendigen Körpereinsatz kann der intellektuelle Gehalt des Fußballspiels leicht übersehen werden. Dabei sind das doch die schönsten Momente: Wenn auf einmal eine Idee aufblitzt, die in der Deckung des Gegners eine Lücke aufreißt und dem Spiel eine unerwartete Wendung gibt ...

VIRTUELLA: Diese Aspekte habe ich erst sehr spät entdeckt. Und das hängt wohl auch damit zusammen, dass ich mich lange Zeit geziert habe, eine Brille zu tragen. Im Alltag konnte ich mich trotz Kurzsichtigkeit ganz gut durchmogeln, aber fürs Fußballspiel auf dem großen Feld reichte das nicht aus. Wenn du das Spiel nicht überblicken kannst, kannst du es auch nicht verstehen.

ATE-HA: Ja, mit unseren Robotern hatten wir damals ganz ähnliche Probleme. Bevor wir ihnen das Kicken beibringen konnten, mussten sie erst einmal sehen lernen. Dabei haben wir wiederum gelernt, was für eine ungeheure geistige Leistung mit diesem scheinbar simplen Wahrnehmungsakt vollbracht wird.

Der erste Weltmeistertitel

VIRTUELLA: Mit euren virtuellen Spielern in der Simulationsliga hattet ihr es in der Hinsicht leichter. Du hast noch nicht zu Ende erzählt, wir ihr Weltmeister geworden seid. Jetzt wäre eine Gelegenheit dazu ...

ATE-HA: Der 28. August 1997 sollte die Entscheidung bringen. Die Viertelfinalspiele der Simulationsliga waren für 9 und 11 Uhr angesetzt, die Halbfinalspiele für 15 Uhr und das Finale für 16 Uhr. Dazwischen sollten um 10 das Finale der MiddleSize-Roboter und um 12 Uhr das Finale der SmallSize-Liga stattfinden. Nach den Achtelfinalspielen dachten wir darüber nach, was passieren würde, wenn wir wieder auf Andhill treffen würden.

VIRTUELLA: Nach den Ansetzungen konnte das allenfalls im Finale passieren und vorher hattet ihr noch starke Gegner im Viertelfinale und im Halbfinale.

ATE-HA: Wir wollten jedenfalls gerüstet sein, und uns blieben nur noch ein Abend und dann am Vormittag des Finaltages die Zeiten zwischen den Spielen. Wir rechneten stark damit, dass Andhill gleich mit seiner erfolgreichen Aufstellung antreten würde. Also mussten wir da etwas ändern. Und wir brauchten gleich zwei neue Aufstellungen, für jede Halbzeit eine andere.

Siegerehrung Simulation League, Nagoya 1997.
V.l.n.r.: Hiroaki Kitano, Hans-Dieter Burkhard, Markus Hannebauer, Jan Wendler.

VIRTUELLA: Konntet ihr nicht einfach irgendwelche anderen Aufstellungen wählen?

ATE-HA: Ganz so einfach war das wiederum nicht. Wir hatten ja zu Hause ziemlich lange probiert, welche Aufstellung für uns günstig war. Eine geringfügige Änderung war nicht ausreichend, und eine gänzlich andere hatten wir nicht parat.

VIRTUELLA: Konntet ihr nicht noch probieren?

ATE-HA: Das mussten wir. Wir standen aber vor einem Dilemma: Wir wollten möglichst viele Aufstellungen testen. Dazu mussten wir jedes Mal die Koordinaten-Angaben in den Programmen ändern und diese dann neu übersetzen. Das kostete Zeit. Die Alternative war ein Konfigurationsfile, mit dem die Spieler-Programme beim Start die Koordinaten ihrer Position einlesen konnten. Dazu mussten wir die Programme ändern. Außerdem wollten wir etwas einbauen, dass die Spieler nicht genau auf ihre Stammpositionen laufen sollten, sondern nur in deren Nähe. Dadurch sollte das Lernen erschwert werden.

Geheimniskrämerei und Maskottchen

VIRTUELLA: Hattest du nicht gesagt, dass man Programme besser nicht ändert?

ATE-HA: Klar. Aber wir haben das jetzt auch als sportliche Herausforderung angesehen. Und wir haben das sehr genau abgesprochen. Ich konnte mich auf Markus und Jan verlassen. Sie waren sehr gewissenhaft, und wir hatten ein gut strukturiertes Programm. Jetzt, wo die meisten Teams ausgeschieden waren, gab es auch mehr Zeit an den Rechnern in der Halle. Wir haben den ganzen nächsten Vormittag auf allen verfügbaren Rechnern unsere Programme mit verschiedenen Aufstellungen laufen lassen. Die jeweils erfolgreichen haben wir ausgewählt und in weiteren Spielen gegeneinander getestet.

VIRTUELLA: Ihr habt sozusagen einen Kampf ums Überleben veranstaltet.

ATE-HA: Mit abgeschalteten Bildschirmen, Andou sollte nicht wissen, was wir da ausprobieren. Schließlich sollte es eine Überraschung werden. Am Nachmittag hatten wir dann unsere neuen Aufstellungen.

VIRTUELLA: Hattet ihr eigentlich ein Maskottchen?

ATE-HA: Nein, aber am Tag des Finales fand ich auf dem Weg zum Kongresszentrum eine Münze, einen Yen.

VIRTUELLA: Einen Glückspfennig.

ATE-HA: In japanischer Währung. Ich bin zwar nicht abergläubisch, aber es stimmte mich doch zuversichtlich. Wir haben den Yen noch heute. Auf dem Weg hatten wir noch ein Problem zu lösen. Bisher waren wir einfach das Team von der Humboldt-Universität. Für einen unbekannten Neuling kein Problem, und »Humboldt-Universität« hatte einen ausgezeichneten Klang im Ausland. Aber jetzt mit der Aussicht auf eine Medaille wollten wir unsere ganz spezielle eigene Identität, einen eigenen Namen, so wie CMUnited oder Andhill.

Namensgebungen sind immer eine bedeutende Sache. Wenn Leute eine eigene Firma gründen, steht am Anfang immer der Name, das Logo, der Briefkopf. Da wird lange nachgedacht und beraten. Manchmal ist das auch schon alles. Wir hatten nicht viel Zeit. Im Falle eines Sieges würde unser Name durch die Medien gehen und dann wären wir festgelegt. Unser Name sollte einen Bezug zu Humboldt haben und zu unserer Arbeit, und er sollte klangvoll sein. Mein erster Vorschlag war »HUMBOLZER« oder einfach »HUMBOLZ«. Markus und Jan waren dafür, so ein bisschen Selbstironie ist ja auch schön. Doch dann kamen mir Bedenken. Ich hatte Angst, dass die Leute unsere Arbeit als reinen Jux ansehen würden, wenn sie in der Presse lesen: »HUMBOLZER gewinnen Weltmeisterschaft bei den Fußball-Robotern.« Man kann da ja nicht viel erklären, und ich wollte schon ernst genommen werden. Außerdem war das Wortspiel auf den deutschen Sprachraum beschränkt. In meinem neuen Vorschlag »Agenten Team (englisch: Agent Team) Humboldt«, abgekürzt »AT Humboldt« sollte der Bezug zu unseren Methoden aus der Agenten-orientierten Programmierung hergestellt werden. Markus und Jan gefielen die »HUMBOLZER« besser, aber ich ließ nicht mit mir reden, ich erklärte den Organisatoren des RoboCup, dass wir jetzt »AT Humboldt« hießen. Der Name wurde zu einem Begriff unter den RoboCuppern, die Amerikaner haben noch weiter abgekürzt, für sie waren wir A-Te-Ha. Später haben wir dann noch die jeweiligen Jahreszahlen hinzugefügt.

VIRTUELLA: Nun können sich unsere Leser und Zuschauer auch deinen Namen erklären. Das Nagoya-Team war also AT Humboldt 97.

ATE-HA: Später, damals nur einfach AT Humboldt, und das musste am 28. August 1997 zunächst im Viertelfinale antreten. Dabei kam wieder ein harter Brocken auf uns zu, die Mannschaft von Masayuki Ohta, ebenfalls vom Tokyo Institute of Technology.

VIRTUELLA: War das denn erlaubt, dass ein Institut mehrere Teams in das Turnier schickte?

ATE-HA: Eine schwierige Frage. Die Teilnehmer waren ja meistens keine Nationalmannschaften, sondern Universitäten und Forschungsinstitute, es war also eigentlich eher eine Champions League. Nehmen wir nun ein großes Institut wie das Tokyo Institute of Technology. Da kann es durchaus mehrere Abteilungen geben, von denen jede ein eigenes Team baut. Oder nehmen wir eine große Universität, die Carnegie-Mellon-Universität war in Nagoya auch mit zwei Mannschaften vertreten. Die beiden trafen im Viertelfinale aufeinander, CMUnited besiegte FC Mellon mit 6:0. In einer späteren Weltmeisterschaft gab es zwei Mannschaften aus Amsterdam: eine programmiert von Mitarbeitern, die andere von Studenten.

Eine Zeit lang war es auch üblich, dass der vorjährige Weltmeister neben seinem neuen Team auch sein altes Team unverändert mitspielen ließ. Dadurch konnte beobachtet werden, wieweit das Niveau gestiegen war. Und die Spiele wurden schnell besser, die Vorjahrsweltmeister landeten nur noch im Mittelfeld. Später, als wir die Teilnehmerzahl bei den Weltmeisterschaften begrenzen mussten, wurde dann festgelegt, dass jede Institution nur eine Mannschaft schicken durfte. Aber in Nagoya war das noch nicht so streng.

Geheimnisvolle Zahlenkolonnen

VIRTUELLA: War euer Gegner nun verschieden von Andhill?

ATE-HA: Es war ein anderer Name, und es waren andere Leute, aber der Verlauf des Spiels war ähnlich: Die erste Halbzeit gewannen wir sicher mit 11:2, die zweite ging dagegen mit 3:5 verloren. In der Halbzeit hatten sie wieder an den Bildschirmen irgendwelche Zahlenkolonnen verfolgt, und wieder war irgendetwas verändert worden, so wie beim Spiel gegen Andhill.

VIRTUELLA: Aber insgesamt habt ihr mit 14:7 das Spiel eindeutig gewonnen.

ATE-HA: Zum Glück. Wenn sie gleich in der ersten Halbzeit die erfolgreiche Taktik angewendet hätten wie in der zweiten, dann wären wir draußen gewesen.

VIRTUELLA: Vielleicht hätten sie auch gewonnen mit der Aufstellung, mit der Andhill in der zweiten Halbzeit eures Vorrundenspiels erfolgreich war.

ATE-HA: Wir haben uns später gefragt, warum das nicht geschehen ist.

VIRTUELLA: Hättet ihr nicht eure neue Aufstellung nehmen können?

ATE-HA: Die waren ja noch nicht getestet. Vielleicht waren wir so auf Andhill fixiert, dass wir darüber auch gar nicht nachgedacht haben.

VIRTUELLA: Wie auch immer, ihr hattet gewonnen und wart im Halbfinale.

ATE-HA: Wir waren unheimlich stolz, so weit gekommen zu sein. Außer uns hatten es noch zwei amerikanische Mannschaften geschafft – und Andhill. Unser nächster Gegner war CMUnited von der berühmten Carnegie-Mellon-Universität. Manuela Veloso und Peter Stone waren von Anfang an dabei gewesen, vermutlich kannten sie den SoccerServer in- und auswendig. Sie waren bereits weit gekommen in der Anwendung von Methoden des Maschinellen Lernens. Und sie hatten spezielle Formen der Kooperation in temporären Gruppen von Spielern entwickelt, die sie Formationen nannten. Damit konnten sie auch zwischen defensivem und offensivem Spiel je nach Spielstand umschalten. Die Formationen bezogen sich auch auf die Stammpositionen der Spieler.

Die anderen Ligen

Aber zunächst gab es die Finalspiele bei den richtigen Robotern. In der Middle Size League gab es ein japanisch-amerikanisches Finale. Hier standen sich die Trakkies von Minoru Asada aus Osaka und das Dream-Team von der University of Southern California unter Leitung von Wei-Min Shen gegenüber. Beide Teams hatten die gleiche Hardware als Ausgangspunkt benutzt, einen ferngelenkten Spielzeug-Truck. Sie hatten ihn mit einer Kamera ausgerüstet, und anstelle der menschlichen Fernsteuerung war die Steuerung durch einen Computer getreten. Beim Dreamteam waren auch die Computer auf den Robotern, sie waren damit jeder für sich handlungsfähig.

Die Roboter der Trackies benutzten dagegen einen am Spielfeldrand stehenden Computer. Die Roboter waren mit dem Computer per Funk verbunden. Er wertete die Kamerabilder der Roboter aus, berechnete die Aktionen des Teams und übermittelte die entsprechenden Befehle an die Roboter. Beim Torwart der Trackies war ein runder Spiegel über der nach oben gerichteten Kamera angebracht. Durch diesen Spiegel konnte die Kamera gleichzeitig in alle Richtungen sehen, der Roboter verfügte über eine omnidirektionale Sicht, also einen Rundumblick. Das Bild war zwar verzerrt, aber es sollte ja nicht von einem Menschen ausgewertet werden. Der Computer kam damit klar. Die Trackies waren mit Methoden des maschinellen Lernens trainiert worden. Allerdings nur für die Basisfähigkeiten, wie etwa Kicken auf das Tor. Für komplexere oder gar kooperative Spielzüge reichte es noch nicht.

In Nagoya war in der Middle Size League auch noch eine Kamera über dem Spielfeld erlaubt, schon im nächsten Jahr gab es das nicht mehr. Die Bilder dieser Kamera konnten von einem am Feldrand stehenden Computer ausgewertet werden. Wie in der Small Size League konnte dieser Computer dann die Roboter per Funk steuern. Allerdings hatten einige Teams, die diese Funksteuerung nutzten, in Nagoya massive Probleme wegen gestörter Funkverbindungen. Das australische Team RMIT Raiders vom Royal Melbourne Institute of Technology (RMIT) kam überhaupt nicht zum eigenen Spiel. Das war schade, denn die Roboter wiesen einige interessante Details auf. Sie waren in allen Teilen selbst entworfen. Statt auf Rädern liefen sie auf Kugeln, was ihnen eine größere Wendigkeit erlaubte, aber eben nur, wenn auch die Steuerung funktionierte. Für den Antrieb erhielten sie eine spezielle Auszeichnung in Nagoya, den »RoboCup Engineering Challenge Award«.

Eine kommerzielle Plattform für seine Roboter benutzte damals nur das Team Ullanta Performance Robotics von der University of Southern California unter Leitung von Barry Brian Werger. In den folgenden Jahren wurden die Pioneer Roboter dagegen von vielen Mannschaften benutzt.

Eine andere Art omnidirektionaler Räder führten die japanischen Roboter von Uttori United ein. Auch sie erhielten einen »RoboCup Engineering Challenge Award«.

VIRTUELLA: Gab es noch weitere Auszeichnungen?

ATE-HA: Es gab noch den »RoboCup Scientific Challenge Award« für das Simulations-Team von der University of Maryland unter Leitung von Sean Luke. Sie hatten ihre Spieler gezüchtet, indem sie ein Evolutions-Szenario nachgebaut hatten. Wie in der Natur konnten Individuen mit neuen Fähigkeiten durch Mutationen und Kreuzungen entstehen. Das Verhalten in den Spielen diente als Ausleseverfahren: Gute Spieler wurden in die weitere »Zuchtwahl« aufgenommen.

VIRTUELLA: War das erfolgreich?

ATE-HA: Sie mussten sehr viele Phasen durchlaufen, und es gab manchmal die seltsamsten Entwicklungen, zum Beispiel Spieler mit einem Angst-Gen: Sie liefen vor dem Ball weg. Am Ende stand ein Team, das zumindest die Vorrunde in Nagoya überstehen konnte.

Aber zurück zur Middle Size League. Die Uttori-Roboter hatten wie beim Dreamteam alles an Bord. Sie verfügten untereinander über Infrarot-Kommunikation, waren mit Technik vollgestopft, und sie wogen immerhin 50 kg. In der Vorrunde musste das Dreamteam gegen diese viel größeren Roboter antreten: David gegen Goliath. Aber die Kolosse waren einfach zu langsam und verloren 0:4. Wendigkeit und Schnelligkeit der kleineren Roboter hatten gesiegt.

VIRTUELLA: Sozusagen ein Triumph kluger Ideen über den massiven Einsatz von Technik?

ATE-HA: Ja, das macht gerade den Reiz des RoboCup aus, es muss nicht immer teuer sein, was erfolgreich ist. 1999 in Stockholm gewann überraschend das Team Sharif CE aus dem Iran. Sie benutzten noch alte, aber dafür robuste Disketten-Laufwerke in den Rechnern auf ihren Robotern, und sie hatten eine hervorragende Bildverarbeitung. Damit hatten die Roboter immer einen genauen Überblick über die Situation auf dem Spielfeld. 1997 in Nagoya war das noch nicht so weit damit bestellt. Die beiden Finalisten, Trackies und Dreamteam, waren sich bereits in der Vorrunde begegnet. Das Spiel war 2:2 ausgegangen, aber alle Tore hatte das Dreamteam geschossen.

VIRTUELLA: Das klingt nach stark übertriebener Ballverliebtheit.

ATE-HA: Jetzt waren alle gespannt, wie das Finale ausgehen würde. Es waren zahlreiche Fernsehstationen anwesend, die in alle Welt berichtet haben. Leider bekamen die Zuschauer keine Tore zu sehen. Nach der regulären Spielzeit stand es immer noch 0:0. In der Verlängerung machten die Akkus schlapp, zum Schluss hatte das Dreamteam nur noch zwei Spieler auf dem Platz, den Trackies ging es nicht viel besser. In letzter Minute konnte ein Spieler des Dreamteam einen fast sicheren Treffer der Trackies noch verhindern, es blieb beim 0:0. Auch das Vorrundentreffen war unentschieden 2:2 ausgegangen. Die Goldmedaille wurde darum geteilt: Trakkies und Dreamteam teilten sich den Titel der ersten Weltmeisterschaft.

Die Simulation ist anders

VIRTUELLA: Und wie war es bei den kleinen Robotern?

ATE-HA: Manuela und Peter hatten auch hier ein erfolgreiches Team am Start. Wie in der Middle Size League standen sich Amerikaner und Japaner gegenüber: CMUnited spielte gegen das Nara Institute of Science and Technology (NAIST). Die Japaner benutzten keine Deckenkamera, sondern hatten Kameras auf ihren beiden Robotern. Die kleinen Roboter flitzten über die Tischtennisplatte. Wenn ein Verteidiger von CMUnited weit nach vorn vorgedrungen war, fuhr er nicht zurück, sondern er wechselte die Rolle mit einem Stürmer, der dafür die Verteidigung übernahm. Das war eine Strategie, die CMUnited auch in der Simulationsliga anwandte, dort war das sogar noch schwieriger zu realisieren.

VIRTUELLA: Warum?

ATE-HA: Die Roboter eines Teams der Small Size League durften von einem Computer außerhalb des Spielfeldes gesteuert werden. Der Computer konnte das Bild des gesamten Spielfeldes auswerten, das von einer Kamera über dem Spielfeld aufgenommen wurde. Er berechnete das zweckmäßige Verhalten für das gesamte Team und teilte jedem Spieler blitzschnell die auf ihn entfallenden Aktionen per Funk mit. Für einen Rollentausch war es ausreichend, wenn das Steuerungsprogramm die Aufgaben anders verteilte. In der Simulationsliga entschied dagegen jeder Spieler für sich allein, was er machen wollte. Bei einem Rollentausch mussten sich also mehrere Programme aufeinander abstimmen.

VIRTUELLA: Die Spieler konnten sich doch mit dem SAY-Kommando etwas zurufen?

ATE-HA: Ja. Man muss aber dafür sorgen, dass sie sich auch schnell einig werden. Wenn der eine vorschlägt zu tauschen, der andere aber vielleicht nicht einwilligt, soll es nicht zu langen Palavern kommen. Wenn mehrere Spieler gleichzeitig etwas rufen, wird immer nur einer gehört. Es kann also passieren, dass ein Spieler gar nicht hört, dass der andere die Rolle tauschen will. Eigentlich müsste immer erst die Bestätigung des anderen abgewartet werden.

VIRTUELLA: Das kann man doch so machen: Die Rollen werden nur dann getauscht, wenn der zweite Spieler den Rollentausch bestätigt hat.

ATE-HA: Und wenn der erste Spieler die Bestätigung nicht bekommt?

VIRTUELLA: Hm, dann bleibt der erste Spieler bei seiner Rolle. Und der zweite übernimmt auch diese Rolle – oder sollte er auch erst wieder auf eine Bestätigung warten, dass der erste seine Bestätigung erhalten hat?

ATE-HA: Und dann braucht der erste wieder eine Bestätigung von der Bestätigung zur Bestätigung – und wenn nicht endlich mal eine Nachricht verloren geht, dann bestätigen sie noch heute.

VIRTUELLA: Also geht das gar nicht? Aber Menschen können sich doch auch verständigen.

ATE-HA: Indem sie sich tief in die Augen sehen. Aber auch für die Verständigung der Agenten gibt es Möglichkeiten. Man kann zum Beispiel Nachrichten wiederholt senden. Aber im RoboCup muss alles sehr schnell gehen. Oftmals klappt es ohne Nachrichtenaustausch, einfach, weil beide Spieler die Situation gleich einschätzen.

Ich hatte schon darüber gesprochen, wie unsere Spieler sich geeinigt haben, welcher Spieler zum Ball läuft. Jeder Spieler konnte aus seinen Daten berechnen, welcher Spieler zuerst am Ball sein würde. Wenn dabei alle Spieler halbwegs übereinstimmende Daten über die Umwelt haben, kommen sie meist auch zu übereinstimmenden Resultaten. Der Spieler, der sich selbst als Ersten am Ball sieht, läuft los, die anderen nicht. Das funktioniert meistens ganz gut, auch ohne Austausch von Nachrichten.

VIRTUELLA: Und wenn nicht?

ATE-HA: Dann geht es eben schief. Im Fußball muss man genau wie im täglichen Leben ohnehin damit leben, dass nicht alles so abläuft wie vorgesehen. Man muss versuchen, schlimme Fehler zu verhindern. In unserem Beispiel kann es passieren, dass mehrere Spieler zum Ball laufen – oder keiner. Zwei Spieler laufen zum Ball, wenn sie jeweils glauben, schneller als der andere zu sein. Das ist meistens nicht tragisch. Schlimmer kann es werden, wenn jeder glaubt, der andere wäre schneller – dann verlässt sich jeder auf den anderen, und keiner bemüht sich um den Ball.

VIRTUELLA: Wenn das vor dem Tor passiert ...

ATE-HA: Dann haben wir die Missverständnisse, die uns mehrere Tore gekostet haben. Man kann es so machen, dass ein Spieler noch dann zum Ball läuft, wenn er glaubt, etwas langsamer zu sein als der andere. Dadurch passiert es etwas häufiger, dass mehrere Spieler zum Ball laufen, aber das ist nicht so tragisch. Oft klärt es sich auch noch unterwegs, wer wirklich zuerst zum Ball kommt, dann bleibt der andere zurück.

VIRTUELLA: Die Koordination selbstständig handelnder Agenten ist gar nicht so einfach.

ATE-HA: Vor allem dann, wenn es schnell gehen soll. Mit einer Zentralgewalt, die alle Entscheidungen trifft, geht das leichter.

VIRTUELLA: So wie bei den Robotern, die von einem Rechner außerhalb des Spielfelds gesteuert werden. Wie ging denn nun das Finale in der Small Size League aus?

ATE-HA: Die fünf Roboter von CMUnited waren eindeutig die beste Mannschaft im Turnier. Die beiden Roboter von NAIST hatten keine Chance. CMUnited wurde mit einem Finalsieg von 3:0 erster Weltmeister in der Liga der kleinen Roboter. Jetzt mussten wir im Halbfinale der Simulationsliga gegen die Agenten von CMUnited antreten. Natürlich hatten wir ihre Spiele beobachtet, und wir hatten den Eindruck gewonnen, dass sie sozusagen körperlich schlecht trainiert waren. Sie waren nicht so schnell und nicht so schussstark wie wir, und sie konnten nur direkte Pässe spielen. Unsere Stärke waren dagegen lange Pässe in den Lauf, mit denen wir schnell Raum gewinnen konnten. Wir fühlten uns als die stärkere Mannschaft, und unsere Gegner sahen das wohl auch so. Sie traten mit einer stark defensiven Aufstellung an. In kritischen Situationen standen immer wenigstens zwei Spieler im Tor. Es nützte nichts, wir gewannen sicher mit 6:0. Das war bitter für Peter, dessen Team vor der WM als starker Favorit gegolten hatte. Manuela sagte, dass es das letzte Mal gewesen sei, dass wir die CMU schlagen konnten. Tatsächlich konnten sie sich ein Jahr später revanchieren, und uns gelang erst 2001 wieder ein Sieg gegen die CMU. CMUnited verlor in Nagoya auch noch das Spiel um den dritten Platz gegen die Mannschaft Isis von der University of Southern California unter Leitung von Milind Tambe und Gal Kaminka. Das Team benutzte vorgegebene Methoden des Systems »Steam«, das sie eigentlich für die Steuerung von Hubschraubern entwickelt hatten. Es war ziemlich rechenintensiv und basierte auf einem kognitiven Modell, der SOAR-Architektur. Das Ergebnis war knapp mit 2:1 für Isis. Es hieß, dass CMUnited aus Versehen noch mit der defensiven Aufstellung aus dem Spiel gegen uns angetreten war.

Das Finale

VIRTUELLA: Jetzt lass' mich raten: Euer Finalgegner war wieder Andou vom Tokyo Institute of Technology, ihr seid wieder auf Andhill getroffen.

ATE-HA: Richtig, Andhill gewann sein Halbfinale mit 14:0! Wir hatten mit Andhills Sieg gerechnet, und wir waren nicht unvorbereitet. Trotzdem waren wir furchtbar nervös, es konnte ja auch sein, dass die neuen Aufstellungen viel schlechter abschnitten. Um uns herum viele Zuschauer: innerhalb der Absperrung die anderen Teilnehmer am RoboCup, außerhalb vor den Saalmonitoren die Gäste. Und drüben in der Konferenzhalle, wohin das Spiel übertragen wurde, die Kolleginnen und Kollegen von der Weltkonferenz für Künstliche Intelligenz. Markus sagte, er wolle am liebsten nicht dabei sein.

Wir hatten Anstoß, Andhill verzichtete dieses Mal auf den Ameisenaufmarsch. Stattdessen hatte Andou seine Spieler so postiert, dass sie einen nach vorn geschossenen Ball leicht abfangen konnten. Das gelang ihnen auch schnell, aber sie konnten den Ball nicht halten. Unsere Spieler versuchten sich in mehreren Torschüssen, vergeblich. Markus lief beiseite, er wollte das nicht weiter ansehen. Dann ein Schnitzer des gegnerischen Torwarts. Er konnte den Ball noch ablenken, aber nicht weit genug, 1:0 für uns nach 40 Sekunden. Markus kam zurück. Nach dem Anstoß ein Sturmlauf von Andhill, unser Verteidiger ließ den Ball leichtfertig passieren. Markus ging schon wieder zur Seite, aber der Torwart lenkte den Ball zur Ecke ab. Drei Spieler von Andhill liefen zur rechten Eckfahne. Möglicherweise wollten sie eine Kette bilden, um den Ball mehrmals zu beschleunigen. Wir erfuhren es nicht, der Ball landete im Aus: Abstoß vom Tor.

Beide Mannschaften konnten gut mit dem Ball umgehen, es gab gut aussehende Spielzüge von beiden Seiten. Bis unsere Nummer 11 mit dem Ball vor dem Tor stand, die linke Torhälfte war völlig frei, eine sichere Sache. Doch Nummer 11 verstolperte: Der Ball trudelte nach hinten weg. Als ob er sich schämte, rannte der Spieler hinter das gegnerische Tor, von wo er erst nach geraumer Zeit ins Spiel zurückkehrte. So etwas hatten wir bestimmt nicht programmiert – aber durch irgendetwas musste das Verhalten ja entstanden sein. Und das konnte natürlich nur in unserem Programm stecken. Wir hatten keine Zeit zum langen Nachdenken, das Spiel ging weiter.

Wir hatten mehr Chancen als Andhill, aber wir konnten sie lange Zeit nicht nutzen. Erst nach knapp 3 Minuten gelang das 2:0, diesmal war es ein Missverständnis in Andhills Verteidigung: Der Verteidiger ließ den Ball passieren, und der Torwart kam zu spät, weil er sich auf den Verteidiger verlassen hatte. So etwas war uns auch schon passiert. Das gleiche Missverständnis bescherte uns kurz darauf das 3:0. Jetzt war Markus schon etwas entspannter, und unsere »Jungens« spielten kräftig auf. Der gegnerische Torwart spielte den Ball einem seiner Spieler zu, aber blitzschnell kam unsere Nummer 11 hinter dem Spieler hervor, und ehe der sich versah, stand es 4:0. Unsere Nummer 11 war rehabilitiert. Beim 5:0 und 6:0 zeigte sich eindeutig, dass unsere Spieler im Zweikampf stärker waren. So fiel dann auch noch das siebente Tor vor der Halbzeitpause.

VIRTUELLA: Das war ja doch schon ein beruhigender Vorsprung, selbst wenn die zweite Halbzeit schlechter ausfallen würde.

ATE-HA: In der Halbzeitpause flimmerten wieder endlose Zahlenkolonnen bei Andou über den Bildschirm. Wir waren gespannt, welche Aufstellung er diesmal wählen würde. Wir hatten schon in der ersten Halbzeit eine unserer neuen Formationen spielen lassen, und jetzt sollte noch eine andere zum Zuge kommen. Wir beobachteten Andou, nachdem unsere Spieler sich postiert hatten. Er sah nicht gerade glücklich aus. Seine Positionen waren gedacht für eine Formation, die jetzt nicht mehr spielte. Wir hofften, dass das für uns vorteilhaft war. Es bestand ja immer noch die Möglichkeit, dass das schlechtere Abschneiden in der ersten Halbzeit durch die Anforderungen an den Rechner entstanden war, die für das Erkunden unserer Aufstellung verursacht wurden. Es sah gut aus für uns, schon kurz nach dem Anstoß erzielten wir einen schön herausgespielten Treffer. Umgekehrt konnte unsere Verteidigung in einigen kritischen Situationen mit mehreren Gegnern vor unserem Tor doch noch klären. Ein scharfer Schuss brachte nach reichlich einer Minute das 9:0, und fast wäre auch das zehnte Tor gefallen, doch dieser Schuss ging knapp am Tor vorbei. Dann gab es auch auf unserer Seite eines dieser typischen Missverständnisse in der Verteidigung, der Torwart konnte einen Ball nicht parieren, den der Verteidiger nicht mehr erreicht hatte. Andhill hatte seinen ersten Treffer erzielt. Unsere Spieler focht das nicht an, sie stürmten kräftig weiter, und Andhills Torwart konnte gerade noch auf der Linie klären. Jetzt war das Spiel längere Zeit ausgeglichen. Ein letztes Mal wiederholte sich das schon bekannte Dilemma zwischen Verteidiger und Torwart auf unserer Seite, und anderthalb Minuten vor Schluss stand es 9:2. Postwendend stellten unsere Spieler den alten Abstand wieder her, und kurz vor

Beginn der letzten Minute gelang sogar noch das 11:2. Dabei blieb es. Diesmal hatten wir auch die zweite Halbzeit gewonnen! Aber was zählte das dagegen, dass wir jetzt Weltmeister waren! Keiner von uns hatte noch vor einem Jahr an so etwas gedacht, Weltmeister – und auch noch im Fußball ... Später gab es dann noch einen Kampf des Weltmeisters gegen ein menschliches All-Star-Team aus den Reihen der RoboCupper.

Als Zugabe: Menschen gegen Softwareagenten

VIRTUELLA: Wie ging denn das?

ATE-HA: Dafür gab es ein Programm von Tucker Balch und Sean Luke, mit dem die virtuellen Spieler mit der Hand von der Tastatur aus gesteuert werden konnten. Eine Taste bedeutete vorwärts, eine drehen, eine andere kicken, ein Joystick wäre natürlich komfortabler gewesen. 11 RoboCupper steuerten so 11 virtuelle Spieler. Die menschlichen Spieler hatten den Vorteil der vollständigen Überblicks, sie sahen das gesamte Spielfeld auf dem Monitor, und sie konnten sich untereinander mit allen Mitteln der menschlichen Sprache verständigen. Sie waren aber nicht so reaktionsschnell, und sie waren noch ungeübt. Nach 15 Sekunden führte AT Humboldt 1:0, die von Menschen gesteuerten Verteidiger waren noch nicht in der Lage gewesen, den Ball zu stoppen, obwohl er direkt bei ihnen vorbei kam. Aber sie wurden besser, unsere nächsten Angriffe wurden erfolgreich vereitelt. Doch nach knapp 2 Minuten verschlief die Nummer 3 unserer Gegner ein Zuspiel ihres Torwarts, unser Stürmer eilte herbei und setzte den Ball ins Tor, 2:0. Eine halbe Minute später folgte das 3:0, die gegnerische Verteidigung sah dabei nicht gut aus.

Doch jetzt waren die menschlichen Spieler auf eine neue Variante gekommen: Vor dem Anstoß liefen bereits einige Gegner in unsere Hälfte. Unsere Spieler waren auf so etwas nicht vorbereitet. In ihren Programmen wurde darauf gewartet, dass der Gegner den Anstoß vollzog, erst dann liefen sie los. Die Gegner konnten sich also seelenruhig an freien Stellen und zwischen unseren Spielern postieren.

VIRTUELLA: War so etwas denn erlaubt?

ATE-HA: Natürlich nicht, aber wir sahen großzügig darüber hinweg. Es brachte auch erst mal nichts. Unsere Spieler eroberten den Ball, stürmten wieder in die gegnerische Hälfte, ein kräftiger Schuss, und es stand 4:0. Verteidiger und Torwart hatten den Ball passieren lassen, es sah ganz so aus wie die »Missverständnisse«, die unserer Verteidigung gelegentlich passierten.

VIRTUELLA: Menschen sind halt fehlerbehaftete Wesen.

ATE-HA: Aber sie wurden besser. Und sie konnten sich immer wieder etwas Neues ausdenken. Als nächstes bildeten sie bei jedem unserer Einwürfe einen Ring um den einwerfenden Spieler.

VIRTUELLA: Das dürfen sie doch nicht, oder?

ATE-HA: Sie blieben in der vorgeschriebenen Entfernung von reichlich 9 Metern. Jetzt hätte sich einer unserer Spieler dazwischenstellen müssen, aber auch das war in unseren Programmen nicht vorgesehen. Und Lernen konnten unsere Spieler leider auch noch nicht. Aber es gelang ihnen trotzdem noch oft genug, den Ball an allen Gegnern vorbei oder zwischen ihnen hindurch zu spielen. Hier fehlte den Menschen die Reaktionsschnelligkeit.

Nach unserem 5:0 gelang dann aber der Gegentreffer für die handgesteuerte Mannschaft. Wieder hatten sie sich für den Anstoß in unserer Hälfte postiert. Der Anstoß kam direkt zu dem ersten dieser Spieler, der verlängerte zum nächsten und der wiederum schoss unhaltbar in unser Tor. Bei jedem Kick war der Ball weiter beschleunigt worden, er war wirklich kaum zu halten gewesen. Die Menschen an den Computern rissen die Arme hoch: Sie hatten das erste Tor gegen den ersten Welt-

Menschen gegen AT Humboldt97, Nagoya 1997.
2. v.r.: Tucker Balch

meister in der Simulationsliga geschossen! 5:1 war auch der Halbzeitstand. Auch in der zweiten Halbzeit war AT Humboldt eindeutig überlegen, aber es war schwieriger geworden. Der gegnerische Torwart parierte viele Bälle. Trotzdem konnten wir ihn noch dreimal überwinden. Danach versuchten es die Gegner jedes Mal mit dem gleichen Trick und stellten sich bereits in unserer Hälfte auf, ehe sie den Ball zum Anstoß kickten. Das waren eigentlich auch schon die einzigen Momente, wo uns ernsthaft Gefahr drohte, aber unsere Abwehr stand. So war das Endergebnis eindeutig 8:1 für die programmgesteuerten Spieler.

Einige sahen den Sieg der virtuellen Spieler schon als Vorgriff auf das visionäre Spiel zwischen Robotern und Menschen im Jahr 2050. Mit etwas mehr Übung und komfortablerer Steuerung hätten Menschen den AT Humboldt des Jahres 1997 aber wohl noch schlagen können. Unser Programm wäre nicht in der Lage gewesen, sich auf spezielle Spielweisen einzustellen, es hatte keine Möglichkeit zum Lernen und zum Anpassen. Es gab noch genügend Schwachstellen, die ein aufmerksamer Beobachter erkennen und ausnutzen konnte. Nagoya war erst der Anfang, aber für ein halbes Jahr Entwicklungszeit hatten wir wirklich gut abgeschnitten.

Der Roboter als Sportsfreund und Helfer in der Not

Phil machte den üblichen Fehler aller Neuankömmlinge. Die geringe Schwerkraft noch nicht gewohnt, legte er viel zuviel Kraft in den Schuss und sah erstaunt zu, wie der Ball in hohem Bogen gegen die Kuppeldecke prallte. Der Schiedsrichter pfiff. Die für den Mars modifizierten Fußballregeln sahen in solchen Fällen einen Einwurf für die gegnerische Mannschaft vor.

Anfangs war man nicht so pingelig gewesen. Die ersten Fußballturniere auf dem roten Planeten hatten allerdings auch in sehr viel kleineren Räumen ausgetragen werden müssen, bei denen Schüsse an die Decke praktisch nicht vermieden werden konnten. Also machten die frühen Siedler aus der Not eine Tugend und entwickelten Techniken des gezielten Passspiels über die Deckenbande. Es erforderte einige Ballbeherrschung, solche scharfen Abpraller sicher anzunehmen, aber manche Spieler brachten es darin zu beachtlicher Virtuosität. Noch heute erzählten Mars-Veteranen gern von dem legendären Finale beim Mars Cup 2036, als Amer-1 durch eine solche Präzisionsvorlage Li Chang in letzter Sekunde den Siegtreffer ermöglichte.

Nicht nur wegen der Dramatik des Spielgeschehens war diese Szene im Gedächtnis geblieben. Sie symbolisierte auch das perfekte Zusammenspiel von Roboter und Mensch, bei dem beide ihre jeweiligen Stärken ausspielen konnten. Und es war ein Einstand für Amer-1, wie er besser nicht hätte ausfallen können.

Wie die meisten neuen Modelle war auch der Advanced Mars Exploration Robot (AMER) zunächst mit einiger Skepsis aufgenommen worden. Gewiss, die Roboter der früheren Generation hatten ihre Macken. Doch die waren inzwischen hinreichend bekannt und die Marssiedler hatten gelernt, damit umzugehen.

Wenn man wusste, was man den Mars Exploration Robots (MERs) zumuten konnte und was nicht, waren es sehr robuste und zuverlässige Maschinen. Von den Fehlern des neuen Modells wusste man dagegen vorerst gar nichts.

Aber dann kam dieser Schuss gegen die Decke, zentimetergenau gezielt und mit genau dem richtigen Drall, so dass der Ball direkt vor Li Chang wieder auf den Boden prallte. Um die Verwirrung des gegnerischen Torhüters auszunutzen, war allerdings keine Zeit, den Ball zu stoppen. Chang musste ihn direkt verwandeln. Es gelang ihm mit einer abenteuerlichen Verrenkung des linken Beins, die mehr an einen Kung-Fu-Tritt als an eine Fußballtechnik erinnerte.

Präzises Passspiel und disziplinierter Spielaufbau waren seit jeher die Stärken der Roboter gewesen. Bei akrobatischen Einzelaktionen dagegen, die ein hohes Maß an Körperbeherrschung erforderten, waren nach wie vor die Menschen überlegen. Kein Wunder, dass diese Szene, bei der sich beider Vorzüge so perfekt ergänzten, zur Legende geworden war.

Ein Roboter der gegnerischen Mannschaft machte sich jetzt zum Einwurf bereit, während seine Mitspieler versuchten, günstige Anspielpositionen einzunehmen. Die Größe der Hallen erlaubte es mittlerweile, mit sieben Spielern pro Team zu spielen. Aber auch in der Anfangszeit, als nur dreiköpfige Mannschaften möglich waren, hatten die Marsbewohner wenig von reinen Roboter- oder Menschenteams gehalten. Sie fühlten sich zu sehr aufeinander angewiesen, als dass sie eine solche Konfrontation auch nur spielerisch erproben wollten. Für das Überleben hier oben (die Marsianer sprachen von »oben«, weil der Mars in Bezug auf die Sonne höher lag als die Erde) war die reibungslose Kooperation von Menschen und Robotern unerlässlich. Und zur Einübung dieser Kooperation gab es nichts Besseres als das regelmäßige Fußballspiel in gemischten Teams.

Während Phil die Bewegungen der Gegenspieler beobachtete und versuchte, deren Absichten zu erkennen, dachte er an seine ersten Erinnerungen an Fußball spielende Roboter zurück. Es war zu Beginn des Jahrtausends gewesen, als seine Eltern ihn zu einem Turnier mitgenommen hatten. Phil hatte sich an die Spielfeldbegrenzung gekauert und fasziniert zugesehen, wie die kleinen, silbrig glänzenden Hunde, damals auch nur drei pro Team, unbeholfen herumtapsten und dabei leise quietschten. Dann ließ sich einer nach vorne fallen und stieß den Ball mit der Brust über die Torlinie. Das Bild hatte Phil heute noch deutlich vor Augen. Begeistert hatte er in die Hände geklatscht, ohne zu begreifen, dass es ein Eigentor gewesen war. Egal, die Aktion war gut und irgendwie auch gelungen.

Beim Training. Humboldt-Heroes 1999.
V.l.n.r.: Michael Behrisch, Uwe Düffert, Matthias Werner, Martin Lötzsch

Auf der Suche nach Überlebenden

Andreas Birk über Rettungsroboter

Andreas Birk ist Professor für Electrical Engineering und Computer Science an der International University Bremen und hat bei der RoboCup-WM 2002 erstmals mit einem deutschen Team in der Rescue Robot League teilgenommen.

FRAGE: Herr Birk, wie sind Sie eigentlich zum RoboCupper geworden?

BIRK: Mit mobilen Robotern, insbesondere mit kooperativen Systemen, beschäftige ich mich schon seit langem. Dabei tauchte auch immer wieder mal die Idee Fußball spielender Roboter auf. Von dem eigentlichen RoboCup habe ich dann durch Zufall bei der IJCAI (International Joint Conference on Artificial Intelligence) 1997 in Nagoya erfahren. Die Idee, auf diese Weise die Qualität von Forschungsansätzen im Bereich mobiler Robotik zu testen, gefiel mir sehr gut. Beim nächsten RoboCup-Turnier 1998 in Paris war ich dann mit einem eigenen Team in der Small Size League dabei. Einer meiner Forschungsschwerpunkte ist die Entwicklung spezieller Hardware. Wir haben dafür das Cube-System entwickelt, eine Art Baukasten, mit dem sich relativ schnell verschiedene Roboterprototypen herstellen lassen. Das konnten wir im Rahmen dieser Liga sehr gut testen.

FRAGE: Was für Aufgaben haben Sie Ihren Robotern denn gestellt, bevor es den RoboCup gab?

BIRK: Der Fußball war eigentlich ein Ziel, das eher am Rande verfolgt wurde. Meine hauptsächlichen Forschungsansätze liegen immer noch in den Bereichen Lernen und Kooperation. Da interessieren mich gerade auch ganz fundamentale Fragen wie etwa nach der Entstehung von Kooperation. Die meisten Experimente, die ich in dieser Richtung unternehme, beruhen auf spieltheoretischen Ansätzen wie etwa dem Gefangenendilemma, bei denen ich ein gutes mathematisches

Modell zugrunde legen kann. Gegenüber Fußball sind solche Szenarien einfacher, was den Vorteil hat, dass sie sich mathematisch präziser modellieren lassen und klarere Ergebnisse hervorbringen. Mit dem RoboCup lassen sich dagegen sehr gut Studenten motivieren und Talente rekrutieren. Zugleich bietet er wunderbare Möglichkeiten, die ingenieurwissenschaftlichen Aspekte der Robotik zu testen und weiterzuentwickeln. Sehr spezielle wissenschaftliche Forschungsansätze lassen sich beim RoboCup dagegen häufig weniger gut testen, weil es in dem Wettbewerb vorrangig darauf ankommt, dass die verschiedenen Komponenten gut integriert sind und reibungslos funktionieren.

FRAGE: Wie kamen Sie dazu, sich in der Rescue League zu beteiligen?

BIRK: Die Rescue League fasziniert mich aus verschiedenen Gründen. Zum einen hat der Anwendungsaspekt hier erheblich größeres Gewicht als beim Fußball. Ich habe das Gefühl, dass hieraus sehr schnell, innerhalb von ein bis zwei Jahren, einsatzreife Roboter hervorgehen können, die sich auch in realen Katastrophenszenarien bewähren. In den Trümmern des World Trade Center in New York sind ja bereits mehrere Roboter verschiedener Forschungsgruppen eingesetzt worden und haben dabei ihre Nützlichkeit unter Beweis stellen können. Ein anderer Unterschied gegenüber den Fußball-Ligen des RoboCup besteht auch darin, dass bei den Rettungsrobotern immer noch Menschen mit eingebunden sind. Natürlich möchte man die Roboter so autonom wie möglich haben, so dass ein einzelner Rettungshelfer mit mehreren Robotern gleichzeitig arbeiten kann. Aber es steckt eben ein Mensch mit drin in der Regelschleife, der die Roboter als Werkzeug einsetzt. Beim Fußball hat die Autonomie dagegen einen erheblich höheren Stellenwert.

Autonomie: Erwünscht, aber nicht gefordert

FRAGE: Autonome Roboter sind also nicht zwingend gefordert. Wie sieht ansonsten der Wettbewerb in der Rescue Robot League aus?

BIRK: Es gibt einen sanften Druck in Richtung Autonomie, weil das bedeutet, dass umso mehr Roboter von einzelnen Bedienern eingesetzt werden können. Denn was in einem typischen Katastrophengebiet in der Regel wenig vorhanden ist, sind Menschen. Idealerweise sollte daher ein Helfer alle Roboter gleichzeitig bedienen können.

Rescue Roboter in der »Desaster Area« beim RoboCup 2002 in Fokuoka

Dafür müssen sie aber über einen hohen Grad an Autonomie verfügen. Sie sollen zum Beispiel den Benutzer von sich aus über wichtige Funde informieren. Zugleich sollen sie passiv Daten sammeln, wobei die Erstellung genauer Karten besonders wichtig ist, und diese auf Abruf bereithalten.

FRAGE: Um diese Fähigkeiten zu testen wird beim RoboCup-Turnier dann eine Trümmerlandschaft aufgebaut?

BIRK: Genau. In dieser Trümmerlandschaft sind Dummys versteckt, die verschüttete Menschen simulieren, indem sie Körperwärme ausstrahlen, Kohlendioxid abgeben und sich teilweise auch etwas bewegen. Das Ganze bewegt sich sehr eng an realen Katastrophenszenarien. Zum Beispiel sind Verschüttete typischerweise stark durch Staub bedeckt, so dass man sich kaum an der Hautfarbe orientieren kann. Kameradaten allein sind daher zu wenig, die Roboter brauchen auch Sensoren, um das ausgeatmete Kohlendioxid, die Körperwärme oder Bewegungen zu erkennen.

FRAGE: Gibt es Vorgaben hinsichtlich der Zahl der eingesetzten Roboter und der Zeit, die ihnen zur Verfügung steht?

BIRK: Die Zahl der Roboter ist freigestellt. Die Zeit wird für jeden Wettbewerb neu festgelegt und bewegt sich zwischen 10 und 20 Minuten.

FRAGE: Die Leistung der Teams anhand der Zahl der Leichen zu bewerten, könnte etwas makaber wirken. Gibt es Überlegungen, wie man damit umgehen sollte?

BIRK: Es wird ja nicht nur die Zahl der gefundenen Opfer bewertet. Wichtig ist auch, dass die Roboter nicht mehr Schaden anrichten, als dass sie nützen. Wenn ein Roboter beispielsweise den weiteren Einsturz eines Trümmerhaufens verursacht, wird das stark negativ bewertet. Der Wettbewerbsaspekt wird zudem durch die große Zahl der Sonderpreise durchbrochen, die auf technische Leistungen ausgelegt sind.

FRAGE: Haben Roboter tatsächlich solche Einstürze verursacht?

BIRK: Kleinere Schäden sind vorgekommen. Die Roboter müssen sich schließlich in völlig unstrukturiertem Gelände zurechtfinden. Das ist ungeheuer schwierig, insbesondere wenn sehr einfache Systeme zum Einsatz kommen, die eigentlich mehr ferngesteuerten Autos mit einer aufgesetzten Kamera ähneln.

FRAGE: Wie sind Sie bei der Entwicklung Ihrer Roboter vorgegangen?

BIRK: Wir hatten glücklicherweise schon dieses Cube-System, mit dem man relativ leicht Roboterprototypen erstellen kann. Damit hat eine hoch motivierte Gruppe von Studenten unser Modell von Grund auf entwickelt, also den kompletten Roboter inklusive Fahrwerk, Elektronik, Sensoren. Der nächste Schritt besteht jetzt darin, daraus verschiedene Typen von Robotern abzuleiten. Ein kritischer Faktor ist zum Beispiel die Größe: Größere Roboter können leichter über den Schutt fahren und auch Treppen bewältigen, scheitern aber bei der Untersuchung vieler Hohlräume. Wir wollen dem großen Roboter daher mehrere kleinere zur Seite stellen, die zunächst auch von ihm transportiert werden können und bei Bedarf durch enge Öffnungen geschickt werden.

FRAGE: Mit was für Sensoren sind ihre Roboter ausgestattet?

BIRK: Momentan sind das vier Kameras sowie Infrarotsensoren zur Erfassung von Wärme. Außerdem haben wir auch Ultraschallsensoren und aktive Infrarotsensoren. Die sind beim Wettbewerb aber noch nicht zum Einsatz gekommen.

FRAGE: Wie hat sich die Technik bewährt?

BIRK: Alles in allem sind wir recht zufrieden. Wir haben in Fukuoka zwar einen undankbaren vierten Platz erreicht, aber dafür, dass wir in dieser Liga gerade erst angefangen haben und viele Arbeiten von eher unerfahrenen Studenten ausgeführt worden waren, können wir uns nicht beklagen.

Wie baut man einen Rettungsroboter?

FRAGE: Gibt es in der Rescue Robot League sehr unterschiedliche Ansätze?

BIRK: Ja, allein weil die Teams sehr verschiedene Hintergründe haben. Bei manchen amerikanischen Teams beispielsweise ist deutlich, dass sie sich auf militärische Forschungen stützen können.

FRAGE: Woran merkt man das?

BIRK: Das macht sich zum Beispiel in den panzerartigen Kettenantrieben bemerkbar. Solche Teams kommen häufig mit relativ großen Robotern, die ursprünglich für den Außeneinsatz in unwegsamem Gelände konstruiert worden sind. Japaner arbeiten dagegen mit Konstruktionen, die manchmal eher an Spielzeug erinnern. In Europa gibt es in diesem Bereich noch nicht so viele Forschungen. Das ganze Feld ist noch ziemlich bunt gemischt.

FRAGE: Wie bewegt sich Ihr Roboter?

BIRK: Er hat sechs Räder. Die haben aufgrund der Luftfederung den Vorteil, dass sie den Untergrund nicht allzu stark belasten.

FRAGE: Wie groß ist er?

BIRK: Er ist aufgebaut auf einem einen Meter langen und 45 Zentimeter breiten Fahrgestell und misst vom Boden bis zum oberen Kameraturm etwa 50 Zentimeter. Diese Größe ist erforderlich, um Treppen oder Rampen bewältigen zu können. Wir haben zwei Elektromotoren mit jeweils 120 Watt für den Antrieb der Räder. Damit kann sich der Roboter auch Treppen hochwuchten.

FRAGE: Gibt es auch schon Roboter mit Beinen?

BIRK: Nein, Laufmaschinen kommen noch nicht zum Einsatz. Die verbrauchen noch zu viel Energie. Die Rettungsroboter sind über Funk mit den Bedienern verbunden und beziehen ihren Strom aus Batterien. Da wären Laufmaschinen erheblich im Nachteil. Ein weiteres Problem ist ihre mechanische Komplexität.

FRAGE: Es gibt doch auch Roboter, die sich schlangenartig fortbewegen. Wäre das eine Alternative für Rettungsroboter?

BIRK: So weit ich weiß, gibt es in Japan Forschungen, mit schlangenartigen Robotern zu Verschütteten vorzudringen. Das sind allerdings eher lange Schläuche, die zwar mit aktiven Elementen ausgestattet sind, aber primär von hinten geschoben werden und sich vorne und in den Mittelteilen den Hohlräumen anpassen. Man experimentiert da mit bis zu 50 Meter langen Schläuchen. Die bieten den Vorteil, dass über sie die Verschütteten auch gleich mit Wasser, Atemluft und anderen lebenswichtigen Dingen versorgt werden können.

FRAGE: Können Sie in der Rescue Robot League führende Teams ausmachen oder ist das Feld noch sehr gemischt?

BIRK: Das ist noch sehr bunt gemischt und entwickelt sich eher langsam. In Fukuoka waren allerdings eher wenige Teams aus den USA dabei. Dort könnte man das USAR-(Urban Search and Rescue)-Institute von Robin Murphy in Florida wohl am ehesten als führend bezeichnen, allein weil da schon sehr lange zu dem Thema geforscht wird. Aber das gesamte Feld ist noch dabei sich zu entwickeln. Führende Teams beim RoboCup Rescue werden sich wohl erst in zwei bis drei Jahren herausschälen. Auch über die verwendeten Technologien wird man erst wirklich entscheiden können, wenn die ersten Rettungsroboter bei realen Katastrophen zum Einsatz gekommen sind. Nach dem 11. September 2001 ist das in den Trümmern des World Trade Center auf einer Ad-hoc-Basis geschehen. Zukünftige Einsätze werden weitere Erfahrungswerte ergeben.

FRAGE: Die Roboter von Robin Murphy bewegen sich mit Hilfe von Kettenantrieben. Gibt es da auch einen militärischen Hintergrund?

BIRK: Entfernt, ja. Murphy verwendet die Pacbots der Firma I-Robot, die ursprünglich einmal fürs US-Militär entwickelt wurden.

FRAGE: US-Forscher haben eine Methode entwickelt, Ratten durch gezielte Stimulierung des Gehirns fernzulenken und denken über einen Einsatz der Tiere als Rettungshelfer nach. Was halten Sie von dieser Konkurrenz?

BIRK: »Gezielt« sollte man dabei aber mit dicken Anführungszeichen versehen. Das ist in den Videos von den Experimenten deutlich zu erkennen und wird von den Forschern auch zugegeben. Es gibt auch erhebliche technische Probleme: Zunächst müssen Elektroden ins Gehirn implantiert und die Ratte auf die Impulse trainiert werden. Dann bleibt gerade noch etwas Zeit, die Versuche durchzuführen, bevor sich Infektionen im Gehirn bilden und die Ratte stirbt. Der Weg zu einer praktischen Anwendung ist also noch sehr weit. An der Universität Tokio gab es ähnliche Experimente mit Kakerlaken. Da hieß es auch, man könne sie fernsteuern. Tatsächlich sind sie aber meistens auf dem Rücken gelandet, weil es ungeheuer schwer ist, die richtigen Hirnregionen präzise zu stimulieren.

FRAGE: Nun lassen sich Kakerlaken wahrscheinlich auch weniger trainieren als Ratten.

BIRK: Das könnte sogar eher ein Vorteil sein. Ratten könnten aufgrund ihrer höheren Intelligenz unter Umständen lernen, auf bestimmte Impulse nicht mehr zu reagieren. Bei Kakerlaken verlaufen die Reiz-Reaktions-Mechanismen dagegen stärker auf vorgegebenen, quasi fest verdrahteten Wegen. Wenn die eine Berührung an der linken Antenne spüren, laufen sie nach rechts. Das Problem besteht aber darin, die Stimulierung der Nervenzellen im Gehirn so genau durchzuführen, dass sie von der Kakerlake als Berührung der Antenne empfunden wird.

Die drei großen Probleme

FRAGE: Können Sie sich vorstellen, Roboter mit der Beweglichkeit und Wendigkeit von Ratten zu konstruieren?

BIRK: Hinsichtlich der Beweglichkeit und Wendigkeit mag das in den nächsten Jahren möglich sein. Die drei größeren Probleme sind: Energieversorgung, Energieversorgung und Energieversorgung. Alles in allem glaube ich aber, dass der Einsatz von Robotern im Rettungswesen gegenüber Tieren letztlich mehr Vorteile bietet.

FRAGE: Das Ziel des RoboCup ist es, bis zum Jahr 2050 Roboter mit der Beweglichkeit, Wendigkeit und Kondition von Weltklassefußballern zu konstruieren. Halten Sie das für realistisch?

BIRK: Ja. Ich kann es jedenfalls prinzipiell nicht ausschließen.

FRAGE: Woran könnte es scheitern?

BIRK: Da sehe ich eine lange Liste von potenziellen Stolpersteinen. Auf der wissenschaftlichen Seite ist es die Frage nach der Funktionsweise von Intelligenz: Wie funktioniert Wahrnehmung? Wie funktioniert

Entscheidungsverhalten? Wie funktioniert Kooperation? Alle fundamentalen Fragen zur menschlichen Intelligenz sind in diesem Problem des Fußballspiels enthalten. Das ist eine ungeheure wissenschaftliche Herausforderung. Es ist denkbar, dass wir in der gegebenen Zeit diese Probleme lösen können. Aber dann bleiben immer noch die Schwierigkeiten der technischen Umsetzung. Das heißt vor allem, ich sage es noch einmal, eine Energieversorgung zu entwickeln, die sich hinsichtlich der Effizienz mit biologischen Systemen messen kann.

FRAGE: Sehen Sie am Horizont schon geeignete Technologien oder gehen Sie davon aus, dass sich im Lauf der nächsten 50 Jahre etwas völlig Neues entwickeln muss?

BIRK: Da wird sich noch einiges tun müssen, obwohl so etwas natürlich nicht wirklich voraussehbar ist. Bei der Batterietechnologie hat sich zum Beispiel in den letzten hundert Jahren relativ wenig getan. Eine Verbesserung im Verhältnis Energie zu Gewicht um den Faktor zwei kommt da schon einer Sensation gleich – in der Informatik wäre so etwas kaum einer Erwähnung wert. Im Bereich der Brennstoffzellen gibt es jetzt allerdings einige viel versprechende Entwicklungen. Außerdem gibt es von den verschiedensten Seiten Druck in Richtung einer Verbesserung von Energietechnologien. Davon wird irgendwann auch der RoboCup profitieren.

Roboter rettet leben

Von Hans-Arthur Marsiske

Wie ein Beinamputierter am 11. September 2001 aus dem 70. Stock des World Trade Centers entkam

Curtis Grimsley hat gute Aussichten, in den Legendenschatz zukünftiger Cyborgs einzugehen. Denn der New Yorker verdankt einer intelligenten Prothese sein Leben.

Der am linken Unterschenkel amputierte Computeranalyst befand sich am 11. September 2001 in seinem Büro im 70. Stock des World Trade Center und telefonierte gerade mit einem Kollegen, als auf einmal der Boden wankte. »Ich schaute nach rechts und sah eine Menge Papier am Fenster vorbeifliegen«, erzählte Grimsley der »New York Times«. Er begab sich sofort zum Treppenhaus. Aber wie sollte er 70 Stockwerke mit einem künstlichen Bein bewältigen?

Zuvor hatte Grimsley Unterschenkelprothesen verwendet, mit denen er Treppen nur hinab steigen konnte, indem er jede Stufe mit beiden Beinen betrat. Doch seit vergangenem Februar hat er das »C-Leg« der deutschen Firma Otto Bock, das als die derzeit beste Unterschenkelprothese gilt. Die darin enthaltene ausgefeilte Robotiktechnologie ermöglichte ihm die rechtzeitige Flucht.

Das C-Leg ist mit zwei Mikroprozessoren ausgestattet, die über verschiedene Sensoren 50 Mal pro Sekunde den Belastungsgrad der Prothese, den Winkel des Knies und die Gehgeschwindigkeit messen und mit Hilfe eines mechanischen und hydraulischen Systems die Festigkeit den jeweiligen Erfordernissen anpassen. Je nachdem, ob das Körpergewicht auf dem künstlichen Bein liegt oder nicht, kann die Verankerung am Knie rasch gefestigt oder gelockert werden, so dass Gehbewegungen möglich sind, die von gesunden kaum zu unterscheiden sind. Die Stromversorgung erfolgt über eine Lithium-Ionen-Batterie, die alle 30 bis 35 Stunden aufgeladen werden muss.

Entwickelt wurde das C-Leg von dem Biomechaniker Kelvin James an der University of Alberta in Edmonton, Kanada. Sein Projekt stieß bei Prothesenherstellern zunächst auf Skepsis. Die Vorstellung, dass Beinamputierte eine Batterie mit sich herumtragen und das Bein nachts zum Aufladen an die Steckdose anschließen sollten, wirkte befremdlich.

Von den Nutzern der Prothese sind dazu jedoch keine Klagen zu hören. Adele Fifield, Direktorin des kanadischen »National Amputee Center of the War Amps«, hat in den vergangenen vier Jahren nur einmal vergessen, die Batterie aufzuladen. Zwei Stunden Nachladen im Büro reichten aus, um das C-Leg wieder zum Leben zu erwecken. Ein anderes Mal versagte die Batterie während eines Campingtrips, so dass Frau Fifield für den Rest der Reise humpeln musste. Das Einzige, was sie an der Prothese stört, sind die Kosten: Das C-Leg kostet derzeit 40.000 bis 50.000 US-Dollar.

Curtis Grimsley hat die Ausgabe gewiss nicht bereut. Dank der teuren Robotikprothese konnte er bei der Flucht aus dem World Trade Center mit dem allgemeinen Tempo mithalten. »Ich habe andere, schwergewichtige Leute gesehen, für die es sehr anstrengend war«, erinnert er sich. »Sie mussten an die Seite gehen und sich ausruhen. Ich war auch müde, aber ich musste nicht anhalten. Es war wie ein Training für mich, ein hartes Ausdauertraining.«

Zuerst erschienen in Telepolis, 18. Januar 2002

Katastrophen sind komplexer als Fußballspiele

Satoshi Tadokoro über die Simulation von Erdbeben und anderen Katastrophenszenarien

Satoshi Tadokoro ist Associate Professor für Computer and Systems Engineering an der Kobe University und Präsident des International Rescue System Institute.

FRAGE: Herr Tadokoro, welches sind die Hauptmerkmale der RoboCup-Rescue Simulation League?

TADOKORO: Das Hauptmerkmal ist die Simulation von Aktivitäten auf einem virtuellen Katastrophenschauplatz. Simuliert werden dabei sowohl natürliche Phänomene als auch menschliche Aktivitäten.

FRAGE: Arbeiten Sie dabei mit dem Plan einer bestimmten Stadt oder Gegend?

TADOKORO: Ja, wir haben einen Plan von Kobe City, das 1995 von einem schweren Erdbeben getroffen wurde. Das war unser Ausgangspunkt. Im Wettbewerb 2002 benutzten wir daneben aber auch einen virtuellen Plan. Der wurde von einigen Teilnehmern bevorzugt, weil sie nicht zusehen wollten, wie ihr Haus oder andere tatsächlich existierende Gebäude zusammenstürzten, selbst wenn es nur in einer Simulation passiert.

FRAGE: Das ist verständlich. Ich kann mich an Bilder von Straßen erinnern, die auf Pfeilern errichtet waren, die durch das Kobe-Erdbeben wie Streichhölzer umgeknickt worden waren. Wie können Sie solche Schäden simulieren?

TADOKORO: Die Simulation natürlicher Phänomene wie Einsturz von Gebäuden, Blockade von Straßen oder Ausbreitung von Feuer ist in der Katastrophenwissenschaft bereits bewährte Technologie. Wir können ausrechnen, welche Auswirkungen Erdbeben einer bestimmten Stärke auf verschiedene Gebäude haben.

FRAGE: Wie zuverlässig sind solche Simulationen?

TADOKORO: Es handelt sich dabei natürlich sehr stark um Wahrscheinlichkeiten. Wir können nicht mit Sicherheit sagen, dass ein bestimmtes Gebäude zusammenbrechen wird. Im Detail wird sich die reale Situation daher immer von der Simulation unterscheiden. Wir können nur die statistische Verteilung der Zerstörung vorhersagen.

FRAGE: Wie lauten die Wettkampfregeln in der RoboCupRescue Simulation League?

TADOKORO: Der Zweck der Rescue Simulation League ist der Wettbewerb Künstlicher Agenten bei der Rettung von Menschen aus zerstörten Gebäuden, der Bekämpfung von Feuer und der Räumung von Straßen. Der Wettbewerb zielt auf die Entwicklung einer Strategie für das Verhalten solcher Agenten zur Minimierung des Schadens. Wir beurteilen den Einsatz nach der Zahl der Menschenleben und der Höhe des Sachschadens, die am Ende der Simulation zu beklagen sind.

FRAGE: Handeln diese Agenten autonom?

TADOKORO: Ja, sie sind vollständig autonom. Sie verfügen über Wahrnehmungsfähigkeiten, können also Feuer, andere Agenten oder gefährdete Personen sehen und auf Grundlage dieser Informationen über geeignete Maßnahmen entscheiden.

FRAGE: Wie simulieren Sie das Katastrophenszenario? Gibt es Ähnlichkeiten mit der Fußballsimulation beim RoboCup, wo die Situation auf dem Spielfeld von einem speziellen »Soccer Server« simuliert wird?

TADOKORO: Ja, sehr ähnlich. Allerdings ist der Katastrophenschauplatz erheblich komplizierter als ein Fußballfeld. Wir verwenden daher vier spezielle Module zur Simulation bestimmter Aspekte der Katastrophe: eins für die Ausbreitung von Feuer, das zweite für die Zerstörung von Gebäuden, das dritte für die Blockade von Straßen und das vierte für die Simulation des Verkehrs. Durch Kombination dieser vier Module können wir eine gute Voraussage der natürlichen Konsequenzen einer Katastrophe treffen. Ergänzend dazu verwenden wir auch ein geographisches Informationssystem sowie zwei- und dreidimensionale Visualisierungen, um eine realistische Darstellung der

Situation zu vermitteln. In einer solchen Simulation können bis zu 100 Agenten agieren und versuchen, den Schaden zu minimieren.

Keine zentrale Kontrolle

FRAGE: In einer realen Katastrophensituation würde es wahrscheinlich ein Kontrollzentrum geben, um die Aktivitäten der Rettungshelfer zu koordinieren. Ist für die virtuellen Agenten eine ähnliche Kontrolle erlaubt?

TADOKORO: Für die Erforschung autonomer Agenten haben wir zwei Kategorien. Die eine lässt nur vollständig autonome Agenten in komplett verteilten Systemen zu. In der anderen Kategorie sind die Agenten ebenfalls autonom, können aber von einer zentralen Kontrollstelle gelenkt werden. Einige Teams bevorzugen diese zentrale Kontrolle. Einige der virtuellen Agenten können jedoch nicht kontrolliert werden. Die Regeln der RoboCup Rescue Simulation lassen zwischen Feuerwehrleuten, Rettungshelfern und Polizeikräften nur sehr beschränkte Kommunikation zu. Wenn daher ein Manager versuchen wollte, alle Rettungsaktivitäten zu kontrollieren, würde das sehr hohe Kommunikationskosten verursachen und die Rettungsarbeit wäre nicht sehr effizient. Es ist daher besser, wenn die Agenten selbstständig entscheiden, vielleicht auch nach Beratung mit anderen, in der Nähe befindlichen Agenten.

FRAGE: Zuschauer der RoboCupRescue Simulation waren teilweise enttäuscht, weil das Geschehen auf dem Bildschirm nur sehr schwer zu verstehen war. Wenn Ihr System der Unterstützung von Rettungsarbeiten dienen soll, wäre es dann nicht wünschenswert, eine sehr intuitive, leicht verständliche Schnittstelle zu haben?

TADOKORO: Das wäre sehr wünschenswert, selbstverständlich. Aber im Moment müssen wir unsere beschränkten Ressourcen auf die Verbesserung der Simulation konzentrieren. Die grafische Darstellung und die Gestaltung der Schnittstelle sind Aufgaben zukünftiger Forschung.

FRAGE: Werden Computersimulationen bereits im Katastrophenmanagement genutzt?

TADOKORO: Einige örtliche Regierungen nutzen unsere Simulation versuchsweise für die Erarbeitung ihrer Katastrophenpläne, allerdings nicht in Echtzeit. Technisch wäre es eine Herausforderung, aber machbar, unser System in Echtzeit anzuwenden. Politisch wäre es jedoch schwierig.

FRAGE: Worin besteht das Problem mit der Politik?

TADOKORO: Ein Problem besteht darin, dass Politiker und Katastrophenmanager noch nicht an die Effektivität unserer Simulation glauben. Ein anderes, mehr technisches Problem betrifft die Simulation menschlichen Verhaltens. Wir können organisierte Arbeiten simulieren, aber um gute, realistische Resultate zu erhalten, müssten wir auch das Verhalten von Zivilpersonen simulieren. Das ist sehr schwierig, weil es eine große Vielfalt möglicher Verhaltensweisen gibt.

Roboter als Informationsbeschaffer

FRAGE: Worauf konzentriert sich Ihre Arbeit gegenwärtig?

TADOKORO: Derzeit versuchen wir, unser System in der Ausbildung einzusetzen. Feuerwehrleute müssen zum Beispiel lernen, wie sie sich in verschiedenen Situationen verhalten müssen. Bei der Vorbereitung auf große Katastrophen können Simulationen von großem Wert sein. Ein anderes Gebiet ist die Erziehung von Kindern. Auch die Optimierung von Katastrophenplänen und Rettungsanweisungen bei lokalen Regierungen könnte sich zu einer wichtigen Anwendung der Katastrophensimulation entwickeln.

FRAGE: Eine gute Simulation könnte auch für den Einsatz von Rettungsrobotern genutzt werden. Denken Sie in diese Richtung, könnte es zu einer Vereinigung mit der RoboCup Rescue Robot League kommen?

TADOKORO: Ja, natürlich. Nach dem Kobe-Erdbeben haben wir die Möglichkeiten eines Einsatzes von Robotern in so einer Katastrophe intensiv untersucht. Unser Ergebnis war, dass Roboter am effektivsten für die Sammlung von Informationen genutzt werden können. Dass Roboter Schutt beiseite räumen könnten, ist gegenwärtig noch eine Illusion. Löffelbagger sind dafür weitaus effektiver. In 20 Jahren mögen Roboter in der Lage sein, auch solche Arbeiten auszuführen. Aber heute besteht ihr Hauptzweck darin, in gefährliche Bereiche vorzudringen und Informationen zu sammeln, die dann in das Simulationssystem eingegeben werden können.

Videoaufnahme eines Roboters von Robin Murphy, aufgenommen in Melbourne, 2000

FRAGE: Seit wann nehmen Sie am RoboCup teil?

TADOKORO: Den ersten RoboCup-Wettbewerb habe ich 1996 gesehen. Der war für die Vorbereitung der ersten offiziellen Weltmeisterschaft. Ich war damals nur Zuschauer. Bei der RoboCup-Weltmeisterschaft in Melbourne im Jahr 2000 habe ich eine ähnliche Vorbereitung für die Rescue Simulation League durchgeführt, die im folgenden Jahr dann zu einer offiziellen Liga wurde. Ich selbst habe nie an einer Fußball-Liga teilgenommen. Viele unserer Forschungsmitarbeiter haben sich jedoch an der Simulationsliga beteiligt.

FRAGE: Inwieweit können Sie sich auf die Fußballsimulation stützen?

TADOKORO: Wir nutzen die gleichen Basistechnologien.

FRAGE: Viele Computerwissenschaftler in Japan scheinen ihre erste Begegnung mit der Robotik den Geschichten von »Astro Boy« zu verdanken. Kennen Sie die Geschichten auch?

TADOKORO: Ja, sie sind sehr berühmt. Diesen Geschichten zufolge, die zuerst im Jahr 1951 erschienen, wurde Astro Boy am 7. April 2003 zum Leben erweckt. Wir werden also bald seinen Geburtstag feiern können.

FRAGE: Halten Sie es für möglich, bis 2050 mit Robotern den menschlichen Fußballweltmeister zu schlagen?

TADOKORO: Da bin ich sicher. Es kommt auf die Regeln an. Wenn wir zum Beispiel zwischenzeitliches Aufladen der Batterien erlauben würden, könnte ein humanoides Team heute schon gewinnen. Ein sehr schwerer humanoider Roboter könnte von Menschen nicht gestoppt werden.

FRAGE: Gut, aber das wäre nicht besonders fair ...

TADOKORO: Wenn wir die gleichen Regeln wie für Menschen anwenden, könnte es etwas länger dauern.

FRAGE: Welche Haupthindernisse sehen Sie auf dem Weg zu dem Fernziel?

TADOKORO: Das ist eine schwierige Frage, weil es so viele Hindernisse gibt. Ein großes Problem wird die Konstruktion einer effizienten Batterie sein. Außerdem werden wir wahrscheinlich völlig neue Aktuatoren und Mechaniken brauchen. Auch die Sensorik bereitet einige Schwierigkeiten. Das Kontrollsystem dagegen dürfte meiner Meinung nach vergleichsweise einfach zu realisieren sein.

Der Zusammenprall war heftig. Von meiner Position aus konnte ich nicht erkennen, ob es sich um ein gezieltes Foul gehandelt hatte, oder »nur« um eine harte Verteidigungsaktion. Auch der Schiedsrichter schien einen Moment zu zögern, trotz der vielfältigen Sensorik, die ihm zur Verfügung stand. Es wäre nicht das erste Mal, dass unsere Gegner eine Regelüberschreitung geschickt kaschierten. Offenbar konnten sie aufgrund ihrer eigenen Sensorausstattung besser einschätzen, wann sie sich im toten Winkel der Schiedsrichteraugen befanden.

Jetzt pfiff der Unparteiische aber doch. Möglicherweise hatten entsprechende Signale seiner Assistenten ihn dazu veranlasst, vielleicht aber auch der Umstand, dass Katsuhiro sich mit schmerzverzerrtem Gesicht am Boden wälzte. Er schien schwer am Bein getroffen worden zu sein und deutete per Zeichensprache an, dass er eine Auswechslung wünschte. Die Betreuer eilten sogleich herbei und schafften ihn mit einer Trage an den Spielfeldrand.

Auswechslung, ausgerechnet jetzt! In der letzten Viertelstunde war unser Spiel immer besser in den Fluss gekommen. Jeder gelungene Pass, direkt in den Lauf geschossen, stärkte unser Selbstbewusstsein. Mit wenigen Spielzügen überbrückten wir das Mittelfeld, wechselten die Flügel, rissen mit immer gewagteren Kombinationen die gegnerische Verteidigung auf. Es war deutlich zu spüren, wie das Spiel kippte. Unser Führungstreffer lag in der Luft. Es schien, als hätten wir ein Rezept gegen diese disziplinierten Kickmaschinen gefunden: Wir ließen uns vom Rausch des Spiels tragen, genossen die Freude an der Bewegung, nutzten die geheimnisvollen Ressourcen menschlicher Begeisterungsfähigkeit, die uns an unsere Grenzen und darüber hinaus trieb.

Konnten Roboter sich überhaupt freuen? Zumindest konnten sie offenbar die Gefahr erkennen, die Freude beim Gegner für sie bedeutete. Und sie kannten das Gegenmittel: Reinhauen, aber kräftig. Den Spielfluss unterbrechen, mit welchen Methoden auch immer, notfalls illegalen. Das brachte dem Roboterverteidiger zwar eine gelbe Karte ein, für uns aber bedeutete es den Verlust eines wichtigen Spielers in einer womöglich entscheidenden Spielphase. Natürlich hatten wir exzellente Leute auf der Reservebank, doch bis die sich richtig ins Spiel eingefädelt hätten, würden wertvolle Minuten vergehen. Katsuhiro war in dieser Spielphase unersetzlich, das hatten unsere Gegner sehr genau erkannt.

Während wir jetzt in Unterzahl versuchten, Rhythmus und Tempo des Spiels beizubehalten, schaute ich immer wieder zum Spielfeldrand. Drei Spieler begannen mit Aufwärmübungen. Katsuhiro war unterdessen immer noch von einer Schar von Betreuern umringt. Es war nicht zu erkennen, was mit ihm geschah.

Noch war unser Kampfeswille ungebrochen, ja, eher noch gestärkt durch die brutale Attacke. Jetzt erst recht, sagten wir uns und versuchten, den Druck weiter zu erhöhen. Der Ball kam zu mir. Ich stoppte ihn kurz, hob ihn gleich darauf über den heraneilenden Verteidiger und nahm ihn hinter ihm wieder in Empfang. Aus der Bewegung heraus passte ich zu Mirko, der die Situation richtig verstanden und sich freigelaufen hatte. Der Ball kam zentimetergenau vor seine Füße, so dass er ihn direkt zu einem Torschuss von der Strafraumgrenze aus verwandeln konnte. Mit voller Wucht knallte er das Leder ins rechte untere Eck. Doch der Torwart stand gut. Er hatte die Attacke kommen sehen und konnte den Ball zur Ecke ablenken.

Die Spielunterbrechung wurde für die erwartete Auswechslung genutzt. Doch es kam nicht dazu. Katsuhiro kehrte aufs Spielfeld zurück, mit strahlendem Gesicht und die Finger der rechten Hand zum Victory-Zeichen erhoben. Die Verletzung hatte offenbar nur sein linkes, künstliches Bein betroffen. Das hatten unsere Neurotechniker in Rekordzeit durch ein baugleiches Modell ersetzen können. Jetzt zahlte sich aus, dass wir bei der Vorbereitung auf das Turnier auch solche Situationen immer wieder geübt hatten. Wir waren zu einem Team zusammengewachsen, das nicht nur auf dem Spielfeld, sondern auch außerhalb davon perfekt funktionierte.

Während wir uns für die Ecke aufstellten, beobachtete ich Katsuhiro. In seinen Bewegungen konnte ich keinerlei Unterschied zu vorher erkennen. Das Bein wirkte unnatürlich sauber, aber er lief mit der gleichen Geschmeidigkeit. Natürlich wusste ich, dass der Prothesenwechsel für Spieler mit künstlichen Gliedmaßen zum Trainingsprogramm gehörte. Trotzdem staunte ich immer wieder, wie reibungslos das gelang.

Auch unsere Gegner schienen beeindruckt. Oder bildete ich mir das nur ein? Ich hatte mir nie einen Reim darauf machen können, inwieweit Roboter wirklich über Gefühle verfügten oder ob sie sie den Menschen nur vorspielten, um die Kommunikation zu erleichtern. Jetzt aber kam es mir so vor, als wären sie tatsächlich verwirrt, ja verunsichert. Ihre Taktik war nicht aufgegangen, statt uns zu schwächen, hatte das harte Foul uns nur noch stärker gemacht. In den Gesichtern und in den Bewegungen aller Spieler war absolute Siegesgewissheit zu erkennen. Das hatten sie nun davon, die sturen Mechanokicker.

Die Ecke wurde ausgeführt. Der Ball schwebte herein in den Strafraum, wo wir intuitiv durcheinander liefen. Ich wusste, er würde reingehen.

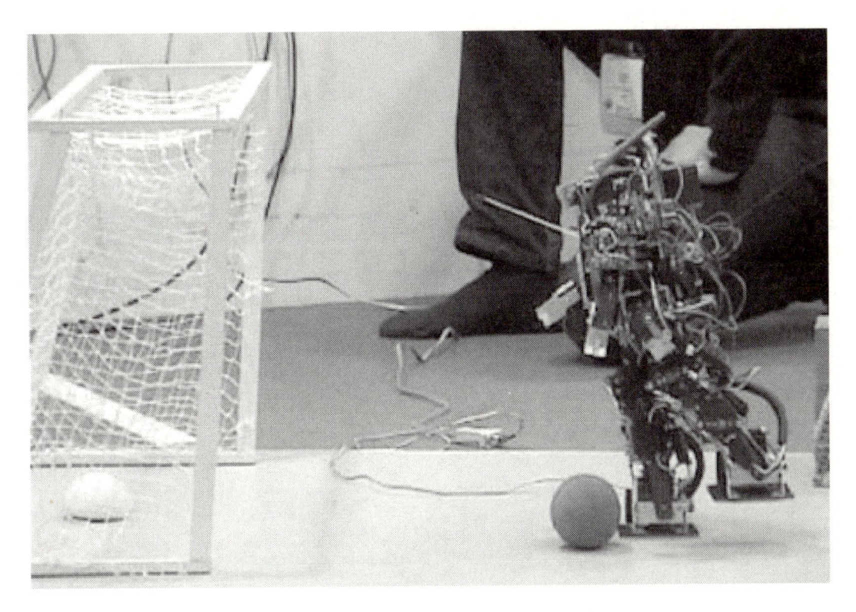

RobotMark5 schießt aufs Tor beim RoboCup 2000 in Melbourne

21 Atemzüge pro Minute

Von Hans-Arthur Marsiske

Ein Gespräch über Computer, Poesie und den Tod

Zur Begrüßung gebe ich Herrn J. die Hand. Das ist nicht selbstverständlich, denn der 75jährige leidet an unaufhaltsam fortschreitendem Muskelschwund. In seinen Armen ist aber noch ein letzter Rest Kraft. Genug, um einen Schalter an der Wand neben dem Bett zu betätigen, der Computer, Drucker und Videobeamer in Betrieb setzt, und ein Mikrofon vors Gesicht zu schwenken, über das der ehemalige Journalist und Verleger den Rechner steuert. Mit dem Befehl »Wach auf!« startet er eine Spracherkennung, die es ihm erlaubt, Gedichte, Briefe und Tagebucheinträge in den Computer zu diktieren und zu bearbeiten. Wissenschaftler des GMD-Forschungszentrums Informationstechnik in St. Augustin (heute: Fraunhofer-Gesellschaft) haben ihm das raffinierte Computersystem installiert, das dem passionierten Lyriker eine schon verloren geglaubte Beweglichkeit zurückgebracht hat: Er kann wieder selbstständig Texte verfassen.

So ist das nun mal,
auf die Dauer geht immer
mehr kaputt wie heil.

FRAGE: Herr J., können Sie kurz erklären, an was für einer Krankheit Sie leiden?

HERR J.: Das nennt sich Amyotrophe Lateralsklerose. Es ist eine Erkrankung des Stammhirns und des Rückenmarks, die das motorische Nervensystem zerstört. Die Folge davon ist ein fortschreitender und irreversibler Muskelschwund. Die Krankheit ist nicht erforscht, es gibt keine Erkenntnisse über die Ursachen. Man weiß, dass in Teilen der

Gene bei dieser Erkrankung eine dunkle Stelle entsteht, deren Herkunft aber ebenfalls noch nicht geklärt ist. Man kann also keine Ursachentherapie betreiben. Möglich ist nur eine Behandlung der Symptome. Was mich betrifft: Ich feiere jetzt ein Jubiläum. Vor fünf Jahren, am 13. November 1993, bin ich mit einem Atemzusammenbruch ins Krankenhaus gekommen. Seitdem hänge ich an dieser Beatmungsmaschine und werde künstlich beatmet.

FRAGE: Kam das damals sehr überraschend oder war die Krankheit vorher schon diagnostiziert worden?

HERR J.: Ich bin damals ein Jahr lang zu dutzenden von Ärzten gelaufen. Keiner konnte das diagnostizieren. An dem 13. November, einem Freitagabend, habe ich mich dann selber ins Krankenhaus begeben. Ich wurde auf eine Pritsche gelegt und musste warten, die Ärzte waren schon alle weg. Als die mich dann eine halbe Stunde später holen wollten, war ich von der Pritsche gefallen und hatte einen Atemstillstand. Ich musste reanimiert werden und kam erst zwei Tage später wieder zu Bewusstsein. Das war der akute Beginn der Krankheit. Heute ist mein Zustand so, dass ich schon einige Jahre auf dem Rücken liege und mich nicht rühren kann. Beine, Hände, Brustkorb und Zwerchfell sind gelähmt. Ich kann selber nicht mehr atmen, sondern werde von dieser Maschine beatmet. Ein Glück, dass es das gibt.

FRAGE: Sie ist viel kleiner, als ich gedacht habe.

HERR J.: Ja, man stellt sich diese Eisernen Lungen vor, die es früher gab. Dieses kleine Gerät regelt das Luftvolumen, das in die Lungen gepumpt wird, und die Frequenz: 21 Atemzüge pro Minute, seit Jahren. Ich habe mich daran gewöhnt. In der Klinik musste ich allerdings fünf Monate trainieren. Ich muss die Ärzte und auch das gesamte Pflegepersonal loben: Sie hatten sehr viel Geduld mit mir, bis ich endlich so weit war, wieder selbstständig leben zu können – selbstständig insofern, als ich die Klinik verlassen konnte.

FRAGE: Sie führen demnach jetzt ein extrem geregeltes Leben, bei dem sogar die Zahl der Atemzüge genau vorgegeben ist.

HERR J.: (lacht) Ja, das kann man wohl sagen.

FRAGE: Nun haben Sie sich früher viel mit Kunst beschäftigt, in gewisser Weise geradezu ein Gegenpol zur Regelmäßigkeit …

HERR J.: Ich war etwa 15 Jahre lang Redakteur für Kulturpolitik und Kunstkritik bei der Hannoverschen Rundschau, damals eine der drei

Tageszeitungen in Hannover. Ende 1969 stellte sie ihr Erscheinen im Zuge des großen Zeitungssterbens ein. Ich war aber schon vorher dort ausgeschieden und danach vier Jahre lang Direktor des Kunstvereins in Hannover gewesen. Dann habe ich mich mit einem Kunstverlag selbstständig gemacht, habe Originalgrafiken und künstlerische Objekte herausgebracht, eine Galerie angeschlossen – und immer geschrieben, etwa ein Dutzend Bücher über Kunst. Den Verlag und die Galerie habe ich 23 Jahre lang mit viel Erfolg betrieben.

Im Zeitalter der
Früchte tragenden Bäume
leben, welch ein Glück!

FRAGE: Durch Ihre Arbeit sind Sie nie mit Computern in Kontakt gekommen?

HERR J.: Nein. Ich werde gelegentlich von alten Kollegen besucht, die mir erzählen, was sie heute alles am Computer machen: schreiben, Layout, ganze Seiten gestalten. Das habe ich in der Zeitungsarbeit nicht mehr kennen gelernt. Ich war ein reiner Schreiber, kein Techniker.

FRAGE: Wie ist der Kontakt zu den Wissenschaftlern vom GMD-Forschungszentrum Informationstechnik zustande gekommen?

HERR J.: Das weiß ich selber nicht genau. Die sind eines Tages zu mir gekommen und haben gesagt, sie hätten von mir gehört und wollten mit mir zusammen ein Projekt machen. Der Vorschlag war: Sie stellen mir diese Computerinstallation hin, ich arbeite damit und berichte von meinen Erfahrungen, Erfolgen und Misserfolgen mit dem Apparat. Darauf habe ich mich eingelassen, obwohl es nicht leicht war. Ich war zwar sehr neugierig, hatte aber nie zuvor mit Computern gearbeitet.

FRAGE: Also ist das jetzt Ihre erste Erfahrung mit Computern?

HERR J.: Ja. Nach etwa zwei Wochen hatte ich begriffen, wie ich damit Texte diktieren kann. Ich habe hier einen guten Freund, der als Lehrer für Computertechnik am Berufsbildungswerk arbeitet und Beamte und Behördenangestellte im Computerwesen ausbildet. Der ist jeden Tag für eine Stunde hergekommen und hat mit mir trainiert.

FRAGE: Sie steuern den Cursor über Sprachbefehle?

HERR J.: Es ist immer noch schwierig, weil ich die Spracheingabe eigentlich nur an der Oberfläche beherrsche. Ich kann also meine Texte in den Rechner sprechen, sehe sie dann in Schriftform abgebildet, kann sie korrigieren und abspeichern oder ausdrucken. Aber wie ich zum Beispiel Texte formatieren kann, das habe ich noch nicht drauf.

FRAGE: Aber das wäre auch möglich?

HERR J.: Ja. Ich habe in den letzten Jahren seit meiner Erkrankung jedes Jahr einen kleinen Gedichtband gemacht. Den letzten, der im kommenden März erscheint, habe ich schon selbst mit Computerhilfe gesetzt. Nur die Formatierung und das Layout konnte ich noch nicht. Das hat mir mein Freund gemacht.

Dein Haiku, so leicht
wie eine Feder im Wind,
fällt mir schwer ins Herz.

FRAGE: Haben Sie schon immer Gedichte geschrieben, oder hat sich das erst im Verlauf Ihrer Erkrankung entwickelt?

HERR J.: Ich war immer literarisch sehr interessiert und habe seit etwa vierzig Jahren selbst geschrieben, auch Gedichte. Ich habe auch mal einen Band veröffentlicht. Das war ein Flop, wie das bei Lyrik meistens so ist. Die sechs kleinen Gedichtbände, die ich jetzt gemacht habe, habe ich selber in kleiner Auflage drucken lassen und an meine Freunde verschenkt. Ich kann ja keinen Vertrieb mehr organisieren, wie ich es mit meinem Verlag noch gemacht habe. Damals hatte ich einen sehr guten Vertrieb. Aber für die Lyrikbände ging das nicht mehr, vor allem nicht aus dem Bett heraus. Wenn ich die jetzt drucken lasse und an meine Freunde verschenke, sage ich immer: Das ist so etwas wie meine Sommerreise. Es kostet auch ungefähr so viel.

FRAGE: Sie schreiben Haiku?

HERR J.: Ja, seit 35 Jahren. Auch Tanka habe ich geschrieben, das ist eine andere japanische Gedichtform.

FRAGE: Diese Kurzform passt natürlich hervorragend zu der relativ komplizierten Schreibtechnik, die Sie jetzt verwenden.

HERR J.: So lange ich den Computer nicht hatte, war das nicht so leicht für mich. Ich musste die Gedichte im Kopf, statt auf dem Papier, ausformulieren und so lange im Kopf behalten, bis jemand kam, dem ich sie diktieren konnte. Das ist in meinem Alter gar nicht so einfach. Oft hatte ich am Abend wunderbare Texte, und am nächsten Morgen waren sie weg. Jetzt ist es etwas leichter geworden. Wenn mir jetzt etwas einfällt, kann ich es gleich auf dem Computer loswerden. Dann ist es erst mal fixiert und kann weiter bearbeitet werden.

FRAGE: Arbeiten Sie eher spontan, wenn Ihnen etwas einfällt, oder mit festen Zeiten?

HERR J.: Eher spontan. Das ergibt sich so, wenn Sie jahrelang auf dem Rücken liegen und in die Wolken gucken. Dann gehen einem Dinge durch den Kopf, man hat plötzlich ein Motiv und formuliert das. Es ist gut, wenn man es gleich loswird, bevor es wieder wegsinkt.

FRAGE: Haben sich Ihre Texte gegenüber früher geändert? Hat das Schreibwerkzeug Ihre Kunst beeinflusst?

HERR J.: Wissen Sie, das Haiku ist eigentlich ein Naturgedicht. Die ersten Hefte waren auch angefüllt mit solchen Natureindrücken. Ich bin früher viel durch deutsche und andere Landschaften gewandert und habe mich sehr für die Natur interessiert. Aber seitdem diese Anschauung fehlt, hat sich das verändert mehr in Richtung einer Gedankenlyrik und zu aphoristischen Formulierungen. Die werden von der deutschen Haiku-Gesellschaft auch nicht mehr als Haiku anerkannt (lacht), aber das kümmert mich nicht. Ich bin süchtig nach Regelverstößen.

Den Berg gegangen
und den Gipfel bezwungen.
Gelingt der Abstieg?

FRAGE: Haben Sie sich jemals mit Cyberkultur oder Computerkunst beschäftigt?

HERR J.: Nein, das sind für mich sehr periphere Begriffe.

FRAGE: In gewisser Weise sind Sie jetzt aber ein Vertreter dieser Kultur.

HERR J.: Ja, aber erst seit gut einem halben Jahr. Diese Computerinstallation habe ich seit Anfang März dieses Jahres. Vorher war ich viel hilfloser, was das Schreiben betrifft. Ich habe eine Betreuerin, die kommt zwei Mal in der Woche für jeweils zwei Stunden. Wenn die da war und Zeit hatte, konnte ich ihr was diktieren. Jetzt kann ich Briefe schreiben, ich schreibe fast jeden Tag einen an Freunde, Verwandte und an meine Kinder, schreibe Tagebuch und diese Texte. Das sind die drei Dinge, die ich mache. Ich darf mich dabei auch nicht übernehmen. Wenn ich meine Kräfte überziehe, bekomme ich Schwierigkeiten mit der Atmung. Länger als höchstens zwei Stunden am Tag kann ich mit dem Ding nicht arbeiten.

FRAGE: Davor waren es zwei Stunden in der Woche. Das muss eine ungeheure Erleichterung gewesen sein.

HERR J.: Ja, vorher hatte ich manchmal Alpträume, weil nichts herauskonnte. Da ging das dann in der Nacht weiter.

FRAGE: Sind Ihre Texte mit Gefängnisliteratur vergleichbar? Viele bedeutende Werke sind ja in Gefängnissen entstanden, wo die Autoren, abgeschottet von äußeren Reizen, sich auf ihre Arbeit konzentrieren konnten.

HERR J.: Ich bin ein großer Liebhaber von Fritz Reuter, der ja lange Jahre als Revolutionär in Festungshaft gesessen und dort seine wichtigsten Werke geschrieben hat. Ich selber habe zweieinhalb Jahre in englischer Kriegsgefangenschaft zugebracht und kenne von daher die Situation. Allerdings habe ich in der Kriegsgefangenschaft nicht geschrieben, sondern endlose Gespräche geführt mit Leuten, die älter waren und von denen ich etwas erfahren konnte. Eine Sache aus dieser Zeit muss ich Ihnen erzählen, weil sie mir kürzlich wieder eingefallen ist. Damals wurde sehr viel gehungert, und mancher wurde morgens verhungert aus dem Lager getragen. Unter diesen Hungerleidern waren immer wieder welche, die sich in Runden zusammensetzten und sich Kochrezepte vorlasen.

FRAGE: Das klingt ja grausam!

HERR J.: Ich habe an solchen Zirkeln nicht teilgenommen. Aber ich weiß, dass viele geradezu süchtig danach waren, sich diese Rezepte vorlesen zu lassen, weil sie nicht satt wurden.

FRAGE: Haben Sie bestimmte Themen, mit denen Sie sich in Ihren Gedichten beschäftigen, oder wechselt das sehr stark?

HERR J.: Ich glaube, das ist sehr punktuell geworden. Ich habe in diesen vielen Jahren als Journalist, später im Umgang mit den Künstlern und auf den vielen Reisen und Wanderungen – natürlich auch im Umgang mit meiner Familie – viel erlebt. Die Erinnerungen daran, die eigentlich immer nur punktuell auftreten, die werden jetzt verarbeitet. Das ist wohl das Wichtigste.

FRAGE: Ordnen Sie Ihr Leben im Rückblick?

HERR J.: Ja, und dazu kommen natürlich auch viele aktuelle Ereignisse. Ich lese sehr gern die »Frankfurter Rundschau«, das ist mein Leib- und Magenblatt ...

FRAGE: Wie machen Sie das?

HERR J.: Sehen Sie mal, da hinten steht ein Lesebrett. Die einzelnen Seiten werden mir auf Pappen aufgeklebt, das macht meine Betreuerin. Und wenn die Pappen auf das Lesebrett gestellt werden, kann ich Zeitung lesen und kriege mit dem Handrücken so eine Pappe auch umgewendet. Das geht. Als Tageszeitung habe ich neben der »Frankfurter Rundschau« noch die »Berliner Zeitung«, die entsprechen beide ganz gut meinen Auffassungen und Erfahrungen. Und auch sonst lese ich viel, sehr gerne auch neue Lyrik. Alles, was da so an interessanten Sachen erscheint, bestelle ich mir.

FRAGE: Mit Hilfe Ihres Computers könnten Sie auch Zugang zum Internet bekommen. Interessiert Sie das?

HERR J.: Herr Pieper, der verantwortliche Wissenschaftler von der GMD, hat mir das angeboten. Aber ich habe ihm geantwortet, dass ich erst mal die jetzige Arbeit mit dem Computer intensivieren und zum Beispiel lernen möchte, meine eigenen Texte auch selbstständig bis zur Druckreife zu formatieren. Das wäre eins der nächsten Ziele. Ich möchte mit der Installation, die ich jetzt habe, noch besser umgehen können. Dazu brauche ich auch noch manche Hilfe. Wenn das so weit ist, können wir mal übers Internet nachdenken. Wenn ich mir jetzt die Internettechnik aneigne, kostet das wieder sehr viel Zeit. Daher bin ich noch sehr skeptisch. Ich will es aber probieren, wenn ich so weit bin. Freunde berichten mir immer wieder, was sie alles mit dem Internet machen. Mir ist schon klar, dass man da ungeheuer viel herausholen kann. Aber ich fürchte mich davor, meine Zeit zu verzetteln. Ich möchte mich ein bisschen auf das konzentrieren, was ich jetzt mache.

Gänsehaut spüre
ich am liebsten gebraten
auf meiner Zunge.

FRAGE: Erleben Sie Ihre Krankheit als einen langsamen Abschied vom Körper und eine Konzentration auf das geistige Leben?

HERR J.: Notgedrungen. Dieser Abschied vom Körper ist eine ziemlich qualvolle Sache, das kann man nicht anders sagen. Also, die inneren Organe funktionieren ja noch. Der Muskelschwund bezieht sich nur auf die Knochenmuskulatur und dort vorrangig auf bestimmte Stellen. Die Beine kann ich überhaupt nicht mehr bewegen, die liegen da wie ein Kloß im Bett.

FRAGE: Aber Sie haben noch Gefühl in den Beinen?

HERR J.: Ja, das Merkwürdige ist, dass das motorische Nervensystem geschädigt und zum Teil völlig weg ist, das sensorische aber voll da ist. Im Gegenteil: Es hat sich sogar noch verschärft. Ich habe mein Leben lang eine Brille getragen. Die brauche ich jetzt nicht mehr. Selbst die kleinste Zeitungsschrift lese ich ohne Hilfe. Auch schmecken, riechen und hören kann ich besser als früher. Der Tastsinn hat sich ebenfalls verbessert. Das macht sich durch eine außerordentliche Schmerzempfindlichkeit bemerkbar. Wenn mich jemand falsch anfasst, könnte ich schreien.

FRAGE: Ein sehr widersprüchlicher Abschied vom Körper ...

HERR J.: Ja. Und er geht schubweise. Wenn ich meinen Zustand mit dem vor drei oder sechs Monaten vergleiche, merke ich, dass da schon wieder einiges weggegangen ist. Das hört nicht auf und führt langsam zum Tod. Die Ärzte haben meine durchschnittliche Lebenserwartung für diese Krankheit vom Zeitpunkt der Diagnose auf fünf Jahre geschätzt. Die habe ich jetzt gerade erreicht. Aber ich denke, ein bisschen werde ich es wohl noch machen. Ich hoffe wenigstens.

FRAGE: Diese Schätzungen gehen oft daneben.

HERR J.: Die haben sich schon einmal verschätzt. Als ich diesen Zusammenbruch hatte, kam ich in eine neurologische Klinik, wo zum ersten Mal die richtige Diagnose gestellt wurde. Dort sagte mir der leitende Arzt, ich hätte noch ein bis drei Monate zu leben und sollte regeln, was ich zu regeln hätte. Das habe ich auch getan. Aber aus den drei Monaten sind fünf Jahre geworden. Ich habe dem Arzt inzwischen geschrieben und mich für die viele Hilfe bedankt, die ich dort erfahren habe. Gleichzeitig habe ich ihm auf diesem Weg mitgeteilt, dass ich immer noch da bin.

FRAGE: Hat das Schreiben Sie am Leben erhalten?

HERR J.: Also ... da ist schon etwas dran, ja. Stellen Sie sich vor, ich hätte die fünf Jahre hier liegen müssen, ohne dass irgendeine geistige Anregung oder Beschäftigung möglich gewesen wäre. Dann wäre ich wohl schon verkümmert.

FRAGE: Seit März schreiben Sie mit Computerhilfe. Hat das noch einmal Kräfte mobilisiert?

HERR J.: Ja, die Phantasie ist noch mal in Gang gekommen und hat vieles an Erinnerungen wieder hervorgeholt, was verschüttet war. Mir fallen jeden Tag neue Dinge ein, aus allen Jahrzehnten, nicht nur aus dem Langzeitgedächtnis, sondern auch ganz kurzfristige Dinge. Ich habe für alles noch ein sehr gutes Gedächtnis. Das wird natürlich dadurch angeregt, dass man alles, was einem durch den Kopf geht, formulieren und niederschreiben kann.

Die Fahrt ist heiter,
aber an der Endstation
sei Schnee gefallen.

FRAGE: Beschäftigen Sie sich viel mit dem Tod?

HERR J.: Ja.

FRAGE: Fürchten Sie ihn?

HERR J.: Nein. Vor dem Tod habe ich keine Angst. Ich habe Angst vor den Umständen des Sterbens. Der Tod schreckt mich schon lange nicht mehr, seitdem ich den Krieg mitgemacht habe. Ich bin im Krieg Sanitätssoldat gewesen und habe die allerschlimmsten Dinge miterlebt, habe vier Jahre lang Leute versorgt, die zerfetzt herumlagen. Die Kriegserfahrung als ganz junger Mensch ist eine Erfahrung mit dem Tod, die jeder normale Mensch sonst erst im Laufe seines Lebens und oft erst im hohen Alter erwirbt. Das wurde bei mir schon vorweggenommen und hat mich in meinem ganzen Leben immer furchtlos gehalten. Ich habe nie Existenzängste gehabt, obgleich wir praktisch mit nichts angefangen haben: ein paar Margarinekisten, in denen einige Bücher standen, und ein Bett, das wir auf Bezugsscheine bekommen hatten. Dann waren auch die Kinder bald geboren. Aber Existenzängste hatten wir nie. Auch als ich krank wurde, hatte ich keine Furcht oder Angst vor den Verlusten, die notgedrungen dabei eintreten. Ich konnte mich von allem sehr gut trennen.

FRAGE: Lebt Ihre Frau noch?

HERR J.: Meine Frau ist vor sechzehn Jahren an Krebs gestorben. Wir waren 33 Jahre verheiratet, danach habe ich zwölf Jahre allein gelebt, bis ich erkrankte.

FRAGE: Haben Sie Kontakt zu Ihren Kindern?

HERR J.: Ja, ich habe einen Sohn und eine Tochter. Meine Schätze sind die drei Enkelkinder, die liebe ich sehr. Sie kommen auch regelmäßig zu Besuch. Morgen erwarte ich meine Tochter. Wissen Sie, neben meiner Lektüre und der Musik, die ich oft höre, waren die Gespräche, die ich mit meinen Freunden geführt habe, in den letzten fünf Jahren das Wichtigste. Ich habe sehr gute Freunde hier in der Nähe, mit denen ich jedes Jahr eine einwöchige Wanderung gemacht habe und die mir in den fünf Jahren sehr treu geblieben sind. Da kommt jede Woche jemand vorbei. Mit diesen Freunden kann ich über alles sprechen. Mit anderen, die weiter weg wohnen, korrespondiere ich.

FRAGE: Korrigieren Sie eigentlich viel an den Texten?

HERR J.: Ja, ich muss sehr viel korrigieren und buchstabieren, das hängt mit der Spracheingabe zusammen. Ich habe zum Beispiel ein Haiku geschrieben, ein Wintergedicht, das folgendermaßen ging: »Rot sind die Beeren / Schwarz ist der Schrei der Krähe / Schneeweiß ist der Hang«. Bei dem Wort »Krähe« verstand der Computer »Gräfin«. Das fand ich so schön, dass ich es so gelassen habe (lacht). Jetzt heißt es also: »Rot sind die Beeren / Schwarz ist der Schrei der Gräfin / Schneeweiß ist der Hang«.

FRAGE: Wieder so ein Regelverstoß in Ihrem hochgradig geregelten Leben.

HERR J.: Ja, das Schreiben mit dem Computer ist meine Freiheit.

Zuerst erschienen in Spiegel Online, 23. Dezember 1998.
Abdruck mit freundlicher Genehmigung der Spiegelnet AG

»Elf Freunde müsst ihr sein« – so hatte früher die Forderung des Trainers an seine Fußballmannschaft gelautet. Doch diese Zeiten waren längst vorbei. Heute mussten wir wie ein einziger Körper sein, wenn wir überhaupt noch eine Chance haben wollten. Ein Körper mit 22 Augen, 22 Füßen und 11 Köpfen.

Die Roboter hatten von Anfang an so gespielt. Über Funk teilten sie sich mit, wo sie gerade waren und was sie sahen. Als sie dann immer häufiger mit Menschen kickten, stand irgendwann unvermeidlich die Frage im Raum, ob sie nicht aus Fairnessgründen auf diese Form der Kommunikation verzichten sollten. Verständlicherweise hatten sie – oder besser: ihre Konstrukteure – wenig Interesse daran. Wer reduziert schon gerne freiwillig seine einmal errungene Leistungsfähigkeit? Der Gegenvorschlag lautete, stattdessen die Menschen mit Sendern auszustatten. Das war nicht so absurd, wie es zunächst empfunden wurde. Im Alltag setzten sich zu jener Zeit die implantierten Kommunikationsgeräte mehr und mehr durch. Die technologische Abstinenz, die dagegen auf dem Fußballfeld gepflegt wurde, erschien vielen Menschen zunehmend anachronistisch.

Die Sorge, dass der Geist des Fußballspiels unter dieser quasi telepathischen Verbindung der Spieler untereinander leiden könnte, erwies sich als unbegründet. Vielmehr wurde das Spiel auf ein neues Niveau gehoben, auf dem es die gleiche Dramatik entfalten oder Langeweile verbreiten konnte wie zuvor. Sicher, es konnten sich jetzt mehr Spieler über größere Entfernungen absprechen und komplexere Spielzüge planen. Aber zum einen hatte die gegnerische Mannschaft die gleichen Möglichkeiten. Zum anderen löste der erhöhte Datenverkehr zwischen den Spielern nicht nur Probleme, sondern warf auch neue auf. Theoretisch klang es erst einmal gut, wenn alle Spieler alles wussten. In der Praxis jedoch wären sie mit der Informationsflut überfordert gewesen. Auf einmal konnte die richtige Kommunikationsstrategie über den Ausgang eines Spiels entscheiden.

Schon vor der Einführung des Funks hatten Analytiker versucht, eine Fußballmannschaft als ein Netzwerk von elf mobilen Knotenrechnern zu begreifen und Erkenntnisse aus der Kybernetik für das Fußballspiel zu nutzen. Anfangs wurden diese Versuche nicht besonders ernst genommen. Aber mit der Intensivierung der Kommunikation war deren möglichst effektive und flexible Regulierung plötzlich ein Problem. Wie hierarchisch sollte das Netzwerk gestaltet sein? War es sinnvoll, wenn einzelne Spieler mehr zu sagen hatten als andere?

Wie konnten Konflikte geregelt werden, etwa wenn zwei Spieler sich gegenseitig ausschließende Spielideen durchsetzen wollten?

Fußball hatte kein bisschen an Reiz verloren. Das Spiel war so spannend und aufregend geblieben, wie es schon immer gewesen war. Nur auf der Trainerbank saßen jetzt mehr Leute. Da hatte sich neben dem Trainer und dem Masseur der Netzwerkspezialist seinen festen Platz erobert.

Die Sieger: Team CS Freiburg in Paris 1998.

Kleiner Mann im Ohr

Angenommen, wir hätten einen Sprachcomputer implantiert, verbunden mit unseren Ohren und Sprechwerkzeugen, der uns die mühelose Verständigung in verschiedenen Sprachen erlaubt.

Das mit den Ohren erscheint leichter, der kleine Mann im Ohr ist ein Übersetzer, der uns die Wörter in einer uns verständlichen Sprache einflüstert. Er müsste aber vielleicht nicht den Weg über die Akustik nehmen, er müsste nicht wirklich flüstern, sondern könnte auch die Hörnerven direkt beeinflussen – also zugleich ein Hörapparat für Schwerhörige. Vielleicht auch nicht angesteuert durch die Sprache unseres Gegenübers, sondern über Funk: Ein Mittel zur Verständigung über große Entfernungen, der Nachfolger des Handys.

Mit dem Sprechen ist das schon schwieriger. Der Sprecher würde in unser Handeln eingreifen, er würde unseren Mund bewegen, damit wir die richtigen Laute formen. Als Prothese für Sprachgeschädigte vielleicht ganz gut, aber für gesunde Menschen? Andererseits, die eigenen Gedanken mühelos jedem mitteilen zu können, das ist auch verlockend, auch wenn die Umstände gewöhnungsbedürftig sind: Man denkt deutsch und hört sich russisch sprechen. Außerdem müsste der Ansatzpunkt ja schon an der Stelle sein, wo die Sprache noch Gedanke ist. Vielleicht geht das gar nicht, vielleicht können wir nicht in sprachlicher Form denken, ohne insgeheim die Sprachmuskeln einzubeziehen. Dann würde es zu Konflikten kommen, der Sprecher könnte unsere Laute nicht gestalten.

Aber der kleine Mann im Ohr unseres Gegenübers muss keine deutschen oder russischen Laute hören, die er erst übersetzen muss. Er kann ja Funksignale empfangen, unser Sprecher muss für ihn keine Laute produzieren. Er überträgt einfach unsere beabsichtigten Sätze an den kleinen Mann und der speist sie in die auditive Wahrnehmung unseres Gegenübers ein. Aber hoffentlich werden nicht alle unsere Gedanken übertragen. Dazu könnte es sogar nützlich sein, wenn sprachliches Denken die Sprachmuskeln einbezieht: Die im Geist »gesprochenen« Gedanken werden an den Sprachmuskeln erfasst, und nicht das Denken insgesamt. Trotzdem muss man seine Gedanken dann mehr kontrollieren – oder den Sender rechtzeitig abschalten.

Also, das Ganze ist vielleicht eher gruselig als verlockend. Wer sind wir dann noch? Was wir anderen mitteilen, würde weitgehend durch ein Übersetzungsprogramm bestimmt. Kann ein anderer vorausbestimmen, wie wir uns ausdrücken würden, wenn wir die fremde Sprache beherrschen würden? Wir hätten eine Designer-Sprache. Die neue Fähigkeit bringt uns in neue Abhängigkeiten. Schrecklich. Schrecklich? Wie viel von unserer Persönlichkeit lassen wir schon heute bei Stylisten, die uns beibringen, wie man sich wo und bei wem zu verhalten hat. Das lässt sich in Zukunft noch perfektionieren und automatisieren. Und kann man seinem Kind etwas vorenthalten, was die anderen erfolgreich sein lässt?

Erben des aufrechten Gangs

Wer war eigentlich auf die verrückte Idee gekommen, Menschen gegen Maschinen Fußball spielen zu lassen? Wir hatten es wahrscheinlich mal in der Schule gelernt, aber es hatte mich nicht interessiert. Ich mochte keine Roboter. Sie drängten in alle Lebensbereiche, machten alles besser als wir, waren gründlicher, schneller, billiger. Und jetzt wollten sie uns auch noch beim Kicken schlagen. Ich konnte es kaum fassen, dass Menschen sich diesen Schwachsinn ausgedacht hatten, lange vor meiner Geburt.

Nun gut, damals hatte wohl wirklich niemand damit rechnen können, dass die Sache durch den Kontakt eine ganz neue Dynamik bekommen würde. Ich erinnere mich noch gut daran, es war kurz nach meinen fünften Geburtstag im Jahr 2026 und das erste Mal, dass ich Weltgeschichte unmittelbar spürte. Alle saßen stundenlang vor den Terminals, fieberten den neuesten Nachrichten entgegen. Ich begriff damals natürlich noch nicht, was eigentlich geschehen war. Aber es war etwas Ungeheuerliches, so viel war klar.

Auch die anschließenden Debatten darüber, wie man reagieren sollte, konnte ich nicht verfolgen. Wer weiß, wenn ich älter gewesen wäre, wäre ich vielleicht auch dafür gewesen, die von Epsilon Eridani empfangenen Signale zu beantworten. Nur etwa 10,5 Lichtjahre entfernt lag dieses offenbar von intelligenten Lebewesen bewohnte Sternsystem. Wie die meisten anderen wäre wahrscheinlich auch ich neugierig gewesen, mehr über unsere kosmischen Nachbarn zu erfahren.

Später weiß man alles besser. Wir hätten nicht nur nicht antworten, wir hätten uns taub stellen sollen, unsere Empfänger ausschalten und vor allem ihre Verbindung mit den Datennetzen unterbrechen sollen – wenn das denn überhaupt noch möglich gewesen wäre. Die anderen warteten unsere Antwort gar nicht ab. Wahrscheinlich hatten sie längst Signale von uns empfangen und wussten, dass es uns gab und wir sie hören würden. Begierig lauschten wir ihren Botschaften, bis wir endlich begriffen, dass sie gar nicht in erster Linie an uns gerichtet waren. Sondern an ihresgleichen.

Ich habe nachgeforscht. Schon lange vor dem Kontakt waren ernsthafte Theorien entwickelt worden, dass interstellar kommunizierende Lebensformen technischer Natur sein würden. Biologische Lebewesen sind nicht fürs Weltall geschaffen, sie können dort nur mit Hilfe hoch entwickelter Technik existieren – und werden über kurz oder lang in dieser Technik aufgehen. Mit der Entwicklung von Computern und Robotern hatten die Menschen selbst an ihrem Thron als Krönung der Evolution gesägt. Das war also alles bekannt. Aber damals, als die Signale eintrafen, wollte niemand etwas davon wissen.

Damals wackelte der Thron zwar schon, aber er stand noch. Doch damit war es bekanntlich bald vorbei. Der Kontakt mit Epsilon Eridani brachte den Robotern einen ungeahnten Entwicklungsschub und etablierte sie unwiderruflich als eigenständige Lebensform.

Ich will mich gar nicht beklagen. Es ist ja nicht so, dass sie jetzt mit uns Menschen so umgingen, wie wir lange Zeit mit so genannten »niederen« Lebensformen umgegangen sind. Solche Visionen hat es auch gegeben und zwar nicht zu knapp. Regelrechte Kriege zwischen Menschen und Maschinen hatten sich Science-Fiction-Autoren noch vor 50 Jahren ausgemalt. Nein, so weit ist es zum Glück nicht gekommen. Aber tagtäglich die eigene Unzulänglichkeit vorgeführt zu bekommen von diesen Wesen, die alles besser, gründlicher, schneller, billiger machen, kommt mir manchmal nur unwesentlich besser vor.

Und deshalb dürfen sie nicht gewinnen. Bei der Rohstoffgewinnung auf Kometen und Asteroiden, bei der Besiedelung anderer Planeten und anderen extremen Arbeiten mögen wir ihnen nicht das Wasser reichen können. Aber auf dem grünen Rasen bleiben wir die Herren und Meister. Morgen im Finale werden wir ihnen zeigen, was Hackentricks, Fallrückzieher und Flugkopfbälle sind. Wir werden ihnen zeigen, wozu Menschen fähig sind und werden am Ende mit erhobenem Haupt vom Platz gehen. Versprochen.

Evolutionäre Verfahren

Neben dem Lernen als individuelle Anpassung kennt die Natur noch eine andere Art der Anpassung: Die Entwicklung neuer Arten durch die Evolution. Auch hier geht es um die Anpassung an die Umwelt, jedoch in einer dauerhafteren Form, die den Nachkommen in die Wiege gelegt werden kann. Es geht um dauerhafte, durch Vererbung übertragbare Veränderungen körperlicher und geistiger Merkmale.

Eigentlich ist es eine Optimierungsaufgabe. Der Trainer sucht einen neuen Stürmer, einen der schnell vorpreschen und gut Tore schießen kann. Er sieht sich unterschiedliche Spieler in Videoaufzeichnungen an. Die Stürmer haben unterschiedliche Eigenschaften, der eine ist kräftig, der andere schnell, der dritte ausdauernd, der vierte kann besonders gut täuschen. Sie erzielen ihre Tore auf unterschiedliche Weise. Eigentlich möchte er die besten Eigenschaften zusammen haben. Bei genauerem Beobachten stellt er aber fest, dass bestimmte Eigenschaften gegen manche Gegner sehr erfolgreich sind, in anderen Spielen dagegen wirkungslos bleiben. Er überlegt auch, wie sich der Spieler in seine Mannschaft integrieren ließe. Am Ende wählt er einen aus, der für ihn am besten abgeschnitten hat, aber hundertprozentig zufrieden ist er nicht. Er würde gern den kühlen Kopf und die Routine eines anderen Spielers mit den schnellen Sprintfähigkeiten seines Kandidaten kombinieren. Käme dann noch die Ballartistik eines weiteren Spielers hinzu, dann hätte er einen absoluten Weltklassespieler, wie es ihn alle zehn Jahre nur einmal gibt.

Spezielle Fähigkeiten und Gesamtleistung

Im Roboter-Fußball ist es möglich, neue Spieler zu bauen und zu programmieren, die gewünschte Eigenschaften anderer Spieler in sich vereinigen. Problematisch ist nur, dass nicht immer klar ist, welche Kombination von Eigenschaften besonders erfolgreich ist. Es ist nicht so, dass die Verbesserung einer Eigenschaft zu besserem Gesamtverhalten führt. Manchmal führen Verbesserungen an einer Stelle sogar zu einer Verschlechterung.

Die Sony-Roboter der Humboldt-Heroes verfügten anfangs nur über eine rudimentäre Bildverarbeitung und konnten einen weit entfernten Ball nicht erkennen. Es gab auch keine Kommunikation zwischen ihnen. Um trotzdem spielen zu können, war jedem Roboter ein bestimmter Teil des Spielfeldes zugeordnet. Die Berechnung des eigenen Standortes funktionierte meistens ganz gut, und die Roboter hielten sich vorzugsweise im zugeteilten Bereich auf. Wenn der Roboter irgendwo den Ball erkannte, lief er hin und versuchte, ihn in die Richtung des gegnerischen Tores zu schießen. Dabei gelangte der Ball oft tatsächlich in den Sichtbereich eines weiter vorn postierten Roboters, der den Ball dann erkennen und übernehmen konnte.

Später gelang es, das Sehvermögen so weit zu verbessern, dass die Roboter den Ball überall sehen konnten. Als Ergebnis liefen jetzt alle Roboter gleichzeitig zum Ball. Sie behinderten sich gegenseitig, und es gab vorn keinen Anspielpartner. Das Spiel war schlechter geworden.

Es wurde den Robotern dann verboten, zum Ball zu laufen, wenn dieser nicht in ihrem Bereich war. Dabei ergab sich zuweilen die groteske Situation, dass ein Roboter den vor ihm liegenden Ball ignorierte, weil er hinter der Grenze seines Zuständigkeitsbereichs lag.

Nach Einführung der Funkkommunikation zwischen den Robotern wurden Protokolle vereinbart: Die Roboter übermittelten sich den von ihnen wahrgenommenen Ballabstand, und nur der besser positionierte Spieler lief zum Ball. So lange die Kommunikation relativ selten erfolgte, funktionierte das recht gut. Bei häufigerer Kommunikation gab es wieder Probleme, weil die Messungen der Ballentfernung unzuverlässig waren. Es gab erhebliche Schwankungen bei aufeinander folgenden Messungen. In der Konsequenz glaubte abwechselnd der eine, dann der andere, näher am Ball zu sein, so dass die Roboter ein eigenartig unentschiedenes Verhalten entwickelten.

Das Beispiel zeigt, dass einzelne Verbesserungen von Fähigkeiten (etwa bei der Genauigkeit des Sehens oder der Häufigkeit der Kommunikation) nicht immer zu Verbesserungen im Gesamtverhalten führen. Eigentlich müsste man alle möglichen Zusammenstellungen unterschiedlicher Eigenschaften testen, um den optimalen Spieler zu finden. Wenn es aber zu viele Varianten gibt, kann man nicht alle Möglichkeiten durchprobieren.

Natürliche Selektion

Es ist das gleiche Problem wie in der Natur, wo in den verschiedenen Lebewesen sehr unterschiedliche körperliche Eigenschaften und sehr unterschiedliche Fähigkeiten kombiniert werden können. Die meisten dieser Kombinationen wären überhaupt nicht lebensfähig. Aber auch die geeigneteren Kombinationen sind nur lebensfähig unter jeweils ganz bestimmten Umständen, bei veränderter Umwelt geht die Lebensfähigkeit schnell verloren. Um Leben dauerhaft zu ermöglichen, müssen zwei eigentlich widersprüchliche Bedingungen erfüllt sein: Es muss möglich sein, lebensfähige Kombinationen zu reproduzieren, und es muss möglich sein, Kombinationen zu verändern, damit sie unter anderen Umweltverhältnisse lebensfähig werden. Die Reproduktion gelingt dadurch, dass die »Baupläne« bewährter lebensfähiger Kombinationen an die Nachkommen weitergegeben, vererbt werden können. Die Anpassung gelingt dadurch, dass die übergebene Information abgewandelt werden kann, aber nur in gewissen Grenzen. Die Nachkommen erhalten die Erbinformationen von zwei Elternteilen, was zur Kombination der Eigenschaften der Eltern führt. Da Nachkommen aber nur von hinreichend gleichartigen Eltern gezeugt werden können, hält sich die Variation in der Natur in Grenzen. Es kommt kein Frosch mit einem Storchenschnabel auf die Welt. Neben der Kombination der Baupläne der Eltern gibt es noch die Möglichkeit zu sprunghaften Veränderungen an einzelnen Stellen der Erbinformation, das heißt zur Mutation von Eigenschaften.

Auf diese Weise bleibt einerseits eine überlebensfähige Art mit ihren Eigenschaften erhalten, und es entstehen zugleich Individuen mit abweichenden Merkmalen aufgrund abweichender Erbinformationen. Gelingt es den neuartigen Individuen wiederholt, ihre speziellen Eigenschaften an Nachkommen weiterzugeben, hat sich eine neue Art etabliert.

Damit das gelingt, müssen sich die neuartigen Individuen in ihrer Umwelt behaupten können, sie müssen überlebensfähig sein. Sie müssen spezielle Vorzüge haben, wenn sie dabei in Konkurrenz zu anderen Arten stehen. Gelingt es andererseits den Individuen einer existierenden Art mit bestimmten Erbinformationen nicht mehr, diese Informationen weiterzugeben, so stirbt die Art aus. Die genauen Gründe für Erfolg oder Versagen spielen dabei keine Rolle, es können veränderte Lebensbedingungen sein oder die Verdrängung durch andere, vielleicht neue, Arten. Der Grund kann der Mensch sein, der bestimmte Individuen für die Fortpflanzung auswählt, weil sie für ihn attraktive Eigenschaften ausweisen.

Roboter züchten

Diesen Gedanken der Züchtung kann man auch für Maschinen, Programme und Roboter anwenden, man spricht dann von genetischen oder evolutionären Algorithmen. Bereits 1997 bei den Weltmeisterschaften in

Nagoya gab es in der Simulationsliga ein Team, das gezüchtet worden war. Die Eigenheiten der Spieler bestanden in der Kombination bestimmter Programmkonstrukte, die in ihrer Gesamtheit als Programm das Spielverhalten bestimmten. Unterschiedliche Kombinationen dieser Programmteile führten zu unterschiedlichem Verhalten. Solche Programmkonstrukte waren zum Beispiel Anweisungen für Aktionen wie den Ball abzufangen, zu dribbeln, auf das Tor zu schießen, zu passen oder zu einer bestimmten Position zu laufen. Andere Programmkonstrukte dienten der Analyse der Spielsituationen. Es konnten Tests ausgeführt werden, um zu ergründen, wo der Spieler sich aufhält, wie weit der Ball oder das Tor entfernt sind, ob andere Spieler schneller am Ball sind und Ähnliches. Schließlich gab es die üblichen Programmkonstrukte, um die Ausführung von Aktionen unter bestimmten Bedingungen anzuweisen, zum Beispiel in der Form »wenn der Abstand zum Tor kleiner als 5 m ist, dann schieße auf das Tor«. Die Kombinationen von Bedingungen und Anweisungen waren aber nicht vorgegeben, sondern grundsätzlich beliebig. Auch die Kombination »wenn der Ball 1m entfernt ist, dann laufe in die entgegengesetzte Richtung« ist zugelassen.

Es war das Ziel der Entwickler, nach den Prinzipien der Evolution spielfähige Mannschaften zu züchten. Dazu wurden die Spieler einer Generation getestet. Je nach ihrem Abschneiden bei Vergleichsspielen wurden dann Spieler für die Erzeugung der nächsten Generation ausgewählt. Wie bei der natürlichen Vererbung, erhalten die Nachkommen jeweils einen Teil der elterlichern Erbinformationen (»Kreuzung«), und einige wenige Erbinformationen können verändert werden (»Mutation«). Die Erbinformationen legen fest, welche Programmkonstrukte verwendet werden und wie sie zusammenarbeiten.

Mit der so entstandenen neuen Generation wurden wiederum Spiele zur »Zuchtwahl« durchgeführt, und anschließend wurde die nächste Generation erzeugt. Das Ganze wurde viele tausend Male wiederholt, bis spielfähige Mannschaften entstanden waren. Zwischendurch gab es Teams, deren Spieler ziellos umherirrten, andere verließen sofort das Spielfeld. Manche Spieler hatten auch Angst vor dem Ball und liefen weg.

Nach einer relativ kurzen Entwicklungszeit gab es schon die Mannschaften, deren Spieler alle zum Ball liefen und ihn in das gegnerische Tor schießen wollten. Spieler mit solchen Fähigkeiten hatten ja bessere Chancen für die Fortpflanzung. Diese Kindergartenspielweise war natürlich nicht effizient, aber sie markierte ein gewisses Optimum unter den zunächst gewählten Zuchtwahlkriterien, und die Entwicklung begann zu stagnieren. Erst eine Veränderung der Auswahl, führte zu Differenzierungen in Verteidiger und Angreifer und zu weiteren Feinheiten (siehe http://www.cs.umd.edu/users/seanl/gp/soccerbots/). Eine so gezüchtete Mannschaft erreichte in Nagoya immerhin einen mittleren Platz.

Der Evolution nachempfundene Verfahren werden in vielen Bereichen der Technik erfolgreich angewandt. Man kann damit optimale Lösungen finden für Aufgaben, die von vielen Eigenschaften abhängen, deren Zusammenhänge nur schwer durchschaubar sind. Systematisches Probieren aller Möglichkeiten scheidet wegen der hohen Zahl der Varianten aus, der »Suchraum« ist viel zu groß. Stattdessen werden eher willkürlich verschiedenartige Kombinationen getestet in der Hoffnung, dabei auf einigermaßen brauchbare zu stoßen. Durch Kreuzung und Mutation werden immer mal wieder andere Bereiche des Suchraums erfasst. Gleichzeitig besteht die Möglichkeit zur Verbesserung gefundener »guter« Lösungen im Zuge der Kombination ihrer Eigenschaften.

Wie in der Natur muss darauf geachtet werden, dass der »Genpool« hinreichend groß bleibt. Es werden deshalb nicht nur die besten bei der Zuchtwahl übernommen, sondern auch weniger erfolgreiche, allerdings in geringerer Anzahl. Man kann mit mathematischen Methoden zeigen, dass eine Auswahl nur der Besten schlechtere Resultate bringt. Erklären kann man das damit, dass erst die geeignete Kombination zusammenpassender Eigenschaften eine optimale Lösung ergibt. Es kann durchaus sein, dass eine dieser Eigenschaften außerhalb dieser Kombination nur bei Individuen auftritt, die schlecht abschneiden. Werden diese Individuen von der weiteren Entwicklung jedes Mal ausgeschlossen, steht auch diese Eigenschaft nicht zur Verfügung.

Die Wege der Evolution sind lang und führen über viele Umwege. Rückschauend scheint das Ziel klar. Wir sehen mit Staunen die mittelalterlichen Kirchen und bewundern die Fähigkeiten der Baumeister. Wie haben sie es geschafft, diese Kunstwerke so zu errichten, dass sie die Jahrhunderte überdauern? Wir sehen das Resultat, die vorzeitig eingestürzten Bauwerke sehen wir nicht mehr. Die Evolution ist auch eine Geschichte vergessener Misserfolge. Neben einer evolutionär gefundenen Lösung hätte es vielleicht noch ganz andere Lösungen geben können. Die gefundene Lösung muss nicht die beste sein. Es war diejenige, die sich im Vergleich mit anderen unter den gerade herrschenden Bedingungen durchgesetzt hat. Immerhin. Bis auf weiteres.

Halbzeitpause. In der Roboterkurve denken Betareize, die Empfangsroboterin, Butler Jamus und die junge Wilda bereits über die Zeit nach der WM nach.

BETAREIZE: Geht ihr eigentlich auch zum Evolutionsfest?

JAMUS: Ich weiß noch nicht. Es ist immer so frustrierend zu sehen, was man alles nicht hat und nicht kann.

WILDA: Ich fand das eigentlich ganz lustig. Beim Schönheitswettbewerb hätte ich sogar fast einen Preis gewonnen.

JAMUS: Schönheitswettbewerb? In erster Linie geht es doch um technische Funktionalität. Als ich noch Haushaltsroboter war, bin ich mal dorthin geschickt worden. Ich sollte ich mir etwas besorgen, um besser unter den Schränken putzen zu können.

BETAREIZE: Und? Was ist daraus geworden?

JAMUS: Ach, frag mich lieber nicht. Ich bin tagelang herumgelaufen und habe alle möglichen Arme und Beine ausprobiert. War ganz schön mühsam. Arm ab, neuen Arm dran, dann hat wieder das Interface nicht funktioniert. Obwohl angeblich alles auf- und abwärtskompatibel sein soll.

BETAREIZE: Da erzählst du mir nichts Neues. Ich habe mir mal ein neues Rundum-Auge aus dem Versandkatalog bestellt. Sah ganz schick aus, mit reflektierender Oberfläche und so. Aber nachdem ich das eingesetzt hatte, habe ich nicht etwa die Sachen um mich herum gesehen, sondern irgendwelche alten Video-Clips, ganz olle Kamellen. »Ich wär so gern dein Roboter« und so etwas.

WILDA: Wie passiert denn so etwas?

BETAREIZE: Das habe ich auch nicht verstanden. Es gab da wohl Induktionen oder so etwas zum Musik-Gedächtnis. Jedenfalls habe ich die Augen wieder zurückgeschickt.

JAMUS: Vielleicht hättest du einen Versionsabgleich machen müssen. Du bist ja auch nicht mehr das jüngste Modell. Wann hast du denn deinen letzten Upgrade gehabt?

BETAREIZE: Erinnere mich nicht daran. Wenn ich daran denke, bekomme ich jedes Mal Gleichgewichtsstörungen und bei meinem Akku fällt die Spannung ab. Erzähl' lieber weiter von deinem Staubsaugerfuß.

JAMUS: Woher weißt du denn davon? Ich habe es tatsächlich mit Staubsaugerzehen versucht.

WILDA: Ist ja nicht so schwer zu raten. Und wie saugte es sich damit?

JAMUS: Man konnte sie ausfahren, beliebig verbiegen und kam damit prima in alle Ecken. Die Leute hatten nur nicht bedacht, dass man hinterher auch wieder zurück muss: Wenn die Zehen voll Staub sind, lassen sie sich kaum noch bewegen. Beim Ausprobieren hing ich plötzlich ganz fürchterlich mit meiner Zehe hinter einem Ausstellungsschrank fest, irgendwelche Besucher hatten da ihren Müll abgeladen. Im Nu waren diese Staubsaugerzehen voll und total steif, und ich kam nicht mehr weg. Die anderen Besucher haben furchtbar gelacht, und die Leute von der Firma haben sich hinterher bei mir mit einer Kanne Spezialöl entschuldigt. Aber ich hatte die Ladestation gehörig voll. Ich hatte jedenfalls keine Lust mehr, dort Teil einer Evolutionskette zu sein.

Spielerisch neue Ideen entwickeln

WILDA: Wer bezahlt das eigentlich alles?

JAMUS: Na, die Roboterhersteller natürlich. Und die Robotervertriebsfirmen. Für die ist das ein gutes Geschäft und spart Entwicklungskosten. Man bringt alles hin, was überhaupt auf dem Markt ist: Augen, Ohren, Beine, Hände, Energieversorger, eben einfach alles. Dann lässt man die Kunden frei herumexperimentieren: Versuch doch mal dieses Bein oder jenes Auge. Da entstehen in einer Woche Kreationen, an die hätte vorher kein Designer auch nur entfernt gedacht. Die Idee für den Torwartroboter von Soccerrobot Inc. hatte zum Beispiel ein kleiner Spielzeugroboter, der es leid war, immer die Bälle im Kindergarten einzusammeln. Er hat etwas rumgespielt, Verschiedenes ausprobiert – und plötzlich war da ein Roboter, der mit seinem lokal autonomen Sensorarm die Bälle einfach so aus der Luft holte. Der Kleine hat gar nicht gemerkt, was er da Tolles zusammengesteckt hatte. Den Evolutionsexperten, die das ganze Festival aufmerksam verfolgen, ist es aber natürlich nicht entgangen.

WILDA: Und wieso heißt das Evolutionsfest?

JAMUS: Weil wie in der biologischen Evolution alle möglichen Varianten ausprobiert und auf ihre Entwicklungsmöglichkeiten geprüft werden. Die Besucher kommen meist mit konkreten Aufträgen, das ist sozusagen ihre ökologische Nische, in der sie sich entwickeln sollen. Außerdem gibt es da noch die Wettbewerbe.

WILDA: So wie mein Schönheitswettbewerb?

JAMUS: Zum Beispiel.

BETAREIZE: Die Preisrichter entscheiden gewissermaßen über Sieg oder Niederlage beim Kampf um das Überleben?

JAMUS: Kann man so sagen. Die Evolutionsexperten müssen allerdings viel Fantasie haben, denn meistens sind die Sachen noch alles andere als perfekt. Oder die Roboter auf dem Fest haben eigentlich ganz andere Pläne. Warst du mal in der »Hall of Fantasy«?

BETAREIZE: Ja, da laufen wirklich die ulkigsten Gestalten herum, mit Schwimmflossen über den Augen und ...

JAMUS: Das sind gut bezahlte Entertainment-Roboter. Sie sollen die Besucher auf Ideen bringen, eigene Fantasien zu entwickeln und auszuprobieren. Wenn bei einem Festival neue Ideen auftauchen, von denen die Evolutionsexperten glauben, dass etwas daraus werden könnte, landen sie meist beim nächsten Festival in der »Hall of Fantasy«. Die Experten wissen oft auch noch nicht, wozu man etwas gebrauchen könnte, sie haben nur das Gefühl, dass das gut sein könnte. Den Rest überlassen sie dem Zufall und den Besuchern.

BETAREIZE: Das ist sozusagen ein Teil des Genpools – obwohl es so etwas wie Gene und Vererbung bei uns ja gar nicht gibt.

JAMUS: Brauchen wir auch nicht. Wenn sich etwas als brauchbar erweist, wird das einfach nachgebaut und kopiert. Die Natur hat es da schwerer: Sie muss die Information der erfolgreichen Individuen durch Vererbung an die Nachkommen weiterleiten. Aber das Prinzip des Ausprobierens durch Kreuzung und Mutation ist ähnlich.

WILDA: Konnte das Problem mit den Staubsaugerzehen eigentlich gelöst werden?

JAMUS: Es gab später mal so einen Zeh mit peristaltischen Zuckungen, der aber nicht weiterentwickelt wurde. Stattdessen hat sich die Idee der Fusseljüngels durchgesetzt: Scharen winzig kleiner Roboter, die alles zusammentragen, was weg soll. Wurden übrigens auch im Evolutionsfestival über Jahre hinweg gezüchtet.

Die Wiederentdeckung des Körpers

Thomas Christaller über humanoide Roboter

Thomas Christaller ist Leiter des Fraunhofer-Instituts für autonome intelligente Systeme (AIS) in St. Augustin, das sich mit einem eigenen Team (geleitet von Ansgar Bredenfeld) in der Middle Size League des RoboCup beteiligt. Bei der RoboCup-WM 2002 in Fukuoka leitete Christaller den Wettbewerb in der neu eingerichteten Humanoid League für zweibeinige Roboter.

FRAGE: Herr Christaller, gibt es Roboter in Film oder Literatur, die Ihnen besonders gut gefallen? Haben Sie so etwas wie einen Lieblingsroboter?

CHRISTALLER: In »Blade Runner« hat mir die Figur des Replikantenjägers sehr gut gefallen. Denn im zugrunde liegenden Roman von Philip K. Dick wie auch im Director's Cut des Films von Ridley Scott bleibt ja offen, ob er nicht selbst ein Androide ist.

FRAGE: In Japan sind viele Forscher durch die Comicfigur »Astro Boy« geprägt worden. Gab es bei Ihnen einen ähnlichen Einfluss, der Ihnen den Weg zur Robotik gewiesen hat?

CHRISTALLER: Zur Beschäftigung mit Künstlicher Intelligenz (KI) und Robotik bin ich letzten Endes durch die Autobiographie von Norbert Wiener, »Mathematik – Mein Leben«, angeregt worden. Das habe ich als Oberprimaner gelesen und wahrscheinlich nicht wirklich etwas davon verstanden. Die Begeisterung für die Materie habe ich gleichwohl deutlich gespürt, das Bemühen, über die mathematische Modellierung natürlicher Systeme etwas über deren Funktionsweise zu erfahren. Einige Jahre später brachte mich der Zufall dazu, mich als studentische Hilfskraft mit Sprachverarbeitung zu beschäftigen. Ich habe da in Projekten mit Linguisten, Psychologen und Philosophen zusammengearbeitet. Das war der letzte Anstoß, der mich dazu motivierte, mich als Informatiker mit Künstlicher Intelligenz zu beschäftigen.

FRAGE: Von da war es dann wohl kein weiter Weg mehr zur Robotik.

CHRISTALLER: Im Jahr 1980 besuchte ich bei einer KI-Veranstaltung einen Vortrag von Mike Brady, in dem dieser die Hypothese entwickelte, dass man künstliche intelligente Systeme durch den Bau von Robotern schaffen könne. Ich hatte damals keine Ahnung von Robotik, fand die Argumentation aber sehr plausibel. Es hat dann allerdings noch fast 14 Jahre gedauert, bis ich die Ressourcen hatte, mich selbst eingehender mit dem Thema zu beschäftigen.

FRAGE: War diese Betonung der Bedeutung des Körpers für das Verständnis von Intelligenz nicht ein ziemlich tiefgreifender Paradigmenwechsel innerhalb der KI-Forschung?

CHRISTALLER: Das kann man so sagen. Dieser Paradigmenwechsel ist bis heute auch nur partiell vollzogen worden. Sowohl in Deutschland als auch international sind diejenigen, die den Körper wiederentdeckt haben und betonen, dass man Verstand und Intelligenz nicht ohne Körper haben kann, eher eine kleine, radikale Minderheit. Der größte Teil der KI-Forscher geht immer noch davon aus, dass es Wege gibt, um den Körper herumzukommen, ihn herauszumodellieren. Sie verstehen nicht, dass die Welt komplexer ist als das, was man in Algorithmen abbilden kann und dass es in der realen Welt Kontingenzen gibt, Brüche, die rational nicht erklärbar oder vorhersehbar sind. Wir leben in unserem Alltag ständig mit solchen Brüchen und kommen hervorragend damit zurecht. Das kann von Leuten, die in einer bestimmten Tradition Karriere gemacht haben, offenbar nicht nachvollzogen werden.

FRAGE: Die These wird aber doch auch von Psychologen unterstützt. Ich erinnere mich zum Beispiel an Studien, die das Nachlassen intellektueller Fähigkeiten im Alter mit der Verringerung sinnlicher Eindrücke und sozialer Kontakte in Zusammenhang bringen.

CHRISTALLER: In der Psychologie wird das in der Tat zunehmend erkannt. Natürlich gibt es auch hier Unterschiede. Jemand wie Wolfgang Prinz vom Max-Planck-Institut für psychologische Forschung in München hat das eigentlich schon immer gesagt. Als wir uns zum ersten Mal an der Universität Bielefeld begegneten, arbeitete er bereits mit Modellen von Feedback-Schleifen zwischen Wahrnehmung, Handeln und dazwischenliegender Interpretation.

Humanoide Roboter in Deutschland

FRAGE: Es gibt bei der DFG einen Sonderforschungsbereich zu humanoiden Robotern. Können Sie sich vorstellen, dass daraus auch eine Teilnahme am RoboCup hervorgeht?

CHRISTALLER: Vorstellen kann man sich viel. Aber ich glaube eher nicht daran.

FRAGE: Worauf konzentrieren sich denn die deutschen Forschungen zu humanoiden Robotern?

CHRISTALLER: Über den aktuellen Stand bin ich nicht informiert. Ich kenne das Projekt aus der Antrags- und Anfangsphase. Der Sonderforschungsbereich ist ja an der Universität Karlsruhe angesiedelt, wo es einige sehr gute Robotik-Forchungsgruppen gibt. Darunter sind Teilarbeiten, von denen man mit einigem Wohlwollen sagen könnte, dass sie entfernt etwas mit humanoiden Robotern zu tun haben. Am dichtesten dran ist die Entwicklung einer Hand mit pneumatischer Steuerung. Ansonsten stellt man sich dort unter einem humanoiden Roboter einen beräderten Karren mit Greifarmen und einem flexiblen Kamerasystem vor. Wirklich menschenähnlich sieht das nicht aus.

FRAGE: In einer Kurzbeschreibung des Sonderforschungsbereiches wurde »humanoid« auch mit »menschengerecht« übersetzt, nicht »menschenähnlich«.

CHRISTALLER: Es fällt uns in Deutschland ungeheuer schwer, Dinge zu tun, bei denen nicht von Anfang an klar ist, wozu die gut sind. Das behindert uns in der Forschung massiv. Der RoboCup ist davon ebenso betroffen wie die humanoiden Roboter. Die Folge ist, dass wir oft um Jahre zurückhängen. Es liegt nicht daran, dass wir das nicht können. Wir kriegen es nur nicht in unsere Köpfe hinein.

FRAGE: Worin bestehen die besonderen Herausforderungen bei der Konstruktion humanoider Roboter, »humanoid« jetzt mal verstanden als »menschenähnlich«?

CHRISTALLER: Die meisten humanoiden Roboter, die gegenwärtig von Firmen oder Forschungsgruppen realisiert werden, sind eigentlich Käferkonstruktionen. Denn das tragende Skelett ist bei diesen Robotern die Haut, also wie bei Käfern ein außen angelegtes, so genanntes Exoskelett. Mit einer solchen Konstruktion lässt sich aber niemals die Dynamik von Säugetier- oder gar menschlichen Bewegungen erreichen. Wir müssen dahin kommen, solche Roboter mit einer inneren Skelettstruktur auszustatten, bei der auch die Gelenke natürlichen Vorbildern nachempfunden sind. Die größte Herausforderung wird dann darin bestehen, die Dynamik der Bewegungsabläufe hinzubekommen. Alle humanoiden Roboter bewegen sich heute noch extrem langsam, mit Geschwindigkeiten von maximal zehn Zentimetern pro Sekunde. Dabei ist der Gang so organisiert, dass sie zu jedem Zeitpunkt stabil sind. Das sieht man schon an den Füßen: Die sind so groß ausgelegt, dass der physikalische Schwerpunkt sich immer über dem Fuß befindet. So lange sich die Roboter auf einer Ebene befinden, können sie daher nicht umkippen. Sobald die Ebene schief wird, gibt es allerdings ein Problem. Diese Entwicklungen führen in eine Sackgasse. Wir müssen uns stärker mit dynamischem Laufen beschäftigen und zu Konstruktionen kommen, die das beherrschen.

FRAGE: Die Dynamik des Laufens hängt ja stark von der Zahl der Beine ab.

CHRISTALLER: Das sieht man schon in der Natur: Acht- und Sechsbeiner haben mit der Stabilität erheblich weniger Probleme als Zweibeiner. Man kann daher solche mehrbeinigen Laufmaschinen als Entwicklungsstufe auf dem Weg zu zweibeinigen Robotern betrachten. Aber auch dort müssen wir zu mehr Dynamik kommen. Heute wird noch überwiegend mit dem so genannten Triped-Gang gearbeitet, bei dem immer drei Beine auf dem Boden stehen und drei sich in der Luft befinden. Das ist physikalisch der stabilste Gang. Wenn allerdings Skorpione oder Käfer Fluchtbewegungen machen, sind mehr als drei Beine in der Luft. Das ähnelt dem Galopp bei Pferden, ein dynamisches Ungleichgewicht, das diese Tiere ausgleichen können. Wie wir so etwas mit Robotern hinkriegen können, wissen wir noch nicht.

Probleme des aufrechten Gangs

FRAGE: Beim Menschen wird der aufrechte Gang als eins seiner Wesensmerkmale angesehen, das für ihn von evolutionärem Vorteil war. Welchen Vorteil hat es denn, aufrecht gehende Roboter zu konstruieren?

CHRISTALLER: Erst einmal bringt es nur Probleme. Es gibt aber den großen Vorteil, dass solche humanoiden Roboter unserer menschlichen Umgebung am besten angepasst sind. Ich denke, dass das eine der Hauptmotivationen für ihre Konstruktion ist. Ein anderer wichtiger

Inmitten seiner Lieben. Thomas Christaller, St. Augustin, beim RoboCup 1998 in Paris.

Aspekt – abgesehen von der reinen technischen Herausforderung – ist die Entwicklung medizinischer Prothesen für fehlende Beine, Arme oder sogar Hände, die aktiv bewegt werden können. Um solche Prothesen zu testen, sind humanoide Roboter natürlich weit besser geeignet als Menschen. Denn bei Prototypen muss man mit Fehlfunktionen rechnen, die erheblichen Schaden anrichten können.

FRAGE: Wie ist der derzeitige Stand der Entwicklung bei humanoiden Robotern? Bei der RoboCup-WM 2002 in Fukuoka müsste es eigentlich einen recht guten Überblick gegeben haben.

CHRISTALLER: Ich habe dort die Humanoid League mit organisiert, die insgesamt sehr spannend war. Es gab unglaublich anspruchsvolle technische Konstruktionen und weltweit großes Engagement. Im Unterschied zu den anderen Ligen war allerdings kein einziges Team aus Deutschland dabei. Ich sehe in Deutschland auch keine Gruppe, die an der Humanoid League hätte teilnehmen können. Wenn man sich den allgemeinen Stand der Entwicklung ansieht, ist, wie schon angedeutet, das Laufen immer noch unbefriedigend gelöst. Dazu gehört auch, dass die Arme bei humanoiden Robotern bislang praktisch keine Rolle spielen. Es gibt zwar Filmaufnahmen, beispielsweise vom Honda-Roboter, in denen Türen geöffnet oder Knöpfe gedreht werden. Doch die sind sorgfältig inszeniert und überhaupt nicht verallgemeinerbar. Ich halte den Honda-Roboter ohnehin für ein hervorragendes Marketing-Produkt, das technisch jedoch in eine Sackgasse führt. Das gilt auch für den »Asimo«, der eine verkleinerte Version des P-3-Roboters darstellt. Zwar haben die Ingenieure bei diesem Modell hervorragende Arbeit geleistet, aber für die Entwicklung humanoider Roboter weist es in die falsche Richtung.

FRAGE: Sie üben sich in der japanischen Kampfkunst Aikido. Diese und andere Budo-Sportarten legen ein großes Schwergewicht auf die Verfeinerung von Bewegungsabläufen. Haben Sie den Eindruck, dass sich dieses Interesse an der Perfektion von Bewegungsabläufen bei Japanern auch in der Konstruktion von Robotern wiederfindet? Könnte hier eine Wurzel der auffallenden Begeisterung für humanoide Roboter liegen?

CHRISTALLER: Ob das wirklich aus den Budo-Künsten resultiert, kann ich nicht sagen. Auffallend ist aber, dass die Ingenieure in Japan ganz hervorragend bei der Miniaturisierung technischer Systeme sind. Da kommen sie auf fantastische Ideen. Das hat sicherlich mit kulturellen Traditionen zu tun, von denen das Budo eine Teilkomponente ist. Wichtig ist dabei auch die Einstellung, das kleinste Detail als ebenso wichtig anzusehen wie das Gesamtsystem. Deswegen wird diesem Detail eine große Aufmerksamkeit gewidmet, die wir vielleicht nicht so schnell aufbringen, weil wir immer eher das große Ganze im Blick haben.

FRAGE: Sie haben vorhin die Anwendungsbezogenheit der Forschung in Deutschland kritisiert. Inwieweit strahlt die für den RoboCup geleistete Forschungs- und Entwicklungsarbeit auf andere, stärker anwendungsbezogene Bereiche aus?

CHRISTALLER: Lassen Sie mich erst einmal klarstellen: Ich habe überhaupt nichts gegen Anwendungen. Der Punkt ist folgender: Wenn man bei bestimmten Ideen zu früh nach dem konkreten Nutzen fragt, tötet man deren Entwicklung. Diese Haltung ist innovationshemmend. Wir müssen in Deutschland lernen, diese Form selbst gemachter Innovationshemmung nicht weiter fortzusetzen. Das ist eine schwierige Aufgabe, weil es eine mentale Veränderung bedeutet. Es fehlt uns weder am technischen oder wissenschaftlichen Talent noch am Geld und der Infrastruktur. Was fehlt, ist der Mut, Technikentwicklungen in Angriff zu nehmen, von denen zunächst nicht klar ist, wozu die gut sind, bei denen man sich mit ein wenig Fantasie aber vorstellen kann, dass sie Auswirkungen haben werden. An unserem Institut haben wir im Bereich der Modellierung und Simulation komplexer Controller-Architekturen durch den RoboCup Techniken gelernt, die wir mittlerweile auch in ganz anderen Umgebungen erfolgreich anwenden. Ähnliche Erfahrungen hat Bernhard Nebel in Freiburg gemacht. Das Freiburger Team verwendet Laserscanner der Firma SICK und hat im Rahmen des RoboCup neuartige Algorithmen zur Selbstlokalisation fahrerloser Fahrzeuge entwickelt. Da kann man sich natürlich ein breites Spektrum von Anwendungen vorstellen. Die RoboCup German Open werden ja von Volkswagen unterstützt und gewiss auch von anderen Firmen der Automobilbranche beobachtet. Denn auf dem Fußballfeld werden spielerisch neue Technologien für autonome oder teilautonome Fahrzeuge entwickelt. In wenigen Jahren wird die Fahrerunterstützung so weit gediehen sein, dass man dem Auto nur noch zu sagen braucht, wo man hin möchte. Der Rest geschieht dann automatisch.

FRAGE: Verkehrsleitsysteme, die mit externen Sensoren wie etwa Satellitennavigation arbeiten, werden ja auch als Anwendungsbeispiele für die Technologien genannt, die in der Small Size League beim RoboCup erprobt werden.

CHRISTALLER: Es stellt sich im Lauf der Zeit immer deutlicher heraus, dass die verschiedenen Ligen sehr klug gewählt worden sind. Durch die Vielfalt der Regeln und technischen Konstellationen werden eigentlich alle Bereiche der mobilen Robotik abgedeckt.

Die Bedeutung des Wettbewerbs

FRAGE: Wie wichtig ist Ihnen die Platzierung beim RoboCup?

CHRISTALLER: Sie ist schon wichtig. Aber ich versuche dennoch, meine Leute dazu anzuhalten, zunächst die konzeptionell überzeugende Lösung zu entwickeln und dann darauf zu achten, dass sie die Wettbewerbe gewinnen. Das hat dazu geführt, dass wir uns in den ersten Jahren unserer Teilnahme eher im Mittelfeld bewegt haben, weil wir selber noch nicht genau verstanden hatten, was wir da gebaut hatten. Mittlerweile zahlt sich unser Ansatz auch im Wettbewerb aus. Wir haben heute die Technologie, um Roboter zu bauen, die sich schnell

Kräftemessen der Humanoiden Roboter beim Elfmeterschießen: Tao-Pie-Pie (Neuseeland) gegen ARICC HURO (Singapur) auf dem RoboCup 2002 in Fukuoka

bewegen können. Geschwindigkeiten von zwei Metern und mehr pro Sekunde sind für uns von der Controller-Architektur her kein Problem mehr.

FRAGE: Speziallösungen, wie etwa der starke Schussapparat des Philips-Teams, reichen dagegen wohl oft nur für den Gewinn eines Turniers, eröffnen aber keine Entwicklungsperspektive?

CHRISTALLER: Richtig. Das Philips-Team, das noch souverän die German Open 2002 gewonnen hatte, konnte sich nur zwei Monate später bei der Weltmeisterschaft überhaupt nicht mehr behaupten. 1998, als ich zum ersten Mal ein RoboCup-Turnier beobachtet habe, habe ich gesagt, dass am Ende immer die Geschwindigkeit entscheidend ist. Dabei bleibe ich auch heute noch. Die Genauigkeit der Bewegungen und die Präzision der Selbstlokalisierung ist dagegen zweitrangig. Natürlich müssen die Bewegungen geordnet sein. Aber ob man den Roboter nun auf einen oder doch nur auf zwei Millimeter genau positionieren kann, spielt keine Rolle.

FRAGE: Gibt es Erlebnisse bei RoboCup-Turnieren, an die Sie sich besonders intensiv erinnern?

CHRISTALLER: Als ein sehr menschliches Erlebnis habe ich den Moment in Erinnerung, als 1999 in Stockholm das Team aus dem Iran Weltmeister in der Middle Size League geworden war. Das war einfach umwerfend. Für die Community war es auch eine große Überraschung, das so ein Land, das bis dahin auf der Robotik-Landkarte überhaupt nicht verzeichnet war, auf einmal im Rampenlicht stand.

FRAGE: Es war auch ein ungeheuer spannendes Spiel, bei dem die Iraner und ihre Endspielgegner, die Italiener, ordentlich Krach machten.

CHRISTALLER: Ja, es war sehr emotional und hochdramatisch.

FRAGE: Wo sehen Sie die größten Schwierigkeiten auf dem Weg zum Fernziel des RoboCup, mit humanoiden Robotern die Fußballweltmeisterschaft gegen Menschen zu gewinnen?

CHRISTALLER: Wir hatten vorhin über die verschiedenen Ligen gesprochen. Es ist gut, dass es diese Ligen gibt. Dennoch entwickelt jede ihre eigene soziale Dynamik. Dadurch besteht permanent die Gefahr, dass die Interessen auseinander laufen können. Dem muss man von Seiten der Organisation her entgegenwirken, damit der Austausch zwischen den Ligen gewährleistet bleibt und keine Abgrenzungen entstehen. Dennoch müssen wir uns irgendwann entscheiden, uns nur noch auf die humanoiden Roboter zu konzentrieren. Es wäre allerdings ein Jammer, wenn dadurch für die beräderten Roboter diese wertvolle Testumgebung verloren gehen würde. Deswegen müssen wir uns dafür auch etwas überlegen, also zum Beispiel eine Liga einrichten, die gar nicht den Ehrgeiz hat, menschenähnlich zu werden, sondern die Möglichkeiten der Technik ausreizt, um maximal interessante Spiele zu spielen.

FRAGE: Halten Sie das Ziel, mit humanoiden Robotern Fußballweltmeister zu werden, überhaupt für erreichbar?

CHRISTALLER: Tja ... was meinen Sie denn?

FRAGE: Angesichts des Entwicklungstempos von Wissenschaft und Technik, das ich bisher erlebt habe, und angesichts der Veränderungen der letzten 50 Jahre halte ich es für durchaus machbar.

CHRISTALLER: Das sehe ich auch so. Mit Gewissheit lässt es sich natürlich nicht voraussagen. Wir wissen nicht, was für Katastrophen kriegerischer oder natürlicher Art uns bevorstehen, die jegliche technische Entwicklung verzögern oder sogar verhindern können. Aber vom Potenzial her und verglichen mit erfolgreichen technischen Entwicklungen, die über 50 Jahre verlaufen sind, erscheint es durchaus realistisch.

Roboter Pino bei der Vorführung auf dem RoboCup in Seattle 2001

FRAGE: Im »Tao Te King« des chinesischen Philosophen Laotse heißt es: »Wer andere erkennt, ist gelehrt / Wer sich selbst erkennt, ist weise / Wer andere besiegt, hat Körperkräfte / Wer sich selbst besiegt, ist stark.« Der Sieg von Fußballrobotern über Menschen wäre in gewisser Weise ein Sieg der Menschen über sich selbst. Könnte das einen Weg zu Weisheit und Stärke eröffnen? Gibt es so eine utopische Komponente im RoboCup?

CHRISTALLER: Nein. Natürlich bietet Künstliche Intelligenz insgesamt eine Möglichkeit der Selbsterkenntnis. Als Individuum kann ich auf diesem Weg mehr über mich lernen. Das finde ich auch sehr faszinierend. Aber bezogen auf den RoboCup kann ich das nicht erkennen.

Nach dem Spiel ist vor dem Spiel

Die Künstliche Intelligenz hatte anfangs etwas von Alchemie: Plötzlich schien der Stein der Weisen greifbar nahe. Und alles, was in solchen Situationen passieren kann, passierte. Es gab die Gurus, die die Gläubigen um sich scharten. Wer mit ihnen zog, hielt den Reichtum schon fast in Händen. Und es gab Verkäufer, die bereits verkauften, was es noch gar nicht gab. Und selbstverständlich Käufer, die es nicht erwarten konnten. Die ärgerlich wurden, wenn ihr Händler noch keine Order annehmen wollte. Dann wechselten sie eben zu einem anderen Anbieter. Und natürlich die Könige und Politiker, die das Neue als Erste haben wollten. Sie riefen ihre Forscher und fragten, wann sie es endlich haben würden. Wer Bedenken anmeldete, machte sich verdächtig, seinem Herrscher nicht mit aller Kraft dienen zu wollen. Früher wäre er in den Turm gekommen mit der Maßgabe, das Tageslicht erst wieder zu sehen, wenn er das Gold lieferte. Jetzt wurden ihm die Forschungsgelder entzogen, bis er endlich einen viel versprechenden Antrag einreichte. Ärgerlich war es auch für die, die sich mit anderen nützlichen Dingen beschäftigen wollten. Sie bekamen weniger, damit die Gurus mehr bekommen konnten. Klar, dass die ganze Zunft geächtet wurde, als sie irgendwann eingestehen musste, dass sie den Stein der Weisen bis auf weiteres nicht finden würde.

Was war geschehen? Die neu gewonnenen Möglichkeiten der Rechentechnik hatten in der zweiten Hälfte des 20. Jahrhunderts eine Euphorie ausgelöst: Auf einmal konnten in Bruchteilen von Sekunden Berechnungen ausgeführt werden, die vorher mit menschlicher Kraft nicht zu bewältigen waren. Es war nicht weit bis zu der Idee, diese Maschinen auch für andere Probleme einzusetzen, ja für beliebige Probleme. Menschen sollten sich auch im geistigen Bereich nicht mehr abmühen müssen – Maschinen sollten ihnen das abnehmen: Künstliche Intelligenz war das Zauberwort. Sei es als Kraftfahrzeugtechniker, sei es als Arzt am Krankenbett, ein schlauer Computer hätte immer die korrekte Antwort parat. Auch Programmieren könnte man sich bald sparen: Man präsentiert dem Rechner einige typische Beispiele, und dann entwickelt er das notwendige Programm selbst. Die Idee schien einleuchtend: Man beschreibt die Zusammenhänge in der Welt, am besten mit den Mitteln der mathematischen Logik. Das Problem beschreibt man ebenfalls als Formel. Dann nimmt man einen automatischen Formelbeweiser und lässt sich das Problem vom Computer lösen. Solche Programme zum Formel-Beweisen gab es.

Die Forscher blieben mit ihren Ideen nicht im stillen Kämmerchen, und das war auch in Ordnung. Darüber hinaus behaupteten sie aber – nicht alle, aber jedenfalls genügend viele –, dass sie diese Ideen schon bald in voller Breite umsetzen könnten. Das rief die Politiker in aller Welt auf den Plan, denn wenn das funktionierte, durfte man den Zug auf keinen Fall verpassen. Es wurde viel investiert und auch schon verkauft, aber die Ergebnisse waren ernüchternd.

Intelligenz ist mehr als Schachspielen

Die Ernüchterung kam damals, als der Computer mit den einfachsten Alltagsaufgaben nicht zurecht kam. Er wusste nicht, dass man mit einem gebrochenen linken Bein nicht laufen kann. Man konnte ihm das natürlich als gültigen Satz einspeichern, danach wusste er es. Allerdings wusste er dann noch nicht, dass jemand mit gebrochenem linken Bein und einem Laufgips doch laufen kann. Wieder kann man das als Fakt einspeichern. Für alle Fälle sollte aber gleich dazu gesagt werden, dass der Gips erst fest geworden sein muss und dass er nicht zerbrochen sein sollte. Man sollte ihm auch sagen, dass die Fortbewegung außerdem bei geschientem Bein mit zwei Krücken denkbar ist, oder mit einem Rollstuhl, oder ... Es ist unheimlich mühsam, das für alle Einzelheiten zu formulieren und abzuspeichern. Wir Menschen wissen das ja auch nicht in allen Details, aber wir haben meistens genug Wissen, um die richtigen Antworten zu finden. Man müsste den Computer also auch mit den Fähigkeiten zum Schlussfolgern ausstatten. Mit den Formelbeweisern ist das im Prinzip möglich. Dann könnte der Computer sein Wissen über das linke Bein auch auf das rechte Bein sinngemäß übertragen. Wenn beide Beine gebrochen sind, was ließe sich dann übertragen: zwei Mal Gips, vier Krücken, zwei Rollstühle? Kann man das Wissen auch übertragen auf gebrochene Arme? Oder für gebrochene Herzen?

Die Sache mit den Formelbeweisern hatte eigentlich zwei Haken: Sie laufen selbst auf den schnellsten Computern viel zu lange. Auch wenn die Computer millionenfach schneller werden, könnten anspruchsvolle Aufgaben länger brauchen als das Universum existiert. Der andere Haken ist die Schwierigkeit, alltägliche Probleme in logischen Kalkülen zu formulieren. Ich kann zwar die Formeln für Gleichgewicht aufschreiben, aber deswegen weiß ich noch nicht viel vom Fahrradfahren.

Jedenfalls stand die Künstliche Intelligenz nach einiger Zeit sehr beschämt da, keiner wollte mehr einen Pfennig investieren. Das war auch wieder falsch. Die Künstliche Intelligenz hatte ihre großmundigen Versprechen nicht einlösen können. Aber wenn sich viele kluge Leute intensiv mit etwas beschäftigen, kommt doch das eine oder andere heraus. Inzwischen sind wir umgeben von Maschinen, die in gewisser, wenn auch bescheidener Weise intelligentes Verhalten besitzen. Es sind nicht die großen Lösungen. Eher kleine Handreichungen, die das Leben erleichtern. Wir bemerken sie oft gar nicht mehr. Fotografieren erforderte früher zahlreiche Überlegungen. Es waren Einstellungen vorzunehmen in Abhängigkeit von Entfernung, Helligkeit, Motiv. Heute drücken wir nur noch auf einen Knopf, den Rest erledigt der Apparat allein. Oder die Fahrplanauskunft: Kein Mensch kann die Fahrpläne alle im Kopf haben und dann auch noch schnell die besten Verbindungen ausrechnen. Wenn es ein Mensch könnte, würde er als erstaunlich intelligent gelten. »Intelligente« Maschinen können das, allerdings ist es nicht immer einfach zu wissen, welche die beste Zugverbindung ist: Die schnellste oder eine, die zehn Minuten länger braucht und dafür wesentlich billiger ist? Wird eine halbe Stunde längere Fahrzeit akzeptiert, wenn man dafür nicht umsteigen muss? Auch ein menschlicher Fahrkartenverkäufer wüsste das nicht, aber er könnte fragen. Auch das Fahrplanauskunftssystem könnte nachfragen – könnte damit aber auch sehr schnell lästig werden. Bis es im Gefühl hat, wann es fragen soll und wann nicht, werden die KI-Forscher noch viele Algorithmen schreiben und wieder verwerfen müssen.

Der Fußballplatz als Testfeld

Man könnte fragen, ob der RoboCup nicht auch unzuverlässige Versprechungen macht, so wie das die Gurus der Künstlichen Intelligenz einst taten.

Im RoboCup geht es um eine Vision, kein Versprechen. Es soll versucht werden, ob bis zum Jahr 2050 Fußball spielende Roboter gebaut werden können. Die Zahl 2050 leitet sich davon ab, dass auch in der Vergangenheit ein halbes Jahrhundert oft ausreichte, um aus einer Vision Wirklichkeit werden zu lassen. Die Vision, dass ein Computer den Weltmeister im Schach besiegen könnte, entstand um 1950. Ein halbes Jahrhundert später, im Jahr 1997, war es dann so weit. Wenn umgekehrt etwas nach 50 Jahren kaum vorangekommen ist, deutet das offenbar auf größere Probleme hin.

Die Vertreter des RoboCup versprechen nicht, das Problem im Jahr 2050 gelöst zu haben. Das kann man in jedem Interview lesen. Sie halten es aber auch nicht für unmöglich. In jedem Fall ist es reizvoll, darüber nachzudenken. Anders als bei der frühen KI wird auch nicht versprochen, die Probleme aller geistigen Arbeit lösen zu wollen. Wenn das Projekt gelingt, haben wir zunächst einfach Fußball spielende Roboter. Das hat hohen Unterhaltungswert, aber wir würden damit nicht einmal den menschlichen Fußballern etwas nehmen: Schach wird auch weiter gespielt, Meisterschaften werden weiterhin ausgetragen.

Natürlich geht es um mehr als nur Fußball. Wenn es gelingt, Wissenschaft und Technik voranzutreiben, dann gibt es dafür auch Anwendungen. Der RoboCup strebt ganz gezielt danach, auch anwendbare Resultate hervorzubringen. Aber er behauptet nicht, die Lösungen bereits zu besitzen, er zeigt Problemfelder auf. Und er möchte junge Menschen motivieren, sich mit deren Lösung zu befassen.

In den Wettbewerben kann sich jeder, der vielleicht an Anwendungen von Robotiktechnologie interessiert ist, ein Bild vom aktuellen Entwicklungsstand machen. Anders als bei der Präsentation von Prototypen auf Ausstellungen ist bei den Wettbewerben nichts geschönt. Wenn etwas unzulänglich ist, wird es von den Gegnern schonungslos aufgedeckt. Wenn jemand mit einer neuen Idee kommt, etwa einem neuen Antrieb, kann er in einem Jahr damit vielleicht alle anderen ausstechen. Aber schon im nächsten Jahr haben sich die Konkurrenten darauf eingestellt. Entweder haben sie ein Rezept dagegen gefunden oder sich davon überzeugt, dass es wirklich gut ist. In diesem Fall werden sie die erfolgreiche Technik nutzen und weiterentwickeln. Es geht dann darum, wer diese Möglichkeit in Kombination mit anderen Techniken am besten einsetzen kann. Denn der Erfolg ist immer nur im Zusammenwirken aller Komponenten möglich. Die Vision 2050 sorgt dafür, dass immer wieder neue Aufgaben zu lösen sind.

HANS-ARTHUR MARSISKE (HAM): Wie ist denn nun dein Tipp für die Fußball-WM 2050? Werden Roboter Weltmeister?

HANS-DIETER BURKHARD (HDB): Dazu habe ich eigentlich jeden Tag eine andere Meinung. Manchmal denke ich, dass es viel zu schwierig ist und wir das Energieproblem nie lösen werden. Dann sehe ich wieder etwas, von dem ich nie geglaubt hätte, dass es heute schon realisierbar ist, und bin gleich wieder optimistischer. Vielleicht läuft es am Ende aber auch auf eine weit gehende Nachbildung des biologischen Prinzips hinaus, so dass wir uns fragen müssen, inwieweit das dann überhaupt noch künstlich ist.

HAM: Ich halte das Fernziel des RoboCup für realistisch, einfach aus der Erfahrung heraus, dass 50 Jahre in der wissenschaftlichen und technologischen Entwicklung eine ausreichend lange Zeit für Innovationen dieser Größenordnung zu sein scheinen.

HDB: Das Ergebnis kann aber sein, dass es tatsächlich nur die eine, biologische Lösung gibt. Wichtig finde ich im Übrigen auch gar nicht, ob wir es schaffen. Ich würde das auch niemals versprechen. Wichtig ist der Versuch. Ob es klappt oder nicht: Hinterher sind wir in jedem Fall schlauer.

HAM: Es ist ein Ziel, das in weiter Ferne liegt, aber nicht utopisch ist. Man kann sich Wege vorstellen, die dorthin führen, Etappenziele, die erreicht werden müssen. Auf diese Weise beeinflusst es schon die heutige Forschungsarbeit, auch wenn die meisten Forscher es bei ihrer alltäglichen Arbeit nicht im Kopf haben. Aber die Regelveränderungen beim RoboCup werden ja immer in Hinblick auf das langfristige Ziel vorgenommen.

HDB: Es ist eine andere Art, Wissenschaft zu betreiben. Sonst geht man meistens von dem aus, was man schon kann, und überlegt sich, was als Nächstes machbar wäre. Jetzt setzen wir uns dieses Ziel in einer ferneren Zukunft und rechnen zurück: Wenn wir im Jahr 2050 mit Robotern die Fußball-WM gewinnen wollen, müssen wir wenigstens 2040 das Energieproblem gelöst haben, müssen 2030 mit den Maschinen im Freien spielen können, darf es 2020 keine Bildverarbeitungsprobleme mehr geben und so weiter. Dann müssen wir überlegen, wer sich mit wem zusammentun muss, um diese Etappenziele in der gegebenen Zeit erreichen zu können. Von all dem gehen sehr kreative Impulse aus.

HAM: Die Europäische Weltraumorganisation ESA geht bei der Erarbeitung eines Plans zur Erkundung des Sonnensystems im Rahmen des »Aurora«-Programms ganz ähnlich vor. Da wird gefragt: Wenn wir im Jahr 2030 eine bemannte Mission zum Mars schicken wollen, was müssen wir dann bis zu welchem Zeitpunkt bereits geschafft haben? Bezeichnenderweise hat sich Deutschland als einziges größeres ESA-Mitglied nicht an Aurora beteiligt. In dem Zusammenhang halte ich es für außerordentlich wichtig, dass das Fernziel des RoboCup in erster Linie dem Vergnügen dient und die mit dieser Technologie möglichen, auch kommerziell interessanten Anwendungen erst an zweiter Stelle genannt werden. Das ist eine sehr vernünftige und gesunde Gewichtung. Wenn Wissenschaft sich zu stark am Markt orientiert, führt das zu einer Verengung des Blickfelds, die ihr nicht gut bekommt. Marktgerechte Technik ist auch nicht unbedingt menschengerecht. Dagegen leuchtet es mir sofort ein, dass ich mit Robotern, mit denen ich Fußball spielen kann, auch sonst bestimmt gut auskommen kann.

HDB: Für manche Leute ist die Verbindung von Fußball und Intelligenz natürlich eine Provokation. Forschungsanstrengungen für so etwas wie das »intelligente Haus« lassen sich wahrscheinlich leichter vermitteln. Aber wenn wir das Wesen von Intelligenz verstehen wollen, kommen wir auf dem Fußballfeld eben weiter als auf dem Schachbrett. Manche Menschen fühlen sich allerdings in ihrem Menschsein bedroht, wenn wir Maschinen bauen, die das Gleiche können wie sie.

HAM: Dabei könnte das doch auch eine Erleichterung bedeuten und einen Ansporn, sich neuen Erfahrungen zuzuwenden. Ich kann mir durchaus vorstellen, dass zum Beispiel der Fußball durch den Einsatz von Robotern bereichert werden könnte, weil die Menschen dadurch gezwungen werden, sich wieder stärker auf ihre spielerischen, artistischen Qualitäten zu stützen. Denn eine systematische, disziplinierte Spielweise werden Roboter wahrscheinlich besser beherrschen.

Herrschaft der Roboter?

HDB: Vielen fällt es auch schwer, sich an den Gedanken zu gewöhnen, dass eine Maschine so etwas wie einen eigenen Willen haben könnte. Einen Willen, der sich nicht in bloßer Verweigerung erschöpft, sondern durchaus auch konstruktiv sein kann.

HAM: Das halte ich für unausweichlich. Mit steigender Komplexität werden die Maschinen immer selbstständiger und weniger kontrollierbar werden.

HDB: Man kann aber auch Befürchtungen für unser Menschenbild haben, wenn wir menschenähnliche Maschinen bauen. Der Mensch erscheint vielleicht nur noch als eine gut programmierte Maschine.

HAM: Du hast wohl auch »Welt am Draht« und »Matrix« gesehen?

HDB: Klar.

HAM: Unseren freien Willen schränken wir ja schon ein, indem wir uns den Gesetzen des Marktes unterwerfen. Der wird zwar durch unsere Aktivitäten am Leben erhalten, entfaltet aber eine eigene Dynamik, die von niemandem kontrolliert werden kann.

HDB: Es wird ja immer wieder die Angst formuliert, dass die Roboter die Herrschaft über uns übernehmen könnten. Das erscheint dann oft als Strafe dafür, dass wir es gewagt haben, den Menschen nachzubauen: Nun werden die Menschen selbst behandelt wie Maschinen.

HAM: Mit fiesen Robotern lassen sich natürlich auch bessere Geschichten erzählen. Die »Terminator«-Filme zählen zu meinen absoluten Lieblingen, auch »Robocop« ist klasse. Diese Robotermonster sind ja verzerrte Spiegelbilder von uns selbst. Die Geschichten sind eine Mahnung: Wenn wir unser Verhältnis zur Natur nicht überdenken und ändern, werden von uns selbst geschaffene »höhere« Lebensformen mit uns so umgehen wie wir heute mit »niederen« Lebewesen. Auch vor diesem Hintergrund finde ich das Konzept des RoboCup wichtig. Zum einen strebt er die Konstruktion von Robotern an, mit denen wir gleichberechtigt spielen können. Zum anderen setzt er sich ein Ziel, das erst von der übernächsten Generation verwirklicht werden kann, und überwindet damit ein Stück weit die kurzfristige Orientierung auf den Eigennutz.

HDB: Wir brauchen verständliche Bilder für den Umgang mit der Natur und mit uns selbst. Auch die moderne Physik zeigt uns immer wieder, wie schwer das ist. Die Maschinenmetapher kann nützlich sein für das Verständnis der Mechanik des Kniegelenks. Aber niemand würde meinen, dass wir dadurch das Menschsein begreifen können. Die Informationsmetapher ist hilfreich für das Verständnis der Vorgänge in unserem Gehirn, aber auch damit können wir immer nur gewisse Aspekte beschreiben. Das Problem sind unsere Assoziationen: Wenn wir den Menschen mit einer Maschine vergleichen, dann spielen sofort Vorstellungen über einfache Thermostaten hinein. Es gibt solche Wirkungsmechanismen in uns, aber sie vermitteln uns ein falsches Bild, wenn wir das Menschsein auf solche Vorstellungen reduzieren. Das Problem ist weniger, ob wir den Menschen als Maschine beschreiben könnten, sondern das, was wir uns dann darunter vorstellen würden.

Aber wir können das auch positiv fassen. Computer und Roboter vermitteln uns Vorstellungen aus einer anderen Perspektive, und sie führen uns zu neuen Fragen. Vielleicht sind ja automatisierbare Vorgänge wirklich primitiver. Das betrifft vor allem eher männliche Arbeitsbereiche. Vielleicht haben diese aber auch mehr im Fokus der männlichen Forscher gestanden. Jedenfalls könnte es sein, dass Computer und Roboter schon heute eine Aufwertung weiblicher Prinzipien wie Fantasie, Gefühle, Spiritualität bewirken. Denn die männlichen Prinzipien wie Rationalität, Logik oder Mathematik können wir vermehrt den Maschinen überlassen.

HAM: Ich bin ungeheuer gespannt darauf, wie der Computer unser Denken verändern wird. Die wissenschaftliche Denkweise, so leistungsfähig sie ist, ist ja extrem einseitig und setzt eine ganz starke Disziplinierung voraus. Ich denke, in Zukunft wird mehr und mehr deutlich werden, dass sie nur ein Zugang zur Wirklichkeit unter anderen ist. Kunst und religiös-spirituelles Denken dürften dagegen an Bedeutung gewinnen.

Ich hasste meinen Kühlschrank. Heute morgen hatte er mich wieder angemault: »Sie haben eine Dose unabgemeldet entfernt. Das kann den Ausfall des Kühlschranks oder den Verlust von Lebensmitteln verursachen. Mit dem Dosen-Agenten können sie Dosen deaktivieren. Soll ich den Dosen-Agenten starten?« »Lass' mich in Ruhe,« brummte ich, »ich will doch nur die Wurstbüchse abwaschen.« Ich hasste diese Kühlschränke mit gefühlsmodulierter Sprachfunktion. Aber die Standardmodelle wurden nur noch so ausgeliefert. Gegen Aufpreis konnte man sich den Dialekt aussuchen.

Jetzt würde er wieder den ganzen Tag schimpfen, bis das Launometer den Normalpegel erreichen würde, allerdings war das auch nicht viel besser. Anna hatte mich gewarnt. Wenn man den Kühlschrank in der Prägezeit nach dem Kauf nicht ausgesprochen freundlich behandelt, hat man später ständig Probleme. Aber das war damals einfach eine stressige Zeit, da musste ich mich zu Hause einfach mal gehen lassen. Was konnte ich dafür, dass dieser dämliche Kühlschrank das als den üblichen Ton bei mir auffasste und seine Gefühlsäußerungen dauerhaft auf nölig kalibrierte. Man hätte das auch wieder ändern können, mit einem Sonderzubehör, mit einem justierbaren Launometer, gegen Aufpreis. Ich hatte darauf verzichtet.

Aber jetzt wollte ich doch noch etwas zur Verbesserung seiner Laune tun, sonst würde er mir nichts außer Harzer Käse bestellen. Weil dieser Käse meist über längere Zeiten im Kühlschrank anwesend war, hatte er einen besonderen Bedarf abgeleitet. Um ihm glaubhaft zu sagen, dass ich wirklich keinen Käse haben wollte, musste ich erst mal seine Laune aufbessern. Ich erlaubte ihm also, eine Eisbombe für das Tiefkühlfach zu bestellen. »Aber bitte mit Sahne«, sagte er, und mir kam es so vor, als ob er schon etwas freundlicher klang. Ich sagte also noch ganz vorsichtig: »Du brauchst auch noch nichts für das Käsefach nachzubestellen.« Er knurrte nur etwas Unverständliches. Ich wusch die Wurstbüchse ab, packte meine Stullen hinein und wollte losziehen. Heute sollte das Spiel unserer Roboter gegen die Menschen vom Mars stattfinden, und ich war zuständig für Max, den linken Stürmer. Ich war sein Masseur, so weit man das für Roboter sagen kann.

Irgendetwas hielt mich zurück, so dass ich noch die Bestell-Liste des Kühlschranks über den Nachrichten-Port flimmern sah: »... Eisbombe mit Sahne – doppelte Portion, Harzer Käse – doppelte Portion ...« Wütend rannte ich in die Küche: »Ich will keinen Käse.« Er antwortete ganz sanft: »Jetzt nicht, aber sicher heute Abend. Ich will dir eine Freude machen, weil ich doch auch die Sahne-Eistorte …« »Ist schon gut.« Er war vielleicht wirklich nur ein einfaches Gemüt, etwas einfältig und störrisch. Ich entnahm die Käsebüchse, sie war rund wie die Harzer Käse, ein Rest war noch drin, aber sie war dicht. Ohne Büchse konnte er keinen weiteren Käse entgegennehmen, es gab da so einen Sicherheitsmechanismus. Da musste der Lieferant den Käse eben wieder mitnehmen. Ich steckte die Büchse schnell ein und ging los. Im Gehen hörte ich noch: »Sie haben eine Dose unabgemeldet …«.

In der Kabine warteten sie schon auf mich. »Wo bleibst du nur?«, schallte es mir entgegen. Ich blickte auf die große Uhr über der Tür, tatsächlich, nur noch zwanzig Minuten. Das würde knapp werden. »Brauchst dich nicht zu beeilen. Wir haben umgestellt, Max geht auf die Auswechselbank.« Ich war wütend, wenn man nicht rechtzeitig da ist, drängen sich die anderen sofort vor. Wer weiß, ob Max überhaupt zum Spielen kam. Ich ließ Max die vorgeschriebenen Übungen absolvieren und gab die Messwerte in den Analysator ein.

Dann überlegte ich, was ich noch tun konnte. Ich beschloss, die Zusatz-Energie-Kapsel noch einmal auszubauen und aufzuladen. Wenn Max erst als Ersatz eingewechselt werden sollte, musste er notfalls bis zum Ende durchhalten können. Ich entnahm die Kapsel aus der runden Öffnung an seinem Hals, und schon ertönte eine Stimme »Sie haben eine Energie-Einheit unabgemeldet entfernt …« und so weiter und so weiter. Die anderen grinsten, und ich gab mir Mühe, ruhig zu bleiben. Sicherheitshalber ließ ich aber Max noch einmal alle Tests durchführen, und ich gab auch noch einmal die Daten in den Analysator ein. Es war alles im grünen Bereich. Dann zog ich mit Max zur Reservebank. Im letzten Moment fiel mir noch ein, die Energie-Kapsel mitzunehmen. Erst am Spielfeld erfuhr ich, dass Max der einzige Auswechsel-Spieler war. Die anderen Reserve-Spieler hatten größere Defekte. Sie brauchten neue Glieder, und danach mussten die Steuerungen aktualisiert werden. Dafür waren hunderte von Installationsprotokollen abzuarbeiten. Sie würden frühestens in zwei Tagen verfügbar sein.

Dann ging es los. Das Spiel schleppte sich hin. Beide Mannschaften belauerten einander. Offenbar hatten sie die Fehler des Gegners ausgiebig analysiert und hofften nun darauf, dass sie einen solchen entdecken würden. Aber keiner gab sich eine Blöße, selbst der

Schiedsrichter hatte kaum Arbeit. Mit 0:0 ging es in die Kabinen, die Zuschauer pfiffen.

Wir diskutierten in der Kabine. Ich wollte Max ins Spiel bringen, aber die anderen meinten, wir sollten lieber warten. Die noch verbliebenen Roboter seien mitgenommen von den vorherigen Spielen, wir müssten deshalb noch mit mehreren Abstürzen rechnen. Es war unklug, jetzt schon auszuwechseln. Insbesondere deshalb, weil wir unsere Taktik ändern wollten. Wir wollten die Marsianer provozieren, vielleicht machten sie dann eher einen Fehler.

Nach der Pause waren die beiden Mannschaften wie ausgewechselt. Sie warteten nicht mehr ab, sondern offensichtlich versuchte wirklich jeder den anderen zu provozieren. Und das gelang. Die Stimmung im Stadium stieg an. Zuerst gingen die Marsianer in Führung, sie hatten das Tor wunderschön herausgespielt. Aber wie so oft im Fußball, Erfolg macht leichtsinnig, im Gegenzug kam unser 1:1 und bald danach sogar das 2:1. Es hatte beide Male Abstimmungsprobleme zwischen den Verteidigern vom Mars gegeben.

Unsere Roboter schalteten sofort um in die Taktik der ersten Halbzeit: Verhalten spielen und den Gegner kommen lassen. Der musste jetzt kommen, denn wir lagen in Führung. Den Marsianern würde ein Unentschieden reichen, wir dagegen mussten gewinnen, um in die nächste Runde zu kommen. Sie kamen mit Macht, und jetzt zeigten sich erste Schwächen bei unseren Robotern. Die Bewegungen wurden langsamer, die Schüsse ungenauer. Ganz klar, die Energieversorgung war kurz vor dem Ende. Zum Glück war auch das Spiel bald zu Ende, noch drei Minuten. Ich sah fragend zum Trainer, sollte nicht doch vielleicht Max ...? Der Trainer winkte ab, ich sah es auch ein: Jetzt brauchten wir Bollwerke gegen den Sturm. Max war dafür nicht programmiert.

Doch dann passierte es: Zwei Minuten vor Schluss das 2:2! War das das Ende? Jetzt musste Max ran, es war keine Zeit zu verlieren. Schnell holte ich die Kapsel aus der Tasche und setzte sie an der vorgesehenen Stelle neben dem permanenten Energie-Zentrum am Hals ein, zum Glück klemmte sie etwas. So kam mir gerade noch rechtzeitig zu Bewusstsein, dass ich dabei war, das Installationsprotokoll zu ignorieren. Das hätte noch gefehlt. Mindestens fünf Minuten hätte es gebraucht, den Fehler zu beheben.

Max lief los. Würde er das Ruder noch einmal herumreißen können? Ich war nervös. Ich lehnte mich seitlich an die Wand, etwas in meiner Tasche drückte – es war die Zusatz-Energie-Kapsel. Wie war das möglich? Ich hatte sie doch eben bei Max eingesetzt. Ich sah nach dem Roboter: Eine kleine gelbliche Blase kam aus der Öffnung an seinem Hals, kaum zu bemerken, aber ich begriff sofort: Ich hatte ihm die Käsedose eingesetzt, sie hatte so ziemlich die gleiche runde Form. Die Hitze in der Nähe des Energie-Zentrums tat offenbar ihr Teil. Ich hätte in den Boden versinken können, aber bisher schien niemand etwas zu bemerken, auch Max rannte unverdrossen über das Spielfeld. Ich überlegte: Der Käserest müsste bei der Temperatur schnell verdampfen, und bei der noch verbleibenden Zeit musste die normale Energie reichen. Aber wenn es eine Verlängerung geben würde, dann käme Max in Schwierigkeiten. Ich musste eine Möglichkeit finden, die Kapsel rechtzeitig und unbemerkt auszutauschen. Ich dachte angestrengt nach. Der Groll auf den Kühlschrank stieg wieder in mir auf.

Max spielte währenddessen hervorragend, vorerst konnte er auch keine Energieprobleme haben. Und ein Kurzschluss wegen der falschen Kapsel war nicht zu befürchten, da war ich mir sicher. Unsere Fans feuerten Max an. Er hatte sich an der Mittellinie den Ball geholt und rannte jetzt in Richtung auf das Tor. Doch er war praktisch allein, die Mitspieler hingen weit zurück. Drei Marsianer nahmen ihn in die Zange, er hatte keine Chance und verlor den Ball. Der Befreiungsschlag seines Gegenspielers misslang jedoch, der Ball landete direkt vor einem unserer Roboter, und der passte maßgerecht zu Max. Jetzt war der Weg für Max fast frei, nur der Torwart lief ihm genau entgegen. »Max! Max! Max!«, schrien unsere Fans. Der Torwart war schon zu nah, Max kam nicht mehr vorbei, er schoss, doch der Torwart konnte zur Ecke ablenken. Eckstoß in der letzten Spielminute. Der Ball kam von links hoch hereingeflogen. Max sprang nach oben, und neben ihm versuchte auch der Torwart den Ball zu greifen. Er hatte ihn schon fast, als er sich plötzlich jäh abwandte und an die Nase griff. Max vollendete ungestört. Ich liebe meinen Kühlschrank.

Danksagung

Wie jedes Buch konnte auch dieses nur mit vielfältiger Unterstützung realisiert werden. Da wären zunächst unsere Gesprächspartner zu nennen, für deren geduldige Auskunftsbereitschaft wir uns herzlich bedanken. Und natürlich gilt der Dank allen RoboCuppern auf der ganzen Welt, den tausenden Wissenschaftlerinnen und Wissenschaftlern, Studentinnen und Studenten, Schülerinnen und Schülern, ohne die die Wettbewerbe nicht stattfinden können. Besonders erwähnt seien die Beteiligten an den Projekten AT Humboldt, Humboldt Heroes und German Team, über deren Arbeit in diesem Buch berichtet wurde, auch wenn nicht alle mit Namen genannt werden konnten. Unser Dank gilt Kurt Beiersdörfer und dem Team vom Heinz-Nixdorf-Museums-Forum (HNF) in Paderborn, wo die German Open seit 2001 zu Gast sein durfte. Unser Dank gilt auch der Redaktion von »Spiegel Online«, insbesondere Hans-Dieter Degler, Ulrich Booms, Hanz Sayami, Thorsten Höge und Frank Patalong, die die Berichterstattung über den RoboCup in der Anfangszeit sehr engagiert gefördert haben. Das Vertrauen schließlich, das uns die Telepolis-Redaktion und der Heise-Verlag entgegengebracht haben, hat unsere Arbeit sehr beflügelt. Auch dafür herzlichen Dank.

Hans-Dieter Burkhard
Hans-Arthur Marsiske

Im März 2003

Awards

Tabelle der Sieger auf den RoboCup Weltmeisterschaften 1997 – 2002
und den German Open 2001 – 2002
(in Klammern die Anzahl der jeweils teilnehmenden Mannschaften)

Nagoya 1997

Middle Size League (5 Teams)

Geteilter 1./2 Platz:		
	Dreamteam, ISI/Univ. of Southern California	USA
	Trackies, Osaka University	Japan
3.Platz:	Ullanta, Univ. of Southern California	USA

Small Size League (4 Teams)

1. Platz:	CMUnited, Carnegie Mellon Univ., Pittsburgh	USA
2. Platz:	Nara Advanced Institute of Science and Technology	Japan
3. Platz:	Microb, Laboratorie de Robotics Paris	Frankreich

Simulation League (33 Teams)

1. Platz:	AT Humboldt, Humboldt-Universität zu Berlin	Deutschland
2. Platz:	Andhill, Tokyo Institute of Technology	Japan
3. Platz:	ISIS, ISI/University of Southern California	USA

Paris 1998

Middle Size League (16 Teams)

1. Platz:	CS-Freiburg, Albert-Ludwigs-Univ. Freiburg	Deutschland
2. Platz:	Univ. Tübingen	Deutschland
3. Platz:	Trackies, Osaka University.	Japan

Small Size League (11 Teams)

1. Platz:	CMUnited98 , Carnegie Mellon Univ., Pittsburgh	USA
2. Platz:	Roboroos, Univ. Queensland,	Australien
3. Platz:	5DPO/FEUP, Univ. Porto	Portugal

Vor der Siegerehrung Paris 1998. Von links nach rechts: Hiroaki Kitano (Tokio), Manuela Veloso (Pitsburgh), Enrico Pagiello (Padua), verdeckt: Silvia Coradeschi (Stockholm), Minoru Asada (Osaka), Dominique Duhaut (Paris).

Simulation League (34 Teams)

1. Platz: CMUnited98, Carnegie Mellon Univ., Pittsburgh — USA
2. Platz: AT-Humboldt 98, Humboldt-Universität zu Berlin — Deutschland
3. Platz: Windmill Wanderers, Univ. Amsterdam, — Niederlande

Stockholm 1999

Simulation League (38 Teams)

1. Platz: CMUnited-99, Carnegie Mellon Univ., Pittsburgh — USA
2. Platz: MagmaFreiburg, Albert-Ludwigs-Univ. Freiburg — Deutschland
3. Platz: Essex Wizards, Essex University — Großbritanien

Sony Legged Robot League (9 Teams)

1. Platz: Les 3 Mousquetaires, Laboratorie de Robotics Paris — Frankreich
2. Platz: UNSW United, University of New South Wales — Australien
3. Platz: CMTrio-99, Carnegie Mellon Univ., Pittsburgh — USA

Small Size Robot League (18 Teams)

1. Platz: The Big Red, Cornell University — USA
2. Platz: FU-Fighters, Freie University Berlin — Deutschland
3. Platz: Lucky Star, Nee Ann Polyhtechnic — Singapore

Middle Size Robot League (20 Teams)

1. Platz:	CS Sharif, Sharif University of Technology	Iran
2. Platz:	Azzurra Robot Team, RoboCup Italia	Italien
3. Platz:	CS Freiburg, Albert-Ludwigs-Univ. Freiburg	Deutschland

Melbourne 2000

Simulation League (34 Teams)

1. Platz:	FC Portugal, Univ. de Aveiro e Univ. do Porto	Portugal
2. Platz:	Karlsruhe Brainstormers, Univ. Karlsruhe	Deutschland
3. Platz:	AT&T-CMU2000	USA

Sony Legged Robot League (12 Teams)

1. Platz:	UNSW United, University of New South Wales	Australien
2. Platz:	Les 3 Mousquetaires, Laboratoire de Robotique de Paris	Frankreich
3. Platz:	CN Pack'00, Carnegie Mellon Univ., Pittsburgh	USA

f-180 Small Size League (16 Teams)

1. Platz:	Cornell Big Red, Cornell University	USA
2. Platz:	FU-Fighters, Freie Universität Berlin	Deutschland
3. Platz:	LuckyStar II, Ngee Ann Polyhtechnic	Singapore

f-2000 Middle Size League (16 Teams)

1. Platz:	CS Freiburg, Albert-Ludwigs-Univ. Freiburg	Deutschland
2. Platz:	Golem Team, Nationalmannschaft	Italien
3. Platz:	Sharif CE, Sharif University of Technology	Iran

Seattle 2001

Simulation League (44 Teams)

1. Platz:	Tsinghuaeolus, Tsinghua University	China
2. Platz:	Karlsruhe Brainstormers, Universität Karlsruhe	Deutschland
3. Platz:	FC Portugal 2001,Univ. de Aveiro e Univ. do Porto	Portugal

Sony Legged Robot League (16 Teams)

1. Platz:	UNSW United, University of New South Wales	Australien
2. Platz:	CM Pack'01, Carnegie Mellon Univ., Pittsburgh	USA
3. Platz:	Upennalizers, University of Pennsylvania	USA

f-180 Small Size League (19 Teams)

1. Platz:	LuckyStar II, Ngee Ann Polyhtechnic	Singapore
2. Platz:	Field Rangers,Singapore Polytechnic	Singapore
3. Platz:	Cornell Big Red, Cornell University	USA

f-2000 Middle Size League (16 Teams)

1. Platz:	CS Freiburg, Albert-Ludwigs-Univ. Freiburg	Deutschland
2. Platz:	Trackies, Osaka University	Japan
3. Platz:	Eigen, Keio University	Japan

Rescue Simulation League

1. Platz:	YabAI, University of Electro-Communications	Japan
2. Platz:	Arain, Sharif University of Technology	Iran
3. Platz:	Rescue-ISI-JAIST, University of Southern California	USA

FUKUOKA 2002

Simulation League (45 Teams)

1. Platz:	TsinghuAeolus, Tsinghua University	China
2. Platz:	Everest, Beijing Institute of Technology	China
3. Platz:	Brainstomers Dortmund-Karlsruhe, Univ. Dortmund	Deutschland

Sony Legged Robot League (20 Teams)

1. Platz:	CM Pack'02, Carnegie Mellon Univ., Pittsburgh	USA
2. Platz:	rUNSWift, University of New South Wales	Australien
3. Platz:	NUbot, The University of Newcastle	Australien

f-180 Small Size League (20 Teams)

1. Platz:	Big Red, Cornell University	USA
2. Platz:	FU-Fighters, Freie Universität Berlin	Deutschland
3. Platz:	Lucky Star, Ngee Ann Polyhtechnic	Singapore

f-2000 Middle Size Robot League (16 Teams)

1. Platz:	EIGEN Keio University	Japan
2. Platz:	WinKIT, Kanazawa Institute of Technology	Japan
3. Platz:	Trackies2002, Osaka University	Japan

Humanoid League

Humanoid Walk

1. Platz:	NAGARA, Gifu Industries' Association	Japan
2. Platz:	Robo-Erectus, Singapore Polytechnic	Singapore
3. Platz:	Foots-Prints, individual	Japan

H-40 Class Penalty shoot

1. Platz:	Foots-Prints, individual	Japan
2. Platz:	Tao-Pie-Pie, University of Auckland	Neuseeland

H-80 Class Penalty shoot

1. Platz:	NAGARA, Gifu Industries' Association	Japan
2. Platz:	Osaka Univ. Senchans, Osaka University	Japan

Free Style

1. Platz:	Southern Denmark, The Maersk Mc-Kinney Moller Institute for Production Technology,	Dänemark
2. Platz:	NAGARA, Gifu Industries' Association	Japan
3. Platz:	Tao-Pie-Pie, University of Auckland	Neuseeland

Best Humanoid Award

NAGARA, Gifu Industries' Association, Japan

RoboCupRescue

Rescue Simulation League

1. Platz:	Arian, Sharif University of Technology	Iran
2. Platz:	YowAI2002, The University of Electro-Communications	Japan
3. Platz:	NITrescue02, Nagoya Institute of Technology	Japan

Rescue Robot League

1. Platz:	KAVOSH, Javan Robotics Club	Iran
2. Platz:	MARR, Tokyo Institute of Technology	Japan

RoboCupJunior

Fußball

1 on 1 Soccer Challenge

1. Platz:	Team Finland, University of Joensuu	Finnland
2. Platz:	Slovakia, Slovakia Association of Electronics	Slovakei
3. Platz:	SG-2[George], St. Gabriel's College	Thailand

2 on 2 Soccer Challenge (Primary age students)

1. Platz:	winning3, Kitakyushu Culture and Science Museum for Youth	Japan
2. Platz:	Tokai 1, Nagoya City Science Museum,	Japan
3. Platz:	Samurai-damashii, Ariakedai Elementary School	Japan

2 on 2 Soccer Challenge (Secondary age students)

1. Platz:	E-Strikers, Brisbane Grammer School	Australien
2. Platz:	Pilatoren, Graf-Munster-Gymnasium Bayreuth	Deutschland
3. Platz:	snowwhite, Illertal-Gymnasium Vohringen	Deutschland

Tanz-Wettbewerb

1. Platz:	beautiful sky, individual	Japan
2. Platz:	Victory, Kasuya Higashi Junior High School	Japan
3. Platz:	SAKURA, individual	Japan

German Open 2001, HNF Paderborn

Simulation League (12 Teams)

1. Platz:	FC Portugal 2001,Univ. de Aveiro e Univ. do Porto	Portugal
2. Platz:	Brainstomers Karlsruhe, Univ. Karlsruhe	Deutschland
3. Platz:	Arvand, Sharif University of Technology	Iran

Sony Legged Robot League (4 Teams)

1. Platz:	Humboldt 2001, Humboldt-Universität zu Berlin	Deutschland
2. Platz:	Darmstadt DD, Univ. Darmstadt	Deutschland
3. Platz:	Les 3 Mousquetaires, Laboratorie de Robotics Paris	Frankreich

f-180 Small Size League (3 Teams)

1. Platz:	5DPO, Univ. Porto	Portugal
2. Platz:	FU-Fighters, Freie Universität Berlin	Deutschland
3. Platz:	Robosix, Laboratorie de Robotics Paris	Frankreich

f-2000 Middle Size Robot League (8 Teams)

1. Platz:	CS Freiburg, Albert-Ludwigs-Univ. Freiburg	Deutschland
2. Platz:	GMD Robots, GMD-AIS, St. Augustin	Deutschland
3. Platz:	5DPO, Univ. Porto	Portugal

German Open 2002, HNF Paderborn

Simulation League (13 Teams)

1. Platz:	UvA Trilearn, Univ. Amsterdam	Niederlande
2. Platz:	Brainstomers Karlsruhe, Univ. Karlsruhe	Deutschland
3. Platz:	Persepolis, Khavaran Co.	Iran

Sony Legged Robot League (5 Teams)

1. Platz:	Darmstadt DD, Univ. Darmstadt	Deutschland
2. Platz:	Humboldt 2001, Humboldt-Universität zu Berlin	Deutschland
3. Platz:	Les 3 Mousquetaires, Laboratorie de Robotics Paris	Frankreich

f-180 Small Size League (5 Teams)

1. Platz:	FU-Fighters, Freie Universität Berlin	Deutschland
2. Platz:	5DPO, Univ. Porto	Portugal
3. Platz:	IUT Flash, Isfahan Univ. of Technology	Iran

f-2000 Middle Size Robot League (12 Teams)

1. Platz:	Philips CFT, Philips	Niederlande
2. Platz:	CS Freiburg, Albert-Ludwigs-Univ. Freiburg	Deutschland
3. Platz:	GMDMusashi, FhG-AIS, St. Augustin	Deutschland

Weiterführende Literatur und Quellen

Im Jahr 2003 sind Roboter-Fußball und intelligente Roboter noch ganz junge und dynamische Disziplinen. Es gibt viel Interessantes und ganz Aktuelles im Internet. Web-Seiten des RoboCup findet man unter:

`http://www.robocup.org` (Internationale RoboCup-Organisation)
`http://www.robocup.de` (Deutscher Arbeitskreis RoboCup)

Software für die Simulationsliga (Soccer Server und Soccer Monitor sowie zahlreiche Programme der internationalen Teams) findet man auf der Seite

`http://sserver.sourceforge.net/`

Auf den Web-Seiten finden sich Hinweise auf diverse E-Mail-Listen. Dort gibt es auch Hilfe für eigene Aktivitäten. Die am RoboCup beteiligten Universitäten und Forschungseinrichtungen helfen ebenfalls gern weiter. Sie haben jeweils eigene Web-Seiten mit interessanten Berichten von ihrer Arbeit und ihren Erfolgen.

Einige Bücher sind im Folgenden aufgeführt (am Titel ist erkenntlich, ob in englischer oder deutscher Sprache), sie enthalten meistens auch umfangreiche Bibliographien. Von der aktuellen *wissenschaftlichen Arbeit* berichten seit 1997 jährlich die *Konferenzbände* der RoboCup-Workshops und Symposien, die jeweils unter dem Titel

- »RoboCup.Robot Soccer World Cup«

in der LNAI-Serie des Springer-Verlags erscheinen.

Einführungen in die wissenschaftlichen Probleme *mobiler Roboter* bieten die Bücher

- Gregory Dudek, Michael Jenkin: »Computational Principles of Mobile Robotics« (Cambridge University Press 2000).

- Robin R. Murphy: »Introduction to AI Robotics« (MIT Press, 2000)

außerdem zum Beispiel im *Internet* aus dem Jahre 1996

- J. Borenstein, H. R. Everett, und L. Feng: »Where am I? – Systems and Methods for Mobile Robot Positioning« auf der Seite `www.personal.engin.umich.edu/~johannb/position.htm`

Entsprechende *Einführungen* in die *Künstliche Intelligenz* bieten die Bücher

- Günther Görz, Claus-Rainer Rollinger, Josef Schneeberger: »Einführung in die Künstliche Intelligenz« (Oldenbourg Verlag, 2000, Neuauflage in Vorbereitung)
- Stuart Russell, Peter Norvig: »Artificial Intelligence: A Modern Approach« (Prentice Hall 1995)
- Rolf Pfeifer und Christian Scheier: »Understanding Intelligence« (MIT Press, 2001)

Allgemein *verständlicher* gehalten ist zum Beispiel das Buch

- »Robo Sapiens. Evolution of a New Species« von Peter Menzel und Faith D´Aluisio (MIT Press, 2000)

mit sehr schönen Bildern und dazu erläuternden Texten. In dem Buch

- »Menschmaschinen. – Wie uns die Zukunftstechnologien neu erschaffen« von Rodney Brooks (Campus-Verlag 2002)

berichtet der bekannte Roboterforscher von seiner Arbeit und den Implikationen für unser Menschenbild. *Gesellschaftliche Aspekte* künftiger Entwicklungen werden in dem Buch

- »Robotik. Perspektiven für menschliches Handeln in der zukünftigen Gesellschaft« (Springer-Verlag, 2001) von T. Christaller, M. Decker, J.-M. Gilsbach, G. Hirzinger, K. Lauterbach, E. Schweighofer, G. Schweitzer, und D. Sturma

diskutiert.

Bildnachweise

BIRK, ANDREAS	Seite	227
BURKHARD, HANS-DIETER	Seite	8, 18, 58, 85, 103, 118, 136, 137, 138, 150, 158, 175, 191, 201, 206, 208, 221, 225, 258, 271, 280, 298
FRAUENHOFER INSTITUT FÜR AUTONOME INTELLIGENTE SYSTEME (AIS)	Seite	11, 128, 271
HUMBOLDT-UNVERSITÄT, AUSSERHOFER, DAVID	Seite	10
KITANO, HIROAKI	Seite	13
KRAETZSCHMAR, GERHARD	Seite	163
NEBEL, BERNHARD	Seite	125
RIEDMILLER, MARTIN	Seite	75
ROBOCUP FEDERATION	Seite	98, 107, 165, 169, 170, 193, 229, 278
RÖFER, THOMAS	Seite	177, 178
ROJAS, RAUL	Seite	99
SPIEGEL ONLINE	Seite	92 li, 92 re, 108, 187, 241, 245
TADOKORO, SATOSHI	Seite	237
UNIVERSITÄT FREIBURG	Seite	132
VIDEE GMBH	Seite	192 oben, 192 unten